教育部人文社会科学研究青年基金"清代前期中朝诗歌交流编年史(1636—1736)——以《燕行录》为中心"(编号:18YJC751015)

中国书籍学术之光文库

康熙时期中朝诗歌交流系年
（1662-1681）

谷小溪　王湘宁｜著

中国书籍出版社
China Book Press

图书在版编目（CIP）数据

康熙时期中朝诗歌交流系年：1662－1681/谷小溪，王湘宁著．—北京：中国书籍出版社，2020.1
（中国书籍学术之光文库）
ISBN 978－7－5068－7657－5

Ⅰ.①康⋯　Ⅱ.①谷⋯②王⋯　Ⅲ.①古典诗歌—文化交流—研究—中国、朝鲜—1662－1681　Ⅳ.①I207.22②I312.072

中国版本图书馆 CIP 数据核字（2020）第 002681 号

康熙时期中朝诗歌交流系年：1662－1681

谷小溪　王湘宁　著

责任编辑	毕　磊
责任印制	孙马飞　马　芝
封面设计	中联华文
出版发行	中国书籍出版社
地　　址	北京市丰台区三路居路 97 号（邮编：100073）
电　　话	（010）52257143（总编室）　（010）52257140（发行部）
电子邮箱	eo@chinabp.com.cn
经　　销	全国新华书店
印　　刷	三河市华东印刷有限公司
开　　本	710 毫米×1000 毫米　1/16
字　　数	246 千字
印　　张	16
版　　次	2020 年 1 月第 1 版　2020 年 1 月第 1 次印刷
书　　号	ISBN 978－7－5068－7657－5
定　　价	95.00 元

版权所有　翻印必究

序　言

　　明清时期，中国与朝鲜王朝保持着典型的宗藩关系。作为藩邦外交的直接参与者，两国使臣的纪行作品构成中朝文化交流的主体。特别是朝鲜使臣创作的大量《燕行录》，以诗歌、日记、杂录、状启等形式记载出使中国途中的见闻随感，从自然景观、人文古迹、民俗风貌、思想文化等方面翔实地再现了明清中国的社会图景，堪称域外汉文学的经典文本。本书时间范围以清康熙元年（1662）为上限，康熙二十年（1681）为下限，结合史料、文集、年谱、碑传、书牍、诗话等文献对康熙时期中朝使行诗歌及作品本事进行整理、考证与系年，以期通过对以使臣为媒介的中朝诗歌交流情况的系统考察，透视清代中朝文化交流风貌，为相关领域的研究提供文献支持和资料线索。

　　康熙帝即位初期，国内局势未稳，以朝鲜孝宗李淏为首的北伐派积极扩军备战，试图联络反清势力以图光复。随着南明、三藩的平定和台湾的收复，清政权获得长治久安的基础，清朝"抚藩字小""厚往薄来"外交政策的推行也进一步缓和了两国矛盾，中朝宗藩关系进入新的发展阶段。然而，综观康熙一朝，朝鲜士人的对华心态依然复杂微妙。一方面，清朝优容的宗藩政策无法全面扭转朝鲜士人对清政权的负面印象，这既根植于两国的民族文化差异和"丁卯""丙子"战争等历史纠葛，也源于朝鲜士人群体所笃守的春秋义理观和根深蒂固的"小中华"意识。另一方面，清朝社会经济文化的繁荣发展令燕行使臣感受到"胡无百年之运"等旧有观念的片面性，康熙朝后期门禁政策的放宽也赋予朝鲜使臣更多结交中国文士的机会，极大地促进了两国的文化交流与发展。同时，朝鲜使臣亦无法回避清代社会文明对传统华夷观的冲击，一些有识之士通过诗文作品记录清代政治、经济、农业、科技、思想文化等领域的先进方法与理念，孕育了朝鲜"北学派"的萌芽。这一时期的燕行诗有南龙翼《燕行录》、闵鼎重《老峰燕行诗》、金昌业《燕行埙篪录》等，深刻揭示了朝鲜士人的复杂心态。清朝大臣阿克敦三次出使朝鲜的诗集《东游集》则是清初稀有的使朝纪行作品，皆为清代中朝诗歌交流史的真实印证。

附录包括四部分内容："洪大容《湛轩燕记·路程》"选取具有代表性的使清路程记并详列全文，供驿站里程之参考；"康熙时期朝鲜燕行使臣年表（1662—1681）"以《使行录》为基础，结合《朝鲜王朝实录》《承政院日记》等史料文献，对1662—1681年的朝鲜燕行使团的使行时间、名目、任务、人员等进行梳理与考证；"康熙时期《燕行录》一览表（1662—1681）"依据《燕行录全集》《燕行录丛刊》《韩国文集丛刊》等对清代前期朝鲜使清人员的燕行作品进行整理与勘正；"征引书目"罗列作者考证、系年过程中引用的主要参考文献。

凡　例

一、本书时间范围以清康熙元年（1662）为上限，康熙二十年（1681）为下限，历时20年，收录《燕行录》作品25种，以康熙时期中朝诗歌交流本事及创作时间为重点考察内容，通过对以使臣为媒介的中朝诗歌交流实况的系统考察，透视清代中朝文化交流风貌。

二、本书所言"朝鲜"，指朝鲜半岛自1392年由太祖李成桂建立，至1896年高宗李熙宣布独立这一段历史时期，史称朝鲜王朝，与古朝鲜、整个朝鲜时期及当今朝鲜国家相区别。

三、本书所录朝鲜文士的诗歌、日记等皆为汉诗、汉文作品，非汉语创作（如以朝鲜谚文撰写的歌辞、时调等）的作品不在本书收录范围。

四、本书诗歌作者，以朝鲜燕行使团核心成员——"三使"为主（即由朝鲜官方派遣，赴沈阳、北京实施外交活动的正使、副使、书状官），亦包含部分朝鲜燕行使团随行人员和中国文人的诗作。

五、本书所录诗人，皆附其小传，概述生卒、字号、籍贯、科第、仕履、亲友、师承、封谥之情形。

六、本书著录诗歌，以朝鲜"三使"及随行人员的燕行诗为主（即由汉城至北京往返途中所撰诗篇）。燕行使团成员亲友的赆行、笺寄之诗，以及中国文士馈赠朝鲜使臣的酬酢诗篇亦录入，以资线索。

七、本书著录诗歌，以林基中主编《燕行录全集》《燕行录丛刊》及韩国民族文化推进会编《影印标点韩国文集丛刊》为基本依据，兼及《朝鲜王朝实录》《承政院日记》等文献中的少量篇目。

八、本书对诗歌创作时间的考证，遵循"以诗系日，以日系月，以月系年，以年系代"之原则，以外国文献为辅证，包括：（一）诗歌作者或同行人员撰写的燕行日记、见闻录、别单等；（二）与朝鲜使清活动相关的中朝史料记载；（三）诗歌作者的碑志、行状、年谱、传记等；（四）记载使行路线、驿站里程的地志文献。

九、本书内容依次为：目录、序言、凡例、正文、附录。

十、正文以年为基本单位，首列中国纪年，后附小括号，以阿拉伯数字和汉字标注时间及干支，用"/"间隔，如"康熙元年（1662年/壬寅）"；次列月份；次列日期，其后括注干支，如"初一日（乙亥）"；后列诗文、出处、小传、考证。

十一、本书著录诗歌，依次为作者、诗题、诗文、文献来源。引自诗人别集者，于集后标明卷次，如"南龙翼《壶谷集》卷二"；引自独立成篇者，仅依原文录其出处，如"闵鼎重《老峰燕行诗》"。

十二、首次提及诗歌作者，于诗后以中括号括注小传，如【按《国朝人物志》卷三：赵任道（1585—1664），字德勇，号涧松，咸安人。……】，再次提及则不赘述。

十三、有燕行日记相印证者，于日期下列日记、出处，次列诗歌。如有中朝史料亦相证者，则首列史料及出处、次列日记、诗歌。史料、日记等以提供时地线索为旨归，限于篇幅，仅取可资考证之内容，间以"……"略之。史料、日记需注释处，以中括号标注，如"朝鲜国王李倧遣陪臣景良弼【按："景良弼"当为"郑良弼"之讹】等表贺元旦"；史料、日记含燕行诗者，则尽录诗文；无史料、日记相印证者，但录其诗，以诗中线索、碑传、地志等为证。

十四、涉及宗藩关系发展重要事件及历届朝鲜使清人员、时间、任务的史料亦录入，以还原历史背景，增益考证之严整。

十五、考证诗歌创作时间，则于诗后以中括号注之，如【考证：诗题曰"元日"，诗云"千官环列贺新年""胪传螭陛呼嵩祝"，当作于正月初一日。】限于篇幅，诗歌有日记相印证，且二者有明确时地线索相匹配者，仅于日记关键词处以下划线标注，不另行考证。

十六、底本脱字或漫漶不清、难以辨识者，以"□"标识。

十七、本书附录四种：（一）洪大容《湛轩燕记·路程》；（二）康熙时期朝鲜燕行使臣年表（1662—1681）；（三）康熙时期《燕行录》一览表（1662—1681）；（四）征引书目。

目录
CONTENTS

康熙时期中朝诗歌交流系年（1662—1681） ················· 1

康熙元年（1662 年/壬寅） 1

康熙二年（1663 年/癸卯） 5

康熙三年（1664 年/甲辰） 9

康熙四年（1665 年/乙巳） 24

康熙五年（1666 年/丙午） 28

康熙六年（1667 年/丁未） 46

康熙七年（1668 年/戊申） 49

康熙八年（1669 年/己酉） 56

康熙九年（1670 年/庚戌） 66

康熙十年（1671 年/辛亥） 71

康熙十一年（1672 年/壬子） 73

康熙十二年（1673 年/癸丑） 77

康熙十三年（1674 年/甲寅） 80

康熙十四年（1675 年/乙卯） 84

康熙十五年（1676 年/丙辰） 86

康熙十六年（1677 年/丁巳） 114

康熙十七年（1678 年/戊午） 117

康熙十八年（1679 年/己未） 179

康熙十九年（1680 年/庚申） 195

康熙二十年（1681 年/辛酉） 216

附录一　洪大容《湛轩燕记·路程》·················· 223

附录二　康熙时期朝鲜燕行使臣年表（1662—1681）·················· 228

附录三　康熙时期《燕行录》一览表（1662—1681）·················· 236

附录四　征引书目·················· 240

康熙时期中朝诗歌交流系年（1662—1681）

康熙元年（1662年/壬寅）

正月

初一日（乙亥）。

清国改元康熙。《朝鲜显宗实录》卷五

朝鲜国王李棩遣陪臣柳庆昌等进世祖章皇帝上尊谥表文曰："世德作求，既孚下土之式。尊亲为大，聿举上谥之仪。庆同遐迩，欢均内外。钦惟皇帝陛下，圣自天纵，孝冠人伦。诞受多方，命维新于邦国。肇称殷礼，事有光于宗祊。益衍锡类之休，用覃普被之渥。伏念臣叨守先绪，偏荷皇灵。迹滞箕封，莫预虎拜之列，心悬魏阙，鹅切鳌忭之诚。"又表贺冬至、元旦、万寿节及进岁贡礼物。宴赉如例【按：据《使行录》，进贺谢恩兼冬至正使锦林君李恺胤、副使柳庆昌、书状官吴斗寅于顺治十八年（1661）十一月初一日启程赴北京】。《清圣祖实录》卷六

三月

初一日（甲戌）。

冬至使锦林君恺胤、副使柳庆昌、书状官吴斗寅等还自北京。《朝鲜显宗实

录》卷五

四月

十一日（甲寅）。

平安监司驰报清使出来，以判尹吕尔载差远接使以送。《朝鲜显宗改修实录》卷七

清兵入小云南，执永历皇帝以归，大明绝不祀。【谨按：自弘光皇帝就擒之后，有隆武、永历两年号。漂汉辈或传隆武，即万历之第二十四子云，永历即鲁王云，而亦未详于万历为何等亲也。其后隆武无所闻，永历又被擒，更不闻朱氏保有郡县者，噫！永历即大明之西周君也，可胜痛哉！】《朝鲜显宗实录》卷五

五月

十一日（癸未）。

清使入京，上迎敕于慕华馆。归至仁政殿行受敕礼，仍与二使对坐殿中，布敕书与咨文于榻前，敕则告云南捷也，次则义州查事也【按：参见是年四月十一日条】。《朝鲜显宗实录》卷五

七月

初四日（乙亥）。

以吕尔载、洪处大为冬至正副使，李端锡为书状官。《朝鲜显宗实录》卷五

二十六日（丁酉）。

进贺正使郑太和、副使许积、书状官李东溟辞朝，上引见于熙政堂。《朝鲜显宗实录》卷五

八月

初七日（丁未）。

中火于肃宁馆。府使柳斐然、出站官江东县监金锡之入谒。夕抵安州。兵使金体乾、判官柳之芳、出站官三和县令李世选入谒，平壤判官仍为随来【按：参见是年七月二十六日条】。郑太和《壬寅饮冰录》

初九日（己酉）。

兵使又进宴床于舟中，平壤判官同参作别，余口号绝句以赠："江头离别最关情，况是他乡弟送兄。却恨将军无策略，未教红粉驻吾行。"舟泊波边，肃川、江西、三和等倅皆立于沙汀，余步过其前作别。大同察访亦令勿为陪行，副使、书状与妓辈留饮于馆宇，未及出来。夕抵嘉山，则定州牧使以嘉山兼任来待，且是陪行都差员也。方物差员龟城黄浩、人马差员鱼川察访元格、出站官甑山韩硕良并入谒，都差则依清南例，勿为陪行事分付。独坐嘉平馆，待副使、书状，题一绝曰："豸冠御史新知乐，犀带尚书旧好情。堪笑老翁无着兴，独来秋日未西倾。"副使、书状中路遇骤雨追到。郑太和《壬寅饮冰录》【按《纪年便考》卷二十一：郑太和（1602—1673），宣祖壬寅生，字囿春，号阳坡，李安讷门人。仁祖甲子进士。戊辰，登别试，与弟致和同榜，历翰林、铨郎、舍人。丙子，为元帅从事。元帅金自点与虏战于兔山，军败逃去。太和收余卒力战，多杀伤。是岁，拜忠清监司。己丑，以前吏判入相至领，上曰："有智虑，识事务，领相为然。"孝宗庚寅，业喷甚急，命起复为左相，据礼固辞。己亥，大丧，从时王制定服。掌令许穆请封元子，太和献议曰："册封于孩提之年，我朝未之闻。"太和有德量才局，不露圭角，时称长德君子。四为傧使，六拜首相，处黄阁二十年，为世名臣，四代连入耆社，兄弟迭践台席。显宗癸丑卒，年七十二，谥翼宪，配享显宗庙庭。当宁庚戌，改谥忠翼。】

十月

初一日（辛丑）。

朝，李一善邀安礼往孙辅政家，辅政乃言于安礼曰："三大臣欲治俺病，姑留朝鲜太医事禀定于皇帝云。你勿以落留为苦，从容治俺，所患得见其效，则非但于你有光，你国王闻之，亦岂不喜乎"云云。客中九月已过，有怀偶吟："伴食中书老未休，白头专对也堪羞。愁眠易觉难消夜，旅馆催寒已送秋。千里梦归丹凤阙，九重香在黑貂裘。平生忠信吾无怍，不怕殊方暂滞留。"郑太和《壬寅饮冰录》

郑太和《仍以书状及三大译姓名记录玉河馆留别安主簿礼》："同来为客又相离，心事如何去住时。且尽传家治病术，俾知东国有神医。"郑太和《阳坡遗稿》卷一

初六日（丙午）。

食后，行下马宴于礼部，馔品丰盛，有倍于己丑年之所见。尚书祁尺巴前为侍郎，特出往我国。新从侍郎升拜尚书，前尚书乌黑以老自退云。祁尺巴押宴，言笑致款。译官朴而巚、金而昌，军官任成国、金尚岱赍持状启。午后出去，李府尹拟律奏文批下之日，余赋五言四韵，至是书送于李正字世长，其诗曰："离抱书难尽，危机梦亦惊。竟闻今日喜，还觉此行荣。人岂容私力，天应感孝诚。归时西郭外，青眼倘相迎。"郑太和《壬寅饮冰录》

三十日（庚午）。

金德承《送吕参判子厚尔载赴燕十月晦》："昔我游燕赵，年方三十壮。揽涕黄金台，悲歌易水上。有时逢酒人，烂醉同慷慨。尔来二十载，华发三千丈。今日送君行，忆旧意惝恍。珍重愿加餐，严风绝白蒋。时危宜报主，莫叹身鞅掌。"金德承《少痊集》卷一【按《国朝人物志》卷二十三：金德承（1595—1658），宣祖乙未生，字可久，号巢睫，又少痊。光海时，参癸丑疏。丁巳进士。己未登庭试，历两司、春坊、府使。仁祖甲子，以书状官航海朝天，善华语，所著《天槎大观》二帖，在玉堂。孝宗戊戌卒，年六十四，推恩赠左赞成。】

赵远期《赠李有初燕京之行》："沙碛阴阴白雪飞，朔风寒透黑貂衣。燕京此去四千里，十月行人三月归。"赵远期《九峰集》卷一【考证：据《使行录》，冬至正使吕尔载、副使洪处大、书状官李端锡于十月三十日辞朝，且上诗题有"十月晦"字样，以上诸诗当作于十月三十日前后。赵亨期《墓志》：赵远期（1630—1680），字勉卿，号九峰，林川人。仁祖庚午生，历持平、正言、司谏、春川府使。肃宗庚申卒，年六十一。于书鲜所不窥，旁该稗家小说，无不淹贯通博。亦加意究穷于性理之说，时有会心契悟处，便欣然自得，足以悦豫神情。为文赡丽敏炼，诗尤清警工媚，遣兴和吟，意到辞成，人更服其捷敏。晚益精诣，追攀往轨，绰有古作者之风。】

十一月

初十日（庚辰）。

将宿安州。临发，闻冬至使一行当到安州。疾驰中火于安州之际，冬至使吕尔载、副使洪处大、书状官李端锡来会暂话，兵使判官皆草草相接。夕抵肃川，则平壤判官来迎，本邑府使并入谒。郑太和《壬寅饮冰录》

二十日（庚寅）。

陈奏正使郑太和、副使许积、书状官李东溟等回自北京【按：参见是年七月二十六日条】。闻之沿路永历皇帝为清兵所执遇害，朱氏子孙之逃生于小云南者，亦皆为清兵所杀云。使行所带医官安礼为清人所挽，落留燕京，以阁老荪伊有病受针于礼故也【按：参见是年十月初一日条】。《朝鲜显宗实录》卷六

十二月

初四日（癸卯）。

清使入京，上诣慕华馆迎敕，为上尊号于崇德皇后及清主所生母也。《朝鲜显宗改修实录》卷八

康熙二年（1663年/癸卯）

正月

初一日（庚午）。

朝鲜国王李棩遣陪臣吕尔载等表贺冬至、元旦、万寿节及进岁贡礼物。宴赉如例【按：参见康熙元年十月三十日条】。《清圣祖实录》卷八

二十三日（壬辰）。

礼部题："外藩货物，有该国王印文开送者，准其贸易。今朝鲜国陪臣下人应山等所带貂皮一百张、印文内并未开载，请敕议罪。"得旨："应山、春金免议罪。交易货物，听其随便携带，至日报部，于会同馆交易。该王印文，着停止。应禁之物，回时令边关官员详细严察。"《清圣祖实录》卷八

二月

十一日（庚戌）。

慈和皇太后佟佳氏崩。《清史稿卷六·本纪六·圣祖一》

二十八日（丁卯）。

清使二人以传皇太后讣来，以吏曹参判朴长远升资为远接使以送。《朝鲜显宗改修实录》卷八

三月

初一日（己巳）。

冬至正使吕尔载、副使洪处大、书状李端锡等回自北京【按：参见康熙元年十月三十日条】，书状进《闻见录》，有曰："探问彼中事情，则皆言云南、贵州、南京、西蜀等地皆已平定，吴三桂方在云南、贵州之境。郑芝龙、孙莞入据海岛请降，则清国答以'欲来来，不欲来不必来'云。贵州白文先与李守昌共为水贼，归顺于永历。守昌为安南王，先死。文先为贵州王，永历败后，与清兵战，数败不能支，遂降，清封公爵云。臣回到丰润，逢着一汉人，稍解文字，言'永历不死，尚保南方，清人夸大之言不可信'云。"《朝鲜显宗实录》卷六

初四日（壬申）。

上御便殿见清使，领议政郑太和、都承旨权堣等入侍。上以黪袍、翼善冠、乌犀带受敕书后举哀。从臣以下百官亦以浅淡服、乌纱帽、乌角带行礼，仍令迎接都监官员及译官皆着浅淡服三日。清使到馆，不受宴礼。去时百官又以浅淡服送之【按：参见是年二月二十八日条】。《朝鲜显宗改修实录》卷八

初九日（丁丑）。

清使还去，求倭铳、倭剑各四柄以去。《朝鲜显宗改修实录》卷八

朴长远《途中二月公为傧使西出时所著，自此诗至统军亭即此时作》："十载劳生踏软红，此行何事又匆匆。路旁多少耕田者，应笑知津一秃翁。"朴长远《久堂集》卷七【考证：《显宗改修实录》卷八言康熙二年二月二十八日"清使二人以传皇太后讣来，以吏曹参判朴长远升资为远接使以送"，三月初九日"清使还去"，诗题注曰"二月公为傧使西出时所著，自此诗至统军亭即此时作"，可知此诗为朴长远以伴送使送清人归国途中作，当作于三月初九日或其后。《纪年便考》卷二十四：朴长远（1612—1671），高灵人，光海壬子生，字仲久，号久堂，又隰川。仁祖丁卯生员。丙子登别试，历翰林、铨郎、两馆提学，官止吏判。再次衡圈，七入枚卜。自点当国，再塞其子鈂于铨郎玉署，直声动一时。以正言制进月课《反哺乌》诗曰："士有亲在堂，贫无甘旨具。林禽亦动人，泪落林乌哺。"上闻，知长远有偏母，曰："情见于辞，

令人感动。"令该曹赐米布。因事配三水,移兴海。平生独立自守,不为苟合。显宗辛亥,以松留在任卒,年六十。赠领相,以孝旌闾,谥文孝。】

朴长远《绝句》:"此路经行半此生,坡州又见主人迎。回头欲话当年事,匹马全胜四牡行。"朴长远《久堂集》卷七

朴长远《玉溜泉二首》:"驿路春光与赏违,葱山岩壑自芳菲。伤心玉溜飞泉响,曾助天仙彩笔挥。""处处开花自满枝,卢鸿得意语参差。傍人莫怪无佳句,傧使风流异昔时。"朴长远《久堂集》卷七

朴长远《浿江二首》:"浿江烟柳不胜春,童卯重来白发新。四十年间如反掌,凄凉陈迹问何人。""浿江烟柳不胜春,开府华轩结构新。一宿春天寒尚峭,翠帷红烛亦愁人。"朴长远《久堂集》卷七

朴长远《戏吟》:"春夜缘愁睡未成,旅窗花月为谁明。衰年自断阳台梦,欲试刚真似有情。"朴长远《久堂集》卷七

朴长远《定州》:"塞雨涔涔下二更,晓看花湿定州城。恨无力挽天河士,叱咤雷威永洗兵。"朴长远《久堂集》卷七

朴长远《龙铁途中》:"天低平野路漫漫,目断归鸿碣石间。此去龙湾增老气,统军亭上瞰胡山。"朴长远《久堂集》卷七

朴长远《龙湾》:"吹面胡天不断风,防身一剑倚崆峒。可怜鸭绿长江水,开辟滔滔万折东。"朴长远《久堂集》卷七

朴长远《统军亭》:"天边此亭古,形胜控雄关。襟带一作西北三条水,华夷万点山。小儒肝自激,壮士鬓空斑。武德开元际,呜呼难再攀。"朴长远《久堂集》卷七【考证:以上诸诗约作于三月初九日使团启程后。】

二十日(戊子)。

进贺兼谢恩正使右相郑维城、副使户曹参判李曼、书状朴承健赴燕。《朝鲜显宗实录》卷六

五月

十二日(己卯)。

陈慰兼进香正使朗善君俣、副使李后山、书状沈梓封表如清,以清国有丧也。《朝鲜显宗实录》卷六

南龙翼《西郊饯席,承阳坡郑相公命书朗善君扇阳坡,郑公太和号》:"芳

草西郊路，王孙万里行。重将一樽酒，秋日好相迎。"南龙翼《壶谷集》卷八【按《纪年便考》卷二十五：南龙翼（1628—1692），仁祖戊辰生，字云卿，号壶谷。乙酉进士。戊子，魁庭试。孝宗朝，选湖堂。丙申，以副司直魁重试，升堂上，中文臣庭试，历三司、春坊。肃宗朝，典文衡，为文章操笔立就，笔亦妍好，名入诗垒笔苑。己巳，王子生。才踰年，进号时以吏判入对，以太早不可力言。上屡问，言意勤，至群凶快摘，代撰教文以为罪，被削黜。辛未，配明川。立朝无敢言之节，故人颇短之，及是有直声。是年卒于谪所，年六十四，官止辅国吏判。甲戌，复官。英祖乙巳，赐谥文宪，配享肃宗庙庭。】

十九日（丙戌）。

朝鲜国王李棩遣陪臣郑维城等进贺尊上昭圣太皇太后、仁宪皇太后、慈和皇太后徽号【按：参见是年三月二十日条】，表文曰："敦孝理于万方，化洽锡类，进显号于三殿、礼隆尊亲。率普均欢，遐迩胥庆。钦惟皇帝陛下圣自天纵，行冠人伦，为文子文孙，诞膺宝命，奉长乐长信，克承徽音。肆崇章之并扬，宜景福之益衍。伏念臣幸际熙运，猥荷洪休。鲲岑迹远，虽阻玉帛之班。象阙心悬，第切冈陵之祝。"《清圣祖实录》卷九

七月

二十一日（丙戌）。

朝鲜国王李棩遣陪臣李侯【按："李侯"当为"李俣"之讹，参见是年五月十二日条】等进孝康皇后香。宴赉如例。《清圣祖实录》卷九

二十七日（壬辰）。

谢恩使右议政郑维城、副使完原君李曼复命入对【按：参见是年三月二十日条】，言："清人刷南方俘虏之逃还本土者，分处于建州、沈阳。自关内至关外，车载嚎啕者，日逢五六乘。比年屡登，民食粗足。自以天下既定，不复留意于武备，不修城池，不缮馆宇，又不出猎，以习劳苦。战陈可用之马皆归于赁载，而甲卒等所骑太半瘦瘠。加以清人凌驾汉人，汉人亦侵暴平民，无所告诉。且行到抚宁县，衙译等传说知县卖妻得官，到官后藉官力买后妻云，政令紊乱如此。"又言："夷齐庙有题诗曰：'苦节迹难践，求仁心可同'，盖蓟州人李孔昭所作也。孔昭，崇祯间进士，因乱遁居山中，教授为业，不仕于清国云"。《朝鲜显宗改修实录》卷九

九月

二十日（甲申）。

陈慰兼进香使朗善君俣、副使李后山、书状官沈梓归【按：参见是年五月十二日条】。《朝鲜显宗实录》卷七

十一月

初四日（戊辰）。

冬至使赵珩、副使权坽、书状官丁昌焘奉表如清。《朝鲜显宗实录》卷七

康熙三年（1664年/甲辰）

正月

初一日（甲子）。

朝鲜国王李棩遣陪臣赵璜【按："赵璜"当为"赵珩"之讹，参见康熙二年十一月初四日条】等表贺冬至、元旦、万寿节及进岁贡礼物。宴赉如例。《清圣祖实录》卷一一

二月

十三日（丙午）。

谢恩兼陈奏使右相洪命夏、副使任义伯、书状官李程如清国。《朝鲜显宗实录》卷八

雨。平明诣阙，雷雨大作。待小晴，拜表出来，赐腊剂、豹皮等物。雨势快止，到慕华馆。查对罢后，中使出来宣酝，益兴亦参。未末，到弘济院，领左相设饯以送之。许三宰积、郑度支致和、李尚书一相及俞方叔撒、吴君瑞、御营柳大将赫然诸公在座作别。南持平、朴金正、洪判官、崔长城、权安岳亦来别。薄暮，到碧蹄站，硕普兄弟、益平尉及韩、朴、尹三甥

随至。金星老自京出来将之。洪命夏《甲辰燕行录》

洪命夏《慕华馆宣酝后口占》:"朝辞螭陛出都门,春雨新晴日政暄。祖帐云开当远别,法壶香泛拜殊恩。驱驰敢惮西征苦,忧恋长瞻北极尊。寄语庙堂诸宰辅,共殚心力济时屯。"洪命夏《甲辰燕行诗》【按《国朝人物志》卷二十六:洪命夏(1607—1667),字大而,号沂川。仁祖庚午生员,补翊卫官,不就。时满洲强盛,命夏曰:"天下将乱,我国先受祸。"与兄命耆讲备御之方。丁丑讲和,入安东吉安村躬耕养母。孝宗在邸位,命夏在书筵,常言复仇。及即位,请召金集、金尚宪、宋时烈、宋浚吉等。甲申以察访登别试,分馆前翰林。丙戌,以校理登重试,历铨郎、舍人,登文臣庭试,历副学、守御使,论斥自点之罪。显宗癸卯,入相至领,选清白吏。丙午,与房使问答相诘,辞气直壮,房使亦服。宋时烈曰:"一代之良臣,善类之宗主也。"丁未卒,年六十一,谥文简。】

洪命夏《寄益平尉》:"都尉殷勤送我行,驿亭残烛坐深更。离怀漠漠言难尽,诗思匆匆句不成。关路雪消春已动,野桥溪涨雨初晴。回头渐觉终南远,叵耐天涯恋阙情。"洪命夏《甲辰燕行诗》【考证:《甲辰燕行录》云"薄暮,到碧蹄站,硕普兄弟、益平尉及韩、朴、尹三甥随至",诗题曰"寄益平尉",诗云"都尉殷勤送我行,驿亭残烛坐深更","野桥溪涨雨初晴",据日记所言时地、天气,可知此诗当作于二月十三日或其后。】

十四日(丁未)。

晴。食后发行,使硕普兄弟入归,不从余言,追至分水院不忍辞归,严责以送之。拜晚沙相公之墓,不堪怆感之怀。到坡州牧,日未晡矣。副使、书状来见,从容打话。洪命夏《甲辰燕行录》

洪命夏《坡州路上寄文谷太学士曾在癸巳冬,余以冬至副使赴燕时,晚沙沈相公为上使,太学士文谷为书状。才过十年,人事大变。余又奉使赴燕,路过坡州,拜沙相之墓,不堪怆然,第二联及之○晚沙,沈公之源号》:"昔我衔纶命,联鞭万里驰。兹行还此日,往事忆当时。泪洒沙翁墓,情深冢宰诗。山川尚依旧,何处不相思。"洪命夏《甲辰燕行诗》【按:据《朝鲜孝宗实录》卷一一,顺治十年十一月初三日,"正朝使沈之源、副使洪命夏、书状官金寿恒辞朝","晚沙"即沈之源号;"文谷"即金寿恒号。】

二十三日(丙辰)。

晴。早起作家书付拨便。日出时发行,中火于中和。生阳馆宇一新,制作如弘济院。问某倅所构，则乃前府使金东屹所构云。德川来迎，即令诊脉，则感冒之候既已和解，宜服参茶云，即煎用之。见中和府使李淑达、三登县令权德徽、祥原郡守李凤冷、顺川郡李万枚、肃川府使金兴运，方物差使员金弘锡落后。午后发行，到大同江，日未晡矣。监司、都事、判官以下出迎，红粉满舡。少顷，副使、书状次第追至。监司设小酌，欲举乐，辞以□服，行酒数杯即止。渡江，乘平轿入城，直抵望日轩。轩在上衙后麓，乃昔时山亭也。轩制甚巧，深房曲室，俯临大江，筑□边楼亦在轩右。副使入于此楼，与监司从容会话。神观憔枯，非复昔时风采。怪而问之，病根已痼云。见都事赵远期、判官李榜、龙岗江西诸倅，又与宁远李希营、德川李字柱相对，入夜打话，深慰客怀。<u>咸镜监司徐载迩必远遣军官寄诗以问，可见其恋恋之意。</u>洪命夏《甲辰燕行录》

　　洪命夏《到箕城，北伯徐载迩必远送褊稗寄诗以问，即次以谢》："十年重作远游人，到底山河感慨新。燕塞岂无思汉士，武陵应有避秦民。风云渺漠咸关路，花柳萧条浿水春。千里邮筒知故意，北门回首驻征轮。"洪命夏《甲辰燕行诗》【考证：箕城、西京皆为平壤之别称。《甲辰燕行录》云"午后发行，到大同江，日未晡矣"，"渡江，乘平轿入城，直抵望日轩"。据《大东地志》可知大同江位于平壤地界，又李民宬《望日轩记》云："西京楼观，皆尚宏丽。……寄远情而写幽怀，无与望日轩比者。"俞彦述有诗《平壤望日轩过冬至志感》，可知使团是日宿平壤。又《甲辰燕行录》云"咸镜监司徐载迩必远遣军官寄诗以问，可见其恋恋之意"，诗题曰"北伯徐载迩必远送褊稗寄诗以问，即次以谢"，故此诗约作于二十三日或其后。】

　　赵远期《奉别洪相国命夏燕行》："乾文耀彩动三台，旋见星轺万里催。紫气又瞻随使节，黄金何处吊荒台。边城落日春犹冷，大漠阴云昼不开。解缆沙汀即异域，隔江回首久徘徊。"赵远期《九峰集》卷二【考证：《甲辰燕行录》云"见都事赵远期、判官李榜、龙岗江西诸倅"，可知洪命夏与赵远期相遇于二月二十三日。又诗曰"边城落日春犹冷"，故此诗为二十三日宿平壤时作或其后。】

　　二十五日（戊午）。

　　昼晴夜雨。日出时与监司作别，即发行到普通门。供帐设路左，本府士民为副使设饯，盖副使才经监司先生故也。巳时，到顺安，县监徐正履、咸从县令尹坤、殷山县监崔后彦来候，与之相见移时。午时许发行，到冷井拨幕。永柔县令李敏章设帐幕路左，呈公状，即下坐相见，行酒数杯。俄而，副使、书状亦追至。日晚风起，余先起乘轿，见家书、礼判书及李承旨君美书，永安尉寄七言律诗二首以贶之，良可慰也。<u>酉时到肃川</u>，见府使金兴运。江东县监金锡之、玉江前万户李之华适过去来见，本府居两班申姓人三父子来见。洪命夏《甲辰燕行录》

洪命夏《肃川路中奉次无何堂寄示韵_{无何堂，洪公柱元号}》："官柳依依又一春，故园花事负良辰。特忧每到中宵切，哀悯惟凭短疏陈。关塞此行真泛梗，江湖何处更垂纶。龙湾馆里行应滞，莫惜诗筒远寄频。"洪命夏《甲辰燕行诗》【考证：诗题曰"肃川路中奉次无何堂寄示韵"，《甲辰燕行录》言二十五日"永安尉寄七言律诗二首以贶之，良可慰也。酉时到肃川"，永安尉即洪柱元，故诗系于此。】

二十七日（庚申）。

晴，留。监司遣褊裨贻书以问。见家书及礼判书，闻自上十三日行常参礼，引见臣僚，真盛举也。<u>幼能李端相书亦来，良可慰也</u>。午后，兵使设酌，与副使、书状会饮，行数杯乃罢。作京书以付拨便。初更，禁军赍北道开市咨文下来，奉置桌子上。洪命夏《甲辰燕行录》

李端相《寄别洪尚书_{命夏}西行》："送子槎行涕满巾，西关此去暗腥尘。人间不改龙湾路，天上谁为凤诏臣。花月至今虚照眼，楼台依旧总伤神。何当更续升平事，共泛兰舟浿水春。"李端相《静观斋集》卷二【考证：《甲辰燕行录》言二十七日"幼能李端相书亦来，良可慰也"，当指此诗，作于二十七日前。《纪年便考》卷二十五：李端相（1628—1669），仁祖戊辰生，字幼能，号静观斋，又西湖。戊子进状。己丑登庭试，历翰林、典翰、舍人、铨郎。孝宗朝选湖堂，官止副学，或拜或不就，德望重一世，而退卧山林，文章气节兼备。诗如"暗灯孤坐佛，残日独归僧"，可谓绝唱而非达语也。显宗己酉卒，年四十二，以恬退学问赠吏判，谥文贞。】

洪命夏《次李幼能_{端相}，金起之_{寿兴}，李长卿_{殷相}韵》："车马驱驱岂整巾，关山漠漠涨沙尘。时危几洒平生泪，主辱还惭未死臣。胜地楼台浑索莫，故人诗句见精神。西来最是伤心处，依旧烟花浿水春。"洪命夏《甲辰燕行诗》【考证：此诗为李端相诗之次韵。洪命夏于二十七日见到李诗，故此诗作于二十七日或其后。】

二十八日（辛酉）。

晴。日出时与副使、书状具冠带会坐，拆见咨文，改封于表咨文樻中，以此意驰启，且作京书以付禁军。朝饭后到清川江，兵使判官先到以候，行酒三杯渡江。<u>直乘驾轿行到大定江</u>，嘉山郡守舣舟以待。即渡江，宁远告归，不觉依然。午后到嘉平馆，见礼判与礼参书，咸卿次洛中所寄诗韵以寄，可慰客怀。与德川同宿。洪命夏《甲辰燕行录》

洪命夏《大定江》："嘉平馆吏候津头，绿涨春江泛彩舟。为问沙鸥能记我，十年关外此重游。"洪命夏《甲辰燕行诗》

二十九日（壬戌）。

晴，乍阴。各差使员，使之落后。早食后发行，到纳清亭，定州牧使郑之虎来候。俄而，副使、书状追至，鼎坐技襟。混山亦胜，却忘行役之苦。中火后发行，<u>到定州新安馆</u>，见教养官金虎翼、牧使郑之虎、顺川郡守李万枚、安州判官柳之芳。午后，副使来言牧使欲设小酌，而未知合意何，使我探知云，即许之。夕后书状亦来会，牧使设酌，数杯而罢。<u>见京书，闻俞武仲之讣书，不觉雪涕，无以为怀</u>。洪命夏《甲辰燕行录》

洪命夏《新安馆夜闻俞武仲之讣，诗以悼之》："千里怀君夜，凶音报此时。斯人不复见，吾道竟何依。别日言犹在，浮生梦也疑。空将无限泪，更洒暮云归。"洪命夏《甲辰燕行诗》

三月

初三日（乙丑）。

晴。价川追至，辞归。日出时朝饭发行，巳时到所串中火。义州府尹姜裕后，秦川县监李松老来候，与副使、书状会话。午时发行，<u>到义州，入新别堂</u>。昌城府使李大树为送我行驰来云。郭山郡守梁伿以夫马差使员来候，本府境内各镇边将亦来见，与副使、书状、府尹会话，入夜乃罢。洪命夏《甲辰燕行录》

洪命夏《龙湾馆》："千里龙湾地尽头，十年车马此重游。春光未泄边城柳，朔气犹侵使者裘。纵值佳辰宁有兴，每从长路只添愁。繁华往事凭谁问，独有长江万折流。"洪命夏《甲辰燕行诗》

洪命夏《龙湾馆忆寿春使君曹守而口占录寄》："貊国迢迢雁亦稀，塞门何处寄相思。君为傲吏藏名日，我向危途叱驭时。作恶几惊中岁别，排愁赖有故人诗。东归拟决休官计，樽酒江湖倘可随。"洪命夏《甲辰燕行诗》【考证：据诗题与诗意，可知以上二诗皆作于留龙湾馆时。《甲辰燕行录》言三月初三日使团"到义州"，初九日"平明发行，使清译金天祥入送栅门"，故以上二诗作于初三日至初九日间。】

初五日（丁卯）。

冬至使上护军赵珩、副护军权坽、书状官丁昌焘还自北京【按：参见康熙二年十一月初四日条】。《朝鲜显宗实录》卷八

初九日（辛未）。

晴，风。平明发行，使清译金天祥入送栅门，先通一行人来之意。行二十里许，乃栅门外也。设帐幕，与副使书状下坐朝饭。封状启，作家书，以付义州军官。俄而清人出来，引坐于帐中，马贝三名、通事一名、博氏三名、甫古四名、从胡五十余名次第列坐，馈以干雉、药果、烧酒。欲给礼单，则渠辈辞以尊前不可受，退出帐外各受礼单，而皆择书青黍皮，依其愿择给之。往在癸巳冬，余以冬至副使来到栅，则衙译及博氏若干人出来，给若干纸束矣。今番则马贝、博氏等所给之物不啻十倍。至于甲军辈亦给之束封、草烟、竹刀、扇等物，未知何使臣创此谬例以启后弊也。方物卜驮所载，马夫有章标者点数先入，吾行则追后以入。行十里许入察院，仍为止宿。有一汉人入来，问其姓名年岁，则答以李在院，年十八岁。给枝参二匣。有一小儿抱薪入来，火于炕灶。问其年，才十二岁，馈余饭，叩头以谢。凤城将处给礼单及别礼单其数甚多，至给倭刀，此亦近来谬规。译官来言城将妻恳求油苫笔墨，即给之。俄而清将送酒果一盘，山楂煎两器，豆梨正果两器，烹鸡卵一器，榛子一器，又二器各盛药果，一立外面。牛脂肉面、药果真样又二器，山楂煎和以薹末、驼酪，皆腥不可近口。两厨房各走纸束、南草、黍皮、刀、扇等物以谢之。使臣以下供粮馔、柴草、粮山、稻米、小米馔、鹅鸡猪肉，马草则每驮给二束，柴草则亦给二束，各站亦如是。洪命夏《甲辰燕行录》

洪命夏《栅门外寄文谷太学士》："燕山杳杳暮云垂，雨后边风掣客麾。冰积阴崖春尚早，夜残虚幕梦还迟。年来未就归田赋，老去长吟出塞诗。仍

忆与君联枕地，满天霜雪岁寒时。"洪命夏《甲辰燕行诗》【考证：《甲辰燕行录》言三月初九日"行二十里许，乃栅门外也。设帐幕，与副使书状下坐朝饭。封状启，作家书，以付义州军官"，据诗题可知当系于此。】

初十日（壬申）。

雾，晴。日出时发行，朝饭于伯颜洞。行二十里许到松站，入察院，日才午矣。炕冷窗破，有若露处。使院直炙火，则烟满一室，不能开眼。洪命夏《甲辰燕行录》

洪命夏《松站吟怀》："行旌杳杳指幽燕，斗觉羁愁倍黯然。佳节一年寒食日，乱山千迭夕阳天。催程但恐添衰病，衔命何须叹独贤。只是壮心犹未老，腰间时复抚龙泉。"洪命夏《甲辰燕行诗》

十一日（癸酉）。

雾，晴。日出时发行，朝饭于八渡河。行十五里许，牛家庄衙译金述赍北京咨文过去云，即停车路左，金述来见。问咨文以何事出来耶，述以不知为答。余细问之曰："此凤城人入栅买卖事耶？抑硫磺犯禁罪人结末咨文耶？"又以不知为答。心甚杳杳，使徐译落后密问之，吾与副使、书状即发行。未时到通远堡，入察院，炕灶涂以新泥。既已点火，问其曲折，则带行马贝先送甲卒以通之云。徐译追到而言曰："多般密问，而金述不肯吐实，试以硫磺事更问之，则渠云衙译张孝礼自北京赍来秘传于山海关。"衙译金应善曰："此事乃颂赦朝鲜咨文，似是硫磺犯禁罪人分拣之事也云。"洪命夏《甲辰燕行录》

洪命夏《三月十一日投通远堡恋阙寓怀》："三月辽山不似春，冻云低处驻征轮。孤臣恋阙今宵最，行幸乔陵即此辰。"洪命夏《甲辰燕行诗》

十五日（丁丑）。

朝阴，晚雨。日出时发行，过旧辽东。城中人家稠密，左右开肆。记余癸巳年间奉使往来时，城中只有若干人家，今则人物甚众，问其所以，则自北京移民于此地业商者多聚云。永安寺曾已游赏，故余则直出城外路，副使独往见之。行十余里雨下，到首山岭递马，到南沙河堡中火。主人乃汉人也，问其身役，则乃永平府居民，而为生理移居于此地一年，备纳四两银子于辽东云。更问："役银计户俸之耶？"答曰："虽一户，随其所在人夫数俸银，而业文者独免役，且上年则纳银九两云。"问其所以，则上年有运石沈阳之役，故如是多俸云。大概东八站居民无他役，只供我国使臣时粮馈柴草而已。此外则计民丁数收银入于沈阳，分给诸处甲军，而每朔给二两云。中火后冒雨而行，泥路跋涉，车马颠仆。申末到笔管铺，入察院，一行人马不可露处，使之各入闾家。余所处炕房颇温，副使所接之炕甚虚疎，且其帐幕所载马入夜不来。副使移宿于余所接隔壁之炕，此则院直所接之处也。书状独宿西炕，而所骑之车没于泥中。书状骑马而来，其车弃置路旁，使汉人给价运来。闻前路泥泞甚于过站，人马皆疲，方物则使之雇车。洪命夏《甲辰燕行录》

洪命夏《辽东》："旧辽残堞已荒丘，春草萋萋惹客愁。河水尚含千古恨，至今呜咽绕城流。"洪命夏《甲辰燕行诗》

洪命夏《次韩甥伯箕韵》："江湖宿计若将何，节序空惊客里过。异域几回持汉节，征轺今又渡辽河。驿亭谁寄乡梅信，旅恨还从塞草多。到处登临增感慨，有时空咏采薇歌。"洪命夏《甲辰燕行诗》【考证：《甲辰燕行录》言三月十五日"过旧辽东"，诗云"征轺今又渡辽河"，故此诗作于十五日或其后。】

二十一日（癸未）。

朝阴，暮晴。平明发行，行四十里到盘山驿，与副使、书状同坐中火，店舍与高平无异。午时发行，微雨又下，道路泥泞，行筑路五十里抵广宁。左右原野众冢累累，昔有碑碣立于墓左，今则尽踣。申末，入广宁城中，城郭颓残甚于辽东，荆棘丛中丸砾成堆，只有李都督如松牌楼及两高塔宛然犹存。察院狭陋，不可容接，故出宿闾家。家舍新造且广，与副使、书状同入此舍。主人乃汉人，而称以千总，专掌站役，给匪草，叩头以谢。仍问广宁陷没时事，漠然不知，盖自他处移来者。城中有城将，而亦汉人云。城外罗城内左右市廛接屋连墙，比昔时最多。洪命夏《甲辰燕行录》

洪命夏《广宁》："医巫山势自何来，千里开张最壮哉。东扼辽阳临鹤野，北连沙漠压龙堆。重关孰谓金汤固，旧迹惟看壁垒颓。惆怅春风犹未到，朔云边雪满荒台。""广宁残堞带愁云，立马荒原日欲曛。试访遗民寻旧迹，至今人说李将军。"洪命夏《甲辰燕行诗》

二十五日（丁亥）。

晴，风。未明发行，行三十里过塔山，行十余里，湾上军官设帐幕于川边以候之。与副使、书状同坐朝饭后，行二十里过双石岭。飓风忽作，马亦惊走，驾轿上青盖忽然飞坠，驿子趁即奉持，使不坠地，乃卸驾以索结之。行数十里到宁远城，左右闾家女人观望，插簪花者颇多。入察院，栋宇荒凉，丹青剥落，庭左有碑石，以"宁远学庙记"题之。字画亦顽，盖察院乃当时明伦堂也。堂后有庙，庙额以"先师"题之，位牌则以"至圣先师孔子神位"，而以金字书之。庙内右桌设亚圣孟子神位、宗圣曾子神位，左桌设复圣颜子神位、述圣子思子神位，右庑设冉子、宰子、仲子、冉子、言子，左庑设闵子、端木子、卜子、冉子、颛孙子位牌，而皆以先贤书之。庙内清人积柴草，庙庑颓落，惨不忍见云，不胜感慨，略记全天枃所传之言。我国被虏二人来谒，一人方为和尚，一人服役于庄头里家，而李正立妻兄亦在其处云。余问李正立："你何以知之？"其汉答曰："李正立以兵曹书吏，今为内需司别坐，其子有某某云。正立妻兄年今七十，而自知矢死不嫁，尚今独居云。"各给纸刀火铁。洪命夏《甲辰燕行录》

洪命夏《宁远卫察院乃旧时学宫，栋宇颓落，庭草芜没，感吟一绝》："画墙颓落草茸茸，栋宇荒凉旧学宫。文物当年弦诵地，羌笛凄断夕阳中。"洪命夏《甲辰燕行诗》

洪命夏《次书状李云长祖大寿牌楼韵》："空中缥缈绝蟠根，戴础青狮左右蹲。郁郁粉书四大字，煌煌金牌两高门。时来纵勒燕山石，事去终孤汉帝恩。满目荒城愁惨地，顽然何独宛然存。"洪命夏《甲辰燕行诗》【考证：祖大寿位于宁远卫，故此诗亦作于二十五日。】

二十六日（戊子）。

晴。未明发行，行四十余里，人马疲困，未及到曲尺河，设帐幕于烟台河边，与副使、书状同坐中火。皆以为日势已晚，似难到沙河站，不如止宿于中后所。余以为今姑前进，更观日势，以为进退之地可也。仍发行，行三十里歇马于中后所，一行皆欲停行，而日犹未晚，即发行。行二十里到沙河站，察院狭陋，出宿于村闾。主人乃汉人，而年少伶俐，扫舍以迎。其窗毁破，令马头以新纸改涂。其汉之母见其涂褙不精，与其子亲自涂之以示厚意。有子二人，女一人，而主姬及女与妇皆着白巾白衣，其子则不变常服。怪而问之，则其父死于上年秋，故渠则带白带青，帽子上去其红丝云。问其

17

姓名，答以李元名，其弟名扬名云。问其年，二十，其弟年十八。问其身役，以本站驿夫专掌喂豢驿马云。家舍不陋，画椟迭积，且有奴仆，畜豢亦多。有一年少女子姿色亦美，员役争先出入见之，乃元名妻也。元名愿得笔墨，即给笔墨与刀子。见渠吃饭，饭则秫米，炒猪肉一甫，光野菁草一器，亦不尽食。译官问曰："汝在父丧中何不蔬食耶？"答曰"三朔行蔬，之后食肉"云云。此非独清人之习为然，虽在明朝亦如此。中原丧制与胡无异，安得不为左衽哉！洪命夏《甲辰燕行录》

洪命夏《沙河站次书状韵》："原野苍茫极目赊，羁怀凄切鬓添华。十年燕路长为客，三月辽山未见花。塞雾有时翻作雨，朔风无日不飞沙。倦游何处堪消遣，每到沙边为驻车。"洪命夏《甲辰燕行诗》

二十七日（己丑）。

风。平明发行，行数十里许，有一清人持生雉来呈，使徐译问之，右真王子之幕下，自沈阳领马群回还。见副使干粮译官买雉之状，以其行中猎得送之云云。给匣草、烟竹以酬之。行三十里到高灵水边，与副使、书状同坐中火，日才午矣。先行未十里，风势大作，尘沙涨天，仅得驱马。<u>行五十里，先到山海关罗城门外停车</u>。掌务译官清译出来曰："行次先入，人马追入为可云。"副使、书状良久追至，待人马齐到，未免移时。俄而城将送人促入，乃入城门。闾家栉比，垓子流水，曲曲深碧，杏花初发，绿柳飘丝。及入关门内，城池楼台之壮，人物市廛之盛，有不可尽记。入察院，左右路边观者簇立。察院乃旧时关理道三吕衙门，曲墙层门最为深邃，中堂高大，东西炕房涂以粉纸，有高楼远临城中。洪命夏《甲辰燕行录》

洪命夏《次书状李云长程韵》："壮志平生陋八寰，倦游辽蓟十年间。纵横燧垒联沙漠，表里金城控汉关。举目可堪今古恨，惊心非是道途艰。停车更向塞天望，云外愁容何郡山。"洪命夏《甲辰燕行诗》【考证：诗云"纵横燧垒联沙漠，表里金城控汉关"，据此诗在诗集中位置，当为二十七日山海关中作。】

洪命夏《次书状山海关韵》："人力能争造化功，秦城万里北而东。横临渤海风云壮，直压阴山气势雄。壁垒参差飞鸟外，楼台隐映夕阳中。空将天地无穷恨，半夜悲歌跋烛红。"洪命夏《甲辰燕行诗》

四月

初四日（丙申）。

晴。平明发行，行五十里，中火于乐山店。店南数里许有一城郭横野，绿柳簇立，乃宋姓人家庄，而素称富家。宋姓人死已久，其子承家财，见夺于盗贼云。过鳌山店，左右铺子多置物货，商贾簇立。问之，今日乃此地场市云。行三十里，苍茫大野，烟树浮空，有若岛屿列峙于大海中，此所谓蓟门烟树也。渡渔阳桥，入蓟州。城中人物之众，市肆之富，视癸巳年尤繁。察院深邃，乃旧时知府衙舍也。中堂前面墙壁刻《醉翁亭记》，乃赵孟頫笔迹也。蓟州知府到门外请见，译官以清人在此，出入非便为辞，知府即退归。知府乃辽东人，而以辅政族属得授此任云。洪命夏《甲辰燕行录》

洪命夏《蓟州》："烟树浮空客路长，野光山色共苍茫。朱楼隐映斜阳里，不是禅堂是庙堂。"洪命夏《甲辰燕行诗》

初七日（己亥）。

风。平明发行，欲出西门，则车马填塞，不可作行云。不得已还出北门外，就迂路而行。风势大作，尘沙蔽天，行路左右间阎相连，皆昔年所无之民舍。行三十里入路左庙堂。庙堂之左有禅房，广且不陋，壁上有燔造老人座纸造麟狮，皆有生气。与副使、书状朝饭后发行。自通州城外至燕京，道路左右树以杨柳，处处有墓，皆筑台石，涂以石灰。四面墙垣多种花柳，有守墓者，乃清人有职者之坟也。行抵□桥，自桥至城门外人丁云集，杵筑道路左右。有官员设帐幕，董役问之，八高山各出军丁修治云。入东岳庙，男女杂沓，盖是日城中之人出来焚香云。与副使、书状步入庙堂之后，坐胡床少憩。观光者簇立。俄而衙译车成哲、金命先出来，促入城中，一行即改着冠带入城。风沙大涨，咫尺难辨。左右市肆与前无异，人民往来比昔似疏。入玉河馆，馆后馆左退筑墙垣，新造长廊。一行员役皆入接炕房，无露处之患。俄而各护掌供粮馔柴草，上使则羊一口，鹅一首，鸡一首，生鲜三尾，酒一罐，豆泡、油酱、菜物。副使、书状则稍减其数，而羊则间五日供之。首译及上通事以下各供馔物，而有差等，驿卒驱人等亦给牛猪之肉及柴木三千一百十九斤，草五百余束，逐日进排。洪命夏《甲辰燕行录》

洪命夏《次书状韵》:"九阙重城旧汉宫,山河风景古今同。纱窗绣户青烟里,宝马香车紫陌中。燕市何人悲击筑,吴花余恨泣埋红。羁怀斗觉增凄绝,坐到残宵月出东。"洪命夏《甲辰燕行诗》

洪命夏《次书状韵》:"城阙初开晓雾收,白头趋走愧难休。双龙屹立千年柱,五凤高临八丈沟。璇极宛然瞻缥缈,玉珂无复听琅璆。门前为问班仪象,尚记当时拜舞不?舞一作跪。"洪命夏《甲辰燕行诗》

洪命夏《次书状咏新恩游街者韵》:"路旁观者簇如墙,白马青幢进士郎。秖是衣冠非汉制,莫夸头上桂花香。"洪命夏《甲辰燕行诗》

洪命夏《次书状韵》:"自少桑弧志四方,倦游今日转堪伤。防间但见夸金牌,民俗惟知奉佛堂。天下有谁如管葛,古来无复铸虞唐。何当扫尽溟蒙浸,天地重恢日月光。"洪命夏《甲辰燕行诗》

洪命夏《次杜工部秦州杂诗六首》:"未决归田计,重拚出塞游。度关频驻马,无处不生愁。朔雾阴如雨,边风夏亦秋。天涯惊节换,何事此迟留。""行行关堠远,漠漠塞天低。野阔烟沉树,春归花作泥。云连喜峰口,日落蓟门西。百战山河在,何年息鼓鼙。""无云翳日色,不飓涨尘沙。车马迷关路,风帘认酒家。荒台分远近,残垒自欹斜。举目空挥泪,兹游不欲夸。""雉堞屹如山,逶迤山海间。排张秦古迹,表里汉重关。往事浮云灭,长空独鸟还。登临增感慨,那得破愁颜。""繁华旧帝里,台殿夕阳间。烟泛千门柳,云埋万岁山。旅愁今日最,乡国几时还。寂寂乌蛮馆,孤吟鬓已斑。""羌女调笳奏,胡儿牧马群。公侯皆甲第,今古即浮云。城入千层蠹,街从十字分。悲歌燕市起,客里不堪闻。"洪命夏《甲辰燕行诗》

洪命夏《玉河馆有感》:"表里山河百二如,遍游前后十年余。风云接地迷关路,城阙连天壮帝居。燕市即今寻往迹,金台何处访遗墟。悲凉最是无穷恨,万寿山前旧殿虚。"洪命夏《甲辰燕行诗》

洪命夏《次书状玉河馆韵》:"乌蛮旧馆枕流河,河水声悲奈尔何。万岁山容无尽恨,九街春色为谁多。凄凉尚照金台月,感慨犹传易水歌。怊怅客心愁欲折,强携樽酒此堪过。"洪命夏《甲辰燕行诗》

洪命夏《次书状韵》:"中国封疆环九区,江南直北是燕都。关防表里金汤固,梯航东西玉帛输。今古忽从桑海变,衣冠还与语言殊。汉中消息君休

问，天下英雄未必无。"洪命夏《甲辰燕行诗》

洪命夏《次书状韵》："乌蛮馆里几经旬，终日惟闻燕语新。莫向画梁寻古垒，主人非是旧时人。"洪命夏《甲辰燕行诗》

洪命夏《寄太学士文谷》："曾游燕塞十年前，重到乌蛮亦有缘。残烛偏怜联枕地，一樽空咏纪行篇。翻惊尺素来何自，斗觉孤怀倍豁然。休道遄归调鼎鼐，疎慵端合寄林泉。"洪命夏《甲辰燕行诗》【考证：《甲辰燕行录》言四月初七日抵达北京，五月初十日离发还国，故以上诸诗当作于四月初七日至五月初十日间。】

十八日（庚戌）。

朝鲜国王李棩遣陪臣洪命夏等斋表谢颁给诰命恩，并贡方物。宴赉如例【按：参见是年二月十三日条】。《清圣祖实录》卷一一

五月

初十日（辛未）。

朝阴晚晴。朝饭后发行，关雨初晴，道路泥湿，尘沙不起，马蹄亦轻。行二十里过野鸡屯，副使、书状为观夷齐庙由间路而行，吾直行向永平府。行二十里到滦河水边，无舟楫，行旅皆到滩而行。滩水汔深，使驿卒担轿而渡涉。译官金益宽所骑马跌足堕水，仅得渡之。行十里到城底水边，永平府民会集，毁撤桥梁，由滩而行，滩水颇浅。到城中入察院。干粮译官往市买两色粗精肉、杂色汤五六器以供之，其味腥腻不可吃。向夕，译官来言衙译朴孝男赍回咨文入来，一行莫不喜之。副使、书状自夷齐庙来到。副使曰渡滦河时逢着朴孝男赍咨而来，其幸可言。俄而朴孝男入来，传给回咨曰："初八日晚发北京，昨宿蓟州，朝到沙河驿，行次已发，故仅得追及于此处云。"护行麻贝二名亦入来，渠亦以回咨来到为喜云。朴孝男等出去后拆见咨文，则并依议，只梁孝元一人分拣郑判府事，终归落寞。一行莫不缺望，而译辈尤甚失心，盖恐判府事不谅此中曲折，以译官不能尽力周旋为咎也。洪命夏《甲辰燕行录》

洪命夏《次书状夷齐庙韵》："千古纲常二子躯，采薇当日此山隅。争钦叩马存臣节，试较非熊孰丈夫。遗像昔曾申我慕，清游今负与君俱。殷墟一片城犹在，复有何人大义扶。"洪命夏《甲辰燕行诗》

十六日（丁丑）。

晴。未明发行，行二十里到双石城。有车五辆前行，每车载男女四五人，以银铛锁颈，稚儿在其中。使译官问以何地人被何罪往何处耶？清人答曰："秦京府、河南府等处所居之人，与清人相斗，移配于沈阳、宁古塔等处云。"道路间如此之类入送沈阳者甚多，且闻非独常汉犯罪者为然。至于南方士夫获罪者辄送于宁古塔，故无他资生之路，我国会宁开市时持书册出往买卖云。有巨富人赴宁古塔配所，其妻在北京呈诉于衙门，请造门楼以赎其罪。其人作钟楼，又作河大门楼，而时未完役，所费银子已过万余两云。洪命夏《甲辰燕行录》

洪命夏《双石城路中见十车载男女，皆以银铛锁颈，使译官问之，秦京府河南等处民人犯罪，全家定配沈阳云》："银铛锁颈彼何人，云是秦京旧汉民。休论有罪与无罪，只恨群生生不辰。"洪命夏《甲辰燕行诗》

二十五日（丙戌）。

晴。平明发行，就路虎狼谷，峡路左右浓绿参差。行四十里到甜水站，设帐幕于川边。副使、书状同坐朝饭。李奴竟毙于路中心，甚惊恻，雇车载之，使之追后而行。午后风作，到高岭岭底，卸车乘马踰岭而行。到川边下马而坐，少顷发行，入连山馆察院。洪命夏《甲辰燕行录》

洪命夏《次书状韵》："久客催归路，赢骖趁晓行。行从虎狼谷，直向凤凰城。宇宙劳行役，岩廊愧相名。惟应归去日，乞退豢吾生。"洪命夏《甲辰燕行诗》

六月

十三日（甲辰）。

陈奏正使洪命夏、副使任义伯、书状官李程等自清还。硫黄犯禁人等论以一罪，使臣等拟以革职，犯禁死者二人。《朝鲜显宗实录》卷八

洪锡箕《读洪相国〈燕行录〉感吟》："燕路三千里，新诗几百篇。宜今天下诵，不但海东传。银汉客何在，玉河春可怜。微吟口马句，掩卷一潸然。"洪锡箕《晚洲遗集》卷三【考证：诗曰"燕路三千里，新诗几百篇"，据诗题与诗意，当为洪命夏归国后洪锡箕读洪诗而作。《显宗实录》卷八言六月十三日使团复命，故此诗作于十三日后。《纪年便考》卷二十四：洪锡箕（1606—1680），字符九，号晚

洲。宣祖丙午生，仁祖丁卯进士。辛未，以佐郎魁庭试，官止承旨，因事被谪。丁丑后隐于山中。诗才敏给，有"倚马击钵"之称。初受学于具凤瑞，具为岭伯，锡箕赠诗曰："千里岭南观察使，十年门下状元郎。"尝进金鎏宅，一丫鬟奉杯，指端染红鎏，呼韵使赋，锡箕应声曰："凤穴仙花血色丹，佳人染得指夫端。擎杯却讨绯红扑，捻箸还疑泪竹斑。拂镜大星流夜月，画眉红雨过春山。懒凭玉槛支香颊，错认胭脂点玉颜。"家传忠孝，文章着闻于当世。正祖朝加赠吏判，谥孝定。】

十月

二十七日（乙酉）。

洪柱元《拟赠郑相圣能致和赴燕》："蓬山仙籍盛替缨，五世争传六相名。试检青编今古罕，即看黄阁弟兄并。天时政属三冬节，王事还催万里行。遥想浿江笳鼓咽，卯君熊轼雪中迎。"洪柱元《无何堂遗稿》卷三【按《纪年便考》卷二十四：洪柱元（1606—1672），字建中，号无何堂，丰山人。宣祖丙午生。仁祖癸亥，尚宣祖贞明公主，封永安尉。丙子，扈驾入南汉。仁穆大妃升遐，后宫中有帛书多不道语，上疑贞明公主，以御札问于张维，维以"不可起狱"为对，既而。己卯，上寝疾，而宫中有巫蛊之变。上意疑公主也。鸣吉曰："先王骨肉只有贵主，今若起狱，当日反正之意安在？且巫蛊自古多晻昧难明，仍请移御别宫。"上大怒，特命越次赴沈。鸣吉到龙湾，又上疏极谏。时永安尉宫中多被棰死者，祸将不测，李植力持救解之议。自是，柱元杜门不出者五年，疏救赵锡胤、朴长远。上以仪宾不当，干预国政罢职。郑太和、金益熙为之伸救。名重士流，四使燕山，例赠皆散之傔率。显宗壬子卒，年六十七，谥文懿。】

姜栢年《送李参议尚逸赴燕京》："何年同泛镜湖舟，廿载重逢已白头。月满鸡林频梦想，雪深燕塞役离愁。夷齐庙畔应多感，贞烈祠边更少留。关柳欲青君必返，拟将樽酒会江楼。"姜栢年《骊江录》【考证：据《使行录》，冬至正使郑知和、副使李尚逸、书状官禹昌绩于十月二十七日辞朝，以上诸诗当作于二十七日或其后。《纪年便考》卷二十四：姜栢年（1603—1681），字叔久，号雪峰，又闲溪，又听月轩。宣祖癸卯生，仁祖丁卯，登庭试。丙戌，以校理魁重试。尝佐幕关东，与方伯李明汉游四仙亭，作诗曰："两人相对照，疑是四仙翁。"明汉称赏。还朝延誉，力至弘录，诗名大播。历副学、艺提、选廉谨吏、衡圈，官止崇禄左参赞，入耆社。所著有《闲溪漫录》。肃宗辛酉卒，年七十九，赠领相，谥文贞。】

康熙四年（1665 年/乙巳）

正月

初一日（戊子）。

朝鲜国王李棩遣陪臣郑致和等表贺冬至、元旦、万寿节及进岁贡礼物。宴赉如例【按：参见康熙三年十月二十七日条】。《清圣祖实录》卷一四

二月

二十六日（癸未）。

冬至使郑致和、副使李尚逸、书状官禹昌续归自清国【按：参见康熙三年十月二十七日条】。《朝鲜显宗实录》卷一〇

九月

初八日（辛卯）。

册赫舍里氏为皇后，辅臣索尼之孙女也。上太皇太后、皇太后尊号，加恩中外。《清史稿卷六·本纪六·圣祖一》

十月

初九日（辛酉）。

清遣使以尊崇其太皇太后、皇太后及册后事来告【按：参见是年九月初八日条】。《朝鲜显宗实录》卷一一

二十二日（甲戌）。

冬至使金佐明、副使洪处厚、书状官李庆果如清，贺冬至正朝。《朝鲜显宗实录》卷一一

李夏镇《送李硕之奉使燕山》："去去燕山四牡诗，百年兴废有余悲。寂寥士雅闻鸡舞，萧瑟高皇斩马基。玉帛西将犹旧路，衮衣南面异前时。已乎

天意今如此，不用临岐感泪垂。""乾坤虽大未渠容，弧矢燕南略避锋。鹤柱遗踪行且问，狗屠今日可能逢。宽心诗句三千首，碍眼云山一万重。王事有程须急发，敀来早趁蒜山农。"李夏镇《六寓堂遗稿》卷一【按：李庆果，字硕之。《纪年便考》卷二十八：李夏镇（1628—1682），骊州人，仁祖戊辰生，字夏卿，号梅山，又六寓堂。显宗丙午，以司果魁明经科，历副学、提学，官止吏参。肃宗庚申，郑太和之复配慈庙庭也，上章诋斥。是年狱，与郑维岳、睦来善同被远窜。能文章，善书法，名入笔苑。】

洪柱元《追寄金一正佐明燕京之行》："朝来风雪扑檐楹，默想燕山万里程。日戒征轺愁跋涉，晓呼邮卒问阴晴。客怀无赖羔儿遗，乡梦多从毳幕惊。此去试尝艰苦况，定怜衰骨四曾行。"洪柱元《无何堂遗稿》卷三【考证：以上诸诗当作于十月二十二日或其后。】

金佐明《清川江留别节度以下诸官》："清川江上驻征鞍，为别诸公坐语阑。回首妙香盘地轴，一筑安得雪中看。"金佐明《归溪遗稿》卷上【考证：梁诚之《备边十策》云："安州有清川江，古安北镇。"诗题曰"清川江留别节度以下诸官"，诗曰"清川江上驻征鞍"，可知此诗作于使团自安州离发时。使团于十月二十二日辞朝，故此诗作于二十二日后。《纪年便考》卷二十六：金佐明（1616—1671），光海丙辰生，字一正，号归川，又归溪。仁祖癸酉进士。甲申，登别试，历南床、铨郎。丙戌，以兵佐登重试。孝宗朝为畿伯，时尹鑴负名攘人葬地，佐明断以法，诋谤群起，终不动。显宗时，遭亲丧，葬用羡道。谏官闵维重谓为僭制，请考律定罪，使之改葬，上不许，止革其职。忠君体国，发于赤诚。以善书称名，入笔苑。辛亥卒，年五十六，谥忠肃，配享显宗庙庭，以子锡胄？保社元勋，赠领相清陵府院君。】

金佐明《锡儿以问礼官追到箕城，又自龙湾还至定州作别，题扇以赠》："相送都门半日程，来逢关外一旬更。驱驰王事迷南北，父子深情到此轻。"金佐明《归溪遗稿》卷上

金佐明《宁远卫祖大寿牌楼》："嫖姚曾闻勒燕然，沙漠无庭系左贤。尚辞甲第金门里，肯斫云根紫塞边。""元戎四世宠光休，伎尽工倕制作优。飞将当年没羽石，想应鞭入祖生楼。"金佐明《归溪遗稿》卷上

金佐明《长城》："临洮初起始皇年，山海增修势扼咽。横断冈峦来万里，截分夷夏壮三边。英雄用武非无地，兴丧由人岂在天。西望金台饶感慨，几多行客泪潸然。"金佐明《归溪遗稿》卷上

金佐明《燕都感怀》:"苍黄忍说甲申春,城阙昏昏暗贼尘。南渡奸臣犹党旧,北来飞骑更添新。重天未彻齐民吁,率土咸悲异俗沦。千载河清知有日,遗黎倘复见昌辰。"金佐明《归溪遗稿》卷上【考证:《显宗实录》卷一一言翌年三月二十五日"冬至正使金佐明、副使洪处大、书状官李庆果归自北京",故以上诸诗作于十月二十二日至翌年三月二十五日间。】

十一月

二十四日(丙午)。

清使工部左侍郎柯郎中石来传,清主纳内大臣噶布剌女黑舍里氏【按:即"赫舍里氏",参见是年九月初八日条】为后,遣柯等以颁诏为名。上幸慕华馆迎敕,还御仁政殿览敕书,行礼讫,接见清使于仁政殿。《朝鲜显宗实录》卷一一

十二月

初六日(丁巳)。

清使还。时两使以下大通官等求请之物,罔有纪极,所过州郡,为之虚耗。《朝鲜显宗实录》卷一一

朴长远《中和公以儐使西下时所录,自此诗至发碧蹄系录中作》:"眼看驹岘马前横,稍喜黄冈迓此行。西北阴风随纩至,长安白日举头明。村逢恶岁多荒亩,山带边愁总废城。武德开元难再遇,呼杯强慰古今情。"朴长远《西行录》【考证:《显宗改修实录》卷一四言十月三十日"清使出来,以朴长远为远接使",《显宗实录》卷一一言十二月初六日"清使还",据题注(当为编者撰),此诗作于十二月初六日后,朴长远以远接使送清使归国途中。】

朴长远《绝句三首》:"山雪河冰岁暮天,凤州东去是龙泉。明朝又傍葱山过,渐喜乡关到目前。""残月微云欲曙天,近家归思涌如泉。何当诣阙鸣珂退,拜舞高堂鹤发前。""吾老行休一听天,嗟嗟晚计在林泉。何时将母归耕处,森竹诸孙满眼前。"朴长远《西行录》

朴长远《湍坡路有感》:"千里新归雪霁天,近瞻荒垄傍幽泉。征轺又驻长陵下,老泪交挥夕照前。"朴长远《西行录》

朴长远《过广滩又西下时》:"蓐食辞弘院,邮程过广滩。身轻只役屡,亲

老远游难。物色生春意，云阴酿腊寒。湖梅着花未，无计拥炉看。"朴长远《西行录》

朴长远《过箕城二首》："角罢生阳馆，旗翻挹灏楼。雪晴银作路，河冻马为舟。家信稀仙岭，王程渺义州。忽思滩畔宅，梅发小堂幽。""屡过箕子国，又出普通门。雪色浑平陆，天形围古原。远游惊岁月，久客信乾坤。诗罢怀尤恶，将心默自存。"朴长远《西行录》

朴长远《衰暮》："六曲屏风掩画堂，寒宵残烛对红妆。魔军岂复来侵我，已试当年铁石真。"朴长远《西行录》

朴长远《到龙湾》："鸭绿流天际，长安杳日边。路因封有限，春与客争先。得句愁谁语，当杯强独传。未论三宿恋，辛苦记兹年。"朴长远《西行录》

朴长远《龙湾》："长安一别路强千，客意今朝更渺然。地势前临夷夏界，天时政迫旧新年。送书雁度关山月，落字鸦投野店烟。只为晨昏催返旆，兹行又负九龙渊。"朴长远《西行录》

朴长远《次方伯李公正英子修韵》："墨子不黔突，杨朱犹泣岐。况吾孤拙者，值此险难时。盘谷谁争所，庞公未赴期。临风默惆怅，觅纸一题诗。"朴长远《西行录》

朴长远《再迭》："世故伤离别，人情怯路岐。天涯为客日，关外立春时。风月思玄度，峨洋托子期。应同浿江宿，又赋岁除诗。"朴长远《西行录》【考证：朴长远《西行录》言"公以傧使西下时所录，自此诗（《中和》）至发碧蹄系录中作"，下诗题曰"箕城守岁"，故以上诸诗当作于十二月初六至三十日间。】

三十日（辛巳）。

朴长远《箕城守岁》："腊残黄雾已排寒，四度回鞭路觉难。身似病蝉犹举翼，心如古井不生澜。雪消荒戍闻鸦噪，天豁平郊见鹤盘。浿馆岁除容信宿，愿凭归梦入长安。"朴长远《西行录》【考证：诗题曰"箕城守岁"，诗云"浿馆岁除容信宿"，当作于十二月三十日。】

康熙时期中朝诗歌交流系年（1662—1681） >>>

康熙五年（1666年/丙午）

正月

初一日（壬午）。

朝鲜国王李棩遣陪臣金佐明等表贺冬至、元旦、万寿节及进岁贡礼物。宴赉如例【按：参见康熙四年十月二十二日条】。《清圣祖实录》卷一八

朴长远《谒仁贤书院_{丙午}》："国被仁贤化，乡开貌像祠。流传井犹在，方策范仍垂。云马朝周似，松琴奏操疑。瓣香瞻礼罢，窗日映蛛丝。"朴长远《西行录》

朴长远《安州李博士_沃来说次百祥楼韵，仍次其韵》："何处关西第一楼，百祥风景付君收。心随萨水千层浪，目极香山最上头。此去明河容犯斗，今来积雪满维舟。也应觅句凭栏久，斜日穿云下远洲。"朴长远《西行录》

朴长远《绝句》："南归梦罢欲寻难，愁见窗间月影寒。遥想吾庐清眺处，夜深渔火点前滩。"朴长远《西行录》

朴长远《见申监司叔遗集二首》："十载闻蛩夜雨悲，负薪东越见孙儿。卷中意象今犹在，不独诗文是我师。""玄相名家有伟人，才猷未展失贞臣。尚思隅坐聆余论，白首风尘愧此身。"朴长远《西行录》

朴长远《过扫湍冈有感》："开城西去是湍冈，瞻护无人旧业荒。过谒少伸霜露感，夕阳归路更彷徨。"朴长远《西行录》

朴长远《发碧蹄》："蓐食催驱驷马车，新归失喜意茫如。瓠棱入望门闾近，献寿维南是岁初。"朴长远《西行录》【考证：以上诸诗当作于正月朴长远以远接使送清使渡江后，返回汉阳途中。】

二月

十五日（丙寅）。

谢恩使沈益显，副使金始振，书状官成后卨出去。《承政院日记》【考证：

28

《显宗实录》卷一一言二月十四日"谢恩使沈益显,副使金始振,书状官成后卨出去",《使行录》言辞朝时间为二月十五日,暂依《日记》《使行录》。】

金寿恒《西郊饯席书赠青平都尉沈公益显○丙午》:"依依残日下山椒,万里修程始此桥。书过鸭江难复寄,梦寻燕塞不知遥。吟边远树天浮蓟,马首长城地割辽。休怪我怀偏有感,昔年曾逐相公轺。"金寿恒《文谷集》卷二【按《纪年便考》卷二十五:金寿恒(1629—1689),字久之,号文谷。仁祖己巳生,丙戌进士。孝宗辛卯,魁谒圣,选湖堂,历铨郎、舍人、副学。显宗壬寅,升资宪,典文衡。辛亥升崇政。壬子,入相至领,久掌铨衡,屡按鞫狱,一以清严从事,所以见仇于宵人。居相府十八年,肃宗乙卯,以为慈圣诛无礼,抗疏论镌。及宇远嗣基,反蒙严批,两司启请罢职,答曰中途付处,又请远窜,窜灵岩。戊午,移铁原。庚申,起谪中,拜领相,秉政八年。己巳,与兄寿兴被弹一启中,以十年秉国,擅弄威福、戕害善类、削断国势、元子定号之时,揣摩违牌为目罢职,因三司合启安置珍岛,寻受后命,年六十一。临命作诗曰:"三朝忝窃竟何神,一死从来分所宜。惟有爱君心似血,九原应遣鬼神知。"赠都事李行道诗曰:"昨夜瑶台拜至尊,觉来哀泪枕成痕。君今奉旨宣恩药,怳若前年御酒分。"行道次曰:"廿载黄扉相业尊,清名雅操玉无痕。忠贞负恨天何意,斯世污隆自此分。"甲戌复官,谥文忠。】

金万重《送青平沈都尉益显使燕》:"使节翩翩发建章,都门二月柳枝黄。还教秦女乘鸾侣,却向丁威化鹤乡。燕塞雁声愁里度,沁园花气梦中香。悬知自昔悲歌地,不独春光解断真。"金万重《西浦集》卷四【按《纪年便考》卷二十八:金万重(1637—1692),仁祖丁丑生,字仲叔,号西浦。以遗腹子不识父面为终身痛。孝宗壬辰,进士居魁,试官为惜其福置之下。显宗乙巳,魁庭试,历翰林、春坊、铨郎、副学。肃宗朝,再为文衡,不拜。官止崇政兵判。有忠孝大节,文章冠当世,尤善于诗歌。以直言屡被窜谪。壬申卒于谪所,年五十六。甲戌复官,谥文孝。】

姜栢年《送青平尉沈公益显赴燕京》:"萧史倦骖向紫蒙,德星文彩动天东。鸿胪礼遇超凡介,象译尊瞻拟上公。孤竹古祠残雪里,蓟门春树暮烟中。锦囊如得琼琚句,归诧城南老病翁。"姜栢年《城南录》

李敏叙《送沈可晦赴燕》:"河桥杨柳绿依依,正是青春欲暮时。此路朝天前日事,遗民思汉至今悲。荒沙万里经残垒,孤竹千年有古祠。着处登临多感慨,归来看取壮游诗。"李敏叙《西河集》卷四【按:沈益显,字可晦。】

洪柱元《青平都尉沈公益显将赴燕京也,索别语甚勤,不可以不文为辞。

余尝饱经此行,故历举道里山川,演成三十绝,以备路程记云尔》:"青松华阀冠吾东,继组相传到相公。令子早膺都尉选,规模自有大家风。""温温风味蔼仪容,宝带狸袍雨露浓。朝罢天香携满袖,九街春风马如龙。""主家阴洞映晴窗,潋滟香醪列玉缸。日暮笙歌留客处,醉来豪气笔如杠。""安能局束老于斯,游览殊方且壮时。万里长程行李稳,内臣将命太医随。""清晨拜命出彤闱,饯罢西郊已夕晖。最是碧蹄孤馆夜,酒醒羁思倍依依。""坡山路左驻征车,泪尽松楸省扫余。还有白云瞻望恋,慈颜日夕倚门闾。""临津西去是松都,入眼山川似画图。试向橐驼桥上望,夕阳宫树有栖乌。""山名葱秀彩云迷,玉溜泉通上下溪。怊怅天仙留迹处,苔痕半蚀旧时题。""华谯粉堞压苍崖,政是黄岗物色佳。应向太虚楼上望,客怀迢递转难排。""獜马朝天去不回,浿江形胜只楼台。可怜童稚曾游地,争睹今乘四牡来。""连床安定县衙春,迭唱埙篪喜气新。来去想应经此路,暂时分手莫伤神。""百祥楼迥大江濆,宴罢华筵倚夕曛。指点香山何处是,一眉晴绿望中分。""新安雄府国西门,歌舞留人胜事繁。行殿昔曾停此地,穆陵遗泽至今存。""辽野茫茫鸭水寒,统军亭上独凭栏。星槎一渡山川隔,从此乡书入手难。""九连城接凤凰山,客路萧条乱树间。此是行人愁绝处,去来安得不凋颜。""三流八渡水洄沿,处处攀援病涉川。路畔王祥孤冢在,祗今犹有姓名传。""冷泉西望是全辽,白塔千寻耸九霄。欲问当时兴败迹,夕阳残堞只魂消。""山高驻跸俯平郊,从古辽阳战伐交。青史竟贻穷黩耻,此行那免后人嘲。""叉河以北转萧骚,白草黄芦匝地高。行旅有时惊野火,劝君驰过暂忘劳。""征鞭遥指大凌河,沿路城池次第过。十二螺鬟添一个,完如三角碧嵯峨。""墟落荒凉夕照斜,塔山全没至今嗟。投文定吊沙场骨,才调知君似李华。""从来宁远壮关防,控卫神京接大荒。堪笑祖生何事业,漫教河岳失金汤。""微茫沧海望中平,百尺亭临万里城。关法至今防出入,行人晓发候鸡鸣。""北平名胜国门庭,处处花村酒幔青。尚忆陇西猿臂将,千秋虎石只留形。""孤竹清风台数层,首阳山色碧崚嶒。春来薇蕨今谁采,犹忆当年二子登。""烟树微茫是蓟州,地连三辅扼咽喉。千秋独乐知名寺,尚有青莲笔迹留。""楼观岩嵬枕水浔,通州壮丽试登临。从来物色分留少,尽入忘轩独鸟吟。""天下名都不过三,帝京形势壮崤函。祗今惟有铜驼在,泥马何年已渡南。""蛮馆愁闻昼漏添，客心叵耐暂时淹。遥怜屈指东还日，节序骎骎迫暑炎。""王命吾曾四度衔，支离客况备酸醎。君今历历经行处，倘把诗篇远寄缄。"洪柱元《无何堂遗稿》卷四【考证：《显宗实录》卷一一言沈益显等于二月十四日辞朝，以上诸诗当作于二月十四日或其后。】

二十五日（丙子）。

冬至正使金佐明、副使洪处大、书状官李庆果归自北京【按：参见康熙四年十月二十二日条】。《朝鲜显宗实录》卷一一

四月

初九日（己未）。

朝鲜国王李棩遣陪臣沈益显等表贺大婚礼成，尊上太皇太后、皇太后徽号，并贡方物。宴赉如例【按：参见是年二月十五日条】。《清圣祖实录》卷一八

七月

初十日（己丑）。

以许积为谢恩兼陈奏正使，南龙翼为副使，孟冑瑞为书状官。《朝鲜显宗实录》卷一二

二十四日（癸卯）。

郑知和为冬至正使，闵点为副使，赵远期为书状。《朝鲜显宗实录》卷一二

九月

二十日（丁酉）。

谢恩兼陈奏正使许积、副使南龙翼、书状孟冑瑞如燕，上引见。《朝鲜显宗实录》卷一二

南龙翼《燕行录序》："显宗大王七年丙午，清国以前岁使行从人犯留禁物及被掳逃还人不即刷送事遣使查问，领左相郑太和、洪命夏皆以一罪勘去。朝家差送谢恩兼陈奏使，陈暴事情，许右相积为正使，余为副使，孟休征冑瑞为书状。九月二十日，辞朝，上引见于兴政堂，教曰：'此事予已自当尽心周旋，期于两相之无事。'丁宁勉谕，临罢，小宦传授帽掩、虎皮、腊药等物，手擎以出。椒扇、磻木等种亦追出。十月初十日，渡湾。十一月初九

日，抵北京。十二月二十七日，还越江。丁未正月十二日，复命。往返通计一百十日。"南龙翼《燕行录》【按：此序当为康熙六年正月十二日南龙翼还朝复命后整理《燕行录》时作，为提供线索系于此。】

南龙翼《弘济桥饯席留别诸丈诸友》："弘济桥头几送人，我行今日别怀新。秋阴作雨当樽散，落叶流风打袂频。使事关心忘路远，离杯列侍见情亲。邮便一夕能千里，莫惜传筒鸭水滨。"南龙翼《燕行录》【考证：诗云"弘济桥头几送人，我行今日别怀新"，题曰"弘济桥饯席留别诸丈诸友"，当作于九月二十日。】

金寿恒《赠别南云卿燕行》："欲把何辞赠此行，旧游回首梦犹惊。逢人不敢分明语，到处徒增感慨情。独夜雄心凭短剑，中原古路入长城。屠门酒肆知多少，试觅悲歌击筑声。"金寿恒《文谷集》卷二

洪柱国《赠南云卿龙翼赴燕》："扶桑碣石马牛风，历览人稀海以一作如君罕海东。云梦胸襟从此大，江河文字较来雄。方知再作星槎役，端为全输翰墨功。堪恨赏音今寂寞，济南回首雪楼空。"洪柱国《泛翁集》卷四【考证：以上二诗当为九月二十日送别使臣时作。《国朝人物志》卷三：洪柱国（1623—1680），字国卿，号泛翁，又号竹里丰山人。仁祖戊子进士。显宗壬寅文科。为掌令，谏幸温泉，曰："昔唐宗幸九成宫，马周谏曰：'太上皇春秋高，陛下宜朝夕视膳。九成距京师三百里，温清之礼，切有所未安也。'今兹温宫虽与九成有异，三殿并行，大妃奉养，其将属之何人？"闻者悚然。仁祖大妃国恤，以礼官议依古礼请慈懿殿大功九月服，因被劾，久雁锢籍。肃宗己未，始起废为安岳县监。官止礼曹参议。】

南龙翼《为历亲庭，先向新溪县高阳客舍，戏别书状》："残烛依微落叶鸣，暂时分手亦关情。绫罗岛下兰舟上，领得风流待我行。"南龙翼《燕行录》【考证：依例，使团皆于辞朝当日宿高阳驿，诗云"残烛依微落叶鸣，暂时分手亦关情"，当作于二十日晚。】

南龙翼《夜宿松京》："行到松京望汉京，五云宫阙不分明。它时若见燕京月，故国回头一倍情。"南龙翼《燕行录》

南龙翼《留别石教授之珩》："东极扶桑北蓟州，我生于世最奇游。怜君两眼高天下，鲍系偏方白尽头。"南龙翼《燕行录》

南龙翼《金川途中》："却望回澜石，无言意自哀。狂澜今既倒，有石亦难回。"南龙翼《燕行录》

南龙翼《留新溪衙二日，晓辞庭闱》："受命辞螭陛，承恩过鲤庭。时危身敢爱，感极涕先零。不暇忧长路，曾经涉大溟。惟祈干事返，家国两安宁。"南龙翼《燕行录》

南龙翼《玉溜泉有感岩有朱天使笔迹》："葱秀山前独怅然，此间冠盖几朝天。长途屈指四千里，往事回头三十年。玉溜泉声依旧在，金陵笔迹至今传。停骖不觉斜阳尽，漫咏皇华卷里篇。"南龙翼《燕行录》

南龙翼《寄书状》："玉泉风色少分留，知子毫端已尽收。遥望后尘西日下，计程今夜宿黄州。"南龙翼《燕行录》

南龙翼《益损堂次板上芝峰韵堂在瑞兴，闻湖上亭可坐，而忙未果》："九月西州路，官斋落木时。强辞迎客酒，空赋送秋诗。发短霜先透，愁多菊自知。湖亭违宿计，应恼梦中思。"南龙翼《燕行录》

南龙翼《洞仙岭》："翠壁千层赤叶堆，仙家处处洞门开。峰头落日箫声咽，莫是缑山子晋来。"南龙翼《燕行录》

南龙翼《太虚楼》："城头画阁枕长流，萧瑟黄冈落木狄。怊怅苏仙不可见，夕阳孤倚太虚楼。"南龙翼《燕行录》

南龙翼《生阳馆》："此是西关首路，吾非前度行人。最爱生阳馆里，秋山颜面皆新。"南龙翼《燕行录》

南龙翼《练光亭示书状》："斜阳一掉泛江来，却把练光亭上杯。箕庙卫城迷井里，绣峰罗岛拥楼台。秋光判自明朝去，使节当从几日回。只恨吾生生苦晚，朝天石下更迟徊。"南龙翼《燕行录》

南龙翼《又戏书伏》："青袍从事领红裙，座上何人是紫云。九月佳辰仍胜地，风流自有孟参军。"南龙翼《燕行录》

南龙翼《西京别从弟龙翮》："秋风离思满箕城。雁影参差客梦惊。犹胜昔年浮海日。棹歌声里别而兄。曾与龙翰作莱海舟上之别，故云。"南龙翼《燕行录》

南龙翼《谒箕子墓》："遗墓千年远客过，瓣香烧处感怀多。燕京到底伤心地，拟和殷墟麦秀歌。"南龙翼《燕行录》

南龙翼《安定馆戏书状书状适鞭邮卒，座上成川支待，妓十二人在座，故简邀之》："御史威棱尚少年，霜清道路电生鞭。何如壶谷风流客，坐对巫山十二仙。"南龙翼《燕行录》

南龙翼《戏赠成川金使君鏑丈》："漫劳神女下阳台，安定门前驿骑催。十二峰头云雨里，何人先入梦中来。"南龙翼《燕行录》

南龙翼《安兴馆饯席走次李博士沃赠别韵》："江上初停使者车，樽前仍听渭城歌。趋庭才子游滕阁，握节行人泛汉槎。寒雨已驱秋序去，暮云偏傍塞天多。登楼且莫辞深酌，鬓为伤离半欲华。"南龙翼《燕行录》

南龙翼《百祥楼感旧》："清川江水绕城隈，一上高楼四望闻。畏路直连箕子国，乱峰遥见药山台。隋唐战伐年仍邈，崔顾诗篇迹已灰。怊怅北辰看渐远，五云何处是蓬莱。"南龙翼《燕行录》

南龙翼《定州途中》："纳清亭畔小潭清，杨柳千丝系客情。画角二声催玉节，夕阳遥在定州城。"南龙翼《燕行录》

南龙翼《铁山途中》："行子发新安，北风微雨寒。云兴催使节，林畔驻征鞍。朔气阴阴近，边山点点残。终南何处是，回首望天端。"南龙翼《燕行录》【考证：以上诸诗当作于九月二十日至十月初十日间。】

十月

初十日（丁巳）。

南龙翼《渡龙湾感怀》："塞草萧萧塞日阴，回头已失鸭江浔。重凭驿使封书启，更向春堂报好音。主辱方深宁爱死，亲年已老自关心。莱州舟上犹无泪，却到今宵恐不禁。"南龙翼《燕行录》【考证：南龙翼《燕行录序》有"十月初十日渡湾"语，故此诗当作于十月初十日。】

南龙翼《塞上曲十四绝自汤站至冷泉即所谓东八站也，沿途所见，无非塞上萧条物色，所历有吟兼即事俚语，合名之曰塞上曲》："霜风吹度九连城，半夜波声客梦惊。不是陇头真断处，行人闻此自多情。九连城""终日昏昏醉梦间，柳田汤站路回弯。水边且宿鱼鳞坂，云际犹瞻马耳山。鱼鳞坂""岳势周遭拔地奇，荒谯迭垒宛遗基。城头大石巍然立，想象将军起拜时。安市城""凤凰城外甲军迎，麻贝仍将博氏并。恰似马州初渡日，斑衣殊俗使人惊。凤凰城""萧条察院栅门寒，壮士悲歌月色残。闻说城中清客至，译人先候大通官。壮士歌清客至，皆记实〇栅门""蘑菇山下少人家，古木萧森石路斜。时有贾胡驱犊去，小车分载木绵花。蘑菇岭""八河仍接瓮河来，双岭先从斗岭开。细路直连通远堡，斜阳犹在陆家台。八渡河""薛里村中不可留，金家庄里暂相投。羌儿数岁能华语，乞得房钱即扣头。金家庄""途中不辨弟兄山，水岭重遮桂岭间。最是连关清绝处，小桥横卧一溪湾。连山关""摩挲试读武安碑，万历年间始竖之。蒋庙韩坟何处是，路人传说至今疑。氎洞""高岭迢迢鸟道开，晓天冰雪正崔嵬。傫人欲示胡人勇，手搏阴山大鹿来。高岭""甜水城边傍水餐，盍苏遗塔路前看。回车石岭循狼洞，为是参天道路难。甜水站""青岭连天草洞迷，北风幽咽响前溪。征人唤起思乡梦，狼子山西落月低。狼子山""王祥岭下揖清风，涉尽三流峡路穷。催上石门抬首望，冷泉西畔见辽东。冷泉"南龙翼《燕行录》【考证：诗题曰"自汤站至冷泉即所谓东八站也，沿途所见，无非塞上萧条物色，所历有吟兼即事俚语，合名之曰塞上曲"，又据诗歌内容，皆述渡江初入辽东时景致，下诗题曰"十月十八日早发辽东遇大风"，故以上诸诗约作于十月初十日至十八日间。】

十八日（乙丑）。

南龙翼《十月十八日早发辽东遇大风》："严霜十月晓，客子发辽东。大抵连天野，寻常尽日风。人声埃壒外，山色渺茫中。却似南浮日，溟波混太空。"南龙翼《燕行录》

南龙翼《辽阳行》："客到辽阳城，城郭亦非矣。新城盛人烟，旧城余残垒。自感代废兴，何论疆彼此。依然驻跸山，宛尔太子水。白塔尚无恙，华柱何处是。独立望沧海，疑逢管处士。"南龙翼《燕行录》

南龙翼《沙河堡》："沙河堡接蒋家屯，五里烟台十里村。白草黄沙常极目，崩城破壁几伤魂。茫茫野路辽通蓟，历历民居汉杂蕃。最是昔年征战地，行人过此欲无言。"南龙翼《燕行录》

南龙翼《发牛家庄到此庄还送方物人马，前途水皆醎浊，故汲载以去》："苦矣牛庄驻，依然马岛留。修书凭雁足，汲水挂驴头。客日三旬满，王程万里修。趋庭夜夜梦，堪慰望云愁。"南龙翼《燕行录》

南龙翼《渡三叉河一名辽河》："辽河水涨浸汀沙，催唤轻舟日已斜。一阵腥风何处至，岸边知有贩鲜家。"南龙翼《燕行录》

南龙翼《夜发沙岭驿》："行人坐待水村鸡，潮落长洲月欲低。说尽中宵过江梦，帐前残烛尽情啼。"南龙翼《燕行录》

南龙翼《宿高平，梦拜二亲，呼烛起坐，走次东岳高平思亲曲》："夜宿高平馆，羁形伴灯影。百虑集枕边，悄然寒宵永。神疲身莫转，睫交心犹警。忽成一场梦，都忘千里骋。宛在二亲侧，门阑多庆幸。愉色婉容俱，严训慈教併。诗礼即旧庭，山川皆我境。身披老莱衣，手按稚儿颈。不觉渡辽河，宁知蹢石岭。居然五更风，蝴蝶失所领。仍将心语口，慰此愁炳炳。犹胜乙未秋，孤舟泛万顷。神明实在上，可照吾里耿。亲年虽已深，未迫西山景。庄诵陟岵诗，慎旃以自省。"南龙翼《燕行录》

南龙翼《广宁行》："昔年曾读屈原远游词，微闾之山在东维。又见我国诸贤赴燕诗，广宁形胜关外奇。我生长恼梦中思，何幸今朝亲见之。见之令人双涕洟，望城冈上行迟迟。闾山今岂异昔时，惨矣广宁城堞隳。城堞隳崩市肆移，萧条古木寒无枝。颓垣破础若布棋，往往金碧余神祠。门前长跪双石狮，似诉当年不尽悲。城中汉儿杂胡儿，指点衣冠还自疑。石楼之主问是谁，汉飞将军天下知。将军昔把大将旗，不遣胡儿近塞窥。将军有子领东师，至今威震扶桑陲。将军一去时势危，大国偏邦俱不支。汾阳故宅草离离，唯有姓名镌琉璃。更有城隅一片碑，事迹昭昭留在兹。摩挲不觉右手胝，飒爽如见英雄姿。崇兴寺下访旧基，双塔插天天为卑。石作莲花铁作丝，郢斤妙技穷般倕。正统年间帝所为，八万大藏藏于斯。席龚学士大笔垂，宝碣依旧蟠蛟螭。扣剑悲吟登北埤，沙碛茫茫无际涯。北接蒙胡西建夷，此是四达之中逵。控扼其间作藩篱，皇朝施设真宏规。如何守者弃如遗，杀将翻城为敌资。自是时运有兴衰，非关地利兼城池。何时复见汉官仪，往事悠悠不可追。噫吁欷，往事悠悠不可追，闾山无语悲风吹。"南龙翼《燕行录》

南龙翼《闾阳途中》："十月闾阳路，三山望更赊。胡儿还习字，汉女亦簪花。处处骑驴客，村村卖饼家。犹堪作诗料，却忆旧繁华。"南龙翼《燕行录》

南龙翼《十三山》："十三山色露青尖，清晓停车为卷帘。知是老仙差手算，算来巫峡一峰添。"南龙翼《燕行录》

南龙翼《大凌河》："沙场白骨几人收，大小长河咽不流。莫向锦州回首望，荒城犹带昔年羞。"南龙翼《燕行录》

南龙翼《古战场行》："大凌河，小凌河，悲风咽咽生微波。松山堡，杏山堡，寒烟漠漠萦衰草。辽阳以西总战场，到此断尽征人真。欲哭且收泪，欲语还吞声。寄语吾东后来者，他年莫向此间行。"南龙翼《燕行录》

南龙翼《晓过高桥堡》："有梦归乡国，无文吊战场。村灯青似磷，野草白疑霜。雾塞藏初旭，山开纳大洋。龙湾去玉馆，人道此中央。"南龙翼《燕行录》

南龙翼《连山驿因赍历韩译之还，修付亲庭书记实》："好去长程缕缕辞，坚缄还恐坼缄迟。平书二字题皮面，要遣家亲入手知。"南龙翼《燕行录》

南龙翼《宁远卫感旧袁崇焕曾守此地，遇谗冤死，大监高起潜城陷不降，屡征不出云》："东宁故卫入遥瞻，历遍城池感慨兼。楼记旧恩空彩石，市移新肆尚青帘。岳王冤愤称崇焕，承业忠诚说起潜。指点遗墟何处是，三韩使者泪双添。"南龙翼《燕行录》

南龙翼《行役三苦》："晨起怯冲雾，昼行愁冒尘。夕风仍砭骨，难慰远征人。"南龙翼《燕行录》

南龙翼《晓发中后所》："三更结束五更行，不待晨钟梦自惊。长路几时征马歇，远村何处晓鸡鸣。山寨积雾才分色，水带轻冰乍有声。明日定投关内宿，却从烟堠算前程。"南龙翼《燕行录》【考证：下诗题曰"二十八日将入长城"，以上诸诗当作于十月十八日至二十八日间。】

二十八日（乙亥）。

南龙翼《二十八日将入长城，晓访九门口，洞门幽邃，极有景致。城将张维新汉人，接待甚厚，被劝醉归记实》："客自三韩来，行遍幽州域。幽州多胜地，壮观惊心目。渤海撼东维，阴山蟠北陆。长城隘咽喉，武宁王所筑。粉堞上干云，蜿如龙腰曲。其下有绝境，闻之自宿昔。吾行及此辰，庶不负清觌。三更起俶装，坐待晨鸡喔。舍轿屏徒旅，联马任所适。孤村起细烟，远岫升新旭。霜繁野草黄，水落汀沙白。山果夹路生，有实如砂赤。呀然洞天开，翳翳松杉碧。逢人问地名，云是一片石。笑读耿家碑，何人留笔迹。知是炳文裔，抚古增嗟惜。登城览形势，天造非人力。城高几千仞，城广余百尺。城傍玄武祠，城上观音阁。城底有九门，三圮余其六。城将姓是张，揖我如旧识。邀我坐中堂，不敢当主席。自云山东人，因乱少失学。所言多感慨，情通文字略。羡我犹汉仪，惭渠已胡服。进馔涤腥膻，行酒去酥

37

酪。酣来语刺刺，呼出四童仆。为我奏丝桐，琵筝与弦簌。其声婉且悲，曲终歌又续。殷勤留客意，使我忘夕旦。始知关内心，不比关外俗。肝胆岂楚越，顿遣羁愁释。临分重寄语，莫忘三韩客。"南龙翼《燕行录》

南龙翼《入长城登山海关门楼》："天下之东万里关，危栏缥缈出尘寰。平临徐福乘舡海，直指嫖姚勒石山。千古兴亡孤梦里，九州岛封域一枰间。男儿不上兹楼望，草木浮生只等闲。"南龙翼《燕行录》

南龙翼《登角山寺次庭中碑刻梁梦龙韵<small>梁以监军万历年间来到</small>》："长城高处眺登莱，第一关头大水回。天上定应闻笑语，世间无复有楼台。沧茫大陆神州失，惨淡寒云碣石开。风景不殊人事变，夕阳怀旧意悠哉。"南龙翼《燕行录》

南龙翼《又次碑刻傅公韵<small>碑缺，失其名，有万历年号</small>》："角山高压国东门，楼上不闻人世喧。北俯祈连若蚁垤，前临沧海如洼樽。三韩客子泪空洒，万历词臣诗尚存。天柱之峰玩明月，不知峰下腥尘昏。"南龙翼《燕行录》

南龙翼《又次新刻吴光义韵》："角寺山灵饷我行，峰头远眺属新晴。偏怜管子空浮海，可笑秦皇谩筑城。过客独弹无限泪，词人谁写不平鸣。沧桑尚在千年后，伫待黄河即日清。<small>诗有海变之语，故云。</small>"南龙翼《燕行录》

吴光义《原韵<small>石刻尚新，笔法亦奇，诗下大书淮南吴光义，显有匪风之思</small>》："石径攀萝坐复行，芙蓉青簌万峰晴。林浮烟火三家市，月压华夷万里城。僧定松堂苍鼠窜，客来云壑暮钟鸣。不知沧海何时变，笑倚层峦问太清。"南龙翼《燕行录》【考证：据诗题与诗意，以上诸诗皆述留山海关时事，故作于二十八日或其后。吴光义为中国文士，生平不详。】

南龙翼《永平府寻古迹》："自是名都会，曾为右北平。千年孤竹国，百里五花城。地坼滦河走，天低碣石横。行寻三古迹，使我不胜情。"南龙翼《燕行录》

南龙翼《谒清节祠次庭刻程知府朝京韵》："清风台下吊斜阳，二子声名万古香。判识周王非揖逊，羞从渭老共行藏。巍乎天地宁为大，宛尔江河自在长。已矣纲常今已斁，空教志士泪浪浪。"南龙翼《燕行录》

南龙翼《丰润县次月沙丰润古诗韵》："滦州之西蓟州东，丰润古县临河曲。兵火当年幸免殃，楼台此日堪留客。揭榜谁家贴字黄，环城到底炊烟白。拥书千卷缝掖多，开市三条货财足。汉女羌儿杂语言，释迦关帝同祠

屋。风俗威仪不足观，繁华差胜北平北。"南龙翼《燕行录》

南龙翼《晓过高丽堡》："才涉还乡河，又过高丽堡。恍如返故国，忘却在长道。定知非我土，闻名亦惊倒。叹息谓仆夫，行役令人老。"南龙翼《燕行录》

南龙翼《鳖山途中》："只恨吾生晚，宁愁此地遥。烟寒玉田县，日暮彩亭桥。树色西浮蓟，山形北压辽。沿途千万景，取次入吟谣。"南龙翼《燕行录》

南龙翼《宋子城有宋姓人，家赀极丰，筑城自保，清国亦不得抢掠矣。近来岁贡千金，犹专一野》："昔怜全一堞，今苦贡千银。不识高堂上，能容击筑人。"南龙翼《燕行录》

南龙翼《蓟州怀古》："苍苍烟树蓟州城，旧堞周遭大野平。秦帝漫移闾左戍，汉光曾窘信都行。张堪太守能为政，阿荦胡儿此举兵。驻马欲寻千古迹，渔阳桥下夕阳明。"南龙翼《燕行录》

南龙翼《卧佛寺寺在蓟州，有立佛甚高，楼上又有卧佛》："层楼高处卧金躯，一枕千年万念无。当世几人能不起，举头应愧此浮屠。"南龙翼《燕行录》

南龙翼《香花庵庵在白涧店傍，有女人窟室以居》："白涧村墟近，香花寺刹连。窟深通地底，楼迥出云边。庭植南京树，碑题万历年。凭栏一长啸，开尽蓟门烟。"南龙翼《燕行录》

南龙翼《三河途中》："树远看疑画，尘浮望若波。客程随日尽，行旅入关多。满汉兼蒙古，驴牛半橐驼。河头候吏白，错道是滹沱。"南龙翼《燕行录》

南龙翼《三河逢大雪》："天公会我厌尘沙，故遣玄冥让六花。西望通州八十里，玉楼银海渺无涯。"南龙翼《燕行录》

南龙翼《通州歌》："昔年我作桑海游，大坂城头系客舟。今年我蹑北燕路，通州馆里停行辀。可笑风尘十载中，男儿两眼穷西东。中冬节候适相合，两地繁华谁最雄。抽毫曾有大坂作，扣剑可无通州曲。通州形胜信佳哉，九里京师犹咫尺。通州城外大江来，通州城中列肆开。簇簇千帆若猬集，纷纷万货如云堆。又有高台与大屋，璇题彩榜惊人目。日暮歌钟动四街，金鞭络绎香车毂。通州壮观绝堪夸，不啻临淄百万家。彼哉蛮乡何必较，吾于此地重嗟嗟。昔时文物今安有，吊古且饮通州酒。酒酣忽忆戊申年,大明兵至通州元顺走。"南龙翼《燕行录》【考证:南龙翼下诗题曰"玉河馆与书状联句",作于十一月初九日抵达北京后,以上诸诗当作于十月二十八日至十一月初九日间。】

十一月

初二日(戊寅)。

冬至正使郑知和、副使闵点、书状官赵远期如燕,上引见曰:"近来我国不善处事,逢彼之辱。卿等严饬一行,勿之复有后患也。"知和对曰:"圣教如此,其敢缓忽乎?"上各赐帽掩。《朝鲜显宗实录》卷一三

赵远期《辞朝日引见》:"燕塞驱驰凤阙辞,紫衣宣召上丹墀。宸恩既溢便蕃赐,天语亲承密迩垂。鲁钝恐贻君命辱,周旋幸得使才随。饕风虐雪行行处,长忆龙鳞日绕时。"赵远期《九峰集》卷三

赵远期《次副价留别湾尹韵》:"临别匆匆乍驻鞍,满江冰雪扑旌竿。深杯到手俱无语,长路关心强作欢。白草入望辽野大,黄云欲动朔风寒。夜深小幕穷沙卧,乡国迢迢梦亦难。"赵远期《九峰集》卷三

赵远期《晓发九连城》:"驱马凌晨发,天寒霜雪繁。山回知有路,树老认藏村。脉脉思乡国,悠悠入塞门。君亲千里隔,回首欲销魂。"赵远期《九峰集》卷三【考证:赵远期下诗题曰"次杜诗至日韵呈两使",故以上诸诗作于十一月初二日至二十七日间。】

初九日(乙酉)。

南龙翼《玉河馆与书状联句》:"恭惟我圣上,即位之七岁。云【按:南龙翼,字云卿】居然遭啧舌,敢尔持禁制。休【按:孟胄瑞,字休征】容逼本恻隐,冒贸奈奸细。云已急燃眉灾,无由缓颊说。休陈情撰巽词,发使将皮币。云首辍黄阁尊,副拣文苑艺。休名流充下价,宪职带前例。云季秋征辖戒,清晓阊门诣。休受命近黼座,承恩扣金砌。云皋比兼暖帽,宝篦并珍剂。休查奏馆慕华,饮饯桥弘济。云坡山忽分手,浿水仍联袂。休箕墓拜伛偻,碧楼望眄睨。云才醒百祥酒,更扣九渊枻。休去国自伤情,离亲重揽涕。云别浦少迟回,征路正迢递。休夹江想争疆,安市哂挫锐。云行待甲军迎,驾向栅门税。休羁榻坐联翩,驿书封次第。云斗岭险而修,羸马颠且蹶。休八站尽萧条,三流终揭厉。云辽城尚荒凉,古塔余腥秽。休令威迹已远,幼安名谁继。云牛庄

鞍暂卸，叉水舡初曳。休苦矣高平驿，哀哉广宁卫。云残郭夕照寒，古寺愁烟蔽。休将军楼记名，学士碑留制。云巫间插中天，望镇雄北蓟。休十三山下宿，大小河边憩。云阵云惨不收，战骨暴未瘗。休宜为亲者讳，所可言则嚏。云宁远即大藩，兵力兼地势。休祖降文焕俦，袁死武穆俪。云中所睡初醒，九门路不泥。休嘈嘈响琶筝，簇簇荫松桂。云东关壮呃喉，远图思固蒂。休长城络山腰，大海漫天际。云门楼万里望，角寺半日滞。休双眸临九州岛，一梦惊千世。云仙区指鳌头，凡骨疑蝉蜕。休芦县枕榆塞，钓台临滦澨。云虎石飞将射，龙城慕容祭。休竹祠荐苾芬，微奠当蕉荔。云只手三纲扶，清风独世砺。休丰润独文献，玉田亦佳丽。云购书插万轴，贩药消六沴。休北来驼走燕，西望树浮蓟。云汉光火狼狈，禄儿恣睥睨。休潞河波欲冰，通州雪新霁。云市列蜀锦堆，津簇吴船系。休京师路几多，客子行忽戾。云山颜天寿蠹，门额朝阳揭。休庙焕宗岱神，祠隆享关帝。云人咻语莫解，俗变头尽剃。休廛开补货泉，觳击涨氛翳。云盘果梨柿香，厨菜蔓菁脆。休羌儿剑横腰，汉女花插髻。云埋亲或露棺，奉佛恒诵偈。休长安街乍经，玉河馆牢闭。云对面即楚越，听言皆凿枘。休梦罢烛为伴，诗就筒难递。云流光白驹催，久客黑貂敝。休催趁望日朝，起看晓星嘒。云步入千门缓，视从四象谛。休仙韶怆变筘，黼帐惊换毳。云木瓢传酪浆，文陛布麟罽。休瞻望非穆穆，威仪岂棣棣。云蒙胡齿班行，诡制唾狗彘。休归舍却屏餐，有泪仍盈眥。云缅怀永乐皇，肇作苞桑计。休万方此辐辏，屡叶为根柢。云长期泰阶平，渐见皇纲替。休唐崇业竟纪，汉黩民先弊。云潢池贼如毛，沙漠虏又狘。休藩篱遽土崩，社稷危疏缀。云最是闾盗黠，复与阉竖缔。休始焉等角巢，终之为浞羿。云谁遏势风雨，无赖主英睿。休犹率乃祖训，果能以国毙。云那堪闻血诏，恨不磔奸嬖。休咦彼小单于，派出女真系。云终为大国雠，讵是呼韩堉。休安坐收渔利，旁观恣虎噬。云俄成混一功，始知气数系。休何时了秽运，旧章返司隶。云皇居巩不改，往事茫难逮。休易水无击筑，金台谁拥篲。云徒思蹇夏辈，曾结鱼水契。休沉吟白日昏，放歌悲风曀。云随处似萍蓬，是身若疣赘。休北走今雨雪，南浮昔瘴疠。云驱驰诚职分，终始须勉励。休可怜羁縶踪，还仰煦濡惠。云只忧逢彼怒，便欲从此逝。休敢称使乎才，行随桑者泄。云一半共分华，百亩又树蕙。休香山老结社，曲水春修稧。云细斫松江鲈，静听华亭唳。休方知伯玉非，讵问君平筮。云丁宁语吾友，慎莫负此誓。休"南龙翼《燕行录》【考证：南龙翼《燕行录序》有"十一月初九日抵北京"语，诗题曰"玉河馆与书状联句"，当作于十一月初九日抵达北京后。】

南龙翼《哀燕都赋》："惟燕都之壮丽兮，古九域之冀方。襟河济而傍海兮，阻长城与太行。雄关屹其倚天兮，蟠北维而扼吭。缅奭祀之珍丹兮，郡于秦而迄唐。捐中土而媚戎兮，钺余毫于石郎。慨赵武之不竞兮，终未复其故疆。奄耶律之徙居兮，替三窟于豺狼。祚就擒而颜炽兮，绪投焰而渥昌。幸圣祖之荡扫兮，驱妥欢于穷荒。涤宇内之腥膻兮，换鳞介为冠裳。移神鼎而宅斯兮，仰宏规于成皇。因代邸而开基兮，饰天险而增防。压紫禁而耸翠兮，山万岁之锵锵。疏龙穴而注潞兮，池太液之洋洋。设九方之城门兮，崇百仞之宫墙。通海子以作囿兮，牧沙苑以为场。正殿郁其嵯峨兮，辉金碧之煌煌。东文华兮西武英，皇极建乎中央。左太庙兮右社坛，楼五凤之高翔。翼省宇之相承兮，廛隧溢于衢坊。既优根而强干兮，经累叶而弥芳。俨北辰之居所兮，通万国之梯航。固天心之培栽兮，亦坤灵之效祥。曾英庙之狩北兮，剧时势之苍黄。逮永陵之受围兮，恣戎马之陆梁。然人和地利之相资兮，御暴寇而自强。胡后世之渐夷兮，乃自坠其皇纲。羌内讧而外猘兮，闯渠因以弄潢。争开门而纳贼兮，痛卖主之貂珰。懿祯后之守正兮，身与国而偕亡。悲宫阙之被燹兮，惨士女之罹殃。谁招虎而入室兮，取中原如探囊。终夺此而与彼兮，天理错兮不可详。藐余生之生晚兮，隘左海之偏乡。承使价之乏人兮，君有命兮肃将。昔观周之慕札兮，今泛汉而惭张。朝发轫于通州兮，夕余至乎朝阳。纷肩磨而毂击兮，停余驾于康庄。指衣冠而嗤笑兮，故老或有嗟伤。经长安之旧街兮，追往迹而杳茫。华何变而为夷兮，海何变而为桑。城郭是兮人民非，欻此时之适当。锁玉河之空馆兮，经一日兮九回肠。清人导余于朝参兮，扶病躯而踉跄。历金水与九龙兮，蜿二桥之迤长。由贞度与右掖兮，泣驯象于门傍。僭清跸于明廷兮，氲满眼之炉香。引余入于殿庑兮，旋授余以酪浆。瞻山龙之宝扆兮，坐单于御床。何昔日之鹓鹭兮，今直为此犬羊。忽反顾而遐思兮，思盛际之明良。熙朝俨以祗敬兮，孝辟文以重光。必有臣以名世兮，畴登庸而赞襄。宿望推于蹇夏兮，大名齐于三杨。惟王刘之事业兮，与何李之文章。或黼黻于王猷兮，或吁谟于岩廊。

或登筵而启沃兮，欢鱼水于一堂。或播咏于早朝兮，联步武而趋跄。即其地兮想其人，宛玉佩之锵锵。归旅舍而自悼兮，嘿无言兮涕自滂。望九陵之松柏兮，悲风起于寒冈。念再造之洪恩兮，于万历之难忘。溯哀响于麦穗兮，怀好音于苞稂。欲访古兮不自由，心郁结兮魂飞扬。石鼓埋而剥落兮，金台废而荒凉。孰中兴如周宣，孰洗耻如燕王。和易水之悲歌兮，谁击筑而慨慷。瞻文山之故祠兮，谁更扶乎纲常。扣长剑而咄嗟兮，壮发化为秋霜。聊援笔以作赋兮，泻我忧之悢悢。乱曰相此燕都地金汤兮，繄我皇朝功德彰兮。云胡日夕遽覆隍兮，衣冠文物一梦忙兮。豺虎纵横蛟龙藏兮，我来自东愁彷徨兮。悠悠往事问彼苍兮，吊古凄然奠一觞兮。"南龙翼《燕行录》

南龙翼《夜坐无眠，清阴、东岳、月沙集皆有玉河思归之作，各次一律韵释闷》："岁律仍将野色阑，炉烟偏傍烛花残。观来往牒惊心数，□□归程着睡难。天外雁书谁远寄，匣中龙剑漫频看。悲歌一曲无人和，落月依依易水寒。清阴韵""谁将消息慰双亲，却叹年来远役频。终鲜弟兄唯一子，独贤前后备千辛。门闾望处朝仍暮，岵屺瞻时日抵旬。归去便宜簪笏舍，悔它干禄为家贫。东岳韵""羁愁凋尽镜中颜，玉馆寒扉竟日关。心逐乱云迷鹤野，梦随明月渡龙湾。阳生子夜灰浮管，岁暮幽都雪压山。遥想故园梅信到，客行应趁早春还。月沙韵"南龙翼《燕行录》【考证：南龙翼下二诗题曰"明将还发，夜坐书怀示书状""十二月初四日还发北京宿通州"，可知以上诸诗当作于十一月初九日至十二月初三日间。】

二十七日（癸卯）。

赵远期《次杜诗至日韵呈两使》："不知佳节缘何事，解把羁愁触旅人。域外山川元自异，天涯怀抱向谁亲。冰霜自觉侵虚牖，星斗遥应接紫宸。堪笑使华非说客，黑貂空弊困苏秦。"赵远期《九峰集》卷三【考证：诗题曰"次杜诗至日韵呈两使"，此诗当作于是年冬至日，即十一月二十七日。】

赵远期《次副使凤凰山韵》："仰见横空峭壁开，清朝驱马古城隈。千年谩说兵尘地，今日须看使客杯。行色却随辽骑入，归心先寄国人回。低头默默胸中意，残烛多情对不猜。"赵远期《九峰集》卷三

赵远期《辽东感旧》："旷野茫茫极目开，半空孤塔白崔嵬。山河不变千年后，天地曾经百战来。日暮古城人感慨，天寒何处鹤徘徊。清朝又过辽阳

43

市，邑里萧条堞垒摧。"赵远期《九峰集》卷三【考证：以上诸诗当作于十一月二十七日后。】

十二月

初三日（己酉）。

南龙翼《明将还发，夜坐书怀示书状》："蛰迹关门久，归心戒辖忙。都忘千里远，倍觉一宵长。病仆扶皆起，羸骖快若翔。休言渡湾兴，已喜出朝阳。"南龙翼《燕行录》【考证：据下诗，可知使团于十二月初四日自北京离发，此诗题曰"明将还发，夜坐书怀示书状"，当作于十二月初三日。】

初四日（庚戌）。

南龙翼《十二月初四日还发北京宿通州》："千里驱驰一病深，二旬淹滞百忧侵。归途已有吟诗戒，却到通州又不禁。"南龙翼《燕行录》

初五日（辛亥）。

南龙翼《三河县次东岳三河韵》："去路雪花乱，归时寒事严。佛灯微有晕，僧舍短无檐。梦惜三更罢，程思数日兼。披襟点行录，炉火觉频添。"南龙翼《燕行录》【考证：通州至三河县七十里约一日程，此诗约作于初五日。】

南龙翼《永平途中记所见》："千里滦河冻不波，北平楼阁玉嵯峨。胡儿夜罢阴山猎，青兕黄熊载白驼。"南龙翼《燕行录》

南龙翼《山海关逢冬至使郑公知和，闵公点之行。夜会小酌，仍用闵公贶我诗首句成一律以别》："山海关头雪满天，至今犹记赠行篇。依然旅馆三杯酒，验得蓝田一句联。来日正怜君暂后，去时还羡我差先。明朝马首东西散，直到晨鸡且莫眠。"南龙翼《燕行录》

南龙翼《山海关送先来军官付亲庭书感吟》："昨得庭闱信，看来喜且疑。聊凭先去客，为报暮还期。加饭尚筋力，渡湾应岁时。三余勤学意，且可嘱吾儿。"南龙翼《燕行录》

南龙翼《苦哉行》："苦哉此行役，令人催白发。长亭复短亭，今日又明日。四更待鸡兴，五更驱车发。羸马足凌兢，层冰交积雪。原野阒无人，北风吹衣裂。苦哉此行役，行役何时毕。"南龙翼《燕行录》

南龙翼《晓渡小凌河》："晓天驱马渡凌河，风打征车雪似波。密线无完

知日久，恩貂不暖觉寒多。愁中只算还乡路，病后仍停出塞歌。此去爱州应已半，冷泉高岭几时过。"南龙翼《燕行录》

南龙翼《晓发十三山》："行人夜发十三山，不待鸡鸣已出关。直到四方台上望，广宁遥在白云间。"南龙翼《燕行录》

十九日（乙丑）。

南龙翼《沙岭卫途中逢家尊初度日，次泛海时此日诗韵》："游子平生在膝前，客中重阻寿亲筵。吟怀昔发鲸涛上，望眼今迷鹤野边。谁把酒杯供此日，渐知愁绪剧当年。思凭一梦趋庭下，旅馆寒宵奈未眠。"南龙翼《燕行录》
【考证：诗题曰"逢家尊初度日"，南龙翼之父讳得朋，字益吾，曾任庆尚道观察使，赠吏曹参判。《壶谷集·先府君行状》云"先君生于万历甲辰十二月十九日辰时"，可知南得朋初度日为十二月十九日，故系于此。】

南龙翼《朝渡辽河记所见曾闻野气亦作蜃楼，是日果见城郭楼台车马之状》："清晓邮亭雪色凝，望中原隰白层层。都忘沙岭重经路，尚记渔村数点灯。野气作楼疑蜃结，风声驱地若涛崩。归骖自此无停处，直渡三河百尺冰。"南龙翼《燕行录》

南龙翼《晓发南沙河》："苒苒年将暮，依依路不迷。极天辽野阔，垂地朔云低。积雪深牛目，长冰响马蹄。渐知东土近，叉水在吾西"南龙翼《燕行录》

南龙翼《朝过辽东》："去国才三月，催程欲奋飞。如何华表鹤，千载始思归。"南龙翼《燕行录》

南龙翼《夜投狼子山》："不堪辽塞涉长郊，踰岭还忘险似崤。强策羸骖朝度峡，忙随宿鸟暮寻巢。烟生斗屋人居少，雪拥疏篱虎迹交。厨子为谋炊夕饭，夜篝灯火井水敲。"南龙翼《燕行录》

南龙翼《青石岭次东岳石岭韵》："绝岸藤垂壁，层冰雪压溪。险艰齐石柜，盘折剧青泥。惨惨鬼长啸，阴阴天半低。犹传御制曲，先后昔登跻。孝宗大王曾有青石岭歌曲。"南龙翼《燕行录》

南龙翼《夜坐连山馆待卜驮之落后者，次东岳下高岭韵》："驱马连山日已昏，树边犹记旧时村。冰厓细涧寒无响，雪径征轮冻未翻。重到却怜公廨净，乍眠还苦夜厨喧。关心木末行人后，坐候三更不掩门。"南龙翼《燕行录》

南龙翼《出凤城栅门志喜》："渐蹑龙湾路，忙跳凤栅门。厦毡仍报庆，亲席更闻温。喜甚儿归母，轻于鸟脱樊。行行须信马，不怕峡无村。"南龙翼《燕行录》【考证：南龙翼下诗题曰"二十七日过金石山城喜吟"，以上诸诗当作于十二月十九日至二十七日间。】

二十七日（癸酉）。

南龙翼《二十七日过金石山城喜吟》："风尘天地十年间，可笑吾生不暂闲。东陟日光看大海，北穷辽左度阴山。扶桑晓景留诗在，蓟树寒云满袖还。未识当年回棹兴，何如今夕望龙湾。"南龙翼《燕行录》

康熙六年（1667年/丁未）

正月

初一日（丙子）。

朝鲜国王李棩遣陪臣郑知和等表贺冬至、元旦、万寿节及进岁贡礼物。宴赉如例【按：参见康熙五年十一月初二日条】。《清圣祖实录》卷二一

十二日（丁亥）。

陈奏使许积等复命【按：参见康熙五年九月二十日条】。龙翼曰："臣闻士人之言曰：'即今兵革永息，生民乐业，而独清人之日夜所忧者，只在西鞑也。'臣问：'所谓西鞑不知何者，而明之子孙无有耶？'其人即成绝句以示曰：'西鞑即蒙古，明孙如落花。汉仪不复见，何日变中华。'"积曰："彼之失人心，专在于剃头变服。见臣等着冠耳掩，指示其儿曰：'此乃明朝旧制。'垂头而泣，见来惨然矣。"《朝鲜显宗实录》卷一三

二月

十五日（庚申）。

冬至使郑知和、副使闵点等还自清国【按：参见康熙五年十一月初二日条】。《朝鲜显宗改修实录》卷一六

三月

二十一日（乙未）。

遣谢恩兼陈奏正使桧原君伦、副使户曹参判金徽、书状官庆最如燕京。前冬冬至使郑知和入去时，清主免王罚银，故有使臣兼谢恩之举。《朝鲜显宗实录》卷一三

六月

二十一日（甲午）。

以郑致和为谢恩兼冬至正使，李翊汉为副使，李世翊为书状官。《朝鲜显宗实录》卷一四

九月

初九日（庚戌）。

清使入京。上迎勅于慕华馆，入幕次，引见远接使赵珩。领相洪命夏曰："闻清国诛杀辅政大臣，今来清使多有危惧忌讳之色云矣。"上曰："诛杀辅政，未知何事也？"珩曰："被诛者乃第二辅政，而专权七年，且有七子三孙，俱在要路，多有不法之事云矣。"上曰："我国山川之名，勅使欲知之云，是何意也？"珩曰："副使稍解文字，一路每观《大学衍义》，欲知我国山川以为日记云矣。"上曰："今番求请，多寡如何？"珩曰："比上年减半矣。"命夏曰："沿路各邑，皆除宴享，其意似在于捧价矣。"上曰："京中则何可除也？"《朝鲜显宗改修实录》卷一八【按：受诛者当为辅政大臣苏克萨哈。《清史稿·圣祖本纪》言康熙六年"（秋七月）己未，辅臣鳌拜擅杀辅臣苏克萨哈及其子姓。"】

初十日（辛亥）。

以清主亲政颁赦国内。《朝鲜显宗改修实录》卷一八【按《清史稿·圣祖本纪》："秋七月己酉，上亲政，御太和殿受贺，加恩中外，罪非殊死，咸赦除之。是日，始御乾清门听政。"】

十三日（甲寅）。

上御熙政堂，引见大臣备局诸臣。上曰："清使尚不言归期，何也？"领

相洪命夏曰:"初八日间欲去云矣。"右相郑致和曰:"今番清使,除弊甚多,临去时,自上不可不一临馆所矣。"上曰:"然。"户判金寿兴曰:"清使见舞童,问于译官曰:'尔国用八佾乎?'对曰:'八佾乃天子之礼,何可用也?'使曰:'然。成王之赐,伯禽之受,圣人皆以为非,果不可用也。至于六佾,则尔国何可不用'云矣。"上曰:"经传文义,如是诵释,彼虽夷狄,其可侮乎?"《朝鲜显宗改修实录》卷一八。

十月

初三日(甲戌)。

缚送漂汉人九十五名于北京。漂人上启略曰:"漂泊以来,荷蒙天恩,款洽周旋。维念昔以及今,爱国以及人,臣等揣分奚堪。谨将微物奉贡公帑,少酬万一。臣等经今半载,未得归期。父母睍睍,殆将殒命。妻儿喃喃,势必死亡。乌鸟情私,乡关系念,朝号暮泣,实难废置。伏祈殿下开天地好生厚德,泽施万草万木,念大明世代亲谊,爱及末弁末民。虽寅观残喘,何足轻重,而殿下高义,千古留存。伏望敕遣送日本界,得赴便舟而回,或蒙恩恻,另拨一船,俾等得自驾驶,以归本土。沾戴更无涯矣,不特百众合家,顶待于无穷,则臣等国君藩王,敢忘后来知遇之报哉!"朝廷以已通清国,更无变通之意言之,寅观等皆号哭欲死,不肯行。于是驱迫送之,沿道观者,莫不悲愤感慨。或有作诗以言志者,其诗曰:"南国星槎渡海来,红云一朵日边开。千秋大义无人识,石室山前痛哭回。"金寿兴以尚宪之孙亦主押送之论,故诗人以讥之,石室,尚宪退居之地。此诗或曰副提学李端相所为云。《朝鲜显宗实录》卷一四。

十一月

初二日(壬寅)。

上使郑致和、副使李翊汉、书状官李世翊如燕,贺冬至及正朝也。《朝鲜显宗实录》卷一四【考证:《承政院日记》言十一月初二日"冬至使右议政郑致和,副使李翊汉,书状官李世翊出去",与《显宗实录》相符。《使行录》言辞朝时间为十一月初六日,疑有误,当从《实录》。】

48

康熙七年（1668年/戊申）

正月

初一日（庚子）。

朝鲜国王李棩遣陪臣郑致和等表贺亲政【按：参见康熙六年十一月初二日条】。表文曰："运届千龄，聿睹圣作。躬亲万务，益恢皇图。凡在照临，实均欢忭。钦惟皇帝陛下，凤膺景命，丕缵洪基。当汉昭辨诈之年，乃从归政之请。追周成即辟之日，举切望治之心。猗欤百度之维新，允矣四海之同庆。伏念臣叨守绪业，偏荷宠灵。迹滞东藩，莫造虎拜之列。神驰北极，第勤鳌忭之诚。"又表贺冬至、元旦、万寿节及进岁贡礼物。宴赉如例。《清圣祖实录》卷二五

二十五日（甲子）。

北使二人入京。上出迎于慕华馆，宣敕于仁政殿。盖曾以顺治配享于天坛，清主以尊号上其母及祖母后颁赦也。《朝鲜显宗实录》卷一四【按：《清史稿·圣祖本纪》云康熙六年"（十一月）丁巳，加上太皇太后、皇太后徽号。"】

二月

十二日（辛巳）。

赴燕副使李翊汉病卒于北京【按：参见康熙六年十一月初二日条】。《朝鲜显宗实录》卷一四

洪柱元《挽李参判翊汉》："西来凶讣彻明光，哀教丁宁降十行。久识浮生元逆旅，最怜长逝又殊方。才猷已着兼巡察，地望曾经左侍郎。归葬故山魂独返，可堪宾客哭虚堂。"洪柱元《无何堂遗稿》卷三【考证：据《显宗实录》卷一四可知朝鲜官方于二月十二日获悉李翊汉死讯，诗云"西来凶讣彻明光"，当作于二月十二日或其后。】

三月

初四日（壬寅）。

判中枢府事郑致和复命，上引见。上曰："副使事极惨，缘何而死？"对曰："别无疾病，而上马宴时，礼部郎中劝饮数杯而罢，微醺醉睡，仍至不起。彼国为祭文，祭以牺牲，且张乐烧纸钱矣。"又问彼主贤否，对曰："年虽少而颇壮大。往年宫女中有生男者，今年又有怀孕者，外人无不知之，而甚讳之。盖先出者当为长子，故嫌其妾出也。"上又问漂汉人事，对曰："刑部当据法请罪，而许多人命不必尽杀云。金巨军亦曰：'必不至于死云'矣。"上又问彼主举措，对曰："非但游宴甚奢侈，马鞍以纯金为镫，酒杯器皿皆以黄金为之。改作五凤门，而一依旧制，所费至累万金，用人之间亦有行赂之事云矣。"上又问："北京亦见彗星乎？"曰："闻我国则长仅六七丈云，而彼中所见，则其长数十丈，白气之根又有星，其状若悬筐，汉人皆以兵象忧之。"上又问彼中事情，对曰："得见《搢绅便览》，十三省布政皆以清人差遣，以此观之，几尽得天下。而唯郑经据有南海岛中，清人攻之而不胜。郑经又尝请兵于日本，且约为婚姻，而日本不许云矣。"《朝鲜显宗改修实录》卷一八

五月

十八日（乙卯）。

进贺兼谢恩正使福昌君桢、副使闵熙、书状郑朴等如清国。桢资未及正使之品，特命加资以遣之。《朝鲜显宗改修实录》卷一九

郑斗卿《奉送福昌君之燕》："先王王子劳王事，今日王孙又入燕。盘石本支元百世，国家艰险亦多年。山川远历卢龙塞，诗律行看白马篇。珍重再三求别语，强扶衰疾写华笺。"郑斗卿《东溟集》卷八【考证：诗云"今日王孙又入燕"，当作于五月十八日福昌君桢等启程时。《国朝人物志》卷三：郑斗卿（1597—1673），字君平，号东溟，温阳人。生而有异质，喜读书。明行人姜曰广来，北渚金鎏为傧相，拣一时能文人与偕斗。卿以白衣应辟，为从事国朝所罕有。溪谷张维赠诗曰："布衣华国世称难，之子文章锦作肝。"仁祖己巳，文科状元，历三司、春坊。丙子朝廷方斥和，而清兵朝夕且至，国事无一可恃。斗卿疏陈十事，又论备御急务十条设为问答，名曰《御敌十难》，上之，皆不纳。是冬，北军大至，一如斗卿之言，自是无意于世。常采古帝王治乱之迹，仿韩婴《诗传》着《诗讽》二篇，上曰《法篇》，下曰《惩篇》，皆引诗以证之，以寓讽戒之意。孝宗即位，斗卿陈《二十七讽》，上大加褒

奖，再三披阅，不觉夜深。赐虎皮，恩礼甚隆。幼时受学于白沙李相恒福，称赏不已，期以"他日大家手"。沧州车云辂以为"司马长卿不能过也"。月沙李廷龟见其科表，题其尾曰："约束两汉，驰骋四杰。一洗窠白，浇漓大振。作者门风独鸣场屋乃是余事，高文大策须待此手。"显宗吟其诗曰："域中王亦大，天下佛为尊。"】

八月

十五日（辛巳）。

朝鲜国王李棩遣陪臣李桢等赍表庆贺世祖章皇帝配享天地，太皇太后、皇太后加上徽号，并谢颁赐恩【按：参见是年五月十八日条】。表文曰："礼成配天，仍举两宫之缛典。恩覃率土，特纡十行之宠颁。欢忭惟均，感戴深切。伏念臣叨守遗绪，幸际昌辰，荷先帝恤小之仁，惟有没世不忘。钦大朝锡类之教，誓勉以孝为忠，顷属禋祀于圜丘，庸进显册于慈极。式彰前烈，益见宗考之隆。诞加徽称，咸仰尊亲之至。何意异渥之荐降，得被同庆之洪麻。初捧涣汗之音，恍闻圣谕。复侈便蕃之赍，实分御珍。讵敢承当，徒自兢惕。兹盖伏遇皇帝陛下，首出庶物，躬莅万几。遵侑飨之旧章，罔愆继述。阐立爱之新化，务尽情文。遂推鸿私，亦及鲽域。臣敢不宣扬盛事，佩服荣光。骏奔执笾，纵阻辟公之相。鳌抃献祝，愿与老稚而偕。"《清圣祖实录》卷二六

十月

十一日（丙子）。

谢恩正使福昌君桢、副使闵熙、书状官郑朴还自清国【按：参见是年五月十八日条】。《朝鲜显宗改修实录》卷一九

二十七日（壬辰）。

冬至正使李庆亿、副使郑铨、书状官朴世堂如燕京。《朝鲜显宗实录》卷一五

朴世堂《松都二首》："英雄已去不留踪，今古青青是岭松。何处鬓丝添一半，橐驼桥下水悠溶。""沟水东流山北来，繁华易尽恨难裁。欲询旧事无遗老，唯见寒烟锁暮台。"朴世堂《使燕录》【按《纪年便考》卷二十八：朴世堂（1629—1703），仁祖己巳生，字季肯，号西溪，又潜叟。显宗庚子司马，同年魁增广，历铨郎、副学、吏判、提学，入衡圈，官止崇政判中枢，入耆社。凡有除，多不就，

既有恬退之操，文章亦多可观。撰李景奭碑文，直斥宋时烈所著《思辨录》有凌侮朱子之语。肃宗壬午，命窜玉果，以其子泰辅树立寝前，命尝曰："三年上食非礼，惟于朔望设殿奠，既葬卒哭。"后其孤遵行，郑澔论以背礼。急流勇退之节，足以耸动末俗。而所居有泉石之胜名，入《儒林笔苑》。癸未卒，年七十五，谥文节。】

朴世堂《次上使李相国庆亿玉溜泉韵》："岩底汍汍一眼泉，旧题寻读共凄然。泥鸿暂集成千古，云鹤重来定几年。轩盖低回公有恨，衣冠瞻睹我无缘。奈何万事今如此，曾是中天日月悬。"朴世堂《使燕录》【考证：据《显宗实录》卷一五可知朴世堂等于十月二十七日辞朝，又《西溪燕录》言使团于十一月二十一日"早朝，出义州城西门江岸搜检处，……夜分始毕，执炬过江"，故以上诸诗作于十月二十七日至十一月二十日间。】

十二月

初五日（己巳）。

微阴，大风。朝餐于<u>二十里铺</u>，<u>夕到广宁</u>。城内有李成梁石牌楼，城西二里有北镇庙，北镇即医巫间，其山距城五里，庙居半路高丘上，门廊楼阁残毁已甚，僧云为蒙古所焚。庙前临辽野，中有古松数株，景趣清旷，但满目荆棘，无复曩昔之观，所存者只元明以来降香碑四五十森立内外庭而已。按《地志》，医巫间掩抱六重，舜封十二山，此为幽州，所记多灵迹。今观其山，浑石以成，绵亘甚远而顶平，无峻峰峭嶂，树木不生，异于他山。夕宿察院，广宁通判张显斌，宁波府人，具名帖送羊酒行中，亦酬谢。卞尔辅等自沈阳到龙立，需索不已，仅得输纳而来云。是日行五十里。朴世堂《西溪燕录》

朴世堂《广宁作城有李成梁石牌楼》："不堪回首望神州，莫向愁时更倚楼。蔡琰未归悲铁拨，李陵将老泣毡裘。乾坤反复空城在，年代推迁片石留。尚忆武皇尊卫霍，登临瀚海勒山头。"朴世堂《使燕录》

初六日（庚午）。

过北镇堡，朝饭于<u>闾阳驿</u>。清将八人挈其妻孥往宁古塔过此，其四人来见，而其一人之子年十八，能解汉字，臣赠以笔墨。夕至十三山，宿察院。朴世堂《西溪燕录》

朴世堂《在闾阳高平间，夜闻弹琴者》："正是多愁少睡时，一弦声急一

弦迟。不须更奏思归引，鬓上三分已变丝。"朴世堂《使燕录》

十一日（乙亥）。

平明发，未至山海关数十里望见长城，起海岸，跨山包岭，逦迤而北，粉堞如云，绵亘无际，实天下壮观也。关在平地，北倚角山，南临渤海，山海之交，其间仅十余里，殆天设此险，以卫中国。《地志》言明初中山武宁王徐达移榆关于此，改今名。甲申之变，城多穿毁，闻今年始修完如旧。过贞女祠，即所谓望夫石者，既到关。清将坐关门内，悉点人马以入。臣等最后入，请城将登城楼以观。楼腐堕甚危，楼上书五大字"天下第一关"，传李斯书，然此关既非秦设，则安得有斯书，其言诞妄。角山寺在角山上，北顾长城，南俯海，西指榆关，东临辽塞，亦一胜观。宿察院。是日行三十里。朴世堂《西溪燕录》

朴世堂《山海关》："长城初起处，天下此关头。不雨云霾堞，先明日射楼。防屯通万里，控制壮千秋。锁钥终虚设，腥尘满九州岛。""兵来漫说欲封泥，敌到那知未报鸡。万古玉关长对峙，乾坤开闭户东西。"朴世堂《使燕录》

朴世堂《次上使韵》："孤城穷海戍，荒垒极边郊。地与波涛接，兵曾汉虏交。雨逢投石鬼，晴见织绡鲛。鬓检三分白，悲吟泪欲抛。"朴世堂《使燕录》【考证：诗云"孤城穷海戍，荒垒极边郊。地与波涛接，兵曾汉虏交"，亦为山海关景致，当作于十二月十一日。】

十五日（己卯）。

晚风。渡清水河，路旁有李广碑，又渡滦河，入夷齐庙。高墙四围，榜其门曰"孤竹城"。臣等具服入谒，则庙为二塑像，相传建祠自唐始，而重新在洪武九年，成化世赐名清节，扁其中门曰"廉顽立懦堂"，曰"揖逊楼"，曰"溯清台"，曰"清风台"。在庙后，滦漆二水会其下，两岸尽石崖，二水之交有岛，亦跟顶皆石，上有孤竹君庙。永平之地山水明媚，虽东方鲜有其比，夷齐庙最胜。朝餐于野鸡坨，夕宿沙河驿。朴世堂《西溪燕录》

朴世堂《夷齐庙》："北海何年别，西山饿不归。心知让弟是，眼见伐君非。故国谁歌麦，遗祠欲荐薇。滦河清到底，从子濯涂衣。"朴世堂《使燕录》

十八日（壬午）。

早过采亭桥，《地志》言桥在玉田西二十里，跨蓝水。又过枯树山、蜂山店，朝餐于螺山店，指店北为螺山，而考《志》则螺山在蓟南五里，今此店去州三十余里，岂山之蟠踞者大而然耶？又过别山店、神仙岭，前未及蓟州一里所有桥，即所谓渔阳桥者，相传已久，而桥旁有碑。臣就视之，碑言桥为永济桥，水为沽水，万历年间工部主事夏澄始建，不言旧名渔阳，恐亦传称之谬耳。入蓟州，城内有卧佛寺，寺本名独乐，《地志》言创自元时，而寺内有辽时碑，有塑佛称观音像者高八九十尺，头抵屋极，当佛之肩围以重阁，其像自肩以上出于阁上者犹可二十余尺。其重阁上当长佛右肩为龛，龛内有塑佛一躯，如巨人闭目支肱而卧，其容冥然。《志》言汉张堪为渔阳太守，有庙在城西北隅，崆峒山在州城东北五里，旧传黄帝问道于此。今山上有府君庙，臣问于居人张，庙已失其处，又不识崆峒山，而但知有府君庙，谓其山为府君山，即在东北五里地者，果信然。边俗贸贸如此，所谓越俗不好古，流传失其真者。是日行八十里。朴世堂《西溪燕录》

朴世堂《蓟城即光武困于王郎之地，为赋一绝》："风雨苍黄出蓟城，滹沱已渡见追兵。山河终自归龙种，卜者何劳诈姓名。"朴世堂《使燕录》【按：诗中所言"蓟城"即指蓟州。】

二十日（甲申）。

平明过枣林，朝餐于夏店，过烟郊铺，夕渡白河，一名潞河，又名椑子，在通州城东方，冬水落河为两肱流，前河乘冰渡，后河连舟为浮梁。岸上积材如山，河中舟楫亦多，往往有画船，倚岸登观，一船称是苏州船，上为板屋，雕彩甚工。同来共六七船，入通州，邑屋甚壮，往来填咽，不似向东所历。是日行八十里。朴世堂《西溪燕录》

朴世堂《通州》："客说通州好，吾来见白河。楼台燕女语，船舫越人歌。返顾西飞鹤，回流东逝波。风光自不尽，触目奈愁何。"朴世堂《使燕录》

二十一日（乙酉）。

平明过永通桥，《志》言桥在州西六里。朝餐于八里堡，至朝阳门外，入东岳庙易服以行，栋宇壮丽，曾所未睹。庭之左右多列丰碑，中有虞集八分、赵孟頫楷书，明人所书少可观。衙译尹、孙、申、金出城来接，臣等具官服乘马从朝阳门入行八九里，渡玉河桥，至会同馆，通官等聚待。提督李

一善亦至,言明日当呈表咨于礼部,先取呈文去。朴世堂《西溪燕录》

朴世堂《上使用杜工部诗"久客宜旋旆"一句为韵,分作五首辄次》:"天道不能久,昨申而今酉。谁更保长年,得与松乔友。游燕了十一,万事但挥手。时运适已去,如肉落馋口。虽有万国力,不能一日守。咄咄无奈何,劝公频饮酒。故乡归意动,新春一回首。何处可销愁,汉江江上柳。""余本东海客,游燕岁月积。侧望沧洲日,朝霞升紫赤。幽都旺气尽,风景不如昔。倐忽三百载,往事空抚迹。云何唐虞人,遽化为夷貊。九鼎或轻锥,连城讵重璧。楚宫日未晏,秦关夜不隔。鞭笞耻无力,有棰不盈尺。""素性木山林,行世味适宜。强宦不入心,强食不安脾。且图休中逸,得免忙里疲。奋起西赴燕,受命不敢迟。跋涉新道路,抛弃旧园池。蹈义苟如渴,安恤一躯为。天地是樊笼,不必恋方陲。所恐时节晚,差池见彤墀。""西来固多幸,幸与公周旋。此地不胜悲,悲见旧鼎迁。喟彼万丈堤,溃非一蚁穿。朝宗迷巨壑,岁暮沸百川。哀余病心人,有泪如倾泉。感伤且奚为,天地数自然。故国沧溟东,何事日留连。但应及早归,前路有三千。""旄头彗幽朔,云气扫砀沛。讵云玉帛事,不复冠裳会。金元递居内,虞夏曾无外。天运有变正,人力不可奈。愍伊众苍生,坐受沸鼎害。红霞绕蓬莱,东望杲日霭。淹滞多失意,愁瘦宽缟带。少陵先我道,久客宜旋旆。"朴世堂《使燕录》【考证:诗云"故国沧溟东,何事日留连""淹滞多失意,愁瘦宽缟带""少陵先我道,久客宜旋旆",约作于十二月二十一日抵达北京,滞留玉河馆后。】

朴世堂《清阴金相国有燕台八景诗,效作》:"喧喧街市涨黄埃,不见君王骏马来。故国多年人事改,更堪斜日满高台。金台夕照""潋潋澄澄一泒河,五更低月泛金波。桥头车马东西散,不尽寒流漾泪多。芦沟晓月""千仞城临万仞溪,晴峰错彩向空低。将军漫倚横磨剑,用着封关不抵泥。居庸叠翠""暖浴双凫绿浪堆,画舡歌舞几时来。新蒲细柳无人哭,听说池边有劫灰。太液晴波""蜃阙蛟宫尘想休,神山隐映小鳌头。春洲寂寂红云晚,遣作人间一段愁。琼岛春云""天井西来万马腾,晴空雪色对觚棱。人间画手频怊怅,遥见千峰晓日升。西山霁雪""蓟门从古几人来,寒树笼烟晚不开。久客欲迷乡国路,更愁车马趁春回。蓟门烟树""迢递孤峰倚碧天,霁虹千丈挂飞泉。岩边辇道春苔润,不记行宫玩瀑年。玉泉垂虹"朴世堂《使燕录》【考证:以上诸诗皆

55

述北京景致，亦当作于十二月二十一日后。】

康熙八年（1669年/己酉）

正月

初一日（乙未）。

上诣堂子行礼，还宫，拜神毕，率诸王、贝勒、贝子、公、内大臣、大学士、都统、尚书、精奇尼哈番、侍卫等诣太皇太后、皇太后宫行礼。御殿，王以下文武各官、外藩王及使臣等上表朝贺，筵宴如例。朝鲜国王李棩遣陪臣李庆亿等表贺冬至、元旦、万寿节，及进岁贡礼物。宴赉如例【按：参见康熙七年十月二十七日条】。《清圣祖实录》卷二八

五更，具服诣东长安门外，下马自左夹入。门楼柱梁及椽皆铄石为之，明时此门屡灾，故以石代木云。过金水桥，从天安门右夹入，过端门右夹，就午门外大庭中坐西庑下，其西为社稷，东庑之东为太庙，会朝者分班左右，臣等就西班而待。平明，帝乘黄屋轿出自午门，舁轿者前后各八，具着红锦，衣豹尾，前导其仗，马在前五六对。帝戴黑披玄，诸王贵臣及左右随后者六七百人，衣裘华美，于午门外乘马驰逐，不成行列，闻将往邓将军祭堂焚香。问："将军何神，而天子不谒宗庙，谒此庙？"答："是帝远祖。"日出还宫，仪仗鼓乐分行，前引不似出宫时之简率卤簿，到午门外左右分立，其仪甚肃，不失尺寸，而随后乘马者驰逐犹前。其出还宫时，东西班但长跪而已。臣等所坐稍近，有一种胡人聚坐，其状甚陋且异，所戴与着仿佛清人，而帽顶裘缘制亦不同。其上坐者状类西洋人，衣绿毳裘，甚致密，问是何国人，或言是蒙古别种，在北海边。或云在西北极远海边，近于西洋。或云其居去北京七千里，离国七月方至北京，既不通语，所问又各不同，无因悉其土俗。及就内班，其人坐臣等下，腥臊拥鼻不可近，译辈又言其无袴，只以上衣覆下体。午门上有五楼，名五凤楼。久后，通官等引臣等随班入，诸王近侍出入由午门左右夹，而其余东班从左掖门入，西班从右掖门入，臣

等亦从右入。过一桥，其北正中即太和门，其右为贞度门，臣等从贞度入就内庭右。正殿即旧皇极殿，今改名太和，陛凡三级，皆为石栏，上设大铜香炉四五对，伞盖幡幢错列其间，仗马夹路左右，立庭下东西班毕集。帝又乘轿下殿，由西厢入，通官等言将谒太皇太后、皇太后。归受贺久之，从东厢来既就座，辟仗马，即有四人朱衣执跸，分立御路两旁，凡三击跸，然后止，仗马乃复旧所。于是文武官就位，北向长跪。随闻殿上有赞声，意其为群臣贺表也。读止，传胪三拜九叩头乃退。通官等始引臣等以下就西庭近御路序立，又稍进，拜叩如仪。既退，又引蒙古别种使叩拜，时蒙古王子亦来，而闻先与清汉文武同时行礼。复由贞度出至东长安门外，乘马归馆，催食毕，即赴赐宴。又至午门外少休，入至太和殿，由殿西角升陛，坐于殿外陛西，蒙古王子在首，臣等次之，别种夷使又次之。陛东则清汉二品列坐，诸王大臣皆入殿内，百官在庭中坐定，进茶一盏，色微紫，味极膻腻，强饮欲呕。久之进馔，其蒙古王子一人一案，臣等及别种皆三使共一案。钟石悬列楹间而不作，戏舞杂进，体貌不雅，其舞则振臂鼓箕以为节拍，其戏则假面偶马以象战斗。又有女装之舞，我俗优戏。其优人缚胯引啸，颇觉肖似，而执乐者乃戴高顶毡笠，其状可笑。其戏舞并于殿陛上及殿楹内为之，又诸王大臣相次起舞于殿内。临毕，进肉一盘，酒一盏。蒙古王子及别种并引入殿中，赐以酒，既终宴。复循陛下至于庭，一拜三叩退归馆。朴世堂《西溪燕录》

朴世堂《观踏险竿》："惯踏虚空不省难，傍人胆悸却心安。世间何限千金子，亦拟轻来试险竿。"朴世堂《使燕录》【考证：据上文，《西溪燕录》描述了正月初一日康熙皇帝接受百官、使臣朝拜，"戏舞杂进"之景，此诗无详细时地线索，《朝鲜显宗实录》云是年六月初二日，"执义申命圭、持平赵圣辅论冬至正使李庆亿、副使郑锋、书状朴世堂等奉使时赏观灯杂戏之失"，此诗约作于是年正月。】

初七日（辛丑）。

晚阴，夜雪。朴世堂《西溪燕录》

朴世堂《次上使人日诗韵》："风光争似汉阳时，多费他乡一首诗。春梦独归东海阔，日窥红浪欲生迟。"朴世堂《使燕录》【考证：诗题曰"次上使人日诗韵"，当作于正月初七日。】

朴世堂《咏尘》："中土多尘，辽蓟以来，不胜其垒扑。昔石室相公朝京师，尝有尘诗，

57

极其模像,实为千古绝作。今上使台丈亦有咏尘一绝,托意尤深,途间不及奉和,今行车已脂,正愁此物忘陋,辄构近体一首仰呈。乍向西飞乍向东,远看漠漠近蒙蒙。晨栖炊甑煤分墨,夕动歌梁烛借红。堆处也能埋弱草,涨时还解暗长空。蓟门前去千余里,叵耐春来日日风。"朴世堂《使燕录》

朴世堂《又次咏尘诗韵》:"家在沧溟东复东,想来春意渐迷蒙。陌头游女攀新绿,桥上行人折早红。山展画屏遥着色,江开奁镜远含空。更无一点纤尘动,知有杨花占晚风。"朴世堂《使燕录》【考证:以上二诗无具体时间线索,据《西溪燕录》可知下诗《出朝阳门》作于正月二十四日,故以上约作于正月初七日至二十四日间。】

二十四日(戊午)。

发会同馆。路逢妇人车,导从甚盛,称诸王妻,前导辟人,暂避路侧。出朝阳门,天气向暄,沿途士女多聚观。过永通桥,夕至通州,宿察院。是日行四十里。朴世堂《西溪燕录》

朴世堂《出朝阳门》:"新年客厌燕南地,万里人愁蓟北天。今日朝阳门外路,何时鸭绿渡头船。暖云似絮随征盖,嫩柳如丝拂去鞭。更拟凭谁报归信,雁声拖梦小楼前。"朴世堂《使燕录》【考证:诗题曰"出朝阳门",诗云"今日朝阳门外路,何时鸭绿渡头船",当作于正月二十四日自北京离发时。】

二月

初一日(甲子)。

渡沙河,取下路往观钓鱼台。台明监察御史韩应庚所筑,在滦河下流之南岸,一峰特起,傍多奇岩怪石,钓台岹兀,据山半腹,台下迭石为砌,凡九十级,三折以上。台上有楼,楼侧有屋,数僧守之。河之北有山如覆盂,松林茂郁,即应庚墓丘。墓东隔河,有园林屋宇,即应庚旧宅。应庚万历时退隐于此,屡官不起,及没目葬焉,风节足尚,其子孙犹不失旧业云。渡滦河、清水河,夕至永平府。是日行八十里。朴世堂《西溪燕录》

朴世堂《钓鱼台》:"林外问樵者,河边到钓台。急滩流曲折,悬磴势盘回。人与少微隐,客从东海来。百年虚想象,旷抱为谁开。""韩公归隐日,门外有征书。杀却府中马,钓来滩上鱼。谢山松籁冷,陶宅柳阴疏。寂寞成千古,斯人吾不如。"朴世堂《使燕录》

朴世堂《永平》："永平地是古边州，何况如今更旅游。李广碑前多少恨，伯夷祠里浅深愁。日中尘暗曛曛夕，春半云寒凛凛秋。马首渐东归意速，故园花动掩书楼。第一句一作'永平自古是边州'。"朴世堂《使燕录》

初五日（戊辰）。

风寒。朝餐于中前所，渡石子河，过高岭驿、急水河，夕至前屯卫。是日行七十里。朴世堂《西溪燕录》

朴世堂《出关》："东来迎白马，西去送青牛。世乱陋贤圣，无穷今古愁。"朴世堂《使燕录》

朴世堂《数日来东风峭寒，为赋一绝解闷》："千里腾腾逐马尘，出关犹是未归人。东风故作禁花意，应恐还家落暮春。"朴世堂《使燕录》【考证：《西溪燕录》言二月初三日"夕至山海关"，初四日"以使臣病留"，初五日"朝餐于中前所"，可知使团于初五日自山海关离发，此诗题曰"出关"，当系于此。】

朴世堂《烟台》："离离落落晓星联，近没寒云远入天。伊昔谁家防戍地，日沉荒塞断烽烟。"朴世堂《使燕录》【考证：据《西溪燕录》可知下诗《间阳途中》作于二月初十日，故此诗作于二月初五日至初十日间。】

初十日（癸酉）。

风。鸡鸣发，至间阳驿朝餐，取捷路出广宁东南，秣马于沙河子，夕至盘山。是日行百里。朴世堂《西溪燕录》

朴世堂《间阳途中》："更无山碍望，唯有草侵空。尘暗边风黑，云明候火红。归人行不息，飞鸟去难穷。旷绝连寒漠，愁迷路向东。"朴世堂《使燕录》

十二日（乙亥）。

鸡鸣发，日出至辽河，乘冰以渡，水势急，舟楫不一，每我使至，或遭风，或冰泮，多苦滞。行近河，人以私舡接渡，而受其价获利。臣等路闻辽河人知臣等且至，招聚傍近居人，凿开河水几十数里欲要利，连日风寒，河冰随合，竟不售其计。及至河，果见有凿开之迹，汉俗之贪诈至此。朝餐于河傍，闻蒙古部落居近广宁者，其王之母将往鞍山汤泉沐浴，王弟从行过此，臣等往观之。王母使子邀入其帐，乃年六十余岁老妇，王弟年三十余，多带牛羊以行。从胡一人，自言本宁边人，被掠而来，语未能了，疲屡可哀，及行告辞，其容多戚。臣问："汝意欲归乎？"则便潸然下泪曰："归岂

59

可得？"哽咽不自胜。臣甚愍之，使修家信以付行中，赠以刀纸。至牛家庄宿。是日行六十里。朴世堂《西溪燕录》

朴世堂《行辽泽迭前韵》："疲马踏残雪，萧条辽泽空。尖山微露碧，低日欲沈红。望极家何在，愁多路不穷。临流羡河水，遥入暮云东。"朴世堂《使燕录》【考证：诗题曰"行辽泽迭前韵"，诗曰"疲马踏残雪，萧条辽泽空"，当为二月十二日使团返程渡涉辽河时作。】

三月

初四日（丁酉）。

冬至正使李庆亿、副使郑銡、书状官朴世堂自燕京还【按：参见康熙七年十月二十七日条】。上引见，问彼中事状，庆亿等俱以所闻见对曰："我国人每以彼中奢侈已极，必以覆亡为言，而此有不然。彼中既无兵革，得地极南，而物货辐辏，安享富贵。以正朝时见之，虽下官皆着黑貂裘，服御器物华靡夺目。以我国寒俭之目见之，故以为过度，而此不必为其亡兆。最可危者，侵虐汉人，罔有纪极，皆有曷丧之叹，若有桀骜者一呼，则将必有土崩瓦解之势矣。"郑太和曰："向之所忧者，蒙古作变，梗于贡路，此则不然乎？"庆亿曰："喜峰口部落甚强，故清人畏之，而至于谋反则未有实状，西靼亦无朝夕作乱之事。所可虑者，皇帝政令苛虐，汉人有积怨深怒也云。"《朝鲜显宗实录》卷一六

六月

初二日（癸亥）。

执义申命圭、持平赵圣辅论冬至正使李庆亿、副使郑銡、书状朴世堂等奉使时赏观灯杂戏之失，请罢职，累启终不从。《朝鲜显宗实录》卷一七

十月

十八日（戊寅）。

遣冬至正使闵鼎重、副使权尚矩、书状官慎景尹于清国。《朝鲜显宗实录》卷一七

沈攸《别冬至副价权至叔燕行六韵》："一阕关山月，思君万里游。天心

日南至，国耻海东流。秉礼唯称鲁，修文尚忆周。几时闻白鹤，何处驻青牛。路惯重来客，江怜再渡舟。离亭违出饯，红叶闭门愁。"沈攸《梧滩集》卷十一【按李縡《副提学沈公墓志》：沈攸（1620—1688），字仲美，号梧滩，青松人。光海庚申生，历持平、承旨、大司谏，官至吏曹参议。肃宗戊辰卒，年六十九。为文词，尤长于诗。以盛李为准，清逸不俗，如其为人。溢而为骈语，亦得徐庾格法。有集若干卷行于世。】

十一月

二十四日（癸丑）。

<u>朝发</u>，至凤凰栅门外秣马，胡人出迎，伏兵将二，麻贝三，博氏二，牙译二，甫十古八，甲军四十五。牙译以上则依例接见馈酒，各给纸束、烟草等物，加索不已。甲军嫌少不受，令译官坚执不许加数，则翌晓始受去。各人称号若以我国官制言之，则麻贝是哨官之类，博氏是书吏之类，牙译即我人被掳中择定舌官者也。午时入栅，麻贝等点入人马知数先报北京云。麻贝等言商贾驮数不多，必见责于衙门，请以一行他驮添增，再三恳请，许之。义州护行军官等辞去，附上状启。是日行四十里。闵鼎重《老峰燕行记》

闵鼎重《酒垆》："白是提壶青是帘，无人不道酒成酣。幽燕民物还依旧，独使衣冠尽徙南。"闵鼎重《老峰燕行诗》【考证：诗云"幽燕民物还依旧，独使衣冠尽徙南"，约作于初入辽东地界时，故系于此。《纪年便考》卷二十五：闵鼎重（1628—1692），字大受，号老峰，宋时烈门人。仁祖戊辰生，戊子进士。己丑魁庭试，历铨郎、副学，因应旨陈姜嫔之冤与两宋论薪胆之义，两宋被召也。鼎重以帷幄始终先后之习，知中原程途远近曲折，每画出师之路如诸指掌。显宗己酉，归自清，谓清可伐，然国家无意用兵，刚直之性出于天。论尹善道逸居蔑义，不宜擢置近密。以副校理入对，所奏明剀，两宋曰："君侧一日不可无此人。"肃宗己未配长兴。庚申入相至左。为相迎宋时烈议天下事，顷之免。礼以莅身，仁以利物，密于综事，阔于取才。己巳，坤宫之逊，栫棘于碧潼。壬申，卒于谪所，年六十五。甲戌复官，赐谥文忠。哲宗壬子，命不祧。大皇帝丙戌，配享孝宗庙庭。】

闵鼎重《凤凰城》："勤业常思已十千，壮游长拟遍齐燕。容颜忽改少年色，使节殊非卅载前。怅望西方人远矣，盍归东鲁路茫然。世间翻覆无穷事，欲使湘魂更问天。""倾尽龙湾酒十千，远游聊复聘幽燕。云寒汉帝开关

处，鸟过秦皇勒石前。直北江深经日黑，盘空山立房云然。英雄一去衣冠尽，眼暗风尘不见天。"闵鼎重《老峰燕行诗》

二十七日（丙辰）。

朝发，度分水岭，秣马岭底，夕投连山关宿，是日行六十里。闵鼎重《老峰燕行记》

闵鼎重《连山关》："西去度辽蓟，北风岁已遒。衣冠纵尔羡，皮币亦吾羞。异制看仍惯，殊音听益愁。山河依旧在，挥泪更抬头。"闵鼎重《老峰燕行诗》

二十九日（戊午）。

乃冬至节，作豆粥馈一行诸人。朝发，踰青石岭，午抵狼子山。义州军官持公文与白绵纸追及于此，得监司与义尹书。自上再次破脓，气候安宁，进膳如常，喜忭不可极。是日行三十里。闵鼎重《老峰燕行记》

闵鼎重《晓发狼子山》："村鸡到晓冻无声，画角催程客梦惊。一炬导车冰路涩，乱山当马塞云横。敢云忠信行殊俗，尝尽艰难任此生。直待东方朝旭上，欣同万国仰光明。"闵鼎重《老峰燕行诗》

十二月

初一日（庚申）。

欲行望阙礼，而处所不便，不敢也。朝，沈阳礼部郎一，户部库子一，胥吏三，牙译一来见，分受岁币物种以去。清人称沈阳为盛京，分官以守，府库皆充，恃为本穴，故自前分储我国所送物种，而今番则诸色木棉尽数取去，未知何意也。依例接见馈酒，各给纸草等物。郎吏、库子同席而坐，亦无拜揖之节，独牙译自以我俘，不敢升坐，拜下席地矣。牙译欲增赂银之数，要索不已，译官辈争执不许，则发怒，乃言此是岁贡分纳者，首译亦当亲领以去。首译赵东立以为增赂决不可开路，自请领往凤栅，甫十古甲军等替去，亦给纸草。巳时发行，秣马沙河边，初昏，投笔管铺宿。是日行六十里。闵鼎重《老峰燕行记》

闵鼎重《笔管铺》："深冬塞上苦风霜，客路迢迢易夕阳。极目黄茅辽野阔，横空白堞古城长。百年耕凿居民地，此日纵横养马庄。欲问寿山山下

老,汉家何岁缺烝尝。"闵鼎重《老峰燕行诗》

初六日（乙丑）。

朝发,未时抵广宁卫,是日行五十里。知县颜凤姿持楮酒具刺来见,乃福建文士也,取纸笔以文字问答,略设酒果,终夕而罢。送成裨投书为谢,赠以礼物接待,皆用华制云。汉、清二城将各送酒肉,以纸草酬之。乘昏与副使、书状往见李将军成梁旧墟,烬余墙壁半颓半存,令人慨然。石碑石楼,独全宛然矣。牛庄护行胡人等替去者所给如前。闵鼎重《老峰燕行记》

闵鼎重《过广宁,知县颜凤姿持刺请见,且示所作秦游诗一卷,求和甚恳,构拙为谢》:"邂逅他乡感水萍,一场谈笑遽忘形。珍篇入手惭无报,薄酒传心愿莫停。我自箕封应马白,君今关外识牛青。前期共指回车日,拙句聊赓伐木丁。"闵鼎重《老峰燕行诗》

闵鼎重《广宁县访李将军成梁古墟有感》:"北风吹大树,西日照余曛。故宅飞寒烬,荒城锁暮云。山河千古恨,战伐一时勋。刻画辕门石,森然见出军。"闵鼎重《老峰燕行诗》

初七日（丙寅）。

朝发,秣马闾阳驿,夕投十三山。自入辽野,尘沙满路。是日有西北风涨暗,不分咫尺,行九十里。闵鼎重《老峰燕行记》

闵鼎重《医巫闾山》:"发踪荒汉势雄哉,走虎腾龙自北来。环谷望如千障列,攒峰巧作百花开。曾经禹迹封幽镇,长对秦城压海隈。何事不严夷夏界,卅年天下满尘埃。"闵鼎重《老峰燕行诗》

十二日（辛未）。

朝发,秣马八里堡,午入山海关,是日行五十里。城将等点入人马,一如凤栅之为。诸胡所给有加,但不接见。是夕,与副使、书状往观望海楼,城将送酒馔甚盛,答以礼物。闻北使以皇极殿改造落成之故,为颁赦向东云。闵鼎重《老峰燕行记》

闵鼎重《山海关》:"天边铺练望秦垣,跨壑萦峦铁作门。驾海起楼鳌欲戴,列炮排堞虎长蹲。百场战伐难全胜,千载英雄几断魂。蒙筑徐移俱寂寞,至今唯见凿山痕。"闵鼎重《老峰燕行诗》

十四日（癸酉）。

朝发，秣马凤凰店川边，夕投抚宁县。是日行百里。闵鼎重《老峰燕行记》

闵鼎重《梦觉烛下走草》："一夜归心万里悠，春风吹梦过辽州。红花店外烟生柳，青石岭前月似钩。草径复寻三亩宅，峨冠同拜五云楼。晓钟撞罢惊孤枕，残烛依微伴客愁。"闵鼎重《老峰燕行诗》【考证：诗云"红花店外烟生柳"，红花店位于山海关至抚宁县途中，此诗作于十四日。】

十六日（乙亥）。

朝发，<u>取迁路历拜夷齐庙</u>。庙在滦河西北十余里，安塑像，庙后有清风台，江山绝胜。夕投沙河驿，察院久废，僦宿汉人姜公弼家。是日行五十五里。闵鼎重《老峰燕行记》

闵鼎重《谒夷齐庙唐玄宗始令春秋致祭，元世祖追封公爵，塑像用衮冕》："当年求得在于仁，严父尊君各尽伦。衮冕尚存涂炭意，牺牲谁荐蕨薇春。难从塑像求真面，每诵邹篇识圣人。江上数村余古俗，去周千载又逃秦。"闵鼎重《老峰燕行诗》

闵鼎重《次副使韵》："依微远岫暮烟苍，古渡归僧说首阳。岁晏荒城凋景物，客来遗庙荐心香。可怜地是人何去，但见山高水自长。微圣吾今安所适，清风台上独彷徨。"闵鼎重《老峰燕行诗》

十七日（丙子）。

朝发，秣马榛子店之关王庙，流川在庙前，驾石为桥。<u>夕投丰润县</u>，僦宿汉人曹重辉家。是日行一百十里。闵鼎重《老峰燕行记》

闵鼎重《发丰润遇雪》："客店闻鸡起，马嘶风又吹。雄心拟探虎，贼势尚张鸱。世变看棋局，功名对镜丝。腰间八尺剑，肝胆许相知。"闵鼎重《老峰燕行诗》

十九日（戊寅）。

朝发，道遇北使之向东者，秣马螺山店，<u>夕投蓟州</u>，僦宿辽民家。是日行八十里。闵鼎重《老峰燕行记》

闵鼎重《蓟州》："少时书剑负豪雄，幽蓟山河指点中。万里农桑连井陌，千年锁钥壮榆庸。居然玉节成头白，已矣金瓯逐水空。报国尚余心一片，朝朝览镜惜衰容。"闵鼎重《老峰燕行诗》

闵鼎重《卧佛寺》："千里关山倦客踪，更无闲趣听僧钟。即今夷狄行天

下，偃卧吾知佛意浓。"闵鼎重《老峰燕行诗》【考证：卧佛寺位于蓟州。】

二十一日（庚辰）。

朝发，秣马夏店之关王庙，夕投通州。知州宁完福持刺请见，且致酒果数种，答以礼物。是日行八十里。闵鼎重《老峰燕行记》

闵鼎重《过通州》："浮河转海达皇州，都会名城列橹楼。日暮新亭频举目，春来故国几回头。千年遗恨厓山色，万古悲风易水流。可笑吾行何太晚，无由同上管宁舟。"闵鼎重《老峰燕行诗》

二十二日（辛巳）。

朝发，黑雾四塞，不辨咫尺，可谓昼晦也，秣马于八里村僧舍。到朝阳门外，牙译等迎候于东岳庙，请改着帽带而后入，暂憩庙中。石碑森立，匆匆不能尽读，而王右军集字、赵孟頫楷书、董其昌行草、虞集八分最佳。未时投玉河馆。是日行四十里。在前使行骑马入馆，自数年来清人援引明朝旧例，使之下马于馆门外云矣。闵鼎重《老峰燕行记》

闵鼎重《玉河馆口占》："管钥编腰称旧监，斜裁无领即新衫。葛蒙同列三头叩，茶酪交煎一椀咸。谁识汉仪归剃辫，可怜殷庶尽箝衔。中原自是皇王地，会待渔翁起钓岩。"闵鼎重《老峰燕行诗》

闵鼎重《燕京有感》："上帝尊居十二楼，高悬日月作双眸。建邦立辟代吾理，忝位虐民为尔羞。教始父慈而子孝，道生夏葛与冬裘。有庸虞礼载咸秩，体物周诗咏及游。古圣钦承休以降，后王违悖罪宜浮。赫临皆仰自民视，衷简那知在剃头。夜觇几望星象改，晨兴每叹岁时悠。何心耽酒轻秦赐，讵忍起风沈陆舟。不见不闻无乃老，无言无告各怀愁。暗中旋斡人谁识，会见群黎免尽刘。"闵鼎重《老峰燕行诗》【考证：据《老峰燕行记》可知下诗《出玉河馆抵通州》作于翌年正月二十八日，故以上诸诗作于十二月二十二日至翌年正月二十八日滞留北京玉河馆期间。】

二十七日（丙戌）。

清国以殿阁重修颁赦，遣内大臣巴昂邦霄等来，以李庆亿为远接使，金德远为问礼官。《朝鲜显宗实录》卷一七【按：《清史稿·圣祖本纪》云是年十一月"壬子，太和殿、乾清宫成，上御太和殿受贺，入居乾清宫。"】

康熙九年（1670年/庚戌）

正月

初一日（己丑）。

朝鲜国王李棩遣陪臣闵鼎重等表贺冬至、元旦、万寿节，及进岁贡礼物。宴赉如例【按：参见康熙八年十月十八日条】。《清圣祖实录》卷三二

二十八日（丙辰）。

早食后发行，着便服，骑马由朝阳门出，少憩东岳庙，乘驾轿抵通州，日才过午，留宿。闵鼎重《老峰燕行记》

闵鼎重《次副使书状联句韵》："客榻经冬久，征骖复路初。春光生海岱，夜色属望舒。试骋花驹步，催将柏叶酤。已孤朋戒酒，莫遣妇猜梳。蔺子言无赖，荆卿计涉虚。管功见被发，嬴法酷焚书。古圣千年远，遗民百战余。衣冠随烬火，文物总丘墟。弓马威寰土，赏刑视包苴。翘赼忘习俗，逸乐作蓬蒢。自伐应由汝，斯文岂丧予。清风耻粟墨，怒气起涛胥。班子初投笔，陶公已弃樗。考时知可矣，在野问治欤。鬼哭秦蛇断，葛窥汉火嘘。助声汜水鹤，奋击博浪狙。景运方回泰，妖氛早荡除。傍河曾有馆，古寺尚名胪。已解腰间剑，多骑胯下驴。频传皇帝猎，屡见橐驼车。代序催寒暑，迩微叹居诸。寄书唯有雁，弹铗岂无鱼。使节徒输帛，回辕始载旃。壮游今已矣，哀泪独涟如。混迹犬羊窟，惊心牛马裾。遁逃惭四皓，皎洁忆三闾。宿志在云壑，幽居结草庐。门关五柳径，矶把一竿渔。樽倒花间酌，带横月下锄。兴亡耳不闻，人世梦全疏。扶老惟须杖，徐行亦当舆。知非过四十，百世愿师蘧。"闵鼎重《老峰燕行诗》【考证：诗云"客榻经冬久，征骖复路初""试骋花驹步，催将柏叶酤""使节徒输帛，回辕始载旃"，当作于正月二十八日自北京离发时。】

闵鼎重《出玉河馆抵通州》："堤柳丝垂烟欲笼，御沟波漾海相通。千秋月色金台上，一夜鹃声禁苑中。马熟归程争落日，匣鸣雄剑起悲风。平生壮

志将何用，梦逐嫖姚出汉宫。"闵鼎重《老峰燕行诗》

二月

初三日（辛酉）。

以清国颁庆赦中外，百官加资。《朝鲜显宗实录》卷一八

初六日（甲子）。

夜雪如昨。朝发，秣马范家店，夕投山海关，城将设宴如来时。北京护行大通官李梦先，次通官尹孙、麻贝、甲军等替去，赠给如例。闵鼎重《老峰燕行记》

闵鼎重《到山海关，先送一骑报回期，寄简季氏季氏时按西关》："持节西来岁序翻，春风关路始回辕。玉楼消息今安否，南幕音书定几番。梦里容颜梁满月，别时衣袂酒留痕。知君念我还如我，一骑先驰报戟门。"闵鼎重《老峰燕行诗》

闵鼎重《奉简伯氏案下伯氏时按岭南》："南御蛮人北使燕，弟兄相望隔三千。宣威已觉鲸波静，奉节多惭楚璧全。泛菊重阳成此别，看云几日待吾还。寒灯客店难为梦，大被何时枕更联。"闵鼎重《老峰燕行诗》【考证：诗题曰"奉简伯氏案下"，与上诗"寄简季氏"重合，又据此诗在诗集中位置，亦当作于二月初六日。】

初八日（丙寅）。

朝发，秣马中后所川边，午炊中右所川边，夕投宁远卫儗宿村家。清人奉香牵牲而过，问之，则将释奠圣庙云。译官以为异事，前所未有云。闵鼎重《老峰燕行记》

闵鼎重《中后所次副使韵》："万里归程度塞长，三春消息落梅黄。风生渤海舟无楫，月出东方客望乡。杯酒强欢非意得，歌诗遣闷便形忘。不才更愧忝居右，敢向江河较橐囊。"闵鼎重《老峰燕行诗》

十五日（癸酉）。

朝发，秣马沙河堡，夕投辽东。闵鼎重《老峰燕行记》

闵鼎重《沈阳道中次书状韵》："重游辽左访前贤，浮海高踪已渺然。时世迭迁天漠漠，古今相续水涟涟。山河有泪悲王室，渔钓无人问渭川。落日荒城归鸟尽，沉吟独步大江边。""王事驱驰万里余，备尝艰险孰吾如。交情

此日怜同病，壮志当年笑太疏。青草池塘归梦里，五云城阙拜辞初。君恩未报丘山重，家问休烦数寄鱼。"闵鼎重《老峰燕行诗》【考证：《老峰燕行记》言十四日使团"夕投笔管铺"，十五日"朝发，秣马沙河堡"，沈阳位于笔管铺至沙河堡途中，故此诗当作于二月十五日。】

　　十七日（乙亥）。

　　朝发，<u>秣马甜水站川边</u>，夕投连山关。闵鼎重《老峰燕行记》

　　闵鼎重《甜水站》："庙谟无借着，时势若危竿。备位同竽窃，行身耻木蟠。孤忠聊自许，利器不辞盘。六伐闻姬武，一匡溯吕桓。沈湘莞尔屈，流涕自然安。不复分夷夏，宁论倒屦冠。有声东去水，无语北来峦。客有殷墟感，民思汉法宽。路长霜雪苦，岁暮柏松寒。报国平生志，勖哉尝险难。"闵鼎重《老峰燕行诗》

闰二月

　　初八日（乙未）。

　　冬至使闵鼎重、副使权尚矩、书状官慎景尹等还自清国【按：参见康熙八年十月十八日条】。《朝鲜显宗改修实录》卷二二

六月

　　初七日（壬辰）。

　　进贺兼谢恩使郑载仑、副使李元祯、书状官赵世焕如清。《朝鲜显宗实录》卷一八【考证：《承政院日记》言六月初七日"进贺兼谢恩使郑载仑，副使李元祯，书状官赵世焕出去"，与《实录》一致。《使行录》言辞朝时间为"六月十七日"，疑为笔误。】

七月

　　十七日（辛未）。

　　晓发，行到会岭下，有鹿三四成群路左，使车牢放炮，不中。至青石岭，使臣皆以马装踰之，石似犬牙。险过羊真，孝宗大王歌中所谓者此也。既踰大岭，又踰一岭，高峻与大岭相并。既踰，三使臣披荆列坐，使驿卒摘葵子尝之。历狼子山察院，院为学童之书堂，北壁下设孔子、颜、曾、思、

孟神位，有焚香，拜谒之，所书"出恭入敬"之训。蒙学五六之中有石得禄者，年最少而文最达，能诵《论语·学而》篇，不错一字。噫！世入臊羯之天，尚知尊圣之义，明朝培养之化不可谓不笃矣。李海澈《庆尚道漆谷石田村李进士海澈燕行录》

十八日（壬申）。

发行，踰王祥岭，或云孝子王祥之墓在此，故名之。或云明朝大臣王祥之墓在此，故名之，未可详也。朝饭于冷井，井在路下，水出之，清似玉鉴，冷如照冰。自京都至北京之路到冷井则为半云。自狼子山就河上栈道，道虽新铺，而下临无地。既下栈道，有佛宇及关王庙，有碑记，皆文理不绳，字画不楷焉。闻清国官制有百户知县，辽阳以东人居甚罕，故募人有以关内百姓百户移居辽阳之东者为县令云。夜深后有一秀才来见，初名李素，今改为汇，自言唐之李晟之后，世居江西，在明朝世为卿相，清人入据之后不从剃发之令，其祖与父及妻父舍兄皆死，于是渠以宗祀之无托苟从得全，连坐谪来于此云，闻来令人饮泣。年才廿余，颜如冠玉，笔翰如流，诗词动荡，以纸笔左酬又应，少不苦涩。余亦执钝笔，而吾写一字之间，彼则能书五六字，敏速如飞。使臣以下奔忙质问，当其阴事相通之际，虑有泄露之患，颇有厌人之气，故三使臣命辟行中员役，以下书之纸末见后付者居多。余与同衾而宿，问大明宗社之存没，则茫然流涕而书曰："九州岛之内尽为清人之所有，宗族变异姓名，散在民间，宗社之存没杳然不知，而若保存，则似在缅甸国云"。所谓缅甸在日本近处海中矣。余问："清人既已混一区宇，则无内患外忧之可虑，而历数可永于久远耶？"答曰："新定海内别无他虑，而长忧远虑在于东胡。法令多门，豪奢成风，历数之远何可安也云。"所谓东胡者指蒙古也。问我国取人之法、科举之文，又言"使行结果纸袋有思想大明文字，若使清人见之，则清国必生大事云。"又问"贵国精兵可歼虏贼者耶云"，盖慷慨之意溢于文辞之间，男子刚真孰不见此而堕泪哉。李海澈《庆尚道漆谷石田村李进士海澈燕行录》

八月

十八日（壬寅）。

上使欲作燕行契轴，请序文于副使前，既构之后，三使鼎坐，使余读之，不觉击节。在京时自户曹备局送落幅纸九十轴，皆岭南司马试之幅也。得见于岁余千里之外，可谓奇矣。李海澈《庆尚道漆谷石田村李进士海澈燕行录》

十月

二十日（甲辰）。

谢恩使郑载仑、副使李元祯、书状官赵世焕归自清国【按：参见是年六月初七日条】。《朝鲜显宗改修实录》卷二三

十一月

初五日（戊午）。

谢恩使福善君枏、副使郑楢、书状官郑华齐如清国。《朝鲜显宗改修实录》卷二三

金锡胄《送郑纳言华齐赴燕》："莱海归来又辽海，年年观海费登题。三山真可供游目，百尺还须挟上梯。短羽搏风鹏徙北，片金跳浪日悬西。千秋却忆蹈东语，高节何人更得齐。"金锡胄《息庵遗稿》卷四【按《国朝人物志》卷三：金锡胄（1634—1684），字斯百，号息庵，清风人。丁酉进士。显宗壬寅文科状元。肃宗嗣服，以右承旨擢守御使。时许积子坚素蓄凶逆心，与枏歃血缔盟。庚申春，事机甚急，锡胄手箚密白，诸逆伏诛。录保社功一等勋，封清城府院君，典文衡。壬戌拜右议政。甲子卒，谥文忠。】

南龙翼《别郑尚书楢燕京之行》："郑国修辞圣所称，燕京将命子仍膺。情亲别恨今朝最，副价行装昔岁曾。碣石寒云来万里，辽阳古塔立千层。依然物色分留在，第一关楼试一登。"南龙翼《壶谷集》卷二

沈攸《别秋曹郑参判子济楢副价燕行》："官曹参贰白云司，南至天寒仗节时。汉月如环临塞迥，辽冰盈丈度关迟。千年城郭余华柱，百战山河等弈棋。长笛梅花何处奏，燕歌应和纪行诗。"沈攸《梧滩集》卷八【考证：据《显宗改修实录》卷二三可知郑楢等于十一月初五日辞朝，以上诸诗当作于十一月初五日或其后。李縡《副提学沈公墓志》：沈攸（1620—1688），字仲美，号梧滩，青松人。光海庚申生，历持平、承旨、大司谏，官至吏曹参议。肃宗戊辰卒，年六十九。为文词，尤长于诗。以盛李为准，清逸不俗，如其为人。楢而为骈语，亦得徐庾格法。有集若

千卷行于世。】

康熙十年（1671年/辛亥）

正月

初一日（癸丑）。

朝鲜国王李棩遣陪臣李柟等表贺冬至、元旦、万寿节及进岁贡礼物。宴赉如例【按：参见康熙九年十一月初五日条】。《清圣祖实录》卷三五

初六日（戊午）。

朝鲜国王李棩遣陪臣李柟等表贺孝康章皇后升祔太庙，表文曰："加隆显称，咸仰尊亲之典。升祔明祀，聿彰配祢之仪。情文罔愆，远迩胥悦。钦惟皇帝陛下仁深锡类，诚切奉先。慈恩莫追，违孝养于天下。缛礼斯举，形孝理于寰中。宜见庆福之毕臻，亦令涣渥而普被。伏念臣猥荷皇眷，忝守藩邦。助祭周庭，纵阻骏奔之列。驰神魏阙，第申鳌忭之忱。"《清圣祖实录》卷三五

二月

二十日（壬寅）。

冬至使福善君柟、副使郑榏等还到山海关驰启曰："正月初一日，清帝将往城隍祠焚香，东西班序立于午门之外，臣等亦参贺班。礼毕还入，千官姑皆罢出，臣等亦欲出来。礼部郎一人，以帝命召臣等趋入乾清宫，清帝在门正间，坐于平床，命臣等上阶，进跪于平床前数步之地。清帝先问臣柟之年，次问与国王几寸亲，次问发程日子，次问读书与否，次问名字，又问臣榏姓名，各随其问以对。清帝且曰：'汝国百姓贫穷，不能聊生，皆将饿死，此出于臣强之致云，归传此言于国王。'臣等对曰：'岂有臣强致此民饥之理。比年以来，小邦水旱相仍，连值凶歉。国用罄竭，民生填壑，君臣上下，昼夜遑遑，至于内供之物，亦皆蠲减，以救垂死之民，而犹不废事大之

礼。今此进献，竭力以备，仅免阙贡，岂有臣强以致民穷之事乎？'皇帝即微笑，顾语侍郎中一人，又传语曰：'正使乃国王至亲，故言之耳。'言讫，仍令退出，臣等随一善出来。其侍郎亦出来，相语而去。问其所言，则一善曰：'侍郎言使臣对帝问之语甚善云。'且曰：'今日之召见使臣，至念本国民事，且命归告国王者，皆出于亲厚国王优待使臣之意，使臣亦知此为特恩乎？'盖彼之召见臣等，有所劳问，似是优待之意。而猝然赘入剩语于民穷之下，及闻臣等辩白之语，又笑而只令归告，其无深意，则可见矣。臣等行到关外，逢一汉人，问清主宽猛，答曰：'汉官甚恐。'又问：'关外赋役重，良田皆被高山所占云，然乎？'其人点头而已。译官所得通报有曰：'上年水患，百数十年所无之灾。'且有赏赐段及御衣资不足之语。欲措一年兵食，而议者皆难之云。其国用之贫乏，纪纲之颓圮如此，而欲修举文治。云南之人，以有七十岁母请归养而许之，且在丧者有不计闻，二十四月而复官之议，又有满洲卫三年丧之论，以为人皆行三年之制，使渠独不然，非以孝治天下之道也云。'"《朝鲜显宗实录》卷一九

三月

十三日（甲子）。

冬至正使福善君柟、副使同知郑棆、书状官郑华齐还自清国【按：参见康熙九年十一月初五日条】。《朝鲜显宗改修实录》卷二三

十月

二十二日（庚子）。

以朗善君俣充问安使，如沈阳进表问候，且献土物，以清主方有省墓之行也。比至彼境，清主已返矣。俣仍转入燕京。《朝鲜显宗改修实录》卷二四

十一月

初二日（己酉）。

遣左议政郑致和、礼曹参判李晚荣、司艺郑横如清国，贺冬至、正朝，仍兼谢恩，以清主私谕福善君之事也。《朝鲜显宗实录》卷二〇

初五日（壬子）。

谢恩，兼进贺使福善君柟，副使郑楷，书状官郑华齐出去。《承政院日记》

康熙十一年（1672年/壬子）

正月

初一日（戊申）。

朝鲜国王李棩遣陪臣郑致和等表贺冬至、元旦、万寿节，及进岁贡礼物。宴赉如例【按：参见康熙十年十一月初二日条】。《清圣祖实录》卷三八

初五日（壬子）。

清使入京颁诏，以天下统一夸大也。《朝鲜显宗改修实录》卷二五

初七日（甲寅）。

清使愿得我国久远名笔，都监以无有答之。又索故判书吴竣笔及即今朝士中善书者笔迹，得竣所书若干帖以给，且使朝士善书者八人书与之。《朝鲜显宗改修实录》卷二五

二十九日（丙子）。

问安使朗善君俣还自清国。先是，清主来拜其祖陵墓于沈阳，故送俣以问，则清主已还，俣乃追往北京而还【按：参见康熙十年十一月初五日条】。《朝鲜显宗改修实录》卷二五

二月

十一日（丁亥）。

礼部题："朝鲜国王贡物与上年品色不符，殊失恭敬之谊，应敕该王将怠忽情由自行回奏。"得旨："该王既将伊国困苦，预先咨明，从宽令回奏。"《清圣祖实录》卷三八

三月

初八日（甲寅）。

73

上教曰："观此使臣状启，书状官郑横客死数千里外【按：参见康熙十年十一月初二日条】，极为惨恻。其令三道各别护送，亦令该曹丧需参酌题给。"《朝鲜显宗改修实录》卷二五

金寿兴《郑书状横挽》："辽野茫茫鹤不飞，行人各自故乡归。伤心独有乌台客，未到西关薤露晞。"金寿兴《退忧堂集》卷一【按《纪年便考》卷二十六：金寿兴（1626—1690），仁祖丙寅生，字起之，号退忧堂。历南床、翰林、铨郎、户判。显宗朝，拜总使。癸丑，入相至领。甲寅，仁宣王后升遐后，以首相因议礼不顺旨配春川。肃宗乙卯，放归。庚申更化，起拜领枢。戊辰，复为首相。己巳祸作，宋时烈安置济州，寿兴安置长鬐，与弟寿恒同被台启。自谪居以来，潜心经训，日以四子及朱子书为功课。庚午卒于谪所，年六十五，谥文翼。】

南龙翼《郑书状横挽》："闻道君旋万里行，一尊郊外拟相迎。谁知玉陆皆回节，独见丹旌未入城。潘簟尚留前日泪，窦枝非复旧时荣。精魂定拜重泉下，字字恩纶轸圣情。"南龙翼《壶谷集》卷二

洪柱国《郑书状横挽还到辽东遇病不起》："假令君在京师病，不汗经时亦莫医。等是天年那地免，为因王事举朝悲。槎回博望淹中道，鹤化辽阳杳后期。想得归魂长拱北，哀纶恩赠总殊私。"洪柱国《泛翁集》卷四

姜栢年《郑掌令横挽》："燕塞茫茫鸭水深，行台清范向何寻。魂兮无北无西只，有许骚人楚些吟。""早年联璧上青云，雅望清才总出群。虚席玉堂方有待，却归泉下谩修文。""桂枝交葶笏堆床，胜事居然梦一场。岁岁韦园春色至，倘归花底更彷徨。""庭畔空留玉雪儿，呱呱声使路人悲。定知地下无穷恨，未见男婚女嫁时。""忆昔河桥掺别时，杏花开后是归期。谁知当日阳关曲，转作今朝薤露词。"姜栢年《城南录》【考证：据《显宗改修实录》卷二五可知冬至、正朝兼谢恩书状官郑横客死中国，朝鲜官方最迟于三月初八日得知郑横去世消息，以上皆为挽诗，约作于三月初八日或其后。】

二十五日（辛未）。

谢恩兼冬至上使郑致和、副使李晚荣等回自清国，上御养心合引见【按：参见康熙十年十一月初二日条】。致和曰："当初奉命辞朝之时，群议皆以为岁币因此饥荒时请减，机会甚好云。到彼则非但咨文执颐，至于方物，亦几不免生事。往时则执政皆沈阳旧老，故能知丙子前邻国相待之礼，凡事随便相资，颇有敬待之意。而今则执权者亦皆年少汉人，而且憎嫉我国，绝无宣力

之事，又从而害之矣。"上又问彼中形势，对曰："人物众盛，生息甚多。臣甲辰年奉命入去，至今八年之间人民倍多，路上肩相磨，一行人相失则不得跟寻矣。"晚荣曰："臣明朝丙子及去辛卯年皆以书状往来。辛卯则比丙子殷盛，今则比辛卯又十倍殷盛。明朝则道上丐子甚多，数步之内辄逢数人，而今则未得相逢，市肆亦甚富盛矣。"《朝鲜显宗改修实录》卷二五

五月

十五日（庚申）。

谢恩使兴平尉元梦鳞、副使洪处大、书状官李椏如清国。梦鳞到义州，闻父丧奔还，以福平君桯加资追送。《朝鲜显宗改修实录》卷二五【考证：《使行录》言辞朝时间为"六月十八日"，疑有误，当从《实录》。】

闰七月

十五日（戊子）。

上御太和殿视朝，文武升转各官谢恩，次朝鲜国使臣李椏等行礼【按：参见是年五月十五日条】。《清圣祖实录》卷三八

九月

二十二日（甲午）。

谢恩使福平君桯、副使洪处大等归自北京【按：参见是年五月十五日条】。《朝鲜显宗实录》卷二〇

十月

二十七日（戊辰）。

谢恩兼冬至使昌城君佖、副使判尹李正英、书状官司艺姜硕昌如清国，明年春乃还。《朝鲜显宗改修实录》卷二六

姜锡圭《送姜叔夏硕昌书状之燕》："辽阳关路正漫漫，况是穷阴岁欲阑。大野天低西日落，长河冰壮北风寒。三杯别酒贫仍废，一曲离歌病亦难。血泪十年犹未尽，送君今夕更汍澜。""底事令人骨欲惊，汉京冠盖指燕京。山

河风景新亭泪，冬至正朝旧使名。趋走伤心那忍说，归来把臂定相迎。吾家自有通亭集，沿路诗篇莫坠声。"姜锡圭《聱龂斋集》卷三【按《纪年便考》卷二十八：姜锡圭（1628—1695），字禹宝，号聱龂斋。仁祖戊辰生，孝宗甲午进士。显宗庚子，登增广。辛丑以传命史官罹告，十年在谪，因宋浚吉筵奏蒙宥。以文章忤权戚，官止军资监正。肃宗乙亥卒，年六十八，赠礼判。】

申翼相《送姜叔夏书状之行壬子》："使车今朝发汉城，班马萧萧北风急。书状姜君我知己，专对才优诵三百。万事伤心弱国臣，缅怀观周吴季札。燕山鹤野路三千，几处登临多感激。秦时城郭空依旧，汉代山河愁黛色。清风不改首阳祠，意气偏怜易水曲。伤今抚古不尽情，锦囊千首富新作。辽天错莫辽水悠，别后相思堪白发。百年哀怨郑季直，狼子山前归不得。君行几日过此地，为我招魂酹一酌。""知己离筵愁黯黯，燕山客路岁阴阴。明朝上马应回首，别酒休辞满满斟。"申翼相《醒斋遗稿》卷二【按《国朝人物志》卷三：申翼相（1634—1697），字叔弼，号悙斋，高灵人。显宗庚子进士。壬寅文科。肃宗甲戌，以亚卿超拜。乙亥，为右议政。己巳，金寿恒之加罪也，翼相抵书。时相曰："互相倾轧，尚且亡人之国，况以杀戮相报，终置国事于何地！"坤殿逊位，翼相泣归杨州，除职皆力辞，谥贞简。】

赵根《奉赆姜叔夏赴燕》："送别何时已，嗟君又北行。龙湾冰塞路，鹤野雪浑城。玉帛偏邦竭，山河百战经。壮游男子事，此去却伤情。"赵根《损庵集》卷八【考证：据《显宗改修实录》卷二六可知姜硕昌等于十月二十七日辞朝，以上诸诗当作于二十七日或其后。】

十一月

初一日（壬申）。

命下词臣李端夏于狱，严鞫定罪。永安尉洪柱元在仁祖朝，以其宫婢毙死内狱，惶惧不敢造朝，请尝杜门不出。至孝庙朝，累使燕京，上颇礼待之。时故臣赵锡胤、朴长远等以非罪窜谪，柱元见锡胤谪中诗句，以为其忠君之志不衰于流窜困苦之际，乃上疏请放锡胤及长远。上以干与朝论震怒，特命罢职。至是，端夏撰进柱元致祭文，极其赞美，至以为拘于国制，恨不置之台鼎，且论其请放两臣事曰："先朝两臣，过被谪配，卿引故事，露章救解，初勤圣教，盖示饬励，终谅卿心，弥隆眷待。"上乃下教曰："今观李端夏制进祭文，则不觉惊骇痛恶也。先朝待之终不至埋没者，秪念旧时仪宾余此一人，非谅其党论之心也。呜乎！先王平昔所深恶者党论，而至于仪宾之付托此论者，尤切痛恶，故常饬励于诸驸马者，未尝不在于斯。而今端夏敢生扶植党论之计，乃于祭文中抑扬称善，结之以终谅卿心等语，有若先王之谅其心而优待者然，是可忍也，孰不可忍也？其挺身而出，不顾事理，假借圣意，扶植党论之罪，不可不严加究问。端夏拿鞫严问定罪。"《朝鲜显宗改修实录》卷二六【按《纪年便考》卷二十六：李端夏（1625—1689），仁祖乙丑生。字季周，初号恋斋，后号畏斋，又号松涧居士。九岁庚，雀雏而死手，瘗于园，作文以吊曰："鸟死人哭，义虽不可，汝实由我而死，是以哭之。"宋时烈门人。仁祖壬午进士。显宗壬寅，以工正登增广，历铨郎、舍人、副学，以通政典文衡。肃宗丙寅，入相至左。性至孝，有文学。己巳卒，年六十五，谥文忠。】

康熙十二年（1673年/癸丑）

正月

初一日（壬申）。

朝鲜国王李棩遣陪臣李佖等表贺冬至、元旦、万寿节，及进岁贡礼物。宴赍如例【按：参见康熙十一年十月二十七日条】。《清圣祖实录》卷四一

三月

十六日（丙戌）。

谢恩兼冬至使昌城君佖、副使李正英、书状官姜硕昌还自清国【按：参见康熙十一年十月二十七日条】。《朝鲜显宗改修实录》卷二六

九月

十七日（癸未）。

右议政金寿兴请对，上引见于兴政堂。寿兴曰："即见西来咨文，生梨、栢子、清蜜永许蠲减云。当有谢恩之行，使臣请以冬至使兼差。"上从之。

康熙时期中朝诗歌交流系年（1662—1681） >>>

《朝鲜显宗改修实录》卷二七

十一月

初六日（辛未）。

李瑞雨《送李尚书重伯_{字鼎}赴燕》："燕台仗节后先行，意气相看别恨轻。宇宙卅年俱雪发，山河万里又冰程。可能无恙薇歌庙，应否居然鹤语城。试把征衫拂墙壁，旧题何处不联名。"李瑞雨《松坡集》卷七【按《纪年便考》卷二十八：李瑞雨（1633—？），羽溪人，文通政庆恒子，庆益从侄。字润甫，号松谷。显宗庚子进士，同年登菊制，历北伯、艺提，入衡圈，官止礼参。悼亡诗曰："玉貌依俙看忽无，觉来灯影十分孤。早知秋雨惊人梦，不向窗前种碧梧。"】

金寿兴《赠别文谷弟_{寿恒}赴燕之行》："苦怀填臆尚堪言，又送君行出塞门。独卧小斋人事绝，枕边空有泪成痕。""万事如今个个非，此身于世欲谁依。余生只有归田计，待得君归尚可归。"金寿兴《退忧堂集》卷一【考证：据《使行录》，谢恩冬至正使金寿恒、副使权堣、书状官李宇鼎于十一月初六日辞朝，以上二诗当作于十一月十六日或其后。】

金寿恒《燕行时集儿随到箕城辞归口占书赠兼示诸儿》："世味全消世路艰，余生只合早投闲。石田数亩云溪畔，好劝春耕待我还。""为学无他在及时，三冬文史莫停披。襟裾牛马存深戒，看取昌黎戒子诗。"金寿恒《文谷集》卷三

金寿恒《和俞伯圭玚寄别韵》："世故悠悠奈老何，朋知无几别离多。君寻初服归云壑，我放孤槎入玉河。已识浮生同泛梗，偏怜暮景剧颓疲。春来拟遂分山约，共和沧浪桂树歌。"金寿恒《文谷集》卷三

金寿恒《将渡鸭江，谨次伯氏追寄韵走草以呈》："此别虽遥只判年，可堪存没隔重泉。西来掩泪频回首，想见新阡积雪边。""荣枯得失已忘情，阅尽危机梦亦惊。分得白云山一半，石田茅屋养残生。""哀哀风树尚余生，孤露人间万念轻。天际白云无复望，别离今日隔幽明。"金寿恒《文谷集》卷三【考证：以上诸诗当作于十一月初六日至十五日间。】

十五日（庚辰）。

南龙翼《追赆文谷金相公赴燕之行》："溪堂忝吐相公茵，济院违攀使者轮。病起仍逢南至日，诗成却寄北行人。知音半世才同患，伤别中年各损

78

真。前度青衫今赤舄，定教殊域拭眸新。"南龙翼《壶谷集》卷二【考证：诗云"病起仍逢南至日"，故约作于是年冬至即十一月十五日前后。】

金寿恒《寄人》："荒山毳幕雪为茵，独夜归心月半轮。关树尚悬天外梦，驿梅谁寄陇头人。书来别恨偏多慰，老去交情始见真。廿载重游君莫问，感怀依旧鬓毛新。"金寿恒《文谷集》卷三【考证：诗云"书来别恨偏多慰"，且《壶谷集》言此诗为金寿恒追次南龙翼之作，故当作于十五日后。】

金寿恒《通远堡》："驱车越獐项，岭路不容轨。山开大野豁，一望二十里。北折得孤店，镇夷旧堡是。萧条几人家，历历征戍地。饥乌集颓垣，衰草没古垒。谁教汉提封，尽属天骄子。触境却兴嗟，感怀何时已。残灯旅馆夜，万事悲歌里。"金寿恒《文谷集》卷三

金寿恒《辽阳客夜书怀》："击剑悲歌行路难，天涯又见岁时阑。才非济世徒忧世，志在休官尚系官。穷碛雪风愁里度，故山烟月梦中看。孤怀悄悄凭谁说，旅枕三更烛影寒。"金寿恒《文谷集》卷三

金寿恒《牛庄寄示儿辈》："行尽西关更向西，故乡回望塞天低。书从鸭水无人寄，梦到龙沙失路迷。残雪竹林思岳麓，冷烟茅屋想磻溪。东归不落春风后，报与妻儿理旧栖。"金寿恒《文谷集》卷三【考证：金寿恒下诗题曰"十二月十六日宿山海关城中"，故以上诸诗作于十一月十五日至十二月十六日间。】

十二月

十六日（辛亥）。

金寿恒《十二月十六日宿山海关城中。夜梦与李友幼能相见，宛若平生。以我有燕行，赠以一诗，有日次群从韵赠别云云，诗语了了可记。俄忽惊觉，只记"解剑分携"四字，而余皆忘之。问夜何其，则落月已挂西城矣。记余癸巳冬赴燕也，李友解佩刀以赠，兼有勉戒之言，今余又有兹役，而李友已作泉下人矣。屈指未二纪，而人事之嬗变至此，已足可悲。况万里之行，无有以一言为赆者。顾念畴昔，怆恨盈怀，岂冥冥之中尚有相感者存，发于梦寐如此耶。呼灯起坐，不觉感涕自进，遂书一绝以志之》："解剑分携廿载前，只今离别间黄泉。神交不隔平生面，梦罢关山落月悬。"金寿恒《文谷集》卷三【考证：诗题曰"十二月十六日宿山海关城中。夜梦与李友幼能相见，宛若平生""俄忽惊觉""问夜何其，则落月已挂西城矣""呼灯起坐，不觉感涕自进，

79

遂书一绝以志之",诗云"梦罢关山落月悬",可知此诗为十二月十六日夜,诗人梦醒后作。】

金寿恒《独乐寺》:"百战城池一寺残,夕阳愁对旧河山。千秋独卧楼中佛,万事无知羡尔顽。"金寿恒《文谷集》卷三【考证:依例,冬至使臣当于翌年元日前抵达北京,独乐寺位于蓟州地界,故此诗作于十二月十六日至十二月末发往北京途中。】

康熙十三年(1674年/甲寅)

正月

初一日(丙寅)。

朝鲜国王李棩遣陪臣金寿恒等表贺冬至、元旦、万寿节,及进岁贡礼物。宴赉如例【按:参见康熙十二年十一月初六日条】。《清圣祖实录》卷四五

金寿恒《元日甲寅》:"椒觞谁复劝屠苏,客里偏惊岁序徂。家在海东箕子国,路穷天北召公都。风尘壮志青蛇老,江汉初盟白鸟孤。三复贇笃三秀语,半生回首一长吁。"金寿恒《文谷集》卷三【考证:诗题曰"元日",当作于正月初一日。】

金寿恒《春雪》:"新春飞雪堕如筛,半夜寒威病客知。疏响斗风和梦听,素华欺月隔窗疑。梅花不待吹长笛,柳絮偏宜入好诗。遥想故溪渔钓侣,独归沙渚一蓑披。"金寿恒《文谷集》卷三

金寿恒《感旧》:"曾随使节入燕云,专对徒凭二老尊。沂相清规钦玉洁,沙翁和气挹春温。三千里外今重到,二十年来我独存。到处游踪浑似昨,客中心事与谁论。"金寿恒《文谷集》卷三

金寿恒《山海关》:"谁言形胜冠区寰,漫入书生感慨间。地拆青齐通巨海,天回紫塞抱重关。长城自照秦时月,碣石空留禹贡山。试向中宵看北落,威弧行复几年弯。"金寿恒《文谷集》卷三

金寿恒《中前所记事》:"卢龙城外倚斜晖,陵谷依然世代非。古石总疑飞将虎,春蔬空长伯夷薇。谁从浊世追清节,尚想戎庭振武威。欲向荒墟寻

往迹，毡庐满地旧人稀。"金寿恒《文谷集》卷三

金寿恒《杏山晓发》："关路风沙马不前，暮投孤店暂停鞭。家乡别久春多梦，逆旅愁长夜似年。荒戍月沈看鬼火，晓厨烟冷汲冰泉。明朝又过凌河去，白草黄茅望渺然。"金寿恒《文谷集》卷三

金寿恒《十三山途中》："燕台见月几回团，雪尽辽河始出关。乡信莫凭春雁到，客行争似暮禽还。王程屈指犹千里，世事关心更百般。归卧一丘知有地，落花流水洞阴山。"金寿恒《文谷集》卷三

金寿恒《广宁》："广宁旧雄府，形胜擅关防。藩屏扞蓟门，控扼通辽阳。北压龙庭阔，东临鹤野长。台隍既险固，士马亦精强。汉道昔全盛，皇威何远扬。授钺简上将，开营镇边疆。烽烟绝警急，房马无跳梁。搀抢一彗孛，锁钥空金汤。经营百年功，转盹成荒凉。天运固难测，人谋岂云臧。遗民化介鳞，过客感沧桑。悲风动衰草，夜乌啼女墙。桓桓李将军，壮略今则亡。岿然石牌楼，独立如灵光。欲寻贺老居，旧迹无人详。九原不可作，惆怅挹遗芳。唯有巫闾色，万古长苍苍。"金寿恒《文谷集》卷三

金寿恒《自盘山抵沙岭，是日大风雪》："逶迤度陇坡，诘曲循车辙。茫茫野浮天，猎猎风卷雪。人愁塞日沈，马怯河冰裂。薄暮投古戍，羁怀转孤绝。"金寿恒《文谷集》卷三

金寿恒《三叉河》："混混三叉河，横截千里野。遥穿大漠来，直向沧溟泻。全辽割东西，天堑别夷夏。世事几回变，河流不曾舍。未洗汉将剑，空饮胡雏马。我行今四渡，临流叹逝者。乘槎异博望，击楫慕士雅。新亭不尽泪，更向寒疲洒。"金寿恒《文谷集》卷三

金寿恒《辽阳》："辽阳旧边郡，形胜壮东裔。民俗杂夷羯，地理连幽蓟。古来重防戍，于焉事控制。谁言汉策失，坐见胡兵毙。荐食自兹始，神器遂腥秽。天心信难谌，志士欲裂眦。我来过遗墟，俯仰增一涕。欲寻华表柱，旧迹已荒翳。孰云城郭是，蓬蒿没睥睨。令威倘再来，定复悲人世。河传匿燕丹，山忆驻唐帝。报秦徒速祸，征东亦失计。空余白塔巍，万古浮云卫。缅怀皁帽人，高风真罕俪。堂堂浮海志，只今复谁继。英豪鸟过空，往事水东逝。"金寿恒《文谷集》卷三【考证：《显宗实录》卷二二言金寿恒等于三月初五日复命，以上诸诗述自北京返程途中事，当作于正月初一日至三月初五日间。】

81

二月

二十四日（戊午）。

丑时，王大妃张氏升遐于会祥殿。《朝鲜显宗实录》卷二二

三月

初二日（丙寅）。

谢恩使金寿恒等使译官金时征先来，其状略曰："吴三桂不欲北还，拘执使者而举兵叛。三桂子应态曾为顺治帝妹夫，留仕北京。清人拘囚阙中，后竟绞杀。又曰西山有朱姓人，称崇祯第三子，聚众万余，谋以十二月二十三日放火北京城中，因谋作乱，事觉逃窜，分捕其党，随即诛杀。以多夏所红王为上将，领兵十余万往讨三桂，王即古八王之孙，于帝为再从亲也，勇略过人，清人倚以为重云。又三桂密送书陕西提督王辅臣，约与共叛，辅臣执其来人，遣其子驰奏，并达其书，皇帝降旨奖谕云。"《朝鲜显宗实录》卷二二【按：《清史稿·圣祖本纪》云康熙十二年"十二月壬子，吴三桂反，杀云南巡抚朱国治，贵州提督李本深、巡抚曹申吉俱降贼，总督甘文焜死之。……京师民杨起隆伪称朱三太子，图起事。事发觉，起隆逸去。捕诛其党。诏奸民作乱已平，勿株连，民勿惊避。己未，命顺承郡王勒尔锦为宁南靖寇大将军，讨吴三桂。执三桂子额驸吴应熊下之狱。庚申，命副都统马哈达帅师驻兖州，扩尔坤驻太原，备调遣。辛酉，命直省巡抚仍管军务。壬戌，诏削吴三桂爵，宣示中外。"】

初五日（己巳）。

谢恩使金寿恒、副使权堣、书状官李宇鼎自北京还【按：参见康熙十二年十一月初六日条】。《朝鲜显宗实录》卷二二

四月

十六日（庚戌）。

告讣使【按：参见二月二十四日条】俞㯙、书状官权瑎发向北京。《朝鲜显宗实录》卷二二

七月

二十日（壬午）。

陈慰兼进香正使闵点、副使睦来善，书状官姜硕耉，陈慰正使灵溴君滢如北京。闵点等陈慰皇后丧也，滢陈慰公府告灾师旅启行也。《朝鲜显宗实录》卷二二【按：《清史稿·圣祖本纪》云是年"五月丙寅，皇子胤礽生，皇后赫舍里氏崩"。】

八月

十八日（己酉）。

显宗大王疾大渐，领议政许积、左议政金寿恒、右议政郑知和，承旨、史官趋入卧内。亥时，上升遐。《朝鲜肃宗实录》卷一

李端夏《显宗大王挽词》："神聪圣智着冲年，至孝深仁本性天。异质夙承文祖眷，洪基将界世孙传。观耕后苑知民苦，讲学东宫就傅资。业缵宁王功勉卒，礼加髦士志追先。精微义理探经籍，密勿谟猷讨细毡。菲食恶衣同夏禹，侧身修德迈周宣。饥荒每轸烝黎病，赈贷频闻赋税蠲。商野责躬愆数六，唐家颁诏字逾千。宵分乙丙忧常切，岁到庚辛虑益煎。喘奭肖翘咸被泽，鳏孤惸独最加怜。鸿功荡荡难名状，王道平平绝党偏。百行源为万化本，三朝礼向两宫虔。冬温夏清怡愉地，日吉辰良庆寿筵。共贺彤闱祥毕集，谁知紫极恸还缠。居庐政属靡宁处，凭几其如不少延。鼎水攀髯嗟莫及，咸池继照仰重鲜。崇冈密迩先陵侧，兆庶攀号祖道边。无状贱臣叨侍从，几年佳气拂周旋。恩波似海无酬报，罪累如山有涤湔。赞日摸天非所敢，哀词裁罢泪河悬。"李端夏《畏斋集》卷二

二十四日（乙卯）。

领议政许积等议上大行大王谥号曰纯文肃武敬仁彰孝大王中正精粹曰纯，慈惠爱民曰文，正己摄下曰肃，保大定功曰武，夙夜儆戒曰敬，施仁服义曰仁，庙号曰显宗行见中外曰显，殿号曰孝敬，陵号曰崇陵。○以青平尉沈益显为告讣请谥承袭兼谢恩正使，闵蓍重副之。《朝鲜肃宗实录》卷一

九月

二十七日（戊子）。

朝鲜国王李棩遣陪臣闵点上仁孝皇后香【按：参见是年七月二十日条】。《清

83

圣祖实录》卷四九

十月

初三日（癸巳）。

请大行大王谥于清国，以昭献明德有功曰昭，聪明睿智曰献、敬宪夙夜儆戒曰敬，行善可纪曰宪、献肃献上同，正己摄下曰肃三望备拟以送。许积、金寿恒等所定也。《朝鲜肃宗实录》卷一

十二月

初一日（庚寅）。

署朝鲜国事李焞遣陪臣沈益显等告其父王李棩丧，并贡方物。得旨："朝鲜国王，恪守藩封，忠慎夙着。览奏，遽尔薨逝，朕心深为轸恻。应得恩恤，着察例议奏。伊所进礼物，俱着使臣带回，以示朕轸念之意。"《清圣祖实录》卷五一【按：据《使行录》，谢恩兼告讣正使沈益显、副使闵蓍重、书状官宋昌于是年十月初四日辞朝。】

十五日（甲辰）。

上御太和殿视朝，文武升转各官谢恩，次朝鲜国使臣等行礼。《清圣祖实录》卷五一

康熙十四年（1675年/乙卯）

正月

初一日（庚申）。

朝鲜国王嗣子李焞遣陪臣李正等表贺冬至、元旦、万寿节，及进岁贡礼物。宴赉如例。《清圣祖实录》卷五二【按："李正"当为"李桢"之讹。据《使行录》，进贺兼三节年贡正使福昌君李桢、副使尹深、书状官洪万钟于康熙十三年十一月初七日辞朝。】

初六日（乙丑）。

84

谕礼部："朝鲜国王李棩袭封以来，殚竭忠忱，克尽藩屏之职。今闻溘逝，朕心深为悯恻。可从优给与恤典，于常例外加祭一次。"《清圣祖实录》卷五二

十五日（甲戌）。

上御太和殿视朝，文武升转各官谢恩，次朝鲜国使臣、鄂罗斯、喀尔喀、厄鲁特进贡使臣行礼。《清圣祖实录》卷五二

十六日（乙亥）。

遣内大臣寿西特、侍卫桑厄、恩克谕："祭朝鲜国王李棩，谥曰庄恪，仍封王嗣子李焞为朝鲜国王，妻金氏为国王妃。"制曰："鸿图无外，敷声教于海邦。宠命维新，溥怀柔于东土。奕世笃忠贞之美，职贡勤修。累朝嘉恭顺之诚，彝章湛锡。当缵服之伊始，宜纶綍之重申。尔朝鲜国王嗣子李焞，器识渊深，躬行纯茂。夙擅岐嶷之誉，克绍家声。式遵礼义之风，丕承前烈。念此象贤之胄，爰隆赐爵之文。兹特封尔为朝鲜国王，屏翰东藩，虔共正朔。绥安尔宇，永夹辅于皇家。精白乃心，用对扬于天室。钦哉！勿替朕命。"《清圣祖实录》卷五二【按参见康熙十三年八月十八日、二十三日条。《纪年便考》卷三：肃宗显义光伦睿圣英烈裕谟永运洪仁峻德配天合道启休笃庆正中协极神毅大勋章文宪武敬明元孝大王讳焞（1661—1720），字明普，辛丑（显宗二年）八月十五日诞降。丁未册封王世子。甲寅即位。己亥春入耆老所，因命文臣爵二品、年七十以上者亲临，赐宴于便殿。庚子六月八日升遐。在位四十六年，春秋六十。】

二十六日（乙酉）。

前秋使臣沈益显、闵蓍重、书状官宋昌等至是还自清国【按：参见康熙十三年十二月初一日条】。《朝鲜肃宗实录》卷二

三月

初二日（庚申）。

清使寿西泰桑额、阿达哈哈等到弘济院【按：参见是年正月十六日条】。《朝鲜肃宗实录》卷三

初三日（辛酉）。

上迎敕于慕华馆。○迎敕时，上具吉服，百官皆从吉。上先还宫，清使宣敕于仁政殿，往留南别宫。《朝鲜肃宗实录》卷三

初五日（癸亥）。

冬至兼谢恩使福昌君梎等回自北京【按：参见是年正月初一日条】。《朝鲜肃宗实录》卷三

六月

初二日（己未）。

遣昌城君伾、礼曹参判李之翼如清，谢致祭赠谥册封。《朝鲜肃宗实录》卷四【按"正使昌城君伾、副使李之翼、书状官闵黯。】

八月

十五日（庚午）。

上御太和殿视朝，文武升转各官谢恩，次朝鲜国使臣等行礼。《清圣祖实录》卷五七

康熙十五年（1676 年/丙辰）

正月

初一日（甲申）。

朝鲜国王李焞遣陪臣权大运等表贺冬至、元旦、万寿节，及进岁贡礼物。宴赉如例。《清圣祖实录》卷五九【按：据《使行录》，进贺谢恩兼陈奏正使权大运、副使庆最、书状官柳谭厚于康熙十四年十一月初一日辞朝。】

十一日（甲午）。

以建储恭上太皇太后、皇太后徽号。《清史稿卷六·本纪六·圣祖一》

二月

十五日（丁卯）。

清使入京，以册封太子颁诏也。上出仁政殿迎敕，仍接见敕使。《朝鲜肃宗实录》卷五

二十日（壬申）。

进贺兼冬至使左议政权大运先来状启，有曰："臣等去十二月二十一日入北京，以倭情咨文事使倭译传于衙门，则颇有致疑之意。臣等密密探知，则衙门以为'今此咨文，意在修缮，疑讶多端，论议不一。正月十四日得闻兵礼部同议云'，故密得草本而见之，则盛陈分道征剿之意。末端仍及该国若有警报，急发精兵应接之意。其后改构，略为添删，有'无因逆孽流言，自贻伊戚，移师进讨，朝发夕届'之语。十九日又闻其咨文回题，前日两本皆弃不用，别为改构，夸张威耀，比前倍加，仍及有急当救之意。似闻一种论议，宜调发六七千兵马留驻我国地方，以为镇守之地，概出疑讶之意也。二十二日得闻兵礼部更为会同，复加添删，大同小异。二十三日以第四草本入奏，依施批下，调兵之说，不复提起。余外所闻，则诸道出兵，胜负未决，危乱之状，人颇传说云。"《朝鲜肃宗实录》卷五

三月

初六日（戊子）。

权大运等回还【按：参见是年正月初一日条】。上引见，问曰："北京事何如？"大运曰："变异迭出，兵连祸结，而姑无朝夕危急之事矣。三桂苟有大志，扫清中原，则必已深入，而尚据一隅而不进，其无大志可知也。但王辅臣在陕西，而只隔山西一省，此乃北京切急之忧也。清人调兵，犹不用汉人，故汉人之于清人无怨无德矣。"上曰："今欲送辨诬使，于卿意何如？"大运曰："臣子闻此言，何可不辨。臣不忧此事之不成也，于彼无利害，持财货入去，则事必成矣。"《朝鲜肃宗实录》卷五

十五日（丁酉）。

清使入京，以其国所谓太皇太后、皇太后加上徽号颁诏事也【按：参见是年正月十一日条】。上出迎于慕华馆。《朝鲜肃宗实录》卷五

八月

初六日（丙辰）。

辨诬使福善君柟、副使郑晳等奉命赴清国【按：书状官为李瑞雨】。其奏

文大略言："光海无道，废母敦伦。仁庙奉大妃命，权署国事，请命明朝。明朝始则疑难，不即允许，后乃洞察本国事情，快降封典。保全废君，以天年终。废立之正，可谓无愧汉宣。"仍又具言："《十六朝纪》所云以救火为名领兵入宫，绑缚废君，投之烈焰之白地诬捏。"且言："媾倭之说，万万无理。冀许删改，夬示昭雪。"《朝鲜肃宗实录》卷五【考证：《使行录》言郑晢等辞朝时间为七月二十六日，疑有误，当从《实录》，详见附录三。】

李瑞雨《弘院醉别诸友，夜到碧蹄作诗志感丙辰燕行录》："离筵暮散碧溪湾，醉渡平林苍茫间。城郭倏过鞭后影，友朋浑别梦中颜。寒蛩咽咽随行路，落月亭亭驻远山。此夜凄凉已愁绝，他时何况在燕关。"李瑞雨《松坡集》卷三【考证：依例，燕行使团于辞朝当晚宿高阳碧蹄馆。诗题曰"弘院醉别诸友，夜到碧蹄作诗志感"，诗云"落月亭亭驻远山""此夜凄凉已愁绝"，可知此诗作于八月初六日。】

姜栢年《送辨诬副使郑参判晢白也》："礼义邦为万国先，中华人亦说朝鲜。光临俨得扶伦纪，专对端宜择俊贤。日月清辉消掩翳，凤麟文彩动周旋。汀沙二老经兹役，前后芳名共永传。"姜栢年《城南录》

姜栢年《送辨诬书状李正瑞雨》："三百诗篇诵已多，此行遴选复如何。寸诚足向神明质，词组应厘史册讹。鲁国从来唯礼义，舜民当日自讴歌。台骖欲指燕京路，便觉文星照玉河。"姜栢年《城南录》【考证：以上二诗当作于八月初六日或其后。】

初七日（丁巳）。

郑晢《到坡山，不任弟兄儿孙相别之怀，吟成一律，录奉正使骆村，兼视书状润甫求和》："别离无处不魂消，况复燕山万里遥。儿小关情衣自湿，弟兄分手首频翘。何心景物供吟赏，隔日杯筵堕寂寥。归梦不知京国远，五更空趁紫宸朝。"郑晢《岳南燕行诗》【按：郑晢（1619—?），字白也，号岳南，海州人，光海君己未生。历正言、持平、承旨、礼曹参判。】

李瑞雨《坡山又次岳南惜别韵》："男子当令髀肉消，四千燕路未嫌遥。雄心且自提霜釰，冷眼何曾顾翠翘。大武向时真赫赫，小华今日忍寥寥。极知感物唯忠信，努力同期答圣朝。"李瑞雨《松坡集》卷三

李瑞雨《坡山次副使岳南郑侍郎晢韵》："听履星辰地望高，异方专对要真豪。是非汗竹终须正，来往仙查敢惮劳。郑国讨论推世叔，汉家文学重枚

皋。凭君六翮凌云去，顾我何殊背上毛。"李瑞雨《松坡集》卷三

李瑞雨《坡山次正使客馆夜吟韵》："僻静坡山夜，凄清霜露秋。苦吟烦剪烛，危梦怕翻輈。破壁伊威闹，寒床络纬愁。羁心太早计，起抚大刀头。"李瑞雨《松坡集》卷三【考证：据诗题可知此诗作于使团抵达坡州时。高阳至坡州四十里约一日程，以上诸诗皆述夜宿坡州事，故作于初七日。】

初八日（戊午）。

李瑞雨《临津次正使韵》："临津祇是神京地，欲渡踟蹰别恨长。此去更经三浿水，教人那得不魂伤。"李瑞雨《松坡集》卷三

李瑞雨《临湍志感敬呈正使副使求和》："临湍昔日义声倡，父老于今感叹长。刺史唐家李多祚，君王汉代孝宣皇。圣人黄钺仁非杀，中国青编谤太伤。我辈辨诬承主命，一身那得惜毫芒。"李瑞雨《松坡集》卷三【考证：临津即临湍之别称。由以上二诗题目与内容可知作于使团行经临湍馆时。坡州至临津四十里约一日程，故以上二诗作于初八日自坡州发往临津途中。】

李瑞雨《望天磨新城用前皋韵奉正副使》："迤逦层峦粉堞高，当关一卒亦堪豪。功成不待三春毕，佚使谁言万杵劳。朝议故须防盗贼，庙堂犹合忆夔皋。书生岂识金汤事，但愿长驱入不毛。"李瑞雨《松坡集》卷三

李瑞雨《松京忆天磨旧游》："忆曾青木驻征骖，杖策天磨恣远探。半夜神仙玉笙咽，九秋云物锦枫酣。香烟一瓣参徐庙，雪沫千寻倚朴潭。惆怅旧游难再访，梦魂空上白云庵。"李瑞雨《松坡集》卷三

郑晢《次正使韵松京》："旅馆孤灯夕，荒城落木秋。暂成寻古迹，聊此驻征輈。石片伤心泪，遗墟满目愁。悄然仍不寐，残月下楼头。"郑晢《岳南燕行诗》

李瑞雨《青石洞又次正使坡山韵》："峻峡藏初日，疎林似晚秋。云峰惟度鸟，石径劣容輈。地利非无意，天骄本自愁。寥寥丙子事，迸血一回头。闻丙子之乱，虏过此洞，畏有守，咨且不进，侦知其无，乃敢度云，故五六及之。"李瑞雨《松坡集》卷三

李瑞雨《平山又次皋韵呈正副使二首》："关路秋风日渐高，碧天无际雁情豪。三年病渴身难健，万里行程酒也劳。扣剑径思燕市泣，和歌深愧鲁人皋。朝来欲把青铜照，畏见繁霜入鬓毛。""遥程默数万山高，独坐低眉气损豪。自匪石肠当怨别，可怜车脚亦知劳。身如辽鹤留华表，梦逐南云落汉

89

皋。无限羁愁裁不得，箧中诗纸欲生毛。"李瑞雨《松坡集》卷三

李瑞雨《猪江感吊奉正副使求和》："猪江落日漾秋涛，吊古行人泪滴袍。狂贼非能决潍水，义军空自死陈陶。沙原断镞时时出，雨夜冤魂队队号。颇怪张公功苦晚，凌云图画最名高。"李瑞雨《松坡集》卷三

李瑞雨《葱秀山奉正副使求和》："峭崿青葱秀半天，锦屏千尺插长川。金陵健笔翩翩活，玉溜寒泉细细悬。胜境从来具仙榻，皇华几度驻虹旃。风尘万事成今古，把酒宽愁更惘然。"李瑞雨《松坡集》卷三

李瑞雨《又次正使韵》："灵境常停汉使车，彩筵佳兴岂曾孤。山光翠滴杯前笔，潭影清涵俯下鱼。往事俄惊负舟壑，今人空赏泛查图。经过此日无穷恨，独倚层崖一啸舒。"李瑞雨《松坡集》卷三

李瑞雨《瑞兴次正使平山途中韵》："客路程程远，羁心日日忙。山衔秋景急，天入朔云长。律苦诗抽髓，忧深酒压肠。平生忠与信，仗此向殊方。"李瑞雨《松坡集》卷三

郑晳《瑞兴馆夜吟再用前韵求和》："露洗遥空片月高，据梧诗兴老犹豪。青云早试屠龙艺，百战宁论汗马劳。秋晚雁声来远塞，夜深萤影度前皋。男儿不坠桑弧志，休遣霜华着鬓毛。"郑晳《岳南燕行诗》

李瑞雨《车踰岭又用皋韵》："策马偏嫌岘路高，扶持赖汝仆夫豪。行呼酒榼缘排闷，下据绳床为息劳。胡雁叫云归海屿，野花含露被秋皋。沿途景物吟题少，愧杀中山旧姓毛。"李瑞雨《松坡集》卷三

李瑞雨《剑水站》："枯松又见凤州牌，长路艰难撼病骸。久判投簪游物外，谁知握节向天涯。门岩不解开愁色，剑水何曾割闷怀。暂憩邮亭成小睡，忽惊斜日上空阶。"李瑞雨《松坡集》卷三

李瑞雨《凤山客馆》："凤山当日凤凰来，凤去山空只古台。后德今之西伯圣，天心或者太平回。丹丘影动秋霞起，玉管声调晓旭开。老眼愿看阿阁瑞，狂歌不学楚人哀。"李瑞雨《松坡集》卷三

李瑞雨《洞仙岭次正使韵》："彩壁平临碧水流，古人传说洞仙游。鸾骖鹤驭依俙影，涧草山花寂历秋。烟火百年余宿债，海槎千里起新愁。征轺少着清都梦，醉落坡翁旧谪州。"李瑞雨《松坡集》卷三

郑晳《次洞仙岭韵》："马度危岑汗正流，卸鞍仍作笋舆游。千峰紫翠连

云晚，四望田畴满意秋。客里光阴催老病，卷中诗句动离愁。行穿蓟北三千里，先踏关西二十州。"郑晳《岳南燕行诗》

李瑞雨《黄冈太虚楼次正使韵》："簇锦清溪绕粉城，客心难舍画楼行。云烟晚媚皇华使，鼙角秋闲细柳营。棋局动呼倾国手，酒杯那拒故人情。匆匆只恨栏边月，不管风流管送迎。节度帅将有国棋，呼与金太医对局。"李瑞雨《松坡集》卷三

郑晳《次太虚楼韵》："危楼千尺压层城，携酒登临慰远行。即看太虚留墨迹，仍思华构费经营。黄冈物色三秋胜，朱老风流万古情。寄语使君如待我，早梅东阁好相迎。扁颧即朱学士之蕃笔也。"郑晳《岳南燕行诗》

李瑞雨《黄冈次正使望正方城韵》："凌云千堞削难成，御侮初如审敌情。自是逆雏偏惕胆，非关乱际少雄兵。金汤处处伤心在，玉帛年年洒涕行。试向延城回首望，平原那有此峥嵘。延安府城在野中，无险阻之形。而壬辰之乱，能坚守破倭，故尾局及之。"李瑞雨《松坡集》卷三

郑晳《次正使正方城韵》："白发堪恨剑无成，却到边城倍感情。为国岂容徒恃险，病民奚暇与论兵。真怜筑怨空劳力，何事防秋每点行。且莫初从离乱说，胸中怒胆尚峥嵘。"郑晳《岳南燕行诗》

李瑞雨《夜登黄冈月波楼一名胜仙楼》："吾黄何谢楚黄州，城上仙楼胜竹楼。词赋古人重赤壁，使华今日又清秋。题诗绝磴云生席，对酒空江月满舟。莫恨吹箫无客在，曲中容易起乡愁。"李瑞雨《松坡集》卷三

郑晳《次润甫胜仙楼韵》："今古黄冈有是州，竹楼应复似仙楼。登临不减坡翁兴，词赋谁传壬戌秋。夜久雁声来极浦，月明渔唱在孤舟。休言万里吾行苦，犹胜当年逐客愁。"郑晳《岳南燕行诗》

李瑞雨《生阳馆示出站诸倅东人例以生阳为阳关故云云》："阳关新雨浥轻埃，驿路垂杨翠半摧。燕山此去三千里，更有何人劝一杯。""碧树生阳馆，青山落日时。凄凉西出意，不复故人知。"李瑞雨《松坡集》卷三

郑晳《复用练光亭联句韵》："境岂无诗可，秋如不饮何。楼争岳阳敌，月较洞庭多。玉宇开明镜，银河接素波。吹箫坐无客，谁复和为歌。"郑晳《岳南燕行诗》

郑晳《次正使安陵韵》："千尺危栏百仞城，浿西楼观擅佳名。人持使节穿榆塞，马卸征鞍驻柳营。万里病躯诗兴减，五更残角旅魂惊。可怜秋色催

迟暮，吟到关山见客情。"郑皙《岳南燕行诗》

郑皙《又次百祥楼韵》："高楼极目祥云凝，诗思撩人欲徙凭。孤屿晚阴寒隐渚，万峰秋色瘦生层。梯飙恍若瑶台接，腋羽浑疑桂殿升。满地风烟收拾尽，锦囊今日倍光增。"郑皙《岳南燕行诗》

郑皙《次润甫萨水观别韵》："秋水漫漫蘸晚堤，驿程愁指画楼西。骊驹载路星轺戒，仙侣同舟桂棹齐。怨别不禁红袖湿，含情要向绣裙题。应知独夜难成梦，肠断孤灯伴枕低。"郑皙《岳南燕行诗》

李瑞雨《又用皋韵》："秋夜登临赤壁高，后人能继老坡豪。东山月出灯无用，小艇风生橹不劳。乌鹊岂堪论孟德，酒垆真似步临皋。三更灏气盈襟冷，却讶吾身已伐毛。"李瑞雨《松坡集》卷三

郑皙《次润甫纳清亭皋字韵》："朱甍迥出绿杨高，把酒登临得意豪。水色岚光单蔼蔼，名亭华扁胜劳劳。霜枫烂漫妆秋渚，露菊离披护晚皋。千古词场浑寂寞，泰山方觉等毫毛。"郑皙《岳南燕行诗》

郑皙《次正使无题韵》："残灯独夜为谁伤，枉恨人间石火忙。何处重帘深合里，狂风吹落一枝香。""青蛾那作白头伤，好事繁华瞥眼忙。红艳一枝春不管，任教狂蝶暗偷香。"郑皙《岳南燕行诗》

李瑞雨《箕城别金上舍兑亨次金韵》："凤城征盖为君倾，关路仍同信宿行。妙诀曾闻双剑老金善青乌之术，新诗如听玉箫嬴。联鞭簇锦风溪晚，对酒生阳雨馆清。此日解携无限意，青山万迭大江横。"李瑞雨《松坡集》卷三

李瑞雨《箕城遇妙粹上人，即枫潭上足也。余未尝识师，然与师法友法澄道安丰悦，皆托方外交，则师于余，岂非韩子之元宾耶。一宵良晤，便忘关河十日之劳，遂次师箧中姜尚书雪峰诗韵赠之，以识余倾向之意云尔》："秋风一衲柳京来，又向咸山振锡回。明月尚悬趺坐室，白云长锁读经台。炉香续炷翻金叶，雨经关门护碧苔。只是等闲浮世别，梦魂时落浿江隈。"李瑞雨《松坡集》卷三【考证：李瑞雨下诗题曰"又次正使练光中秋望夜赏月韵"，以上诸诗当作于八月初九日至十五日间。】

十五日（乙丑）。

李瑞雨《练光亭次正使韵》："须信名区似兵阳，彩楼千尺出穹苍。三秋野色经霜净，万古江声入海长。诗就浦云飞画栋，酒阑汀日下高樯。凭栏别

有风流恨，处处垂杨锁粉墙。"李瑞雨《松坡集》卷三

李瑞雨《又次正使练光中秋望夜赏月韵》："古国逢仙境，重霄起画楼。邀来满轮月，恰尽五分秋。玉露横银汉，金波荡碧流。樽前休惜醉，关外此奇游。"李瑞雨《松坡集》卷三

李瑞雨《又次副使韵》："美景如期至，吾侪不醉何。楼应四海最，月复一年多。重露辉珠树，长风曳鹭波。凭栏忽愁思，渔笛数声歌。"李瑞雨《松坡集》卷三【考证：诗题曰"又次正使练光中秋望夜赏月韵"，有"邀来满轮月，恰尽五分秋""楼应四海最，月复一年多"语，则以上作于八月十五日。】

李瑞雨《次副使箕子庙韵》："罔仆辞新辟，伴狂恸故朝。琴中操偏苦，范后道还昭。左海居何陋，东民教有条。千秋经古庙，雪涕向山椒。"李瑞雨《松坡集》卷三

李瑞雨《莲堂夜占在箕城作》："虚馆沉沉烛影愁，败荷颠倒绿塘秋。风流旧容谁相问，只有栏边落月留。"李瑞雨《松坡集》卷三

李瑞雨《顺安馆次副使韵寄西伯》："对酒元宜夜，临江况有楼。风流庚月色，天汉使星秋。烛尽诗留恨，城高角唤愁。无论去与住，已是梦中游。【考证：李瑞雨下诗题曰"先王讳日"，以上诸诗当作于八月十五日至十八日间。】

十八日（戊辰）。

李瑞雨《先王讳日，使臣在肃宁馆行望哭礼，谨次正使韵用寓恸慕之诚二首》："先王讳日又重还，晓起悲号泪洗颜。欲向南云回首望，苍梧何处见深山。""微臣献赋忝微班，十六年前侍圣颜。人世再逢凭几日，万行哀泪洒秋山。"李瑞雨《松坡集》卷三【考证：《肃宗实录》卷一言显宗十五年八月十八日，"亥时，上升遐"，故诗中所言"先王讳日"即八月十八日。】

李瑞雨《次小雪堂板上韵》："客路行何尽，秋亭坐暂闲。病来新断酒，无计破愁颜。""虚馆秋风夜，真如小雪寒。停杯稍苏肺，还觉遭愁难。"李瑞雨《松坡集》卷三

李瑞雨《安陵怀李子仁》："共尔安陵醉，于今已四年。李生人欲杀，匡子我偏怜。健笔楼亭在，仁声父老传。梦中沙岘别，回首意凄然。"李瑞雨《松坡集》卷三

李瑞雨《次正使韵》："澄江一带抱孤城，安市千年揖壮名。霜落雁鸿归海峤，日斜笳皷动秋营。关山渺渺乡书断，陇树萧萧晓梦惊。莫向百祥楼上

望,澹烟衰草易伤情。"李瑞雨《松坡集》卷三

李瑞雨《次正使百祥楼韵》:"眼豁澄虚思未凝,危栏欲去更留凭。溟波夕照摇金晕,药岫秋城抹粉层。病肺不堪杯面溢,寒衣偏惘露华升。新诗准拟消羁恨,诗到吟成恨转增。"李瑞雨《松坡集》卷三

李瑞雨《紫电楼夜吟》:"玉宇垂垂露,银河脉脉波。星中还有使,月里岂无娥。烛尽余娇泪,弦长起怨歌。秋衫若把看,寸寸减香罗。"李瑞雨《松坡集》卷三

李瑞雨《安陵夜吟》:"安陵一雨净氛埃,萨水晴波碧胜苔。铁笛夜吹关月上,银槎秋转使星来。红栏款款牵人住,黄菊匆匆趁客开。寄谢巡边贤节度,剩留花妓劝深杯。<small>时兵使在宁边,独有官妓侍酒侑饮</small>"李瑞雨《松坡集》卷三

李瑞雨《大宁江》:"酒尽沙头卧玉缸,扁舟西渡大宁江。波含夕照红翻棹,篷卷秋山翠满窗。衰境尚余诗兴旺,畏途那遣壮心降。归来定趁春流泮,好在汀洲白鸟双。"李瑞雨《松坡集》卷三

李瑞雨《晓星岭<small>嘉山</small>》:"星轺晓上晓星山,曙彩煌煌尚可攀。似见清都通吸气,不知浮世有边关。空坛石老秋芜碧,古道云深露菊斑。更向瓠瓜重叹息,衰年旅食少欢颜。<small>山有祭天坛</small>"李瑞雨《松坡集》卷三

李瑞雨《纳清亭复步前<small>皋</small>韵》:"碧涧西头彩阁高,自然清致洗粗豪。还他水石平生债,忘却关河十日劳。作记雄文怀史道,命名新意忆唐皋。吾生适后皇华盛,愧杀澄泓照鬓毛。"李瑞雨《松坡集》卷三

李瑞雨《又别韵》:"欲渡虹桥眼却明,出林飞阁似相迎。烟笼驿柳秋还碧,潦缩溪潭晚更清。白鹭映波真胜画,黄花如菊自殊名。檐颜板记俱零落,杖节今来倍怆情。<small>皇朝使唐皋命名,史道作记,今皆无板</small>"李瑞雨《松坡集》卷三

李瑞雨《次正使闻角韵》:"晓角多哀怨,分明曲里论。孤城吹落月,迥野逗寒云。解进游人泪,工销逐客魂。幽燕万里役,何况最辛勤。"李瑞雨《松坡集》卷三

李瑞雨《宣州客馆》:"关河无处不愁围,却到宣城愿未违。玉节自同张博望,青山还似谢玄晖。瓷杯莹雪香醪凸,石砚凝云醉墨挥。刺史深情旧同闬,临分回首更依依。<small>宣瓷杯莹白如玉,名于一国</small>"李瑞雨《松坡集》卷三

李瑞雨《答吴大而<small>始大,大而时居台职</small>》:"独上边城落日斜,浮云何处望京华。故人台阁三秋鹗,使者关河八月槎。似见清霜横白简,那同浊酒泛

黄花。书来莫问寒暄事，客泪寻常堕暮笳。"李瑞雨《松坡集》卷三

李瑞雨《车辇馆忆蟠松松阴数亩，枝干奇怪，华使多咏美之。枯死已久，仆无遗查，怅然赋此》："忆昔蟠松古馆隅，清阴长与使华娱。归来白鹤巢何在，化去苍龙蜕也无。一榻未成陶景梦，百年空有毕宏图。风尘落落看人物，岁暮襟期转觉孤。"李瑞雨《松坡集》卷三

李瑞雨《良策听流堂次正使韵》："漾碧双池并，流丹小阁孤。穷荒还此地，胜赏岂曾图。石势危能立，泉声细欲无。一樽山色暮，陈迹见须臾。"李瑞雨《松坡集》卷三

郑晢《次正使听流堂韵曾以问礼官来宿此堂》："入沼流泉细，当轩翠壁孤。风烟依旧态，粉墨展新图。胜赏应难有，清诗此可无。回头十年事，陈迹觉须臾。"郑晢《岳南燕行诗》

郑晢《次正使箭门岭韵》："诗到龙湾苦，书来雁塞稀。渴知添肺病，消觉减腰围。永夜愁谁语，千山梦独飞。伤心怆古泪，更向箭门挥。"郑晢《岳南燕行诗》

李瑞雨《登箭门岭望辽山有感》："峻岭人马热，凭高乍招凉。仆夫指相示，胡山郁而苍。松鹘何俊迅，凤凰欲飞翔。吁今为彼界，宿昔乃此疆。天心岂予夺，邦运有衰昌。塞民樵或往，邻言啧难偿。夸娥岂知愁，志士空多伤。吊罢复自慰，因之举一觞。安知后来贤，不有探环羊。"李瑞雨《松坡集》卷三

李瑞雨《统军亭》："关河踏尽国西陬，玉节孤亭倚素秋。鸭绿并称三大水，龙湾自是一雄州。天云片片如驼褐，海气时时作蜃楼。欲向燕山问槎路，胡笳凄切使人愁。""骋眺苍茫竟塞垣，羁怀摇曳剧风幡。孤城木落霜偏早，绝域山高日易昏。白鹤远归丁令柱，乌鸦乱噪乙巴村。今来古往那堪说，且对寒江尽一樽。""塞上何年建此亭，统军名在重边扃。风沙漠漠燕云黑，天堑滔滔鸭水青。哀柝登陴凄落月，断烽依岫耿疏星。边城即事堪垂泪，况复回头忆丙丁。"李瑞雨《松坡集》卷三

李瑞雨《龙湾次副使睡吟韵》："旧约翻相失，新欢亦未成。那堪秋梦觉，晓角起边城。"李瑞雨《松坡集》卷三

郑晢《次正使统军亭韵》："陇头斜日下荒荒，到此何人不断肠。白马城边秋草白，黄龙塞外暮云黄。关山杳杳连沙碛，江水漫漫接渺茫。徒倚危栏

频北望，却惊霜发较愁长。"郑晳《岳南燕行诗》

李瑞雨《龙湾次副使韵》："金刚无力挽人行，鸭水何心送客青。渡尽三江回首望，统军犹是可怜亭金刚湾东山名。"李瑞雨《松坡集》卷三

郑晳《渡鸭江》："夕风吹送画船行，白草连天马耳青。未到重江人不见，回头只有统军亭。"郑晳《岳南燕行诗》

李瑞雨《九连城露宿遣闷》："昨夜龙湾馆，罗帏秋梦稳。今宵披草荆，露宿九连阪。人生一日间，好恶大相反。丰林莽无际，群虎聚为圈。灯晴互闪烁，电吼□狂狠。鸣锣警仆夫，垒柴当关键。衰年睡自少，戒心卧难偃。繁霜皓如筛，缺月清且婉。喓喓草虫语，似诉情缱绻。謇余抱孤拙，事主秉至悃。奉命幸无罪，驱车敢辞远。所忧忠信薄，宁嫌勋业晚。彷徨逮明发，恻怆朱颜损。"李瑞雨《松坡集》卷三

郑晳《露宿九连城下》："九连城畔草连天，四面苍山一抹烟。薄暮霜林停辖宿，半间韦幕曲肱眠。三更月黑惊嗥虎，万里秋高怯走燕。起坐悄然无梦寐，不堪孤烛夜如年。"郑晳《岳南燕行诗》

李瑞雨《九连次副使韵》："帷庐一片卧霜天，野草萧萧咽晓泉。不分芦花飘两鬓，何来蟋蟀唤孤眠。诗成出塞空酬杜，文诵铭山但记燕。无那壮图衰落尽，任从行役送流年。"李瑞雨《松坡集》卷三

李瑞雨《松鹘山》："峨峨松鹘山，上戴栖鹘石。白马射雕儿，看云秋眼碧。""绝顶朝暾射，层厓雪鹘停。翻飞下碧落，一点坠寒星。"李瑞雨《松坡集》卷三

李瑞雨《自九连至金石，溪山幽邃，树木葱茏，往往有人家旧址，感成一绝》："山势弯回水屈盘，洞中云树画中看。人烟一片如能着，只许当年管幼安。"李瑞雨《松坡集》卷三

郑晳《金石山途中》："上价承殊宠，中官护远途。再行燕地苦，八月汉槎孤。险阻愁鞍马，颠危顿仆夫。金山西日晚，催向凤城驱。"郑晳《岳南燕行诗》

郑晳《露宿小龙山次润甫韵是日大雾》："黄茅不复辨西东，晓骑骎骎宿雾中。隔水未看征盖影，但闻残角彻霜风。"郑晳《岳南燕行诗》

李瑞雨《凤城途中次岳南韵》："握节承恩命，轻身傍畏途。锥囊能自脱，鼎足未言孤。暴虎非明智，雕虫岂壮夫。惟应忠与信，绝域任驰驱。"李

瑞雨《松坡集》卷三

　　李瑞雨《凤凰城》："青山一路走辽东，千里丹枫锦□中。满眼前朝旧诗料，凤凰城畔倚秋风。"李瑞雨《松坡集》卷三

　　李瑞雨《松站次正使韵》："黄芦无际塞秋深，猎骑如云起朔阴。三百青麋双赤虎，自言惟是计生擒。""辽河八月叶初飞，辽户元来稽事稀。日暮平原游猎罢，马□狐兔唱歌归。"李瑞雨《松坡集》卷三【考证：诗曰"辽河八月叶初飞"，又郑晢下诗《次正使韵》曰"九月胡天雪正飞"，故以上诸诗作于八月十八日至三十日间。】

九月

　　郑晢《次正使韵》："九月胡天雪正飞，辽阳千里见人稀。羌儿且莫吹芦管，一夜征夫尽忆归。""一身迢递万峰深，何事愁云尽日阴。见说陕西围已解，又闻南楚势成擒。"郑晢《岳南燕行诗》【考证：诗曰"九月胡天雪正飞"，约作于九月初。】

　　郑晢《松站途中》："乱山斜日下平芜，红树秋容胜画图。逐兔野中逢猎骑，饭牛川上见商胡。殊方节序黄花晚，故国音书白雁无。今夕不知何处宿，板围争奈楚囚孤。"郑晢《岳南燕行诗》

　　李瑞雨《松站次副使韵》："辽野清霜剪绿芜，屯云马色烂于图。烟台处处余残垒，猎骑时时值醉胡。左海星槎何岁断，中原露布至今无。回头万历年间事，落日悲吟抚钏孤。"李瑞雨《松坡集》卷三

　　郑晢《次正使镇夷堡韵》："朔吹连宵叫古林，晚天飞雪动穷阴。黄花已负清秋色，片月应怜故国心。诡怪衣裳元异制，侏离话语不同音。百年城郭金全废，满目蓬蒿泪不禁。""天涯送二子，郭外别儿孙。强欲宽心绪，谁能问晓昏。塞天稀雁影，关月照鸰原。沙岭明朝过，偏消未死魂。"郑晢《岳南燕行诗》

　　李瑞雨《通远途中遇雪》："辽塞秋寒瞥地催，雪花如掌打人腮。居民却道今差晚，八月常年见雪来。"李瑞雨《松坡集》卷三

　　李瑞雨《通远次正使韵》："路远疲车子，吟多费纸孙。行行已朔漠，送送几朝昏。野店依寒水，胡笳起暝原。羁怀欲相讨，还恐各消魂。""征车日日度荒林，极目辽云接地阴。万里风沙长逆面，百年城郭总伤心。胡童拨刺

97

骑生马，汉女啁啾失故音。此去幽燕更愁绝，满头华发恐难禁。"李瑞雨《松坡集》卷三

郑晢《暮宿连山馆》："日暮行人小店投，连山关外大滩秋。风沙昼暗催征马，霜雪宵侵揽弊裘。万里山河穷壮观，百年天地入新愁。男儿不坠桑弧志，直拟挥鞭遍九州岛。"郑晢《岳南燕行诗》

郑晢《遇生辰述怀》："白草霜如雪，青山叶尽飞。那知初度日，还作远游时。杯酒谁相劝，妻孥只费思。年年逢此夕，已废蓼莪诗。"郑晢《岳南燕行诗》

李瑞雨《又次副使生日感怀韵》："塞月弦将上，边秋叶正飞。怜君降岳日，值此泛查时。风树他乡恸，荆花故国思。吾生亦孤露，感泪满题诗。"李瑞雨《松坡集》卷三

郑晢《甜水站有感》："征轺日日戴星驰，猎猎霜风暮更吹。涉险六十谁叵耐，诵诗三百亦奚为。山川旷越人来少，岭蹬巉岩马去迟。回首孤城今独在，旧民能识汉官仪。"郑晢《岳南燕行诗》

李瑞雨《青石岭次正使韵》："二岜高相敌，诸峰列似孙。阴霏欲成雨，仄日易催昏。凛冽嫌幽壑，宽平忆旷原。轻獐凌绝险，怪汝独无魂。"李瑞雨《松坡集》卷三

李瑞雨《又次副使韵》："绝域还幽趣，危途有胜游。晚枫相掩映，行李好迟留。宝砚青瑶迭，哀琴碧涧流。诗家声色债，总与岳南收。"李瑞雨《松坡集》卷三

郑晢《次正使狼子山韵》："三流河北暝烟霏，狼子山前白草腓。老子渐能甘旅食，家人莫自念寒衣。毡裘未辨青羌少，鸡犬犹看白屋稀。驿使明朝书欲寄，定知今岁好言归。"郑晢《岳南燕行诗》

李瑞雨《狼山次副使韵二首》："风飘坠叶向何投，汉使乘槎倍感秋。锦段未酬青玉案，霜威宁贷黑貂裘。男儿釖佩丁年志，少妇弦歌子夜愁。欲向重阳消宿恨，早教从事到青州。""千里欣成附骥驰，滥竽谁道混真吹。元知世谊金兰在，剩有诗篇绮丽为。美酒万钱沽莫惜，黄花九日发休迟。兹行正赖君灵济，不怕南冠滞楚仪。"李瑞雨《松坡集》卷三

李瑞雨《冷泉闻舌官之言，过此以东水味甚恶。余有消中之疾，窃独忧闷，遂成十韵遣怀》："昨日辞甜水，今朝过冷泉。从兹入平野，不复见澄川。潦集仍渟滀，

泥松自沸煎。腥酞疑肉汁，腻滑类鱼涎。笔堡犹堪说，盘山岂忍传。征衣浣愈染，渴马齅皆旋。百里输双桶，单车费万钱。使华喉廛沃，台隶眼空穿。涸辙行将急，文园倍自怜。何当归汉上，枕碧啾清涟。"李瑞雨《松坡集》卷三

李瑞雨《辽阳》："汉虏终难卜作邻，几年幽蓟暗风尘。那知天地无男子，竟使山河属女真。有酒不浇降大寿，为文欲吊死张春。东来八站弹残泪，到得辽阳更满巾。"李瑞雨《松坡集》卷三

李瑞雨《辽阳望新城有感》："汉运初衰虏运昌，新城才筑旧城荒。老夫早已乘黄屋，儿子终能坐御床。何恨羽林无北首，可怜皮币馨东方。当时万事浑惊耳，偷眼如今倍感伤。"李瑞雨《松坡集》卷三

李瑞雨《白塔》："千寻突兀破青冥，远见初疑近更惊。未信经营因物力，极知撑拄有精灵。天虹坠白腰谁截，海日沉红顶更明。阅尽兴亡空自吊，秋风无数韵寒铃。"李瑞雨《松坡集》卷三

郑晳《次正使白塔韵》："人工费雕镂，玄造夺陶甄。金掌疑承露，银桥恍蹑天。欲倾凭地轴，将转象干圆。独立飘然意，真如羽化仙。"郑晳《岳南燕行诗》

李瑞雨《太子河》："忆昔燕王太子丹，东来亦复白衣冠。空残一苇逃身地，枉费千金奉客丸。运去父慈犹不保，时来天粟也非难。只今恨入波声咽，似听悲歌易水寒。"李瑞雨《松坡集》卷三

李瑞雨《华表柱辽人失其处，怅然有作二首奉二使》："鹤去千秋更不归，空城惟有野禽飞。辽阳万事君休问，华表如今亦已非。""百年城郭总成非，荒冢累累见已稀。寄语丁仙休再过，我今新到亦沾衣。"李瑞雨《松坡集》卷三

郑晳《过辽东有感》："黑貂裘弊马穿蹄，行尽辽东复向西。已见长河胡骑饮，更堪残郭乱鸦啼。燕山杳杳秋天迥，鹤野漫漫落日低。借问幼安应有宅，短墙何处草萋萋。"郑晳《岳南燕行诗》

郑晳《次润甫咏浊水韵》："自渡金河后，常思玉溜泉。喉干非病酒，梦渴欲吞川。止浊胶无力，烹茶雪合煎。豆觞难近口，车曲漫流涎。辽藩从今始，高盘自古传。沙河聊憩息，泥路更回旋。细引须寻竹，轻斋莫费钱。讵沾牛喘喝，空惜马蹄穿。冰饮那辞苦，毡餐不受怜。酌来犹觉爽，休忆汉波涟。"郑晳《岳南燕行诗》

李瑞雨《过沙河堡，闻前路高平盘山，水深不可涉，改路从沈，回望辽城有作》："闻说高盘水，真成大泽平。当须从沈路，且可返辽城。白塔朝仍暮，青山送复迎。那将此行色，真个作回程。"李瑞雨《松坡集》卷三【考证：郑皙下诗题曰"仲氏尚书晬日即今日重阳也"，故以上诸诗作于九月初一日至初九日间。】

初九日（戊子）。

郑皙《仲氏尚书晬日即今日重阳也，不胜鸰原之怀，请见于词》："辽野风霜日夜催，远游何处暂登台。重阳落帽非无地，初度开筵定几杯。棣萼可堪愁里望，茱萸空想鬓边颓。竹林旧事今能否，问道家咸纳节回。"郑皙《岳南燕行诗》【考证：诗题曰"仲氏尚书晬日即今日重阳也"，又诗云"重阳落帽非无地""茱萸空想鬓边颓"，当作于九月初九日。】

李瑞雨《沈阳次正使韵》："忆曾东土战尘昏，谁料升平运更屯。马角几年悲质子，虫沙无数泣俘魂。终教伥鬼为先导，果见毡裘入北门。莫怪沈阳偏洒泪，夹河元是汉人村。"李瑞雨《松坡集》卷三

郑皙《次正使沈阳韵》："中原万里袯氛昏，谁复黎庭扫蚁屯。百战向来空暴骨，三臣底处可招魂。庐山但见填金帛，大汉何曾闭玉门。最是安陵白头女，逢人泣问旧乡村。"路见安州被虏女概乡里消息云。郑皙《岳南燕行诗》

李瑞雨《九日沈阳》："极目寒云夕照斜，天涯令节倍思家。风流落寞龙山酒，使节逶迟鹤野车。荒戍有村迷白草，故园无梦见黄花。愁边鬓发丝丝短，愧杀胡风落帽纱。"李瑞雨《松坡集》卷三

李瑞雨《沈阳又次正使韵》："寒叶已凄切，暮鸿那更嘶。千愁真似海，一醉不成泥。白草迷天远，黄云幂野低。胡儿故相谑，双舞对斜题。""听说幽燕事，于今少战鼙。一书降陇右，万骑扼荆西。已作纷纷起，胡为仳仳低。真龙迟云雨，料得尚蟠泥。"李瑞雨《松坡集》卷三

李瑞雨《沈阳望崇德墓》："劳天下力葬单于，金阙银台象设俱。诗礼大儒难更见，至今无蒠口中珠。""单于侈大学秦皇，力负骊山走沈阳。石窖金棺深百丈，牧童何处照亡羊。"李瑞雨《松坡集》卷三【考证：上诗题曰"九日沈阳"，有"天涯令节倍思家"语，以上皆述沈阳事，当作于九月初九日或稍后。】

李瑞雨《巨流河新城夜雨识异》："九月雷霆壮，中宵风雨交。微阳虽向剥，盛怒尚难抛。窸窣疑漂蚁，腾凌想奋蛟。吾人重快意，未恨茇寒茅。"李

瑞雨《松坡集》卷三

李瑞雨《次副使韵》："滚滚尘沙拥传轺，凄凄衣袂怯霜飙。行经鹤野吟偏苦，望断鲲岑梦亦遥。扼腕更堪论地利，低头空自认天骄。西来粗答丝纶意，不为艰难忘久要。"李瑞雨《松坡集》卷三

郑晳《黄旗堡途中逢大雨》："夜半雷声起，朝来雨色寒。翻盆迷去路，平陆没征鞍。定为腥毡洗，浑忘跋涉难。行人争送喜，得免向高盘。"郑晳《岳南燕行诗》

李瑞雨《黄旗堡雨行遣悯》："塞雨元难霁，秋泥先自深。触藩穷进退，行李任浮沉。倦马振寒鬣，征人劳远心。危途休叹息，跋涉匪斯今。"李瑞雨《松坡集》卷三

李瑞雨《黑山次正使望医巫闾二首》："拔地排青嶂，冲霄近紫垣。依依余古堞，惨惨带羞痕。兴负桃花洞，愁思竹叶盆。高风怀贺老，斜日驻征辕。""神岳医为号，上池谁洞垣。太初灵寿域，衰季战尘痕。假息延游鼎，含生切戴盆。岐翁与风后，只是待轩辕。"李瑞雨《松坡集》卷三

李瑞雨《黑山途中南望一峰岿然在云外，问之即十三山》："青天一片玉芙蓉，骈立都无十二峰。昨夜分明梦神女，自言身隔彩云重。"李瑞雨《松坡集》卷三

李瑞雨《途中望十三山次南壶谷龙翼韵》："高唐宫畔楚山尖，十二螺鬟对画帘。若道辽阳有神女，一峰何事等闲添。"李瑞雨《松坡集》卷三

李瑞雨《广宁有文庙荒废，庙中扁'文魁''贡元'两板，汉举人所为也》："数间文庙草□□，香火停来岁月遥。两扁魁元看在壁，汉儿还复学天骄。"李瑞雨《松坡集》卷三

李瑞雨《广宁宁远伯李成梁牌楼感慨有作》："隆万年间太保公，家声大有陇西风。犰狳节制医巫北，蛇豕驱除靺鞨东。铁券天褒留盛典，石楼神护见元功。精灵百代应悲愤，幕府虚残古郭空。""医间初筑受降城，拟绝边烽入帝京。曹玮竟先元昊死，守珪初乞禄山生。娇孙爱子终□在，舞榭歌台亦已平。举目山河总非旧，胡笳何处不伤情。""虎父真生虎子奇，东来为我荡蛮夷。鲸鲵观筑箕城复，鸿雁名联简册垂。三世将家楼石在，百年人事壑舟移。英灵宿昔趋庭地，最有青丘客子悲。"李瑞雨《松坡集》卷三

郑晳《次正使韵》："两脚垂如绠，霖铃乱似鼙。已应迷近远，不复辨东

西。倦仆身全冻，骄胡气亦低。车旁一壶酒，便欲醉成泥。"郑皙《岳南燕行诗》

郑皙《次正使晓行韵》："久客惊秋尽，殊方叹岁徂。眼寒悬北极，官冷带西枢。晓鬓青霜重，荒城落月孤。熹微犹曙色，驻马问前途。"郑皙《岳南燕行诗》

郑皙《过松山杏山塔山三堡有感》："地有三山在，城无片石存。河流漂战骨，雨夜哭殇魂。古垒风云惨，中原日月昏。堂堂张总督，正气满乾坤。"郑皙《岳南燕行诗》

李瑞雨《杏山吊古拗体》："大凌小凌波声咽，松山杏山愁云中。残城剥尽古堞粉，战血沁出秋苔红。客子酹酒一挥泪，将军死绥双尽忠。兴亡在人抑天数，欲问无路梯苍穹。"李瑞雨《松坡集》卷三

李瑞雨《烟台》："燕山东北万烟台，旧御匈奴信壮哉。烽火入云然不息，房兵随月去还来。当时动费千金物，此日浑成一石堆。无限斜阳各分照，旅人何处不生哀。"李瑞雨《松坡集》卷三

李瑞雨《中后所见牧马千百为群》："马群千万恣腾骧，黄似黄云白似霜。草美□称中后所，牧蕃先数左贤王。元知月窟为邻国，壹怪星精落大荒。得意终须戒驰突，中州倘复出高皇。"李瑞雨《松坡集》卷三

李瑞雨《宁远祖大寿旧宅》："元戎四叶好箕裘，玉塞为垣锦作州。谁谓控弦乘气势，不教高枕领风流。偷生乍有弥山马，抵死难忘听月楼。解使行人遥戟手，夕阳斜挂粉墙头。""恩泽伊家奕世优，一身糜粉也难酬。临危却失熊鱼辨，弃食终为犬彘羞。死有贤甥非酷似，生教死妇骂冤仇。归来纵有河梁鬼，掩面□□过石楼。"李瑞雨《松坡集》卷三

郑皙《次正使宁远卫祖大寿第宅及牌楼韵》："去病辞家房未平，男儿本自重横行。如何四世元戎子，辜负三边万里城。亘市牌楼谁更护，连云甲第主频更。应知鬼瞰终始孽，亟把蓍龟验浸祯。"郑皙《岳南燕行诗》

李瑞雨《宁远途中逢胡姬戏吟三首》："沙碛无端一白莲，清香暗拂使华鞭。朱唇玉齿轻轻语，纵是侏俪也可怜。""香罗衿袖绣龙双，玉貌天然谢粉妆。闻说青春才十五，去年新嫁大元王。""风流自与病相关，浴罢温泉被祭还。若使三郎回一眄，愧携妃子幸骊山。"李瑞雨《松坡集》卷三

李瑞雨《晓行次正使韵》："恻恻清霜晓，迢迢绝塞隅。征车戒脂辖，荒店掩绳枢。落月随人迥，空城送客孤。平生弧矢愿，未敢恨长途。"李瑞雨

《松坡集》卷三

李瑞雨《望夫石歌》："有美孟姜美无伦，问家何在西方人。兰姿蕙质淑且真，于归范氏奉栉巾。晋卿越相其宗亲，奕叶富贵乘朱轮。与君欢爱若一身，不言别离有苦辛。我生薄命生不辰，不逢虞夏逢虐秦。北筑长城劳万民，君操畚锸随犹犹。出门相别涕纷缤，入门琴瑟不复陈。云鬟不梳妆□尘，花落花开几年春。待君之归君不臻，我往寻君庶有因。燕东蓟北天一垠，双足胼胝行遭迍。鬼夺我仪胡不仁，抚尸殡绝呼旻旻。负骨却归次海滨，中野有山石嶙岣。薄言栖托草为茵，沧波浩浩渺无津。悲风飒飒云粦粦，寡鹤清唳饥鼯呻。力微气促哀莫伸，性命顷刻遂沉沦。节义千年人所珍，懿哉是足俪湘嫔。就石立庙塑其神，箫韺牲醴荐精禋。穿碑纪事文彬彬，吁嗟妇道或不纯。结发反目生嫌嗔，死生契阔多缁磷，欲竟言之恐污唇。"李瑞雨《松坡集》卷三

李瑞雨《山海关》："天下第一山海关，秦时丞相书其颜。东临沃日渤澥水，北控连天靺鞨山。长城筑起自临洮，万里其长百尺高。秦皇真作万世计，人笑其愚我谓豪。不劳胡亥漆荡荡，寇来无翼何能上。昔我皇明定燕都，威声北走南单于。直到阴山犁大漠，谁见关门影一胡。汉唐亡国窟者尔，天泰之间亦如是。百鼠皆从重腐出，共杀一虎袁经略。胡儿皱唇唱胡歌，其目无关欲跳过。虽无闯贼为内乱，虏骑终当饮滹沱。念此骨惊双涕流，且须美酒消我愁。君不见崩城败壁不复修，蓬庐客意非能留。会待桑田陆沉日，与君同登望海楼。"李瑞雨《松坡集》卷三

郑晢《山海关》："天下雄关扼朔陲，魏公施设费深思。尧奉疆域穷幽蓟，秦帝长城限夏夷。紫气青牛何处去，红头白马只今驰。鲁连千载高风在，望海亭前酹一卮。"郑晢《岳南燕行诗》

李瑞雨《长城》："长城万里白云横，千古秦功未可轻。但使虎臣严锁钥，胡笳宁有度关声。"李瑞雨《松坡集》卷三

李瑞雨《登角山》："触破层云翠角高，化翁多事逞雄豪。咸池似见乌三足，震旦奚殊马一毛。直上星辰通帝座，东来酒赋泥吾曹。安期仿佛飙轮影，肯许遥分碧玉桃。""绝巘巍峨势欲摧，登高四望意悠哉。千年白鹤辽城返，万里秋潮碣石回。秦帝山川空绝脉，汉家宫阙但浮埃。凭谁欲吊兴亡

103

事，古寺寒风桧栢哀。""山腰落照耿寒鸦，借得禅床暂结跏。雪窦清泉甘似蔗，霜岩红叶烂于花。神游龙汉年前世，兴入牛河月上查。欲下层峦更惆怅，征镳依旧滚风沙。"李瑞雨《松坡集》卷三

李瑞雨《永平记里体》："昨日中前所，今朝右北平。萧条孤竹国，零落五花城。虎石犹如怒，龙河不肯清。高秋燕塞泪，剩向首山倾。"李瑞雨《松坡集》卷三

李瑞雨《射虎石》："汉家李飞将，猿臂射无敌。出守右北平，匈奴远遁迹。晨起事游腊，归来日沉夕。马前遇伏虎，锦毛而白额。弯弧明月满，飞箭流星□。一发当殪之，冥顽不跳掷。就视乃苍岩，千秋古苔色。白羽饮无余，春泥如插策。从骑惊且叹，我侯有神力。异事至今传，然疑谁能释。我来重吁怪，此物今犹昔。初匪石化虎，终岂虎为石。造化固相感，精诚有所激。方知善射者，旄头犹可摘。"李瑞雨《松坡集》卷三

郑皙《永平府射虎石》："汉家飞将下龙庭，不遣天骄近北平。白额负嵎神变化，流星贯石着威灵。灞桥醉尉欺衰朽，陇右家声坠少卿。最是功臣麟阁上，独无形象在丹青。"郑皙《岳南燕行诗》

李瑞雨《舟湾河访钓鱼台即明朝御史韩应庚退休之地》："青山两岸石门开，十里晴波绿似苔。叵耐乘流上银汉，孤查直犯斗牛回。""扁舟南下漆河流，岳色波光荡素秋。万里燕行也不恶，壮游仍复办清游。""退之之世世贤哉，未老休官归去来。古庙空余系羊石，清风长满钓鱼台。""削立亭亭一柱峰，杞天垂老要扶筇。江湖影落浑无管，犹使人看作卧龙。""清时犹傲汉衣冠，世乱悬知隐首山。堪恨儿孙不相悉，忍将崇德作碑颜。"李瑞雨《松坡集》卷三

李瑞雨《过桃源庄有感》："水曲山回石路斜，鸡鸣犬吠有人家。桃源不是逃秦者，顶上红缨似落花。"李瑞雨《松坡集》卷三

李瑞雨《丰润县》："县号宜丰润，人居总富奢。参差墙是粉，灿烂市如花。稻黍连千顷，鱼虾足万家。独怜弦诵地，强半杂胡笳。"李瑞雨《松坡集》卷三

李瑞雨《过高丽村》："昔有东民住，今留故国名。遇人非识面，驻马却含情。氏系能传说，乡音已变更。税田总水种，旧俗独分明。"李瑞雨《松坡集》卷三

李瑞雨《螺山宋外郎城》："三里孤城十里庄，风尘独自保金汤。谁知许

大明天下，只有螺山宋外郎。"李瑞雨《松坡集》卷三

郑晳《钓鱼台西轩韩应庚迎休处》："清风短棹下长河，千尺高台蘸晚波。烟锁月楼寒寂寞，云扶柱一碧嵯峨。名缰绳勇退如公少，物色分留为我多。当日忘机垂钓处，只今鸥鸟尽飞过。月白，楼名、峰名。"郑晳《岳南燕行诗》

郑晳《路逢蒙古马畜》："昔闻冀北马，今见大宛驹。迥立云烟动，权奇鼠骨殊。来应从月窟，骋合试天衢。伯乐今如作，空群一匹无。"郑晳《岳南燕行诗》

李瑞雨《望蓟野》："蓟门烟树迥浮天，霜后秋容锦绣鲜。一幅分明好图画，单于那解赋诗篇。"李瑞雨《松坡集》卷三

李瑞雨《蓟州观音阁》："十丈金身百尺楼，得才容处便长休。风尘俯视纷纷者，蚁子微生有底求。大佛""万事无如一卧宜，津梁向日不胜疲。高楼乍着西天梦，小劫灰飞也未知。卧佛"李瑞雨《松坡集》卷三

李瑞雨《娘娘庙在蓟，俗传禄山所立杨妃庙》："谁将十万洗儿钱，博得荒祠蓟岫颠。肠断胡儿恋乳处，鸡头新肉玉团圆。"李瑞雨《松坡集》卷三

李瑞雨《香花庵金钱松》："白甲苍髯耸半空，本来琪树强名松。殷勤拾子三韩去，向云窗看玉龙。"李瑞雨《松坡集》卷三

郑晳《滹沱河》："苍黄追骑蹑惊尘，他日能忘麦饭辰。纵使无冰犹可渡，故知天不窘真人。"郑晳《岳南燕行诗》

李瑞雨《通州》："通州城中万家楼，通州城外大河流。三韩使者乘槎路，九月寒风落木秋。汉女胡姬挟瑶瑟，吴樯楚柂歌棹讴。此景信佳人事异，汀洲日暮不胜悲。"李瑞雨《松坡集》卷三

郑晳《通州即事》："扑面风沙困远游，潞江晴浪始开眸。吴墙楚柂迷津岸，越贝宁金耀市楼。人意固知思汉泽，天心应复厌毡裘。明朝踏尽三千路，无那殊方断送秋。"郑晳《岳南燕行诗》

郑晳《次正使燕京韵》："昆明犹想汉旌旗，无复龙舟泛晚漪。万里衣冠来异域，百年文物忆当时。金台草没忠臣泣，易水波寒壮士悲。不用远求骐骥骨，吾邦自有凤毛奇。"郑晳《岳南燕行诗》

李瑞雨《燕京次正使韵》："燕京太液汉皇池，万岁峰隆漾绿漪。锦缆牵龙如一梦，红缨浴马有今时。烟波寂寞芙蓉尽，弦管凄凉粉黛悲。愁绝不堪

留昑赏，画工休更逞新奇。""壹怪苍天悔太平，皇居倏使作毡城。园陵社稷神何在，第宅王侯主已更。太液晴波空自绿，卢沟晓月为谁明。书生尽有心头血，醉后狂歌癭欲生。""釰阁千寻铲易平，客中难破一愁城。劳心使事冰常饮，屈指归期岁欲更。琼岛片云和梦断，玉河孤月伴窗明。烧羊煮酪曾投箸，不翅悲吟太瘦生。"李瑞雨《松坡集》卷三

李瑞雨《燕京感兴八首奉正副使》："忆昔明朝运正隆，神都长见瑞云笼。銮舆问道崆峒岭，玉麈谈天碣石宫。礼乐挽回三代日，文章绰有二京风。谁言赫赫高皇业，磨灭貂珰把握中。""燕云十六久沦夷，定鼎文皇始汉仪。北斥无穷门作塞，东临不测海为池。青丘玉帛通辽蓟，碧落星辰拱尾箕。未及千年还左衽，悠悠天意竟谁知。""南郊十里祭天坛，五色垣墙画里看。紫禁心斋凝黻冕，青霄仙跸降和銮。炉香缥缈神灵座，佩玉铿锵法从官。故老当时皆眼见，相逢欲说涕汍澜。""紫微天市本联垣，方丈蓬莱亦一园。禹范长留皇极殿，羲轮高照大明门。雕栏玉女芬芳气，青锁词臣雨露恩。毕竟胡人真上集，灵光何苦岿然存。""西山几道玉泉流，共八皇城作御沟。百顷涵天看象海，万机闲日引龙舟。吟摇赤管晴虹饮，舞匝红妆彩浪浮。闻说单于今浴马，荷花荷叶总含羞。""先朝倾覆□酸辛，失道非关似虐秦。忽有豺狼登象阙，终教蚌鹬落渔人。流离国步无三户，澶漫毡裘有八垠。汉庑蓬庐相主客，不知天眷向谁真。""专对殊方愧不才，敢言衰谢病相催。辽城古柱伤心度，蓟树寒风掩面来。流水只今鸣玉馆，夕阳何意满金台。逢人半是侏离语，怀抱无由得好开。""客恨偏从燕市多，当杯慷慨一悲歌。风寒召伯甘棠树，岁暮刘郎麦饭河。岂有衣冠终卉服，那无豪杰奋天戈。浮生蹈海非难事，且向旄头看若何。"李瑞雨《松坡集》卷三

李瑞雨《燕京杂咏》："胡人一自入燕蓟，不修其城亦不隳。拟把青毡还旧主，主人何事苦相疑。""正朝冬至会同日，五凤门前外国班。只有回回与蒙古，三韩惭愧在其间。""当时虏骑八固山，容易长驱入燕关。如今半是乌金哈，北顾常忧项朵颜。""海外久闻吴王死，白头举事怜无成。如今更得荆南信，现在身提十万兵。""尚公多子如苦李，一百五人安达贤。不受封侯举义旅，人间方信雀生鹳。""钟皷何须飨爱居，春秋可与语蟋蛄。忽然人面怒为兽，暗投空惭明月珠。"李瑞雨《松坡集》卷三

康熙时期中朝诗歌交流系年（1662—1681）

李瑞雨《燕京识事戏作》："靺鞨时兴旺，撑犁理有无。文章归博氏，皇极坐单于。翰苑红俄岱，经筵索额图。可怜篇简上，还复讳匈奴。"李瑞雨《松坡集》卷三

李瑞雨《玉馆次正使韵》："天地纯阴月，山河广漠风。迹辞鹓鹭后，身滞犬羊中。剑在终无赖，文成敢自雄。羁愁助消渴，满眼忆郫筒。"李瑞雨《松坡集》卷三

李瑞雨《次副使韵》："丝纶郑重陛辞初，专对周旋敢忽诸。白眼忽逢皮面怒，青编谁正木天书。身当十步非毛遂，文述千言即子虚。日夕忧愁空缭绕，若非欢伯有谁除。以使事无成再呈文礼部，而不见省纳，故第六及之。"李瑞雨《松坡集》卷三

郑晢《次夜吟》："天意如何未欲平，巨防无赖有秦城。衣冠礼乐今安在，沧海桑田已屡更。书执一家思大汉，藩邦再造泣皇明。那堪十月西河馆，抚剑挑灯百感生。"郑晢《岳南燕行诗》

郑晢《次正使韵》："天地腥膻满，干戈岁月深。感时频雪涕，衔命更劳心。未免输周币，宁辞费汉金。狼贪尚无厌，何以变鸮音。"郑晢《岳南燕行诗》

郑晢《纳清亭得清字，呈正使兼示润甫求和》："绿柳阴中画阁明，西川候吏惯相迎。出云星岳供朝翠，近水秋檐挹晚清。汉使风流谁擅胜，唐翁诗句独留名。登临今古经过地，把酒难禁感慨情。唐翁名皋。"郑晢《岳南燕行诗》

李瑞雨《马鹞子歌》："马鹞子，何许人。关西人，王辅臣。勇如马鹞因为号，夺稍搴旗捷有神。少为褊裨气甚麁，怒杀元戎北降胡。胡人拜为大将军，统领秦凉在秦都。富贵豪奢头已白，飞扬跋扈在顷刻。自从马鹞叛，胡人背沾汗。秦胡十相斗，八九胡败走。四海皆称马鹞子，奋翼终当飞万里。昨日燕山驿骑来，图海题书急报喜。马鹞穷□不自全，剃发出降军门前。献籍兵民百万口，随身将校三千员。胡人酌酒相贺之，胜似马鹞初降时。马鹞子，真难知。昔何为，今何为。君不闻美姬四人坠楼死，马鹞为夫愧其姬。"李瑞雨《松坡集》卷三

郑晢《燕京发行前一日咏怀，录奉正使，兼示润甫》："衔命驱驰八月初，貂裘已弊换居诸。行人久守西河馆，故国谁传北海书。准拟邦诬尽昭洗，却教心计堕空虚。休言险阻艰难遍，归日何辞奏玉除。"郑晢《岳南燕行诗》

李瑞雨《将出馆志感呈正副使》："使节燕山滞五旬，羁怀何日不酸辛。

107

从来貊道轻宾客，可是天骄识凤麟。竹帛无情留秽史，衣裳和泪染腥尘。东归重踏沧溟路，愧杀当年姓鲁人。""小臣辜负圣明恩，主辱邦诬痛两存。身入犬羊空有泪，口如桃李竟无言。云霞渺渺天东域，雨雪霏霏蓟北门。万里间关余病骨，胡笳休更断危魂。"李瑞雨《松坡集》卷三

李瑞雨《出燕京东门口占次呈正副使》："燕山落日照行衣，使事无成愧俨骓。白璧未从蝇后洗，黄金犹向橐前挥。梦寻方丈先东去，身似钩辀□北飞。寂寞行台差自慰，二公坛宇许相依。"李瑞雨《松坡集》卷三

郑皙《通州即事》："即看通州胜，曾闻李膏诗。壮应同曲□，殷不让临淄。天府真堪惜，金瓯亦已亏。江桥连轴轳，还似破曹时。"郑皙《岳南燕行诗》

【考证：李瑞雨下诗题为"夏店逢冬至"，故以上诸诗作于九月初九日至十一月十八日间。】

十月

初九日（戊午）。

沈攸《别金夏卿禹锡令公冬至副使之行》："冠盖频年度蓟门，天低鹘没是中原。愁随一线逢南至，行涉三叉戒北辕。汉月遥悬清禁梦，燕歌暗断故园魂。却思秋日江楼会，几别朋游鬓雪繁。三叉河名。"沈攸《梧滩集》卷九

洪柱国《赠金夏卿禹锡赴燕》："名祖家声玉雪姿，训传忠信使乎宜。王程节序催新腊，帝里山河异昔时。禹贡包茅人事变，殷墟咏麦客怀悲。天翻三十余年感，总入乌蛮馆里诗。"洪柱国《泛翁集》卷四

南龙翼《别金侍郎禹锡燕京之行》："心绪频伤送客筵，泪痕偏湿赠君篇。乘槎远役差今昔，攀柏余悲各后先。岁暮关河迷雨雪，兵连宇县裂山川。惟须努力加餐饭，归趁春花未落前。"南龙翼《壶谷集》卷二【考证：据《使行录》，冬至正使吴挺纬、副使金禹锡、书状官俞夏谦于十月初三日辞朝。《承政院日记》言十月初九日，"左参赞吴挺纬上疏，大概，出疆之期已迫，乞得恩由，往扫父母坟事，入启。答曰：'省疏具悉，卿其依愿往来。'"由此可知初九日吴挺纬等尚未启程，与《使行录》有出入。此处依《日记》，辞朝时间当在初九日后，故以上诸诗当作于十月初九日后。】

十一月

初一日（己卯）。

礼部等衙门议覆："朝鲜国王李焞奏言：'顷陪臣使还，购买前明《十六朝纪》一书，中载本国癸亥年废光海君李珲，立庄穆王李倧事，诬以篡逆。今闻新命纂修明史，特遣陪臣福善君李柟等陈奏始末，伏乞删改，以昭信史。'查本朝纂修明史，是非本乎至公，该国癸亥年废立始末及庄穆王李倧实迹，自有定论，并无旁采野史诸书，以入正史，应无庸议。至外国使臣来京禁买史书，今违禁购买，应遣官往朝鲜国，会同该王严加详审议处。伊所进礼物，交来使带回。"得旨："这本内事情，免遣大臣往审。着国王将私买史书人犯，逐一严拏详审，确议具奏。余依议。"《清圣祖实录》卷六四

十八日（丙申）。

李瑞雨《夏店逢冬至》："夏店逢冬至，星查指日生。灰飞愁共散，关闭客犹行。对酒仍乘兴，书云别有情。独无王令术，凫鸟去朝京。"李瑞雨《松坡集》卷三

李瑞雨《至日又书一律呈正副使》："久客光阴迅不嫌，佳辰愁喜切相兼。星查乍动阳初复，霜鬓交垂线更添。驿路寒梅犹断信，胡山虐雪转装严。红云忽送车前色，更向天东仔细瞻。"李瑞雨《松坡集》卷三【考证：以上二诗皆以"冬至""至日"为题，又有"夏店逢冬至""佳辰愁喜切相兼"语，当作于是年冬至即十一月十八日。】

李瑞雨《三河早发》："清晨自起扫车霜，行迈何时出异乡。只有诗篇为日记，若无冠韨是僧装。胡云漠漠山千迭，客路迢迢海一方。欹枕甚成孤馆睡，梦为蝴蝶亦飞忙。"李瑞雨《松坡集》卷三

郑晳《再宿三河县旧店》："旧客还从旧店寻，县城南畔洞门深。痴胡讵记前时面，同侣应知老子心。永夜每随孤烛尽，新诗多为故国吟。无眠坐到三更月，寒被生棱雪色侵。"郑晳《岳南燕行诗》

郑晳《晓行》："客子五更发，天寒一敝裘。行人冰满面，征马雪蒙头。云月掩还映，村鸡鸣不休。胡儿亦太苦，先我已驱辀。"郑晳《岳南燕行诗》

李瑞雨《蓟州次副使韵》："人生莫住蓟门边，岂有平居送百年。白骨总于征战死，朱门谁与子孙传。空壕断续泞寒水，废郭高低抹暮天。闻道朵颜俱跋扈，胡人亦恐有南迁。"李瑞雨《松坡集》卷三

李瑞雨《旅店黄花又次副使》："燕山草树总寒枝，雪菊留花欲向谁。定识使华风格在，梅兄相伴要分诗。"李瑞雨《松坡集》卷三

李瑞雨《宿蓟州大佛寺》:"夜宿蓟州城,梵宇暗丹腰。窗虚灯欲死,檐响雪方作。中宵枕边梦,独上观音阁。如云妙香升,似雨昙花落。龙女奉明珠,天仙执众乐。八万师子座,金容俱绰约。无数比丘僧,毗衣总严恪。伊余袒右肩,双膝地上着。大佛俯首道,有言当语若。我有大身躯,乾坤可超踔。经览八荒遍,适足劳行脚。是以不复游,随缘此憩泊。尔小蜩与鸠,飞栖足林薄。奈何慕大鹏,辄欲翔寥廓。羽翮若摧伤,人血谁疗鹤。卧佛支颐说,一言须更托。我有大神通,济度群品博。天堂以劝善,地狱惩其恶。死生轮回间,报应不一错。终然少夷惠,大都是跖蹻。震旦实冥顽,津梁已疲弱。一卧不复起,身心闲寂寞。如尔微细人,万里一剑锷。欲化豺狼暴,多见不自度。幸兹免吞噬,归欤卧丘壑。笑佛捧其腹,胡卢绝璎珞。我有大辨慧,大千在笼络。万劫在前后,森然似今昨。自笑为辟支,真妙反忽略。况尔比日月,岂啻一萤爝。言语恣驰骋,文章妄穿凿。不窥大道原,所得古人粕。是名蠹鱼虫,所以笑相谑。稽首领斯言,城头响寒柝。空床忽惊起,晓星光熠烁。历历伽陵语,中心感复怍。愿奉三佛诲,迷关启重钥。"李瑞雨《松坡集》卷三

李瑞雨《鳌山三言》:"鳌山首螺山口,蜂山尾急避走。汉也有胡也有,十个人九个狗。"李瑞雨《松坡集》卷三

李瑞雨《玉田》:"蓟东无终国,如何名玉田。昔有羊雍伯,孝谊感神仙。珠胎信有征,玉子岂浪传。种之得美玉,熠熠光彩鲜。上敌十五城,下可千万钱。赘玉聘娇妻,容颜玉争妍。此田在何处,此人已千年。只今深冬日,暖气生春烟。中夜或见怪,白虹上冲天。物华尚留宝,人材岂无贤。盈怀虽琬琰,出门奈腥膻。缺蚁难更补,投鹊莫徒捐。寄语重相戒,韫椟宜勉旃。河清若无期,玉埋也非愆。"李瑞雨《松坡集》卷三

李瑞雨《高丽堡》:"再到高丽堡,逢人感叹长。衣冠今更变,言语旧曾忘。不记移来世,犹传种树方。驱车重回顾,情绪似离乡。"李瑞雨《松坡集》卷三

李瑞雨《荡北至在邦均店》:"一片路旁碑,大书荡北至。不知谁氏铭,慷慨一挥泪。"李瑞雨《松坡集》卷三

李瑞雨《还乡河》:"还乡河上算还乡,客路苍茫天一方。滔滔河水岂终极,客意与之谁短长。"李瑞雨《松坡集》卷三

李瑞雨《途中偶吟》："来亦万里道，去亦万里道。辚辚双毂声，夹送行人老。"李瑞雨《松坡集》卷三

李瑞雨《自玉田感疾，弥日不已，闷苦有作》："万里之行病欲深，北风岁暮若为心。文殊大士不相问，造化小儿偏见侵。已自乘查多苦况，那堪伏枕更悲吟。夷漫挂车旁酒，口业犹难细细斟。"李瑞雨《松坡集》卷三

李瑞雨《丰润途中》："流光苒苒岁将穷，故国迢迢信不通。久谓丝纶言可复，谁知水草性难同。心随旭日悬东极，迹似寒蓬卷北风。缭乱羁愁排未得，一分惟遣酒杯中。"李瑞雨《松坡集》卷三

李瑞雨《闻徐译士孝男买蓟酒一车，连日载醉》："徐公何许者，气带醉乡醇。口业通殊译，家风中圣人'中圣'之'中'本平声，或作上声用。征车长载醉，挥橐不嫌贫。赢得胡儿笑，寒冬独自春。"李瑞雨《松坡集》卷三

李瑞雨《永平道上望夷齐庙》："古庙千年枕碧河，行人谁唱采薇歌。如今望望皆涂炭，解正其冠也未多。"李瑞雨《松坡集》卷三

李瑞雨《永平房星曜山亭戏题房貌如老僧，而多蓄姬妾，广殖财货，且治屋车，要为他日之乘云》："高亭金碧绚云霞，东道如僧但在家。座客同斋皆断酒，丫鬟听法总拈花。倾心惯接三韩使，卜命先治四马车。世系善谋真不忝，秋毫分析未曾差。"李瑞雨《松坡集》卷三

郑晢《雪晓向夷齐庙》："为谒夷齐庙，聊寻孤竹城。风威雪助势，曙色月争明。岩树如相待，山僧不惯迎。登临忽开眼，令我顿心清。"郑晢《岳南燕行诗》

郑晢《回自夷齐庙途中》："雪后人稀小径微，风刀剪破冻云飞。纷纷胡骑挥鞭去，问道天山大猎归。"郑晢《岳南燕行诗》

李瑞雨《抚宁途中》："十里得一句，百里成一篇。我诗如老马，瘦硬不惊鞭。"李瑞雨《松坡集》卷三

李瑞雨《榆关晓行》："征人晓相唤，古关鸡已鸣。驱车就长途，寒气方峥嵘。野风时激越，川冰复纵横。伊余袭重裘，肌粟憯犹生。况汝马前卒，单衣讵堪行。阿贵面如胡，每见憎其狞。执策呵手泣，念此含愧情。"李瑞雨《松坡集》卷三

李瑞雨《范家店逢胡人生擒两虎，槛车入燕者》："胡山虎多多于獐，胡人擒虎如擒羊。天寒雪落林木空，虎身与迹俱难藏。胡人啸侣千为群，马色

赤白如彩云。大叫围虎虎亦咆，口中赫赫红焰喷。前骑先射后继射，虎怒奔人不及马。须臾虎弊无能为，猛者见杀弱见羁。擒来槛车入燕关，置之上林万寿山。旧闻此语不谓然，今日乃逢道路间。噫！此曹猎虎信壮哉，向时猎国令人哀。万物无有不相制，会有擒汝英雄才。"李瑞雨《松坡集》卷三

李瑞雨《山海关先送先来》："先来先去出燕关，我马迟迟几日还。羡□此行何所似，冥冥黄鹄白云间。""凭君持此寄吾家，烛下裁书字半斜。若问吾行几时至，小窗勤嘱护梅花。"李瑞雨《松坡集》卷三

李瑞雨《出关》："星槎几日鸭江回，客路三分劣半来。栗烈顿从关外甚，萧疏长向镜中催。行囊欲罄犹残稿，小疾初瘳更把杯。物理到头相损益，何须一味但悲哀。"李瑞雨《松坡集》卷三

郑晢《次正使出山海关韵》："绝域岁云暮，驱驰途道间。装空同越橐，出晚异秦关。海立风掀地，天寒雪满山。非公枉桂句，安得破愁颜。"郑晢《岳南燕行诗》

李瑞雨《前屯卫次正使》："查牙古木战寒飑，野店停车夕照时。双鬓已从长路变，寸心惟有老天知。愁来酒量添蓝尾，病后诗功少色丝。却向云间惭白鹤，我行辽塞太迟迟。"李瑞雨《松坡集》卷三

李瑞雨《宁远卫次正使》："往事销沈欲问谁，永宁城畔益凄其。登坛授钺曾三世，舍命偷生各一时。月黑鬼灯凭古堞，雨晴花鳌出荒基。当年共作当阳计，已见双楼有整欹。"李瑞雨《松坡集》卷三

李瑞雨《宁远晓发》："古木寒城朔吹悲，野桥无伴独行时。车前晓月银钩细，似向查翁欲钓诗。""舌人元自重财资，结辙东还载素丝。自怪使华缘底事，鬓边头上却垂垂。"李瑞雨《松坡集》卷三

李瑞雨《次副使韵》："日日兴居不暂宁，可怜垂老使戎庭。穷冬绝塞非人境，万里孤查自客星。叹我剑锋生碧藓，喜君诗味胜丹萍。东还稍稍韶华起，遮莫携壶夜打扃。"李瑞雨《松坡集》卷三

李瑞雨《苦寒间阳》："隆寒季冬月，我行辽海滨。贪程常晓出，借援腊味春。玄冥谓我骄，暴怒大加嗔。上罩千霜盖，下荐万冰茵。射以八方风，尖刚无比伦。厚地尚冻拆，况此血肉身。凌兢狷如缩，顷刻鬼为邻。天东忽开朗，碾上红日轮。辉光所照烛，炎火潜传薪。十指木签直，稍稍能屈伸。

口中督井涸，涓涓更流津。譬之魇醒者，言动如平人。四拜向东方，感戴曜灵仁。曜灵不早照，玄冥几杀臣。"李瑞雨《松坡集》卷三

李瑞雨《沙岭始东见辽山》："日日行行旷野间，今朝东望见青山。深知故国犹千里，且为螺鬟一破颜。"李瑞雨《松坡集》卷三

李瑞雨《闻副使弟郑横辛亥以书状赴燕，到沙岭病死，副使至此，为文哭之，令人恻怛，遂成一绝》："胡笳咽咽塞云昏，一片孤城万里魂。任是行人也挥泪，友于何况鹡领原。"李瑞雨《松坡集》卷三

李瑞雨《牛庄次正使待冬至使行韵》："驻节临牛店，寨帷候马尘。不逢查上客，空问路中人。昨夜灯花迸，今朝鹊语新。两般犹未验，独自把杯频。"李瑞雨《松坡集》卷三

郑晳《次正使愁夜长韵》："夏日与冬夜，愁人偏觉长。四时不平分，我欲问彼苍。转辗苦不寐，一夜头满霜。三更月始吐，尚在天中央。蜡烛亦何意，达曙泪千行。"郑晳《岳南燕行诗》

李瑞雨《辽城逢冬至使行，赠别正使吴尚书挺纬》："天涯来去梦中看，握手无言泪共弹。伊昔只论逢处幸，到今方觉别时难。停车白塔斜阳尽，对酒青灯片月寒。我近故乡差自慰，祝公长路更加餐。"李瑞雨《松坡集》卷三

李瑞雨《又别书状俞受甫夏谦》："使节交行役，朋簪盍异方。去来怜燕雁，迎送怕豺狼。斗酒重相劳，星查暂并将。山河不尽泪，寄汝更沾裳。"李瑞雨《松坡集》卷三

李瑞雨《辽城次正使韵》："星查辛苦滞毡城，万里都无一事成。才得到来丁鹤地，不如归去杜鹃情。天涯道路山千迭，马上光阴月五盈。入夜细闻僮仆语，讴歌尽是望乡声。""羁愁端似乱丝萦，强覆深杯醉不成。北顾才经无限野，东归尚有几多城。胡山惨悴如排戟，朔吹凭凌欲裂旌。奚但旅游筋力尽，亦惭孤节负平生。"李瑞雨《松坡集》卷三

郑晳《到辽城闻京信》："家国平安报，天涯此日闻。窃料怜幼子，无疾祝吾君。喜气寒回暖，忧端散似云。不眠非转辗，欢极坐宵分。"郑晳《岳南燕行诗》

李瑞雨《冷井》："中秋行李季冬旋，吃尽腥酿嗽冷泉。客路恰当分半地，羁愁犹似一涯天。云横鸭水凫迷岛，雪拥狼山马没鞯。为报同查更努力，到头艰险转茫然。""便面蝇头写路程，几回披阅纸毛生。如今试折经行

113

处，恰似青天半月明。"李瑞雨《松坡集》卷三

郑皙《踰青石岭》："朝穿石峡万重横，徒觉山寒向晚轻。信马不愁冰谷滑，吟诗却喜雪峰晴。回头鹤野今虚远，开眼龙湾定惯迎。肯许统军亭上会，不辞银烛到天明。"郑皙《岳南燕行诗》

郑皙《次润甫冷泉韵》："膏车秣马促言旋，几日征骖到玉泉。燥吻厌沾膻骆饮，泪眸愁见犬羊天。驱车贾竖犹狐狢，走马酋胡尽锦鞯。忍使神州陆沉久，彼苍无语理胡然。"郑皙《岳南燕行诗》

郑皙《通远堡途中》："天寒无赖借微醺，催向荒城日易曛。马足踏穿三丈雪，角声吹裂万重云。危途跋涉豺狼窟，薄暮纵横虎豹群。惟是旅人差自慰，故国消息近真闻。"郑皙《岳南燕行诗》

郑皙《途中》："八月行人腊月还，凤凰城外是龙湾。牛庄过后行常晚，鹤野经来路渐艰。屈指才余二百里，举头犹隔万重山。吟诗只为开愁眼，雪里遥看翠一鬟。"郑皙《岳南燕行诗》【考证：《肃宗实录》卷五言使团于十二月二十三日"自燕还"，以上诸诗当作于十一月十八日至十二月二十三日间。】

十二月

二十三日（辛未）。

辨诬使福善君柟、副使郑皙自燕还【按：参见是年八月初六日条】。《朝鲜肃宗实录》卷五

康熙十六年（1677年/丁巳）

正月

初一日（戊寅）。

朝鲜国王李焞遣陪臣吴挺纬等表贺冬至、元旦、万寿节，及进岁贡礼物。宴赉如例【按：参见康熙十五年十月初三日条】。《清圣祖实录》六五

三月

十八日（甲午）。

冬至正使吴挺纬、副使金禹锡、书状官俞夏谦还自燕【按：参见康熙十五年十月初三日条】。《朝鲜肃宗实录》卷六

四月

十九日（乙丑）。

陈奏使福昌君桢等赴燕，上引见。桢以为事甚重大，请赍白金万五千两以去。从之。又以孙后遑之弟后正免贱为湾上军官，后业为书题带去。是行又兼进贺，盖以王辅臣、耿精忠复降故也。《朝鲜肃宗实录》卷六【按：正使福昌君桢、副使权大载、书状官朴纯。】

五月

初七日（壬午）。

清人以冬至使行中搜得地图事移咨责我，又令查奏其买卖事情。上引见大臣备局诸臣议之。左议政权大运曰："此非大事，而彼方疑我，故如是耳。似当别遣查奏使，而再使有弊。且彼人虽大事不以顺付来使为非。使臣福昌君桢等亦留关西，以待回报云，明日会宾厅，速制奏文，以拨马下送，方物亦速备送，则不过十日当到义州矣。"上从之。《朝鲜肃宗实录》卷六

七月

初五日（庚辰）。

上御太和殿视朝，文武升转各官谢恩，次朝鲜国使臣等行礼。《清圣祖实录》卷六八

九月

十六日（庚寅）。

陈奏使福昌君桢、权大载、朴纯等自燕还，命引见【按：参见是年四月十九日条】。《朝鲜肃宗实录》卷六

十月

十四日（丁巳）。

以福平君梗为辨诬正使，李夏镇升秩为副使，安如石为书状官。《朝鲜肃宗实录》卷六

三十日（癸酉）。

清国以册封皇后遣使颁诏，上出迎于慕华馆。《朝鲜肃宗实录》卷六【按：《清史稿·圣祖本纪》云是年八月"丙寅，册立贵妃钮祜禄氏为皇后"。】

十一月

初四日（丁丑）。

谢恩兼冬至使瀛昌君沈，副使沈梓，书状官孙万雄出去。《承政院日记》

李夏镇《送书状官孙敌万》："男子须轻万里行，况君年少负英声。天寒鹤野伤心色，岁暮金台感古情。搜得诗肠宽远意，凭将译舌问前程。只应宾馆思亲梦，夜夜先寻上洛城。"李夏镇《六寓堂遗稿》卷一【按：孙万雄，字敌万。】

李夏镇《送冬至副使沈文叔赴燕》："煌煌四牡戒行装，迢递关河驿路长。辽柱何年返丁鹤，燕台无处吊昭王。晓来百里河烟白，霜后千重蓟树荒。我亦随君膺使命，相期交辔鸭江阳。"李夏镇《六寓堂遗稿》卷一【按：沈梓，字文叔。】

申翼相《别冬至副使沈文叔梓》："病守孤吟鬓雪明，今朝叵耐惜离情。论交十五年相识，作别三千里远行。辽塔鹤迎前度客，秦关鸡听旧时声。悬知博望槎回日，细柳新花暗塞城。"申翼相《醒斋遗稿》卷二【考证：据《使行录》，谢恩兼冬至正使瀛昌君沉、副使沈梓、书状官孙万雄于十一月初四日辞朝，故以上诸诗作于初四日或其后。】

十二月

初七日（己酉）。

晴。鸡三鸣，登道行西北三十里，过平安堡，递马又行三十里，朝饭于高平堡，由西门出行二十里，路旁有大碑，即广宁总兵董一元战捷之地，董

是壬辰东征之将。大书"大虏就歼处"五字,乃皇明万历甲午监察御史宋兴祖所立也。无碑文,未知就歼之虏为何贼也。北望数峰屹立于大野数百里之外,缥缈云间,有若雌雄,乃大鹤山与小鹤山也。夕抵盘山堡。是夜,员役辈出外闻胡儿唱歌,歌曰:"月明纱窗,情动闺里之儿女。秋高戍楼,思切塞外之征夫。父母相离,边事棘矣。战伐未已,曷月归哉?"一唱后有惶惧之色,怪而问其故,答曰:"此乃南征军思归之歌也。此歌一出,人心动摇,赴战者厌去,在家者皆悲,故令申曰'有敢歌此曲者罪之'云。"闻吴三桂之臧获多在于宁远卫,自三桂举义之后,皆以三桂之奴摆站于各路,而盘山为尤多。摆站云者,我国所谓定配也。是日行百里。孙万雄《燕行日录》【按权斗寅《庆州府尹孙公墓碑铭》:孙万雄(1643—1712),字敌万,号野村,仁祖癸未生。己酉中生员,始隶成均馆。甲寅升典籍,迁工礼刑三曹郎。丁巳,除户曹正郎兼春秋馆记事官,九月,以冬至使书状官赴京。壬申,升秩为东莱府使。辛巳,除稳城府使。丙戌,除丰基郡守。壬辰卒,年七十。居官尚廉谨,务节用,抚民以恩,束吏以严,所至多有去思碑。晚节尤好看书,常置《心经》《礼记》于左右,手不停披。】

康熙十七年(1678 年/戊午)

正月

初一日(癸酉)。

朝鲜国王李焞遣陪臣李沉等表贺冬至、元旦、万寿节,及进岁贡礼物。宴赉如例【按:参见康熙十六年十一月初四日条】。《清圣祖实录》卷七一

二月

二十六日(丁卯)。

皇后钮祜禄氏崩,谥曰孝昭皇后。《清史稿卷六·本纪六·圣祖一》

三月

初六日(丁丑)。

康熙时期中朝诗歌交流系年（1662—1681）

冬至正使瀛昌君沉、副使沈梓、书状官孙万雄回自燕京【按：参见康熙十六年十一月初四日条】。万雄进沿路闻见事件，略云："以吴三桂事问于门将，言三桂方在长沙，头发已长，衣冠比汉制，虽有百万之众，率多乌合。但手下有五六千敢死之兵，即所谓苗奴也。沮齿漆膝，白布裹头，其目深而黑，其剑长而广，其勇如飞，其战无敌。且于江边高处埋伏大碗炮，丸大如拳，触者尽碎。清人四亲王十大将，率八万兵，方为掎角。而上年粮绝，人相食，猎獐鹿并其毛食之。清皇命勿添兵，待民力之稍苏。且言三桂地险兵利，坚壁不出，今无奈何。自甲寅以后，南征之兵至于百二十万，时存征戍者仅八万。三桂改国号周，称重兴四年。云南、贵州、四川、汉中、湖南诸邑，皆用重兴通宝。清兵粮匮，令各省武生纳银者，赐生进贡生、廪生，生进俊秀，书吏纳银补职。文武官员各纳银一千两，以助军饷，待三桂平定停止云。"《朝鲜肃宗实录》卷七

二十二日（癸巳）。

清使二敕来传皇后钮祜卢氏讣【按：即"钮祜禄氏"，参见是年二月二十六日条】。《朝鲜肃宗实录》卷七

闰三月

十八日（戊午）。

具崟《送李小宰夏镇赴燕》："简在宸衷晋秩新，出关奎彩已惊人。还从白马朝周路，却问仙槎上汉津。燕北夷言听未惯，齐东野语闻非真。乌蛮馆里伤心色，依旧烟花帝里春。"具崟《明谷集》卷二【考证：据《使行录》，陈慰进香正使李夏镇、副使郑楪、书状官安如石于闰三月十八日辞朝，故系于此。具崟（1614—1683），字次山，号明谷，绫城人。光海甲寅生，仁祖戊子进士。壬辰擢文科，拜禁府都事。尝赴信川参试官，以诗示主试曰："但以精神收骏骥，莫将毛色辨黄骊。"举子莫敢干以私。主试金学士澄甚敬服焉，题诗州壁曰："不得酬君宠，徒然仰母慈。年年称寿罍，归日是瓜期。"遂解绂而归。州人诵其德曰："五袴蜀郡，百里羲皇。文化潮州，卧治淮阳。"甲寅除青松府使，有诗曰："岁稔官无事，心闲地转幽。羲皇一枕梦，稳送六春秋。"官至司谏。肃宗癸亥卒，年七十。其于文章典雅有法度，而尤长于诗，高者浸淫汉魏，其余犹不失黄、陈。品题气豪而不放，辞丽而不靡，述作之际，操笔立就，有若不思，而动合声韵，每一篇出，人皆传诵】。

十九日（己未）。

李夏镇《早发坡州客馆》："清晓坡平发，逶迤马耳东。林暄花有信，沙远水如空。短咏从工拙，长途仗信忠。功成报明主，朱夏序将穷。"李夏镇《北征录》【考证：诗题曰"早发坡州客馆"，诗曰"清晓坡平发"，当作于使团发往坡州途中。依例，使团于辞朝当晚宿高阳碧蹄馆，高阳至坡州四十里约一日程，故此诗作于十九日晓自高阳启程发往坡州时。】

李夏镇《别松都留守吴仲初》："征马萧萧客路长，故都留相远于将。辽西极目云山暗，草草离怀酒一觞。"李夏镇《北征录》

李夏镇《宿松都》："未到先吟六字诗，开城风月本非宜。天荒有限何妨破，更向樽前强皱眉。"李夏镇《北征录》

李夏镇《瑞兴道中》："溪水涓涓柳影斜，东风万里送行车。鬓毛唤雪时欺帽，客梦牵愁夜到家。四牡可能忘逆旅，两眸元不管烟花。堪怜博望成痴绝，上汉星槎亦浪夸。"李夏镇《北征录》

李夏镇《平山道中》："春梦厌厌马上残，暂随庄蝶落长安。九天宫殿开枫陛，一室图书映竹栏。觉后烟花都是恨，听来歌管不成欢。欲凭诗句宽怀抱，愁压心肝写出难。"李夏镇《北征录》

李夏镇《黄州写怀》："渚柳金丝早得春，如迎如送媚行人。忽惊醉卧黄楼月，犹忆朝回紫禁晨。雾邦生憎遮远望，雨师刚喜洗征尘。燕山万里终须到，分付官厨点酒频。"李夏镇《北征录》

李夏镇《黄州月波楼》："危楼缥缈压层城，其下溪流百丈清。朱栱倒空栏似泛，素娥涵影夜逾明。千峰拱秀俱无取，三美相须始得名。为问江南王学士，未宜轻重两黄营。"李夏镇《北征录》

李夏镇《题赠小妓梅仙》："千花不敢在梅先，梅是花魁古语然。素萼含春犹未吐，东风知属阿谁边。"李夏镇《北征录》

李夏镇《赠月宫娥》："素娥元是月宫仙，不尽人间隔世缘。暂逐东风游此地，高唐拟伴楚王眠。"李夏镇《北征录》

李夏镇《赠凤仙花》："盈盈一朵凤仙花，绛萼丹跗尽足夸。怊怅王孙无兴绪，寂寥还似病维摩。"李夏镇《北征录》

李夏镇《有作》："旷野茫茫塞日阴，北门途路只关心。王春花柳怜孤

影,乡国音书隔万金。白首当筵常缩瑟,青娥侍座浪挑琴。少年豪气犹余习,徙倚雕栏满满斟。"李夏镇《北征录》

李夏镇《练光亭》:"飞亭百尺练光颜,一面危城浸曲湾。云物依微榆树渚,烟花妆点牡丹山。镜中柔橹归期晚,沙上眠鸥尽日闲。更有绮罗来劝醉,客怀忘却滞西关。"李夏镇《北征录》

李夏镇《题佳殊窟》:"佳殊仙窟旧闻之,不道神功乃至斯。壁面蟠龙鳞甲动,门眉翔凤羽毛奇。初从隈隩微通径,旋费攀跻更涉危。目眩心惊仍却走,只教添得梦中疑。"李夏镇《北征录》

李夏镇《重题佳殊窟》:"二十五年劳梦魂,魂游何日不祥原。为缘仙窟藏山壁,却枉官程扣石门。名实不违真可愕,见闻殊惬更无言。平生探历曾非少,最是奇观此一番。"李夏镇《北征录》

李夏镇《再憩平壤东面桂村》:"再到桂村数日间,红花绿柳媚容颜。断桥流水如相恋,故傍芦丛逆折还。"李夏镇《北征录》

李夏镇《望箕城》:"征轺轧轧浿江东,故国风烟指点中。鸰羽渐高春意旺,岸容先报杜鹃红。"李夏镇《北征录》

李夏镇《次大同江韵》:"楚峡春风日夜多,行云和雨惹娇歌。凭将弦上星星语,催破终军万里波。"李夏镇《北征录》

李夏镇《赠人》:"一阵春风暮雨过,蜀江回首杳烟波。无情最是沙鸥梦,不管人间别恨多。"李夏镇《北征录》

李夏镇《更次》:"一春花事已无多,愁听参差谷鸟歌。真断佳人惜不得,数行铅水落秋波。"李夏镇《北征录》

李夏镇《咏雨中杜鹃》:"带雨鹃花湿,含情娇掩泣。问花何所悲,春去留无及。"李夏镇《北征录》

李夏镇《溪水》:"前溪得雨肥,雨霁溪还瘦。肥瘦不由渠,民今异贫富。"李夏镇《北征录》

李夏镇《偶吟》:"白云涧底生,或可烟为伍。一去遇真龙,神功九州岛普。"李夏镇《北征录》

李夏镇《写怀次江东壁上韵》:"西关物色护星轺,几处沙堤几处桥。清浿津头春漠漠,青溪寺下马萧萧。五云北极心犹恋,芳草南园梦独遥。强咏

120

新诗还一役，伴他灯影度残宵。"李夏镇《北征录》

李夏镇《次壁上韵江东》："近水官斋小，连山雨气晴。花心方寂寞，莺语不分明。烟柳看如梦，风松乍学笙。一声何处笛，牵动故乡情。"李夏镇《北征录》

李夏镇《题江东阅波亭》："江东为县得江多，江上危亭额阅波。一叶轻舟何处落，倚舷渔父自渔歌。"李夏镇《北征录》

李夏镇《江东道中》："行行平壤江东境，得得青山绿水间。鼓角导前三令肃，褊裨拥后万人看。娇春柳为摇新绿，夹路花应媚好颜。到底君恩天共大，王程万里敢辞难。"李夏镇《北征录》

李夏镇《江东馆有感》："官斋悄悄夜将阑，灯火无情锦被寒。云雨阳台何处问，梦中空忆昔年欢。""其人如玉耿难忘，每到花朝别恨长。不及衔泥堂上燕，双飞终日镇相将。"李夏镇《北征录》

李夏镇《快哉亭》："风襟披为快哉亭，极目平郊过雨青。霞彩闪红翻月户，水光浮碧荡云棂。几年梦想今方到，万里星轺且暂停。醉兴欲阑诗欲就，白鸥相唤落渔汀。"李夏镇《北征录》

李夏镇《席上醉题》："瑟鸣琴奏满堂春，似慰皇华万里身。芳酒溅觞红烛跋，客中清兴一番新。"李夏镇《北征录》

李夏镇《中和志感》："畿山才度即殊方，驹岘西逾又别乡。官路在望长不尽，情亲入梦尽难忘。弯弓巧舞宁娱客，似剑尖峰剩割真。唯有主人言足慰，席边浮蚁看盈觞。"李夏镇《北征录》

李夏镇《静戎江》："孤舟一叶夕阳津，桑柘千重傍水滨。北路关心山岭阻，东风无限草花春。鱼争落蕊时吹浪，鸥戏回堤不避人。鼓角三声催入县，依依杨柳送征轮。"李夏镇《北征录》

李夏镇《暮春留滞顺川郡斋有怀》："桃花落尽东风急，为惜春光春与谋。我是长安千里客，可能相伴此淹留。"李夏镇《北征录》

李夏镇《赠妓玉为心》："碧云为鬓玉为心，一点灵犀三尺琴。乍启樱唇娇倚醉，隔林黄鸟是知音。"李夏镇《北征录》

李夏镇《赠绿云月》："一曲仙歌响绿云，芳名曾向月宫闻。文园病渴香心死，怅望明河倚夕曛。"李夏镇《北征录》

李夏镇《赠透梅香》:"曲房春到透梅香,风外游蜂个个狂。月落参横浑不管,弄珠人在玉栏傍。"李夏镇《北征录》

李夏镇《鹊巢双构,新月正直其间,感而志喜》:"鹊巢双报喜,新月证休祥。燕塞三千里,归来贺语长。"李夏镇《北征录》

李夏镇《登慈母山城大将坛》:"薄暮来登大将坛,腰弓十队列衙官。山僧亦学从军乐,金鼓声中激义肝。"李夏镇《北征录》

李夏镇《嘲慈妓先花》:"月白虚堂夜,谁堪五日闲。啾啾晨雀噪,残梦陇头还。"李夏镇《北征录》

李夏镇《箕城写怀》:"深夜官斋烛影摇,故林归思正迢迢。东风无力莺花晚,默算征途不自聊。"李夏镇《北征录》

李夏镇《别大同江》:"画船横泛大同波,皓齿明眸映绮罗。清梦不知何处落,佳殊仙窟路无多。"李夏镇《北征录》

李夏镇《肃宁馆赠主倅沈德舆求和》:"西关物色见来同,驿路逶迤转不穷。青眼相逢肃宁倅,白髭多愧使华风。平郊草送星轺碧,别馆花围妓阵红。驱却客愁须有物,官醪能效暂时功。"李夏镇《北征录》

李夏镇《百祥楼》:"西关形胜百祥楼,烟水苍茫万古愁。帆带夕阳云外落,天连芳草镜中浮。城头鼓角龙应听,座上弦歌客暂留。惆怅枫宸千里隔,病怀萧瑟不成游。"李夏镇《北征录》

李夏镇《题聚胜亭义州》:"塞垣风紧暮山晴,中有危亭聚胜名。地尽西关邻大敌,江回一曲锁重城。繁弦急管三杯后,渭水终南万里情。天下纷纷方未定,此生何日见升平。""尘漠漠几时晴,公馆还惭义顺名。涨雾北驱难辨昼,奔流东蹙欲无城。终军破浪当时愿,祖逖闻鸡半夜情。且可一倾三斛酒,胸中块磊要须平。""霏江雾不能晴,曲岸幽花未辨名。远树浮空迷大漠,浅山如画护孤城。接天芳草偏怜我,啼血冤禽自尽情。待得星槎东返日,会将机石问君平。""外鸠鸣乍唤晴,枝间莺语自呼名。堪怜美酒初封伯,不分牢愁别有城。松径几回中夜梦,枫宸千里远臣情。白头未办归思计,惭愧当年向子平。"李夏镇《北征录》

李夏镇《义顺馆次副使郑子文韵》:"千里怀人水一方,天涯日月觉偏忙。鸭江烟树看萧瑟,燕塞山河更杳茫。风撼星轺魂荡漾,尘埋驿路马玄

黄。男儿弧矢元初志，半岁辞家未足伤。"李夏镇《北征录》

李夏镇《统军亭次东岳韵》："边云喜得浃旬晴，步上鸭江江上亭。下渚风惊看鹢退，半岩松老尽龙形。危栏西望伤辽柱，大业何时遇楚萍。倚剑狂歌空激烈，艰虞堪笑此身丁。""汀洲云物弄新晴，千里胡山拱此亭。胜日观游心所慑，长途苦乐口难形。行身蛮貊须忠信，寄迹乾坤是梗萍。赖有子真能起我，且随鸣鸟听丁丁。"李夏镇《北征录》

李夏镇《嘉陵江》："嘉江黛碧自因依，日暮孤帆天际飞。夹岸桃花春浪静，渔人网得细鳞归。"李夏镇《北征录》

李夏镇《写怀》："春晚安兴客意迷，小庭深夜子规啼。娇歌急管浑无赖，缺月窥人画阁西。"李夏镇《北征录》

李夏镇《再次统军亭韵》："鸭水云烟晚更晴，白头登望此危亭。筵前小妓歌兼舞，槎上孤臣影吊形。兴到掷杯提赤管，醉来含笑看青萍。乱余城郭都非旧，可忍逢人问丙丁。"李夏镇《北征录》

李夏镇《题慈山梨花亭次郑湖阴韵》："孤亭未到已知名，槛外梨花别有情。暗卷香云翻一席，乍飘轻雪冒双旌。春风撼露魂应断，山鸟催人句欲成。为报东君更护惜，前除且待桂华明。"李夏镇《北征录》

李夏镇《走次郑子文韵》："落落天涯无所依，山禽报导不如归。驰驱南北何时已，回首田园宿计非。""马东驰不见来，凭轩翘望意徘徊。临江欲渡无由渡，催得霜毛满鬓皑。"李夏镇《北征录》

李夏镇《次副使郑子文令公韵》："月学弓腰半欲弯，人逢令节滞江关。九重宸眷无由报，万里风装未是艰。愧我真同屏上饼，从君时见管中斑。归来共阅燕行录，樽酒长安对笑颜。"李夏镇《北征录》【考证：下诗云"浴佛佳辰敞锦筵"，故以上诸诗当作于闰三月十九日至四月初八日间。】

四月

初八日（丁丑）。

李夏镇《湾上观灯》："浴佛佳辰敞锦筵，灯光上与玉绳连。遥知北极三更夜，千岁声传御座边。"李夏镇《北征录》【考证：诗题曰"湾上观灯"，诗曰"浴佛佳辰敞锦筵"，故此诗作于四月初八日浴佛节夕。】

李夏镇《次郑副使韵》："汀洲雨过尚繁阴，诗意迢迢不可寻。尽日思归归未得，庄生无赖越中吟。"李夏镇《北征录》

李夏镇《郑令公送诗戏为答语》："华发枯杨笑矣乎，龙湾妓女见金夫。能欺白发频呼酒，坐拥青蛾戏掷卢。似海春情深让子，如僧风味却怜吾。看他花柳场中习，世外难知世上无。"李夏镇《北征录》

李夏镇《次郑副使韵》："饮冰宁复择炎凉，关塞迢迢驿路长。今日火龙随去马，来时秋雨咽寒螿。津人一棹轻波浪，湾尹双旗为送将。画角三声槎影动，水心初月渐微茫。"李夏镇《北征录》

李夏镇《次》："长程足下远，白发鬓边侵。倦后容欹卧，诗成费独吟。涤炎泉可挹，宽恨酒须斟。莫漫愁征役，兹行亦匪今。"李夏镇《北征录》

李夏镇《记梦》："梦入天门谒玉皇，觉来衣袖尚余香。龙颜近日知何似，愿献南山祝寿觞。"李夏镇《北征录》

李夏镇《渡鸭江次郑副使韵》："龙湾舣棹碧波漫，燕塞还辕锦叶殷。知有归期犹怅惘，可堪留别此云山。"李夏镇《北征录》

李夏镇《龙湾次副使韵》："山形抱郡郭，江势裂坤维。触眼浑疑画，开喉便是诗。燕鸿飞渐断，辽鹤返何迟。别有伤心处，终南入梦时。"李夏镇《北征录》

李夏镇《鸭江示郑副使子文》："舣舷南望水云间，一面危城枕曲湾。万里星槎何处泊，白鸥飞过夕阳滩。"李夏镇《北征录》

李夏镇《九龙坛》："孤城东角九龙坛，日暮灵风酿雨寒。我祝明神烦一语，星轺万里路无难。自注：清人每十日遣骑十余人巡行江边，谓之伏兵。"李夏镇《北征录》

李夏镇《九连城自注：清人每十日遣骑十余人巡行江边，谓之伏兵》："鸭江西望九连城，城下缘溪是去程。千里辞家孤梦断，万山当面一鞭轻。长郊草没迷征马，曲渚林深有伏兵。帐下小儿持鹿献，怡然暂慰客中情。"李夏镇《北征录》

李夏镇《过松鹘山》："松鹘山高势入云，霏烟沓雾杳难分。东开一面如迎我，西伏群峰宛是君。旧事在心偏感慨，征轺欲度更殷勤，回瞻安市孤城近，曾挫唐家百万军。"李夏镇《北征录》

李夏镇《露次下龙山下》："露宿龙山下，轻寒乍透衣。隔溪人语闹，知

有猎胡归。"李夏镇《北征录》

李夏镇《辽阳道中》："过江三日不逢人，野鹿成群戏涧滨。却到大龙山下望，长途无极马嘶频。""人民不复旧衣巾，青嶂含羞似欲颦。鹤去无踪华表折，崩城败堞更伤神。"李夏镇《北征录》

李夏镇《有怀》："梦里分明玉座临，南熏殿上五弦琴。来时未候如丹色，去路长怀恋阙心。今日行装惭汉节，平生志业负商霖。多情蜀魄催迫切，鬓上霜毛半不禁。"李夏镇《北征录》

李夏镇《凤凰城用拗句法》："凤凰城在安市西，其下一带东流溪。废馆萧条草盖薄，荒林缭绕日光迷。仆夫无眠数寒柝，旸谷未曙催金鸡。屈指燕山几日到，愁闻倦骑槽间嘶。"李夏镇《北征录》

李夏镇《吊通远堡崩城次副使韵》："败壁崩城惹恨多，忆曾千堞白峨峨。衣冠文物非前日，独立苍茫费一哦。"李夏镇《北征录》

李夏镇《看牧马》："就草驱来冀北群，平郊无际散如云。奔泉荫树谁非适，牧笛一声西日曛。"李夏镇《北征录》

李夏镇《松站次副使韵》："星槎一泛鸭江滨，三日愁眉未解颦。忽忽羁怀难自慰，赖君诗句起余频。""松亭阴薄不生凉，步就溪花嗅暗香。诗意到眉眉不觉，三过鼓腹兴殊长。""柳阴耽睡滞征途，起坐颦眉望北都。何似山窗高枕卧，手拈经史教童乌。""溪云阵阵袭衣凉，春后余花剩送香。轩盖摇摇眠不稳，故园归梦苦难长。""废绿平烟一望迷，征途不复解东西。深河战后山川改，不见行人见野麑。"李夏镇《北征录》

李夏镇《途中记所见》："鸦衣无带顶丝红，白马依风语莫通。牛鼻不穿绳系角，车轮去饰木完缝。立耘可见疏耕作，行市方知竞末功。鹅鸭猪羊俱足用，百年生计亦云丰。"李夏镇《北征录》

李夏镇《次瓮谷寺基韵》："寺废知何代，碑存验故基。我来偏有感，老木夕风悲。"李夏镇《北征录》

李夏镇《通远堡晓发》："岭上云肤起，天边日足森。一鞭辽塞远，万柳蓟门深。羁梦迷庄蝶，归心听蜀禽。晓来临镜怯，白发不胜簪。"李夏镇《北征录》

李夏镇《通远堡次副使韵》："乍入辽阳界，人稀草木长。候晴晨放马，

横笛暮看羊。地旷田俱废，风多夏亦凉。道途无极已，直恐罄行囊。"李夏镇《北征录》

李夏镇《思归》："吾行几日息征鞍，明到连山宿旧关。枕上夜来乡国梦，三千客路片时间。"李夏镇《北征录》

李夏镇《马上写怀》："身在辽西马欲东，归心如水自朝宗。忆曾春半偏承眷，日日含香衬衮龙。"李夏镇《北征录》

李夏镇《辽东》："辽阳怀古独徘徊，丁鹤千年去不回。城郭人民都已变，野花无主为谁开。"李夏镇《北征录》

李夏镇《晓发》："画角三声趁晓曛，山河在眼暗消魂。晴云出岫看如恋，急濑冲桥势欲吞。今日星槎还到此，当时华表已无存。兴亡往迹凭谁问，万古长空过鸟痕。"李夏镇《北征录》

李夏镇《发连山馆》："晓发连山馆，羁心逐节旄。涧鸣清碎玉，草远细于毛。深树笼征盖，晴云惹锦袍。倦来岩下憩，箕坐听松涛。"李夏镇《北征录》

李夏镇《次前韵》："天生鸭水限西东，安市班师忆太宗。今日青丘回泰运，明廷济济引夔龙。"李夏镇《北征录》

李夏镇《高岭山》："大雾连山暗，当途一岭高。前驺已木末，征盖尚林皋。遇石心疑堕，临风首独搔。悠悠千里思，携镜检霜毛。"李夏镇《北征录》

李夏镇《途中记所见》："雪样肌肤云样髻，耳珠垂却两三环。对人无语瓠犀启，错认燕支作汉山。""八字双眉学远山，晓窗轻理绿云鬟。香衫不掩纤纤手，半露帘间玉指镮。"李夏镇《北征录》

李夏镇《望狼子山》："狼子山何在，羸骖日暮时。林风故多意，吹动向东枝。"李夏镇《北征录》

李夏镇《青石岭》："入眼风烟总不宜，忧愁饥饱祇输诗。连山不比狼山险，高岭何如石岭危。大水萦回今九渡，长程迢递更多歧。朝行暮宿春兼夏，梦到家乡觉后疑。"李夏镇《北征录》

李夏镇《次副使连山诗韵》："却伴辽民学废居，猪牛鸡鸭共庭除。古来迁徙无常处，今日缘何有屋庐。"李夏镇《北征录》

李夏镇《栅门》："缘坡编木代城垣，肃禁遮行号栅门。一入此中消息绝，焦忧数月候回辕。"李夏镇《北征录》

李夏镇《次副使连山韵》:"垂柳阴中一径斜,洞门晴雾卷青纱。秋波不动帘栊静,敛笑当垆髻插花。"李夏镇《北征录》

李夏镇《冷井谷偶吟》:"溪边枕石梦方酣,枝上山禽为和南。忽有厨人来唤起,阿弥去此短亭三。"李夏镇《北征录》

李夏镇《戏用前韵示郑子文》:"甲军驰突兴殊酣,诧道移来自漠南。直向阿弥庄上去,先催秦八唤张三。"李夏镇《北征录》

李夏镇《题阿弥寺》:"寺开新法殿,僧着旧袈裟。诗罢无人解,空庭落日斜。"李夏镇《北征录》

李夏镇《题白塔》:"石塔撑高三百尺,晴天色映辽河白。千年仙鹤不重来,城郭人民总非昔。"李夏镇《北征录》

李夏镇《咏笔管堡》:"河上孤城笔管名,闻名自觉一伤情。长枪不用毛锥子,天意如今借太平。"李夏镇《北征录》

李夏镇《次副使韵》:"朝逾青石岭,此路古来难。峡裂才通马,云霾乍露峦。闻名觉胆怯,未到使人觍。却赖神明佑,愁心乃自安。"李夏镇《北征录》

李夏镇《途中次副使韵》:"万里行装只一鞭,辽河西望暮云边。途中橐落今将四,枕上愁来岂翅千。地僻人疑壶里界,潭清鱼蹩水中天。饮冰将命无他念,露宿风餐直到燕。"李夏镇《北征录》

李夏镇《柳庄》:"辽河东畔一庄深,日暮人归断柳阴。为拨羁愁强觅句,诗成字字露乡心。"李夏镇《北征录》

李夏镇《辽城次副使韵》:"山川荒绝昧西东,眼似胖羊未有瞳。旧迹无征何所考,新诗从此亦难工。千年不见东归鹤,残日长随北去鸿。闻道三河从此近,相携买醉酒舡中。"李夏镇《北征录》

李夏镇《三叉河观渔有感》:"小舠长网沂前滩,一拥银鳞闪眼看。辛苦钓璜东海客,渭川终日把渔竿。"李夏镇《北征录》

李夏镇《辽西次副使韵》:"西辽虎视一何雄,百战山河计必东。智长火攻多内应,算如神出获全功。未闻牛触燕师走,终见乌啼楚垒空。极目荻花千里白,夕阳萧瑟起悲风。"李夏镇《北征录》

李夏镇《高平关》:"当昔高平镇势雄,远吞宁沈控辽东。山河万里名都

会，城郭千年百战功。白马无踪残月在，仙禽不返夕阳空。隋皇唐帝俱尘迹，付与醮楼一笛风。"李夏镇《北征录》

李夏镇《和副使高平沽水韵》："我仆将痛我马饥，龙湾旧算总成非。杜陵当日悲沽水，千里云安亦忆归。""晓雾连山不见天，行忙未暇管风烟。浥波注瓮烦车载，到手还应费货泉。"李夏镇《北征录》

李夏镇《盘山》："筑路虬盘三百里，孤城一片面东开。买薪沽水俱须价，饥渴相催敢惜财。"李夏镇《北征录》

李夏镇《宿新广宁》："广宁还有旧新殊，舍旧从新一路迂。背后医巫元咫尺，令人起坐夜张弧。医巫闾山外即蒙古地。"李夏镇《北征录》

李夏镇《闾阳》："闾阳溪上歇鞍时，解意泠风故故吹。自酌清泉尽一盏，从今不用蔗浆为。"李夏镇《北征录》

李夏镇《咏十三山》："平地居然忽有峰，十三层壁略相同。归来恐致真形爽，急展霜缣与画工。"李夏镇《北征录》

李夏镇《十三山次副使韵》："雾云祥雾锁重重，二五加三碧玉峰。却讶龙眠多巧思，新开活画淡仍浓。"李夏镇《北征录》

李夏镇《途中写怀》："经旬才到十三山，几日能窥第一关。凤历今惊弦已下，鸭江曾见月将弯。魂游玉署金门里，身在辽河蓟水间。为问令威犹在否，千年华表倘重还。"李夏镇《北征录》

李夏镇《写意》："西风汝故知吾意，吹得归魂日日东。径渡鸭江经浿水，便从松岳过高峰。宅前垂柳看摇绿，阶上榴花未谢红。觉后行装犹绝域，此心依旧百忧攻。"李夏镇《北征录》

李夏镇《大凌河次副使韵》："汀花红白衬朝霞，似作新容迓使华。此地奇游天所借，故园归日应遐。浮空远水将愁至，扑路西风向晚多。落落羁怀无处泻，满簪秋发不禁皤。"李夏镇《北征录》

李夏镇《小凌河》："大凌河又小凌河，隐隐虹桥卧碧波。黄马之年四月尾，三韩学士此经过。"李夏镇《北征录》

李夏镇《松山堡》："暮过松山堡，摧残血战余。人存能抗敌，城破不留墟。边卫魂俱丧，中原气已沮。茫茫天莫问，忍泪独踟蹰。"李夏镇《北征录》

李夏镇《过孝庙驻军山有感》："松山南畔断峰高，文祖曾开四面壕。白

首孤臣下马拜,半林残日杜鹃号。"李夏镇《北征录》

李夏镇《杏山》:"落日荒坡道路难,杏山西望齿先酸。蓬蒿满地城无址,千里行人掩面看。"李夏镇《北征录》

李夏镇《和副使赠诗》:"诵君新什齿生香,字字分明恋故疆。绕砌松筠愁里碧,满床书卷梦中黄。轩车鼓角随长道,药物诗篇共一囊。万里风烟供讽咏,芜才欲和更周章。"李夏镇《北征录》

李夏镇《次副使小凌河韵》:"莫叹无船可渡河,九天仙客自乘槎。云来半露沙边草,风起偏鸣岸外柯。近席花香烦一嗅,当途寺好为相过。同行怪我穷探历,奈此耽闲癖性何。""高马长鞭乱涉河,粗豪宁复识星槎。要钱货水宵治井,缘木探枯晓执柯。熟饼在筐争自誉,小壶衔袖暗相过。腰弓不拜言多倨,礼义无如此辈何。"李夏镇《北征录》

李夏镇《杏山途中次邵尧夫首尾吟》:"此行愁绝懒题诗,马上低头独语时。春后谁移依砌菊,别来空忆所娇儿。残花为我应休笑,远邦多情亦敛眉。日夜思归归未得,此行愁绝懒题诗。"李夏镇《北征录》

李夏镇《塔山午憩》:"醉卧清溪曲,汀鸥懒不飞。草间幽径细,应有钓鱼矶。"李夏镇《北征录》

李夏镇《塔山》:"沙川流绕塔山村,村外寥寥古寺门。数点残花依断岸,一年春去尚余痕。"李夏镇《北征录》

李夏镇《医巫闾山》:"医巫闾外即胡天,界得蒙戎着一边。云岭嵯峨比城郭,石峰尖峭像戈铤。中霾壑雾常藏虎,傍引官途直接燕。闻说当时迷七圣,牧民要诀牧童传。"李夏镇《北征录》

李夏镇《连山驿》:"莽苍连山驿,萧条倦客情。长途向燕直,征马望乡鸣。草带兵前色,人多乱后生。沉吟未忍去,残日翳崩城。"李夏镇《北征录》

李夏镇《双石城》:"双石民居少,回溪山下绕。天长眺海东,一点青丘小。"李夏镇《北征录》

李夏镇《题祖将军牌楼》:"我来宁远寻前迹,祖氏遗居两石楼。上刻元戎四代字,深为后嗣百年谋。襄阳遽效全城献,陇右终贻负戴羞。世业身名俱已辱,独留台榭市南头。"李夏镇《北征录》

李夏镇《宁远道中望海有感》:"山行十日得平郊,郊远川低海纳潮。元

气淋漓千里白,洪涛汹涌一帆遥。管宁纱帽归应远,王母云旗倘可邀。回首故乡烟水淼,客心征盖共摇摇。"李夏镇《北征录》

李夏镇《东关》:"风起尘沙涨,从他涴客颜。斜阳一开眼,驻马认东关。"李夏镇《北征录》

李夏镇《写怀》:"西来行色日萧条,踯躅羸骖未敢骄。城号平安饱辛苦,村名笔管见弓刀。思归病雁齐心事,当夏飞霜幻鬓毛。万里羁怀无处诉,客窗愁结未舒蕉。"李夏镇《北征录》

李夏镇《过中右所》:"城穿中右所,路越后前冈。小市人方闹,悬知集远商。"李夏镇《北征录》

李夏镇《望沙河站》:"已向沙河院,遥辞曲尺城。天晴禽语乐,日暮马蹄轻。见水先忧涉,逢人即问程。小村知近远,不越两牛鸣。"李夏镇《北征录》

李夏镇《沙河晓发》:"云卷沙河曙色澄,三山当面碧层层。唤来溪鸟林间啭,洗出金乌地底升。胜景凄迷愁与并,壮游牢落兴难凭。眉头赖有新诗到,他日还家詑友朋。"李夏镇《北征录》

李夏镇《沟儿河堡》:"小城如斗枕沟河,千里乘轺客暂过。旧迹无征何处问,隔林黄鸟一声歌。"李夏镇《北征录》

李夏镇《过吴三桂旧镇宁远卫有作》:"建牙开府拥貔貅,二十登坛世莫俦。却卖关门赌好爵,忍将天地付深雠。朔风暗卷南熏曲,瀚海遥通太液流。运去不须尤小子,古今兴替貉同丘。"李夏镇《北征录》

李夏镇《前屯卫记所见》:"宁远以西多好山,清如三角圣居间。乘槎万里今相见,疑是乡关梦里还。"李夏镇《北征录》

李夏镇《高岭驿望长城》:"防胡何用此长城,关内今为老上庭。庄柜当时逢夜劫,劫来唯恐不缄扃。"李夏镇《北征录》

李夏镇《咏中前所》:"城连中后又中前,中右居东寂在先。雉堞坚完虽小足,当初施设岂徒然。"李夏镇《北征录》

李夏镇《望夫石》:"望夫夫不来,化石石不朽。天地知此心,塑像吾何有。"李夏镇《北征录》

李夏镇《入山海关》:"此行今夕抵关门,燕路三分已二分。万里秦城先

入望，孤槎汉使暗消魂。荒林来去千家鬼，终古兴亡一片云。轭辘吴儿无远计，残碁半局赌乾坤。"李夏镇《北征录》

李夏镇《观角山寺石刻诗有感》："缘云石荦确，到寺僧牢落。击磬可知心，新诗果谁作。"李夏镇《北征录》
吴光义《原韵》："石径攀萝坐复行，芙蓉青簇乱峰晴。林浮烟火三家市，天压华夷万里城。僧定松堂苍鼠窜，客来云谷暮钟鸣。不知沧海何时变，笑倚层峦问太清。"李夏镇《北征录》

李夏镇《角山寺》："角山孤绝倚晴空，寺寄层厓积翠中。河伯故应羞海若，帝轩犹想问崆峒。鲸鲵出没波涛立，天地低昂气势雄。长啸一声风雨过，十方世界正鸿蒙。"李夏镇《北征录》

李夏镇《纪行》："关门十里红花店，范氏庄连大里营。迤逦王家岭上过，凤凰亭下听溪鸣。""红花店里朝来雨，白石铺前霁后风。迢递客程将百里，夕阳驰入抚城中。""望海深河网子店，榆关白石抚宁城。渡江三七今来此，明日还应宿永平。"李夏镇《北征录》

李夏镇《榆关望天魔山》："兔耳昌黎爽气多，中间独立是天魔。探奇宿愿今方惬，唤酒榆关倚半酡。"李夏镇《北征录》

李夏镇《昌黎山》："昌黎秀色入青冥，间世真儒此地生。众水朝东流道脉，尖峰似笔振文声。郊墟冷落今千载，山斗居常仰盛名。寄语孱颜苍翠道，养来豪杰待时平。"李夏镇《北征录》

李夏镇《次副使山海关韵》："历尽千山复万川，雨余芳草锁愁烟。东风知我思归切，吹送鹃声到耳边。"李夏镇《北征录》

李夏镇《拟寄情人》："龙湾别后未开眉，心上佳人玉雪肌。夜梦分明书信到，书中字字是相思。"李夏镇《北征录》

李夏镇《梦归》："千里思家减带围，梦随辽鹤故东飞。山花不识愁人意，暗送生香惹客衣。"李夏镇《北征录》

李夏镇《抚宁县望兔耳山》："耸身当面数峰尖，两日看看意未厌。秀出东方谁可并，清奇峻拔尔能兼。"李夏镇《北征录》

李夏镇《朝过炉峰口，探背阴铺，历双望铺，戏赠副使》："日照炉峰香雾敛，背阴花木斗先芳。与君俱断寻春念，双望东云恨共长。"李夏镇《北征

录》

李夏镇《再次前韵答副使诗意》："鸾镜新摸桂叶眉，越罗衫薄透香肌。行云来去元无迹，莫怪随风慰梦思。"李夏镇《北征录》

李夏镇《又次》："愁红深锁远山眉，别意潜消白玉肌。梦里寻常同笑语，不须重诉觉时思。"李夏镇《北征录》

李夏镇《咏十八里》："十八村边望永平，其间不满二长亭。停车暂憩槐阴下，自笑淳于梦已醒。"李夏镇《北征录》

李夏镇《永平途中》："征马萧萧傍远林，一溪清浅乱峰深。薄云未酿崇朝雨，芳草空怜远客心。千里长途眼中直，数茎华发鬓边侵。自知遣闷无他术，强唤村醪为细斟。"李夏镇《北征录》

李夏镇《永平府》："永平州府盛繁华，城外城中几万家。歌舞人人矜大侠，亭台处处列奇花。天翻久见桑成海，兵后愁闻笛变笳。万事伤心姑置此，酒楼何许碧帘斜。"李夏镇《北征录》

李夏镇《射虎石》："醉归归路转岩隈，错认於菟伏草莱。疑似动心心为惑，精神贯石石应开。着砖肯数南公识，洞铁空传赵主材。千载荒坡碑有刻，居民犹识扫莓苔。"李夏镇《北征录》

李夏镇《孤竹城》："荒郊百里夕阳明，一片崩城孤竹名。二子高风今不见，滦河犹似圣之清。"李夏镇《北征录》

李夏镇《望野鸡坨》："西南遥望野鸡村，迂道来迟日欲昏。为爱滦河沙石好，舟中忘却滞征轩。"李夏镇《北征录》

李夏镇《夷齐庙》："祠屋三楹傍客途，勤来一拜一嗟吁。归牛盛德羞同仰，扣马初心讵敢渝。薇蕨当时皆为尽，纲常万古独能扶。首阳山色中天碧，更觉清风立懦夫。"李夏镇《北征录》

李夏镇《沙河驿》："河驿初惊海日升，客程疲马正凌兢。汀洲鹤起诗还就，岩岫烟生兴或乘。漠漠尘沙蔽西北，油油禾黍满沟塍。片云天末东飞去，迫意苍茫一倍增。"李夏镇《北征录》

李夏镇《重题孤竹庙》："天地无情岁月深，城荒孤竹独登临。当时尚抱宗周耻，今日谁知二子心。"李夏镇《北征录》

李夏镇《七家岭》："穿城度岭店中过，乱后唯余六七家。惆怅客愁无计

132

缓，忽看当路酒旗斜。"李夏镇《北征录》

李夏镇《新店望王家、蒋家、榛子店有作》："边人卖酒开新店，近接王家与蒋家。榛子孤村更何处，蔽天堤柳绿阴斜。"李夏镇《北征录》

李夏镇《憩关王庙》："暂憩关王庙，英风尚袭吾。脱巾跣两足，不复羡秋菰。"李夏镇《北征录》

李夏镇《榛子镇道中记怀》："经春不见眼中人，长夏关河路上身。老去方知社栎味，迫迟将忘蓼虫辛。马头尘涨愁开目，路左泉甘喜入唇。忽忆故园时物好，石榴花绕小池滨。"李夏镇《北征录》

李夏镇《午憩铁城坎道边》："亭午天无风，我车安所舍。槐阴适数间，不啻渠渠厦。"李夏镇《北征录》

李夏镇《晓发丰润》："万户炊烟起，孤城曙色开。牙签书满肆，玉架锦成堆。客久籯金尽，愁多鬓雪催。故乡何处是，怅望独徘徊。"李夏镇《北征录》

李夏镇《沙流河》："官河水浅见沙流，燕蓟苍茫一望愁。烘面未堪亭午热，依林喜得小堂幽。坐来乳燕窥帘额，睡罢清风属枕头。店舍主人还解事，要余挥翰贲书楼。"李夏镇《北征录》

李夏镇《两家店》："却过沙河店有门，两家今作百家村。塞垣生齿繁如此，无怪黄河水尚浑。"李夏镇《北征录》

李夏镇《玉田县》："绿树阴中望玉田，万家城郭带愁烟。肆廛充牣缘多贾，第宅奢华为近燕。俗奉财神谨香火，心安胡服艳腥膻。徘徊缅忆兴亡迹，汉帝成功此地先。"李夏镇《北征录》【考证：下诗云"端阳令节属途中"，故以上诸诗当作于四月初八日至五月初五日间。】

五月

初五日（甲辰）。

李夏镇《彩亭次副使寒食诗韵》："端阳令节属途中，寒食曾怜马上逢。香火故山谁是主，感怀凄断蓟门风。"李夏镇《北征录》【考证：诗云"端阳令节属途中"，当作于五月初五日。】

李夏镇《蜂山晚憩》："少憩槐阴纳晚凉，清风一阵爽诗真。蓟门西望知何处，烟树连天客路长。"李夏镇《北征录》

李夏镇《鳌山》:"螺山渐远鳌山来,一揉安排几十堆。千载命名知不偶,经过自觉助诗材。"李夏镇《北征录》

李夏镇《蓟州》:"蓟门东望路盘纡,远树笼郊几万株。漠漠非烟亦非雨,依依如有复如无。只饶韵士雕肝肾,未许龙眠入画图。记得猪龙曾据此,虹桥新创子城隅。"李夏镇《北征录》

李夏镇《卧佛寺》:"西僧夸诩太劳神,彩阁高撑丈六身。尊奉本期千万劫,观游知阅几多人。圆通菩萨来听法,卧病维摩与作邻。悬却一灯双树閞,只今僧为扫香尘。自注:寺中有卧佛,在法堂之左,座后画诸菩萨数十躯,故云。"李夏镇《北征录》

李夏镇《滹沱河》:"前有芜亭后蓟城,滹沱不改古来名。流澌马渡神功在,白水龙兴帝业成。麦熟犹征当日饭,花红强似汉时旌。乾坤震荡今何世,醉倚楼船啸晚晴。"李夏镇《北征录》

李夏镇《三河县》:"长亭二百渡滹沱,故国归心我奈何。路上日多将数月,云边塔耸辨三河。红裙妓女能驰马,赤顶蒙儿自制驼。触眼堪惊又堪叹,几时旋旌动高歌。"李夏镇《北征录》

李夏镇《夏店》:"溪边小店夏为名,触忤冲炎远客情。见说吴牛曾喘月,吾今不敢复催行。"李夏镇《北征录》

李夏镇《燕郊铺》:"行行半日到燕郊,小寺钟声度树梢。自别家来时物变,喃喃雏燕已离巢。"李夏镇《北征录》

李夏镇《通州江上》:"醮楼影落水中央,波面风来夏亦凉。匝岸亭台连帝里,迷津舸舰自苏杭。云生别浦无多碧,鸟下平芜有底忙。牵动思归天外客,强将诗律带斜阳。"李夏镇《北征录》

李夏镇《通州》:"见说通州胜,繁华天下无。香烟覆列肆,奇宝罄南都。城郭依俙是,云霞朝暮殊。江流自今古,宇宙一长吁。"李夏镇《北征录》

李夏镇《蒋家店》:"隐映青楼荫绿槐,晓来清露滴闲阶。佳人欲整香云髻,镜里轻拈玉燕钗。"李夏镇《北征录》

李夏镇《燕都》:"一殿岿然似昔时,衣冠文物属颦眉。铜驼久被靴尖趯,舞马唯余枥上悲。地尽东西天已定,路忘南北我何之。金台旧址今犹在,为吊昭王诔以诗。"李夏镇《北征录》

李夏镇《玉河馆书怀》:"小窗风定柳初眠,耿耿银河霁后天。千里客迷孤馆梦,三更月压万家烟。病怀萧瑟弹长铗,王事驱驰已半年。蜡烛伴人方下泪,金笳何处一声传。"李夏镇《北征录》

李夏镇《遣闷》:"箕尾苍茫析木云,金台寂寞燕山月。一声长啸视乾坤,半夜西风旗脚裂。"李夏镇《北征录》

李夏镇《燕京有怀》:"庭院无人桂影凉,夜深风露透衣裳。三千里外行装远,五十年来鬓发苍。天下舆图非旧日,席间歌酒是他乡。稍闻兵气东南黑,雷鼓嘈嘈撼岳阳。"李夏镇《北征录》

李夏镇《写愁》:"老向燕山学楚囚,去留非复自家由。胡风六月常停祀,星使何时得首丘。关路苍茫音信断,客窗萧瑟梦魂悠。樽中赖有青州帚,大白频催为扫愁。自注:清人之俗,六月不举百祀,所干进香亦在停中,故云。"李夏镇《北征录》

李夏镇《愁》:"一日留宾馆,赢添一日愁。居然淹两朔,岂啻度三秋。月侵乡梦冷,萤傍客窗流。庭树西风急,魂消望海楼。"李夏镇《北征录》

李夏镇《子夜吟》:"枕上归心切,残灯翳复明。终宵方转辗,窗外晓鸡声。"李夏镇《北征录》

李夏镇《服香薷散戏吟》:"长夏骄阳烁小堂,苹风不复扇微凉。分冰稳蘸香薷散,涤热何烦冻蔗浆。瓜圃更看供浅碧,杏园仍许剖深黄。脱巾欹枕伸双脚,万事都输睡一场。"李夏镇《北征录》

李夏镇《玉河馆书怀》:"庄蝶初回片梦惊,玲珑湘簟客堂清。湿云卷尽远天碧,幽鸟下时斜照明。皇极殿存时事变,玉河波怒朔风鸣。凭轩独立发孤啸,举目山川无限情。"李夏镇《北征录》

李夏镇《失题》:"西关前后两阳台,巫峡春风片梦回。疑是玉箫重降世,一言相属意难裁。""三春昨夜尽,尚有一枝梅。强误东君约,留花待我开。""溆江何事太催催,只为青陵别筑台。谁意佳人血相视,将军心死着寒灰。""顺兴冤血已惊人,更向安陵试步尘。连夜竹风吹面冷,盛炎深着浩然巾。""连宵苦忆梦中人,宁食宣城三斗尘。锦被即今声已断,忍看妆泪湿罗巾。"李夏镇《北征录》

李夏镇《次书状韵》:"桑下罗敷自有配,车中御史枉迷魂。何如义顺清

宵月，独拥叉鬟卧客轩。"李夏镇《北征录》

李夏镇《三河县嘲副使》："朝来赢得主人訾，短夜伏眠何所为。征马萧萧催早发，离城十里始舒眉。"李夏镇《北征录》

李夏镇《途中》："儒衣为贾非真贾，龙断能无傍利行。段木废居犹作哲，须君勤业要成名。"李夏镇《北征录》

李夏镇《玉馆苦热》："畏天将玉帛，鹑首直燕都。镇日来嗔吓，迫期杳有无。襟怀火山鼠，梦想冷秋菰。忍待鸣鸡晓，遥寻老马途。"李夏镇《北征录》

李夏镇《即事北征录中》："西极盲风卷夕晖，炎灵将御阿香归。云车乍转仍旋轴，雷鼓微轰划霁威。千里平郊何草碧，十寻枯井见尘飞。几时洗尽人间热，骤得前溪一夜肥。"李夏镇《北征录》

李夏镇《途中》："千里羁怀倚酒杯，西风举目杳燕台。天边眼见月三缺，马上真怜日九回。黎邦何曾饶梦过，滦河似欲送愁来。半生刚被功名误，归意迢迢汉水隈。"李夏镇《北征录》

李夏镇《候雨》："晚来无赖一声雷，片片行云聚复开。青纸谁催懒龙起，清风暂喜故人来。旧山迢递中宵梦，孤馆萧条浊酒杯。忽有鸣鸠傍屋角，气交天地尔为媒。"李夏镇《北征录》

李夏镇《有作》："不遣边愁上眉际，沙河宫里乐忘回。当时五子知何怨，洛表歌章亦浪哀。"李夏镇《北征录》

李夏镇《次秋兴韵》："辇路逶迤绕上林，旧时文物眼中森。花含怨思颦阶面，燕管兴亡语树阴。歌罢唯余父师痛，赋成谁识子山心。更闻湘浦方酣战，征妇城南望藁砧。""玉河西畔柳丝斜，徙倚层轩候月华。燕地伤心非旧日，客星多愧泛孤槎。樽前胆激三杯酒，风外声悲何处笳。万岁山空羊马倒，草间唯见点苔花。""太液芙蓉带夕晖，半林烟雨乍霏微。迎风粉蝶呈新媚，照席残霞依旧飞。老去诗情随地减，古来天道与人违。百年胡运何时尽，秋草如云马正肥。""胜败都输局上棋，旧京城阙梦中悲。恭将玉帛来嚅命，可惜男儿不遇时。万里舆图孤注掷，千年河水一清迟。龙蛇大泽终无报，留得波臣没世思。""燕南举目旧河山，三百宗祧片梦间。芳草几年悲帝子，愁云终古锁秦关。樽前击剑徒伤气，醉后题诗亦强颜。吾祖朝天曾有录，盛时遗迹尚班班。""千里驱驰白尽头，孤怀寥落近清秋。水连陇底声声咽，诗就灯前字字愁。天外思归意如马，江南在望梦为鸥。暗闻街上喧喧语，彭蠡腥风射岳州。""嬴氏虚劳万里功，非胡胡已在宫中。素车白马凄寒日，洮水辽河自朔风。烟树有情山鸟怨，废台无址野花红。天分地拆成今古，得失何须问塞翁。""周墙四面缭逶迤，派引昆明别作陂。就水宛驹怀北塞，安巢翡翠择南枝。山河不改瓯先缺，天地无常鼎忽移。当日劫灰言可准，废池衰柳自垂垂。"李夏镇《北征录》

李夏镇《次工部多病执热韵》："青蝇白鸟迭欺凌，叵耐烘炉大地蒸。赤魃张威方自恣，阳乌扇火又东升。谁催雁帝潜驱暑，却羡蛇医解吐冰。想得人间最快活，长风万里汉臣乘。"李夏镇《北征录》

李夏镇《次老杜韵》："莫怪愁容太瘦生，西来万里百无成。蝉声早已将秋至，云影时看出岫轻。客久徒然伤发变，归期那得待河清。孤吟不寐邻残烛，迢递关山夜夜情。"李夏镇《北征录》

李夏镇《河馆写意》："暑雨滞行期，东敀迟又迟。宽愁朝对酒，发兴夜争棋。目断辽城鹤，心悬汉陛螭。秋风送白发，壮志日差池。"李夏镇《北征录》

李夏镇《戏题》："关雨初飞脚，羁愁暗上眉。瞽言晴日好，到此我方知。"李夏镇《北征录》

李夏镇《效少陵体》："玉河秋生归意迷，关山别梦妨晨鸡。万里客愁正摇落，多情筇杖烦提携。赤憎云邦碍远望，刚喜烟霞供醉题。欲上金台寻旧迹，野花无主鸟空啼。"李夏镇《北征录》

李夏镇《途中次老杜返照韵》："山雨蒙蒙日欲昏，遥天去鸟更无痕。烟光掩映长芦径，野色依微独树村。冰宿由来蓬是屋，林居犹自板为门。秋风万里家乡远，猿啸三声客断魂。"李夏镇《北征录》

李夏镇《玉河馆次副使郑子文韵》："蟾光就缺政难禁，催唤新醪尽意斟。南郭梦回多少恨，旅窗人静短长吟。轻风送雨炎初洗，晚霭归山树欲沉。与报子真勤对榻，清谈一为解愁襟。"李夏镇《北征录》

李夏镇《再次》："还家梦熟不须禁，惜景樽开独自斟。回首故乡青海远，挑灯遥夜白头吟。秋生岸芷香全减，雨过溪蒲绿半沉。且待天河槎影

转,鸭江江上一开襟。"李夏镇《北征录》

李夏镇《三次》:"工部愁应蜀酒禁,清宵敢忘小樽斝。真同病雁秋来思,不遣寒蛩月下吟。灯尽乍惊官鼓动,河横渐看晓星沉。自怜故国归无计,强托新诗要散襟。"李夏镇《北征录》

李夏镇《次副使听笛韵》:"小轩秋早客夷犹,泪堕清筘一夜愁。解引羁怀寻故国,不教香梦到高丘。十年征妇伤关月,万里孤臣恋玉楼。可是宽心惟有酒,拟将新句当花筹。"李夏镇《北征录》

李夏镇《更迭前韵》:"诗意飘飘不自禁,更怜残月伴孤斝。向来牢落操齐瑟,老去凄凉学越吟。千古兴亡看鸟没,万金书尺几鱼沉。危栏徙倚狂歌发,一阵苹风洒楚襟。"李夏镇《北征录》

李夏镇《次副使韵》:"庭梧一叶已迎秋,回首家山万里悠。云海几劳中夜梦,凄迷独抱异乡愁。邀来兔影晴开牖,遮得蚊雷别有帱。默坐孤吟心耿耿,半天星汉已西流。"李夏镇《北征录》

李夏镇《次》:"虚馆萧条昼闭关,镜中无那鬓毛斑。故乡归思知多少,三月来人七月还。"李夏镇《北征录》

李夏镇《次》:"黄芦为簟竹为床,帘额归飞乳燕忙。忽有新诗生眼底,一庭风雨掩斜阳。"李夏镇《北征录》

李夏镇《有怀》:"关雨凄凄客夜阑,病怀聊借酒杯宽。故园消息凭谁问,虚幌无情烛烬残。"李夏镇《北征录》

李夏镇《次》:"弹铗悲歌客意悠,海云天末独回头。江山满眼非吾土,半夜孤吟一寸愁。"李夏镇《北征录》

李夏镇《又》:"眼送孤鸿惜久离,折残新藕爱连丝。秋风暗报归期近,旅况从今不用悲。"李夏镇《北征录》

李夏镇《次副使韵》:"青海东头客路斜,秋风万里暗相过。欲凭诗句宽愁恨,诗到成时恨更多。"李夏镇《北征录》

李夏镇《次副使》:"两月西关听栗留,三旬北塞长离忧。故园魂去频随蝶,虚馆情来独倚楼。流恨小溪横素练,伴人初月挂银钩。庭柯半夜秋声早,归路千山锦叶稠。"李夏镇《北征录》

李夏镇《次》:"燕山羁况入摇头,旧喜衔杯近已休。京国梦回身万里,

暮烟秋雨自生愁。"李夏镇《北征录》

李夏镇《再次》："三更月在乱峰头，作意提壶万念休。醉里浑忘身是客，诗成一字不牵愁。"李夏镇《北征录》

李夏镇《次》："天外行装山上山，榆关千里又燕关。鸟啼花落浑如梦，露宿风餐不道艰。暑雨何心留我住，秋风作意送人还。观周旧路依然是，泪入灵光暗地潸。"李夏镇《北征录》

李夏镇《次》："吸月深杯且暂停，夜阑看我啸风棂。台荒忍见吴宫鹿，苑废犹残隋代萤。风外隔江悲玉树，灯前瞑目抚青萍。乔山王气今何在，原庙千年更不扃。"李夏镇《北征录》

李夏镇《再迭前韵》："几向张君听去留，言旋有日尚余忧。吟眉乍皱诗如约，乡梦初回月上楼。入穴愧无探虎勇，游湖思把钓鱼钩。蓟门烟树应无恙，归兴逢秋不胜惆。"李夏镇《北征录》

李夏镇《咏夏云多奇峰》："火龙嘘气傍南维，顷刻千峰竞献奇。华岳天台空外泛，巫庐太白眼中疑。秦童采药迷三岛，湘女停弦讶九嶷。苹末一声风刮地，不劳愚叟自能移。"李夏镇《北征录》

李夏镇《次》："独立层轩倚晚醺，茫茫沧海更无圻。鲸鲵怒蹙千重浪，组练雄驱百万军。堪怜河伯秋夸水，谁识神龙夜得云。分付禺强须着意，一声雷雨荡妖氛。"李夏镇《北征录》

李夏镇《次》："肃肃金神按节行，夜来秋色满皇城。一地霹雳蛟龙起，万里乾坤风雨声。匣里从他雄剑吼，鉴中偏觉壮心惊。檐间语燕如相慰，禽鸟于今亦世情。"李夏镇《北征录》【考证：下诗题为"六月一日"，故以上诸诗当作于五月初五日至六月初一日间。】

二十日（己未）。

清使以其国皇后钮祜卢氏册谥后颁敕来，以上候未复停郊迎，受敕于仁政殿，见敕使于殿内。《朝鲜肃宗实录》卷七

二十二日（辛酉）。

朝鲜国王李焞以孝昭皇后丧遣使进香【按：参见是年闰三月十八日条】。《清圣祖实录》卷七三

六月

初一日（庚午）。

李夏镇《六月一日 自注：初一日适是初伏，故第三句及之》："六回蘡变夏将穷，燕塞羁愁积雨中。三伏仍惊始此日，两旬犹可及秋风。心催想见云边雁，情急频看井上桐。独倚高楼伤远眺，孤飞一鹤下天东。"李夏镇《北征录》

李夏镇《再次》："暂从欢伯借微醺，白眼狂歌视九圻。别筑诗城赢五字，新排笔阵扫千军。梦回虚阁三竿日，兴在晴窗一瓮云。短咏长吟无个事，西山遥望散霞氛。"李夏镇《北征录》

李夏镇《自嘲》："无营无欲保吾真，天地中间七尺身。一盏椒浆千古意，清晨自起祭诗神。"李夏镇《北征录》

李夏镇《走笔次贰价来韵》："归期方计日，华鬓又逢秋。仰面看天象，西南大火流。""孤衾将数月，一日度三秋。陇底伤心水，声声咽不流。""云间归雁夕，庭际乱蛩秋。晚雨将秋至，长河带恨流。""辽海初逢夏，燕山又见秋。客中风物变，时序剧梭流。""枕上魂随蝶，愁边月带秋。居然废诗酒，自减旧风流。""去马愁炎雨，来途过麦秋。不知孤月影，还向故园流。""又旅馆残灯夜，金风病叶秋。天心怜客意，滦水为东流。""愁思萦霜发，先秋已得秋。风将乡梦远，萤傍客灯流。""火龙蹲不去，炎气欲无秋。石已从他烁，金应为尔流。""安仁长作客，宋玉自悲秋。解绶吾将老，甘为隐者流。"李夏镇《北征录》

李夏镇《香愁》："灯火青荧夜未央，楚天云雨断愁肠。怪来衣袖余香在，梦醉佳人锦瑟旁。"李夏镇《北征录》

李夏镇《次副使韵咏千叶榴花》："依依花影隔疏篱，一点香心不自持。护树金铃真浪设，采芳狂蝶太相欺。诗情到此从他旺，归意无端被尔縻。风动未禁轻露滴，却疑红泪暗交颐。"李夏镇《北征录》

李夏镇《再次》："镇日深檐岸接篱，火金挑战久相持。流光荏苒时将易，危鬓萧骚雪欲欺。濠上游鱼元自乐，云间黄鹄孰能縻。穷愁到底都无赖，却对清樽暂解颐。"李夏镇《北征录》

李夏镇《三次》："抛却全辽自撤篱，当时任倒太阿持。腹中先酿潢池

祸，关外终为叛帅欺。运去岂能容自免，势倾无术可相縻。越从戊午深河败，封豕生心久朵颐。"李夏镇《北征录》

李夏镇《四次》："菜中滋味是钻篱，更唤深杯左手持。兴到已看新句就，风清不受毒炎欺。身疑天上星槎泛，梦断人间廪粟縻。他日悬车还谷口，养年兼复得神颐。"李夏镇《北征录》

李夏镇《次白塔韵》："一塔千年护佛神，风霜独保法门春。云边更欲招丁鹤，顶上还疑住日轮。伊昔檀香飘净界，只今花雨染腥尘。旧时华表知非是，万口留传尚在民。"李夏镇《北征录》

李夏镇《听墙外琵琶》："羌儿墙外弄琵琶，想见明妃怨思多。塞曲三更声转苦，恒娥不忍放金波。"李夏镇《北征录》

李夏镇《次奴字韵》："虫篆生涯屈壮夫，长来供世事多迂。凤凰敢拟翔千仞，骐骥犹思展九衢。一枕槐安成小憩，危樯宦海若相驱。旧交已向文房绝，无复离骚可命奴。"李夏镇《北征录》

李夏镇《再次》："梦闲林麓逐樵夫，红树溪边一路迂。晒日鹭裳飘石齿，叫秋鸿影落云衢。波光乍动峰如舞，诗意将圆雨似驱。兴尽形开回远蝶，蒲团依旧伴青奴。"李夏镇《北征录》

李夏镇《三次》："牢落乾坤一病夫，三年刻楛计仍迂。风尘久已无青眼，铅椠居然上紫衢。班序新看卿月映，星轺还傍塞云驱。拨愁强效临池戏，恐畏书家唤作奴。"李夏镇《北征录》

李夏镇《次都字韵》："风流真愧乏闲都，龃龉人寰口已瘏。爱酒思追嵇叔夜，能诗不让李君虞。窗前白月三更到，篱底黄花一径芜。闲里秋归无计住，西风怅望意踟蹰。"李夏镇《北征录》

李夏镇《燕中遇长儿亡日》："昌黎痤夭后，卜氏丧明余。六载还今日，无言血染裾。"李夏镇《北征录》

李夏镇《东岳庙》："城东东岳庙，庙创几多时。四壁丹青耀，中堂塑像奇。碑留前辈笔，庭荫大槐枝。万里乘槎客，随缘幸暂窥。"李夏镇《北征录》

李夏镇《次副使庚字韵》："斗柄西移渐向庚，风林叶叶动秋声。酷怜归雁知人意，不分流波漾客情。香美正思霜浚蟹，摧残堪吊雨余虻。欲凭书卷宽羁思，深夜床头二尺檠。"李夏镇《北征录》

李夏镇《再次》："天涯孤影苦庚庚，且学庄生作越声。得句皆成断真语，逢花偏诉未归情。盘登鱼腊聊当肉，床设蚊帱为虻蚊。忧思正如弓力劲，翻翻更不受人檠。"李夏镇《北征录》

李夏镇《三次》："星槎西泛指长庚，真断豊钟一夜声。霜雁自归何预我，吟蛩无意亦关情。人同子美偏愁蝎，草逐孙生尽化虻。他日沙河宫里去，更堪拳曲跽仍檠。"李夏镇《北征录》

李夏镇《四次蝨字韵示安书状》："弟兄年甲戌联庚，相应相求气与声。雁塔题名重托契，燕山把酒更论情。思深泽国君同雁，负重恩山我似虻。忽忆西郊射帿乐，骍弓几向梦中檠。"李夏镇《北征录》

李夏镇《客窗偶吟》："一声归雁恍闻莚，白眼披襟倚客窗。风起沙鸥飞两两，雨余檐燕语双双。空林带雾逾添色，残火鏖金尚不降。吟苦政忘西日落，壁间灯焰耿银釭。"李夏镇《北征录》

李夏镇《赋得鱼字》："一番风雨洗轺车，公馆无人四壁虚。得梦已忘身化蝶，思归宁为食无鱼。北城钟鼓三更后，南国亭台七月初。鸿雁声中心万里，不堪危鬓日凋疏。"李夏镇《北征录》

李夏镇《忆弟》："关塞秋归客未归，鸰原风雨梦依依。悬知两处同今夜，万里平分玉兔辉。"李夏镇《北征录》

李夏镇《次副使笼蛩吟》："筠笼贮得两三蛩，宾馆随人怨思同。终夜枕边悲切切，漏声何事更叮咚。"李夏镇《北征录》

李夏镇《再次》："蛩声怜我我怜蛩，馆里笼中事略同。海外地暄多露草，不如相伴且归东。"李夏镇《北征录》

李夏镇《三次》："莫向雕笼慰怨蛩，季孙留守得无同。因渠冷雨凄凉诉，唤我归心日夜东。"李夏镇《北征录》

李夏镇《次》："炎帝乾坤囿大炉，冷淘先合试香菰。向来河朔留连饮，何似风帆挂五湖。"李夏镇《北征录》

李夏镇《燕都执热》："赤日中天逗，烘炉大地燃。政愁心拨火，直恐汗成川。上智蟾宫桂，奇兵玉井莲。平头摇大扇，尽借暂时权。""何地逃炎暑，三庚已二庚。宁嫌广文冷，所愿伯夷清。风定青苹静，阳骄赤魃狞。白鸥投浅濑，沙热更飞鸣。"李夏镇《北征录》

李夏镇《苦热》："今年潦暑倍常年，天地为炉火始燃。渺小一身无置处，强凭纨扇借风权。"李夏镇《北征录》

李夏镇《次韵》："愁压眉头不暂开，秋期专候雁声来。绛河将转仙槎影，梦醉凝香阁上杯。"李夏镇《北征录》

李夏镇《将归》："秦关鸡早客将归，井上梧桐叶未飞。蓟树辽云知近远，水村山郭更依俙。风烟个个寻前梦，轩盖摇摇背落晖。但渡鸭江心已足，不论庭户感伊喊。"李夏镇《北征录》

李夏镇《写意》："征鸿劝我故乡归，长望云端欲奋飞。万里客程何处是，断桥回磴梦依俙。"李夏镇《北征录》

李夏镇《警暑进退格》："秋弱庚三伏，天烧厄一遭。正怜牛喘月，无赖斗回杓。渐听庭蛮怨，行须塞雁号。穷炎莫自恃，能复战凉飙。"李夏镇《北征录》

李夏镇《次副使思归韵》："秋意先从雁影回，白头频为望乡抬。行逢好景眉还蹙，梦得家书手自开。青海故程千里远，荒城画角一何哀。时危久作西河滞，惨栗孤怀伴酒杯。"李夏镇《北征录》

李夏镇《有作》："葡萄满架是谁家，汉塞兼伤苜蓿多。河上一轮今古月，夜深偏照断真波。"李夏镇《北征录》

李夏镇《次》："龙吟海底恻波煎，鱼拣深渊脱沸川。无赖青莲摇羽扇，漫思河朔掉觥舡。星流析木三春日，槎返银河八月天。历尽庚炎燕地苦，故山千里梦遽然。"李夏镇《北征录》【考证：下诗题曰"六月初十日"，以上诸诗当作于六月初一日至初十日间。】

初十日（己卯）。

李夏镇《六月初十日》："梦罢虚堂涕满裾，庄盆叩后十年余。悲凉此日身千里，独使儿曹奠酒蔬。"李夏镇《北征录》

李夏镇《迭副使见月韵》："秋来雁字已书空，鬓上霜华落镜中。庄蝶不禁先返国，老蟾何意又升东。一言与尔谆谆约，千里分辉夜夜同。万事齿酸行役倦，避名将学汉梁鸿。"李夏镇《北征录》

李夏镇《次》："炎蒸亦太甚，鸿雁到何迟。客里愁吟处，床头倦寝时。开笼放鹇去，引镜叹吾衰。千里东归意，骚人旧有诗。"李夏镇《北征录》

李夏镇《蝇》:"翅短形微族类多,营营飞集适从何。连城乍点终为累,午梦将酣更作魔。魄丧投羹无悔意,诗吟止棘誓诨囮。东吴报赦今难见,拔剑相看尔即那。"李夏镇《北征录》

李夏镇《食家獐》:"当夏猾儿最可尝,烂蒸为膳号家獐。功资釜鼎腥全化,佐用椒姜味更香。买市何劳饼饵引,充真不比鸭鸡常。微诚恋主终遭祸,投着沉吟一惋伤。"李夏镇《北征录》

李夏镇《客夜》:"关内迟回几目淹,鉴中霜雪数茎髯。旧时酒兴今全减,客夜羁愁顿已添。千里火云烧北塞,一番霪雨洗穷炎。庭梧暗透秋消息,早有银蟾挂短檐。"李夏镇《北征录》

李夏镇《次副使秋近韵》:"陵谷无情忽变迁,几人犹记晋家年。荒城日暮喃喃燕,古树秋交嘒嘒蝉。西陆星回空有感,南天鸟没杳无边。浮云亦管兴亡恨,如怨如愁映画椽。"李夏镇《北征录》

李夏镇《次闻笛韵》:"岁暮荒城有所思,山川满目秖生悲。孤怀得月尤增感,归梦和愁判不离。羌笛一声羁客枕,铜壶三箭早秋时。多情蜡烛偏垂泪,老我心真许尔知。"李夏镇《北征录》

李夏镇《述意》:"人悲岁易徂,我祝秋来早。秋后是归期,羁怀愁欲老。""梧叶已将落,蝉声何太迟。我心方困暑,不复计颜衰。""小阶虫切切,知汝促年光。已任头边雪,宁愁叶上霜。"李夏镇《北征录》

李夏镇《写意》:"悠悠时序苦难留,旅幌无端又一秋。天外归心蛩为诉,鬓边残雪镜应羞。西风万里秦城梦,明月中宵楚客愁。欲写乡书付双鲤,官河不肯向东流。"李夏镇《北征录》

李夏镇《过通州河》:"都门一出思飘然,满路秋光正可怜。东岳庙前朝后饭,通州江上雨中舡。沙边草远洲如月,蓬底风清客欲仙。信口长吟还复止,恐惊鸥鹭罢闲眠。"李夏镇《北征录》

李夏镇《书恨》:"不分蛩声傍枕头,酷怜蟾影照羁愁。西山霁色将秋远,南国归心与雁谋。千载凄凉庾信赋,三更寥落仲宣楼。一声羌笛关山曲,可笑男儿亦涕流。"李夏镇《北征录》

李夏镇《蝇拂》:"骏尾千丝白雪光,竹竿三尺玉铿锵。炎天乍拂轻风散,不遣营蝇近客床。"李夏镇《北征录》

李夏镇《次副使韵》:"摇落甘棠树,凄凉召伯都。已无千里马,犹想白头乌。四海今蛮触,中宵抚湛卢。狂歌空激烈,且隐汝南壶。"李夏镇《北征录》

李夏镇《次》:"两月燕城客未还,秋来羁思满江山。无情雁字关愁梦,有意苹花献笑颜。一寸忧时腔里赤,千茎催老镜中斑。中宵独倚高楼望,桂魄云间半已弯。"李夏镇《北征录》

李夏镇《次》:"回首乡关隔几州,半江明月又新秋。唤人天末飞飞雁,迎棹波间白白鸥。醉里归心闻短笛,樽前诗兴属扁舟。故山东望三千里,一病缘君尚未瘳。"李夏镇《北征录》

李夏镇《次》:"闻道秋风至,羁怀强自宽。柳丝初减碧,枫树欲生丹。道里曾行惯,烟霞已饱看。挥鞭从此去,珂玉响珊珊。"李夏镇《北征录》

李夏镇《归途》:"梦回燕市罢愁吟,短策长辕万里心。客路寻常依柳影,羌村大抵负城阴。苹洲雨过漂红叶,芦渚沙明浴翠禽。搔首凭高望乡国,乱山多处白云深。"李夏镇《北征录》

李夏镇《戏次副使韵》:"长夏蒸炎缓百骸,小床颓卧自扪脐。官厨五日供时膳,三个鹅儿两个鸡。"李夏镇《北征录》

李夏镇《次》:"独倚危栏思渺然,入天云邦远连娟。秋风似解游人意,吹送诗材到酒边。"李夏镇《北征录》

李夏镇《次》:"一曲长歌万斛愁,庚炎过尽此淹留。行期已被桐风促,归醉黄花故国秋。"李夏镇《北征录》

李夏镇《次》:"亭午蒲团睡味长,避风双燕语回廊。归期未定归心急,萧瑟新诗字挟霜。"李夏镇《北征录》

李夏镇《次》:"秋还桐欲落,天远月孤悬。客意蛩偏觉,乡书雁不传。堪怜二毛岳,岂是壮游迁。会待东还日,桑榆拆作鞭。"李夏镇《北征录》

李夏镇《走次》:"窗虚明月透,树密晚风梳。赋诗今老矣,与子昔相于。"李夏镇《北征录》

李夏镇《归兴》:"燕塞三千里,高楼最上头。良宵仍对酒,归兴政宜秋。下笔风烟合,关门月色留。清襟收不得,长啸更夷犹。"李夏镇《北征录》

李夏镇《行色》:"笼鹤冲霄起,凉秋霁景鲜。川光衰草外,人影夕阳

边。响有孤鸿急，蹄应驷马穿。前村何处是，林末透炊烟。"李夏镇《北征录》

李夏镇《散闷》："塞天将雨赫炎加，林下吴牛气作霞。忽有清风天末起，龙宫擎出白莲花。"李夏镇《北征录》

李夏镇《次》："蝉鸣宫树晚，雁度塞云遥。乡思秋来切，霜毛日以凋。衰灯会同馆，明月玉河桥。触眼增悲绪，终宵望曲杓。"李夏镇《北征录》

李夏镇《谨步副使苦吟诗韵》："男子平生四方志，客游随处莫伤情。秋来不作还家梦，醉后犹余曳履声。待月还须倚柱望，纳凉时复绕阶行。夜深余暑全无力，阵阵清风槛外鸣。"李夏镇《北征录》

李夏镇《又次》："故国天长双眼冷，萧条万里若为情。蝎蛂暗缩伤人尾，蟋出惊闻走壁声。北塞经时邻客雁，东山几日赋宵行。门前真断长河水，似学呜呜陇底鸣。"李夏镇《北征录》

李夏镇《三次》："汉上槎横万里客，草根虫语一秋情。有时桐雨侵羁梦，何处胡笳落远声。但见月从东海至，不闻人向故山行。愁吟坐待扶桑晓，天外归鸿为我鸣。"李夏镇《北征录》【考证：下诗题曰"流头"，以上诸诗当作于六月初十日至十五日间。】

十五日（甲申）。

李夏镇《流头》："一年佳节过流头，万里孤臣作远游。遥想朋亲高会处，兴牵诗酒错觥筹。"李夏镇《北征录》【考证：诗题曰"流头"，诗曰"一年佳节过流头"，此诗当作于六月十五日。】

李夏镇《次韵答副使七言排律》："龙湾烟水接通江，秋送仙槎返旧邦。背磴余花妆水国，迎人红叶映云矼。风随去马如争疾，岸仆洪波似欲降。长路祇应诗作伴，行厨兼赖酒盈缸。寻香蛱蝶飞还并，刷羽鸳鸯本自双。渔艇寻常蓬是屋，溪村强半竹为窗。井遥那免朝沽水，室暗先须夜借釭。杂树当途工掩翳，乱峰无数压鸿庞。吟嘲已饱烟和雨，摹写真惭笔似杠。草草奚囊余五百，拟将歌谱变新腔。"李夏镇《北征录》

李夏镇《次书状韵》："燕塞秋风已飒然，故乡归兴白云边。沙河祭后吾当发，牵出骅骝试玉鞭。"李夏镇《北征录》

李夏镇《重叠书状韵》："镜中霜鬓日萧然，千里归心若个边。乍听夷音来报信，青枫叶赤始回鞭。"李夏镇《北征录》

146

李夏镇《三次》:"乘槎无若博望然,八月归从绛汉边。强使舌官陈恳屡,亦知无益且加鞭。"李夏镇《北征录》

李夏镇《次韵答副使》:"无事经时滞玉河,故林归计日应遥。去留久速非关我,只合开樽待月华。""仙槎归影阻银河,梦里还家蝶路遥。旅馆愁吟五十日,已看桐叶带霜华。"李夏镇《北征录》

李夏镇《呼韵》:"点点轻云妒月明,一年秋思暗蛩鸣。汉阳东望魂先断,屈指江山两月程。"李夏镇《北征录》

李夏镇《次副使青门兴韵》:"东归须有日,不必叹迟迟。喜得清凉候,况经炎雨时。脂膏车已戒,肥健马堪驰。无复思乡梦,非关甚矣衰。"李夏镇《北征录》

李夏镇《次玉河叹》:"何处吾桑梓,沧溟东复东。行装吴札异,留滞季孙同。风逆难回雁,天秋有断蓬。云霄看渐近,笼鹤会须冲。"李夏镇《北征录》

李夏镇《再次副使韵》:"发短迎霜易,墙高得月迟。星辰拱北日,马首欲东时。诗料樽前到,乡心海外驰。渐惊皮肉皱,临镜叹吾衰。"李夏镇《北征录》

李夏镇《步韵答郑副使》:"故乡二千里,半道是辽东。秋夏风光异,去来山水同。行装唯一剑,身世托孤蓬。迫鸟投林急,溪村夕照中。"李夏镇《北征录》

李夏镇《悲秋》:"朔云关雨满秋怀,壮志平生半已乖。强佩三吴季子剑,虚登十步楚王阶。辽阳城郭千年鹤,圣祖山河两角蜗。万里秋风吹去马,新愁旧恨意中偕。"李夏镇《北征录》

李夏镇《重步前韵》:"蝶梦初酣栩栩然,终南山色五云边。一场未尽还家乐,忽有晴雷奋电鞭。"李夏镇《北征录》

李夏镇《归》:"小楼风定鸟故巢,近寺声知夕馨敲。桐叶晚阴移古井,苇花秋色满晴郊。征鸿叫侣关山远,老马长途草树交。遥想故林时物好,后溪霜蟹正堪炮。"李夏镇《北征录》

李夏镇《塞门》:"塞门秋雨湿征衫,归马长鸣振辔衔。却到通江回首望,掠云新月影彡彡。"李夏镇《北征录》

李夏镇《归兴》:"暮天归雁引征车,老树秋光小雨余。未到鸭江还一

147

笑，凤城先得万金书。"李夏镇《北征录》

李夏镇《望月》："塞雁高飞不可攀，秋来敀兴满青山。知心独有黄昏月，升自东方照席间。"李夏镇《北征录》

李夏镇《玉河馆》："无边荒野大，不尽玉河流。客夜冯生铗，秋风宋玉愁。归心天北极，望眼海东头。点检吾身世，南音一楚囚。"李夏镇《北征录》

李夏镇《即事》："亦知归未易，秋至整行囊。急雨收残暑，凉风到客堂。金台冲剑气，析木耀文昌。天地空今古，中宵片梦长。"李夏镇《北征录》

李夏镇《托意》："诉愁无处托诗多，归意逢秋不奈何。欲借金刚一支箭，东溟万里过新罗。"李夏镇《北征录》

李夏镇《谨步副使自嘲诗韵》："愁中霜发长鬖髿，秋后归心不自堪。胡马当风每依北，鹍鹄开翅必先南。乡园物色今何似，行路艰难已饱谙。从此悬车娱晚境，闲中开得径三三。"李夏镇《北征录》

李夏镇《重答郑令公》："墙头缺月自髿髿，憭栗秋怀不可堪。恋阙少陵依斗北，哀时开府赋江南。羁游有数终何怨，世味多端近始谙。拨置腔中愁万斛，樽前且喜影成三。"李夏镇《北征录》

李夏镇《三次》："官河衰柳尚髿髿，系得归心转未堪。秋后星槎迷汉上，梦中愁翠恋终南。孤鸿不惮长云远，驷马还应旧径谙。一味淹留缘底事，桂华圆缺已盈三。"李夏镇《北征录》

李夏镇《观博戏次副使韵》："猛将提兵势若山，单车匹马不教还。俄然战罢成何事，胜败都输一梦间。"李夏镇《北征录》

李夏镇《思归》："孤灯明灭客窗凉，羁思凄凄夜渐长。强道秋来敀有日，入秋归计更茫茫。""月隐禁城清漏稀，流云薄处小星微。向来归思凭魂梦，魂梦如今亦不归。"李夏镇《北征录》

李夏镇《穷海》："穷海无津子所居，危机一发路崎岖。塞翁失马宁非福，乡里亡牛合下车。宣室终须还太傅，湘累何用吊三闾。相逢不必分明语，点检身心莫问余。"李夏镇《北征录》

李夏镇《次副使思归韵》："半林枫叶水声中，千里胡为着此翁。分照东云深感月，归飞南国不如鸿。荆轲台上寒风急，太子河边去路穷。房酒如今还醉客，梦回孤枕小堂空。"李夏镇《北征录》

李夏镇《次副使韵》:"燕塞秋风肃越禽,夜来清露染枫林。悲笳未必干人事,归雁先能得我心。望极却随霞影断,愁多不受酒杯禁。坐看葭叶三回落,头上从教雪满簪。"李夏镇《北征录》

李夏镇《次》:"搔首乾坤客恨新,秋来何事不酸辛。天涯寥落孤臣意,遥共残星拱北辰。"李夏镇《北征录》

李夏镇《次副使石竹花韵》:"有草寒花晚,托根危石中。榴应惭细蒂,桃已避深红。"李夏镇《北征录》

李夏镇《志感》:"何处文山取义楼,金台基废问无由。待乌头白今三月,恋阙心丹又一秋。天末乱云迷远望,月边归雁唤羁愁。昭王伯业今犹见,汶上丛篁满蓟丘。"李夏镇《北征录》

李夏镇《次咏燕诗》:"危巢经始寄高檐,社后新功日日添。长伴宫莺戏铜雀,不随蝙蝠媚银蟾。衔泥涎涎偏宜雨,拂水差差似避炎。何许将雏傍乔木,晓来清露滴苍髯。"李夏镇《北征录》

李夏镇《天河》:"横天秋更迥,违月色逾明。万里星漂尽,三更露洗清。昏升自东海,晓落压西城。乌鹊成桥晚,天孙百感生。"李夏镇《北征录》

李夏镇《月》:"龙躔大火见,蟾殿桂华清。乍喜轮初满,俄惊魄又生。占昏离海远,彻夜近人明。分影须深照,山河遍垒营。"李夏镇《北征录》

李夏镇《思乡》:"归日乌头卜,羁心马首悬。寂寥诗五百,迢递路三千。旅馆连旬雨,关城万井烟。那堪枫树色,一夜变红鲜。"李夏镇《北征录》

李夏镇《次苦吟韵》:"蒹葭领秋色,山木已高风。夜静时闻笛,云长不见鸿。关河无道路,天地托疲癃。愿逐悲歌士,栖身酒肆中。"李夏镇《北征录》

李夏镇《次关王庙》:"汉寿遗祠在,金牌白粉墙。威灵今古显,蕉荔岁时香。壮气千寻立,金躯九尺长。平生慕义烈,瞻拜更悲伤。"李夏镇《北征录》

李夏镇《次湖亭韵》:"东归有日意匆匆,起视人人气色同。天阔雁嘶云影外,夜凉虫语雨声中。迎霜野菊垂垂叶,背岸江枫短短丛。拟托秋光写别恨,秋风秋水雨空空。"李夏镇《北征录》

李夏镇《羁情》:"雨意连宵不肯雨,归程在眼未言归。病来羁思知何托,看取云间一雁飞。"李夏镇《北征录》

李夏镇《天河》:"万里秋铺练,依微略放明。暗分洲与屿,更觉浅仍清。横亘临千古,昭回绕五城。莫窥牛女渚,八月待张生。"李夏镇《北征录》

李夏镇《再次思乡》:"一身西极滞,迫梦北辰悬。胜地月三五,香醪斗十千。无劳待鱼雁,且可管风烟。小雨传秋信,青山霁景鲜。"李夏镇《北征录》

李夏镇《三次》:"霜凋鸿雁急,门掩网虫悬。客日燕城百,归途鹤野千。未昏山吐月,欲雨涧生烟。强饮三杯酒,秋容满意鲜。"李夏镇《北征录》

李夏镇《驴声》:"驴儿中夜吼墙东,郁涩酸长塞复通。当日献之何所爱,若逢黔虎技应穷。"李夏镇《北征录》

李夏镇《蜡烛》:"床头蜡烛影阑残,照得乡书仔细看。似共羁人伤远别,夜深清泪落铜盘。"李夏镇《北征录》

李夏镇《促织》:"取灯驱促织,莫遣近床鸣。暗引思乡泪,工为切骨声。殊方万里客,遥夜一秋情。枕上还家梦,真摧不复成。"李夏镇《北征录》

李夏镇《秋意》:"玉河晴色学天光,天末云收雁路长。枫树霜酣妆近壑,苹花秋映绣回塘。江山信美非吾土,景物无情断客真。极目荒郊转萧瑟,风林一一奏清商。"李夏镇《北征录》

李夏镇《孤馆》:"南雁归飞迥莫攀,塞门秋霁锦为山。燕禽岂识青丘远,庄蝶时牵断梦还。绝域烟岚迷草树,暮天风雨卷榆关。寂寥孤馆门长掩,已见三回素月弯。"李夏镇《北征录》

李夏镇《次玉河旅怀韵》:"关河岁晚独回头,千里萧葭一色秋。燕地烟云应笑我,汀洲鸥鹭岂知愁。前山雨气连村黑,征妇砧声入夜稠。催得衰容霜满镜,年光不向鬓边留。"李夏镇《北征录》

李夏镇《次》:"客淹忘作客,忧剧似无忧。雨冷孤蛩怨,风凄黄叶愁。年华雠绿鬓,诗兴失清秋。为报征鸿道,归飞莫暂留。"李夏镇《北征录》

李夏镇《次》:"归雁来辞我,送渠伤去留。霜华头上晚,时序梦中遒。彭蠡稻盈亩,潇湘鱼戏沤。飞鸣应自在,能忆此翁不。"李夏镇《北征录》

李夏镇《忆弟》:"海隔鸰原万里情,平分两地月同明。贞陵树老清霜早,燕塞风高积雨晴。姜被几怜中夜冷,杜鸿空羡一行鸣。五更残梦忘秋序,依旧池塘见草生。"李夏镇《北征录》

李夏镇《次书状途中即事》："秋醪无力客愁强，千里音书隔楚乡。羁梦渐长吟自苦，归期未定意空忙。南鸿去后犹淹北，社燕来时旧出疆。急写愁诗难待烛，强拈枯管趁荧光。"李夏镇《北征录》

李夏镇《次》："槎影苍茫析木墟，半岩枫叶夕风梳。秦乌未变伤留滞，庄蝶无征任诩蘧。绝域风光空睕晚，故林秋色定何如。吟蛩为我终宵怨，今日知心独有渠。"李夏镇《北征录》

李夏镇《思归》："燕山身万里，鲽域梦依微。岁晚笼中鹤，长鸣苦忆归。"李夏镇《北征录》

李夏镇《道上》："霜风瑟瑟动行衣，野树蝉鸣黄叶飞。鸥梦夜饶山谷去，雁书秋送子卿归。长芦细径时逢鹿，流水孤村半掩扉。残角一声投店舍，断霞初没霭余晖。"李夏镇《北征录》

李夏镇《羊》："毛白犹疑化石残，昏归畏露影蹒跚。踏蔬曾入书生梦，烂胃仍叨汉世官。纵使蒙皮非虎质，偏宜借角喻鹏抟。尝羹染指真堪恶，和肉为丸合助肝。"李夏镇《北征录》

李夏镇《次即景韵》："湿云藏日薄生凉，芦渚风清雁梦长。檐角巢深初伏燕，草根虫老欲成螀。客中愁恨添新绪，醉后诗情觉渐狂。何日回鞘首东路，宛驹蹀躞紫游缰。"李夏镇《北征录》

李夏镇《次》："秋来玉宇更峥嵘，桐井萧萧落叶声。何处金筯传半夜，一庭晴月闭重城。望乡台上双穿眼，回雁峰头独有情。强托新诗写远意，任教看作不平鸣。"李夏镇《北征录》【考证：下诗题曰"立秋"，以上诸诗当作于六月十五日至二十一日间。】

二十一日（庚寅）。

李夏镇《立秋》："祝融告别新秋立，窗外松风一倍清。南雁影边云万里，乱蛩声里月三更。归期莽莽何时定，旅馆凄凄独夜情。愁剧欲凭蝴蝶梦，路迷何处汉阳城。"李夏镇《北征录》

李夏镇《次立秋诗韵进退格》："秋灰变玉律。霜信报丰钟。夜静思千里。愁多诗几筒。叶疑含落意。山似带寒容。萧瑟官河水。归波万折东。"李夏镇《北征录》【考证：是年立秋为六月二十一日，以上二诗作于二十一日或其后。】

李夏镇《思归》："床头残烛影幢幢。坐听燕钟第一撞。天外归愁禁不

得。含情无语摭秋窗。"李夏镇《北征录》

李夏镇《书怀》："身计茫茫不自由，殊方物色又新秋。青梧一叶迎霜意，华发千茎览镜羞。迫雁岂知羁梦苦，寒花独向客窗愁。少陵三径今何似，应笑留连万里游。家在少陵洞故云。"李夏镇《北征录》

李夏镇《感怀》："绝域逢秋梦独遥，五更风雨叶全凋。地连青海多回雁，江比浔阳不上潮。无事留连对明烛，有时起坐抚霜刀。眼看天地俱摇落，谁闷苏生敝黑貂。"李夏镇《北征录》

李夏镇《夜坐》："钟声非故国，秋色是他乡。窗外辞枝叶，中宵与尔伤。"李夏镇《北征录》

李夏镇《遥夜》："秋来羁思转凄凉，悄悄空庭数雁行。知节莎鸡振羽急，迎霜巢燕引雏忙。丹枫又仿前年色，白发新添满镜霜。准拟眠时暂忘恨，眠时有梦更难忘。"李夏镇《北征录》

李夏镇《濯足》："历尽燕城热，居然三月留。沧浪濯吾足，差可涤烦愁。"李夏镇《北征录》

李夏镇《鹅》："湖池舒雁白苍红，镇日生涯波浪中。残炙曾为刘毅借，举群终逐右军笼。名传孝冢由天性，鸣混军声助蔡功。却怪桓儿逞猜狠，夜深偷斫一拦空。"李夏镇《北征录》

李夏镇《燕山述怀》："漠漠关云万里长，畏天衔命使车忙。毡裘骇目魂先悸，冷语冰人暑亦凉。时物燕来仍雁去，塞门春色忽秋光。朝天旧路行行愧，不是当年玉帛将。"李夏镇《北征录》

李夏镇《记所见》："宾馆荒凉草树封，寻常言语少相容。金华仙石穿篱菜，五日官曹尚一供。"李夏镇《北征录》

李夏镇《燕都咏怀》："举目山河今古同，万家烟火夕阳中。霜凋召伯甘棠树，雨冷昭王碣石宫。当日狱楼歌正气，千年易水尚寒风。凄凉永乐迁都意，三百宗祊一去鸿。"李夏镇《北征录》

李夏镇《燕山夜坐》："耐过三庚尚滞留，悲吟祇得待新秋。思归刚似依风马，畏热真同喘月牛。窗雨梦回梧叶落，塞河云涨雁声流。乾坤气色行将变，强唤村醪自献酬。"李夏镇《北征录》

李夏镇《赋得人字》："高亭占地势，露顶任天真。尽日唯贪睡，空庭不

见人。枝头浴风鹍，池面逐萍鳞。物性俱能适，堪怜万里身。"李夏镇《北征录》

李夏镇《再题》："梦里还家数，醒来总不真。半轮生魄月，千里未归人。报喜烦乌鹊，传书断羽鳞。醉乡知不远，只合着吾身。"李夏镇《北征录》

李夏镇《三次》："心闲无一事，旅榻亦清真。迫雁遥怜汝，寒虫似慰人。月临桐有影，风至水生鳞。物色供新兴，天饶老病身。"李夏镇《北征录》

李夏镇《四次》："模楷非元礼，同床有子真。沉酣仍托契，天地更无人。檐燕如青眼，池鱼细数鳞。清谈杂调谑，忘却异乡身。"李夏镇《北征录》

李夏镇《五次》："愁多诗有料，醉后语方真。远想云边雁，应怜天外人。无眠夜不梦，忘浴肉生鳞。真断官河雨，浮萍是此身。"李夏镇《北征录》

李夏镇《六次》："孤馆愁为伴，平生懒是真。灯前心万里，醉后我何人。风雨惊衰叶，波涛困蛰鳞。萧疏数茎发，惭愧百年身。"李夏镇《北征录》

李夏镇《七次》："幽栖心界净，安坐保吾真。偶被一名误，来为千里人。云天伤落羽，沧海有穷鳞。久沐乾坤泽，奔驰敢爱身。"李夏镇《北征录》

李夏镇《萤》："余炎蒸万物，腐草化纤虫。暂弄含光尾，微分照夜功。荧荧宁助日，点点暗随风。幸被车囊贮，收名艺苑中。"李夏镇《北征录》

李夏镇《记所见》："青丘千古弱，事不耐三朝。万里来观政，同衰鉴岂遥。"李夏镇《北征录》

李夏镇《次书状韵》："鬓发都无一寸长，逢秋慄栗只心伤。自怜富弼劳将命，堪笑梁襄不似王。直北星辰看众拱，何时周汉获重昌。补天有志遥回首，校尉还闻号破羌。"李夏镇《北征录》

李夏镇《燕山暮景》："落日在帘钩，前山雨气收。霞明半天锦，虫语一年秋。白雁传书远，黄云出塞愁。只今燕市上，还有狗屠不。"李夏镇《北征录》

李夏镇《鸿胪》："客日居然五十二，今朝始得一开门。鸿胪拜稽心如碎，鲽域苍茫梦尚烦。逆旅萧条淹日月，行装聊复信乾坤。悬知辽塞千山路，落叶萧萧傍马翻。"李夏镇《北征录》

李夏镇《会同馆》："重营宾馆罢，万里客星来。窗壁开新面，梁榱只旧材。檐深留爽气，墙远隔嚣埃。幸免穷炎烁，秋期趁雁回。"李夏镇《北征录》

李夏镇《寄意》："春引轺车别汉山，尔来三月客燕关。海天敀兴浓如

153

酒，安得乘风一夕还。"李夏镇《北征录》

李夏镇《白鹭》："飞飞双白鹭，身世寄波澜。朝戏沙同色，秋来月共寒。风丝飘处细，雨足立时单。兴在斜阳里，游鱼政上滩。"李夏镇《北征录》

李夏镇《胡马》："名驹新自月氏回，足下方看万里开。丝勒馀来金错落，风骏剪出玉崔嵬。横行大漠知无敌，灭没长楸不起埃。神物即今谁是主，低垂只合混驽骀。"李夏镇《北征录》

李夏镇《贾竖》："名以多金着，才因久贾高。驱车忘远近，逐利竞锥刀。欲浪漂民志，关西尽尔曹。初悲更长叹，吏或润脂膏。"李夏镇《北征录》【考证：下诗题曰"七月初一日"，以上诸诗当作于六月二十一日至七月初一日间。】

七月

初一日（己亥）。

李夏镇《七月初一日》："日夜悬心七月期，今朝才得暂开眉。天边已觉金风至，叶上行看玉露滋。余热尽随炎帝去，欢情报与蓐收知。汉阳归兴从今始，分付江山好护持。"李夏镇《北征录》

李夏镇《次七月诗韵》："新雁拖秋色，疏萤灭复流。凉生衣换夹，腰瘦带移钩。赖有杯中物，能消客里愁。元规亦何事，强拟酒星囚。"李夏镇《北征录》【考证：下诗题曰"七月六日"，此诗当作于七月初一日至初六日间。】

初六日（甲辰）。

李夏镇《七月六日》："天地秋容淡，赢添宋玉悲。荷花新结子，桐叶暗辞枝。帝女停梭久，张槎下海迟。今年凉较早，肯和苦炎诗。"李夏镇《北征录》

李夏镇《次回麓堂西山诗韵》："羁愁一味夏秋连，故国归心雁影前。吟病崇朝忘盥栉，枕书终日只慵眠。已无家累来干梦，独有诗篇未断缘。万事即今长啸在，此身真似带霜蝉。"李夏镇《北征录》【考证：下诗题曰"七月七日次副使韵"，此诗作于七月初六日至初七日间。】

初七日（乙巳）。

李夏镇《七月七日次副使韵》："星殿秋期到，仙车整七香。鸾凰戒早晓，乌鹊驾银潢。云锦初停织，花瓜竞荐芳。九枝灯欲灭，临别更徊徨。""秋箕抽七叶，半璧月侵机。绛汉容星度，仙桥见鹊飞。绸缪今日会，消息

来年稀。洒泪将成雨，云霞卷夕霏。"李夏镇《北征录》

李夏镇《七夕示副使书状求和》："秋河耿耿晓横银，万里乘槎欲问津。天上仙期今七夕，燕中羁旅我三人。軿车可近须申祝，箫管如来或遇真。道是花瓜能得巧，乡关乞作早归身。"李夏镇《北征录》【考证：诗题曰"七夕示副使书状求和"，诗曰"天上仙期今七夕"，亦作于初七日。】

李夏镇《志喜》："燕馆留三月，今朝始许归。欢声均仆御，喜气动秋晖。旅况知何有，乡心欲奋飞。即从辽塞路，便渡鸭江矶。"李夏镇《北征录》

李夏镇《用前韵写归心》："秋空月挂一钩银，时见纤云渡汉津。风外数声燕塞雁，病中千里越吟人。归期几日犹靳许，消息今朝始得真。从此青丘方有路，苍茫疑是梦中身。"李夏镇《北征录》

李夏镇《写意得歌字》："淹留空费日。言语动遭诃。衰鬓添轻雪。青衫学败荷。燕雏知社近。枫叶得秋多。节物催归思。何时啸也歌。"李夏镇《北征录》

李夏镇《燕城得家信》："千里辞家五月余。因风忽得大儿书。留心药圃新移菊。无恙盆池旧养鱼。望极几回凭晓梦。扫来三径待轺车。秋风正好寻归兴。凉意初生析木墟。"李夏镇《北征录》

李夏镇《得少女消息》："少女新经恙，平生最所娇。书来初得信，魂去政难招。一雁青天阔，双鱼碧海遥。远思唯有梦，孤枕夜迢迢。"李夏镇《北征录》

李夏镇《有感》："侵晓开窗起整衣，雨余檐角已初晖。轻红入树青枫变，浓绿浮天远邦微。露冷林蝉深抱叶，风多塞雁不成飞。南宫宴罢愁无赖，耐得腥膻傍晚归。"李夏镇《北征录》

李夏镇《告示后记所见》："纸榜初张挂，商人兴涌泉。骏奔唯恐后，龙断重居先。言语矜侉诈，奇珍磬市廛。忘生轻远涉，总为利相缠。"李夏镇《北征录》

李夏镇《次副使韵》："张槎载奠具，发日政愁霖。不是南金筐，初非没羽琛。腥尘纷漠漠，驿骑坐骎骎。时序途中易，秋声已暮砧。"李夏镇《北征录》

李夏镇《次书状韵》："重踏三千二十程，风光入眼更堪惊。丹枫似慰丹心苦，白苇先知白发情。一抹遥山过雨色，数行归雁带霜声。帝乡宫阙今谁

主，笑别防胡万里城。"李夏镇《北征录》

李夏镇《上马》："上马宴才罢，驱车行且遥。三韩千里客，唯有鬓毛凋。"李夏镇《北征录》

李夏镇《所见》："青春礼部郎，直入贾人房。怀里金多少，询询髭短长。"李夏镇《北征录》

李夏镇《将归》："愁人归意动，明日卜行期。樽酒还堪酌，胡笳一任悲。秋风摇落后，宾馆寂寥时。桑下无心恋，辎轮已载脂。"李夏镇《北征录》

李夏镇《归兴》："半帘清露欲成霜，秋意侵床梦较凉。衰柳影牵官道远，断鸿声入塞天长。云深别浦眠鸥静，风掠前山过雨忙。睡起旅窗迎晓色，萧萧落叶满庭黄。"李夏镇《北征录》

李夏镇《望通州城》："通州一宿今三月，回望通州眼为青。城上危楼依旧矗，柳边孤店记曾经。晚来风急千家雨，秋后槎横一客星。牧老留诗犹可读，寒烟独鸟几多龄。"李夏镇《北征录》

李夏镇《万家》："万家帘幄隔秋烟，点点遥山白雨边。借问官河今近远，东城城外簇南舡。"李夏镇《北征录》

李夏镇《通江》："小帆风满冷吟魂，蓬底从容酒一樽。江水东南流不息，带将腔血过吴门。"李夏镇《北征录》

李夏镇《夜宿沙河》："朝辞玉馆门，暮宿沙河里。不必问归期，从今了吾事。"李夏镇《北征录》

李夏镇《望沙河宫》："野旷天晴秋草黄，沙河西望马嘶长。此行不是东归路，远梦中宵尚几场。"李夏镇《北征录》

李夏镇《沙宫有感》："西行六十里，路尽沙河沚。旷野无人烟，萧萧夕风起。"李夏镇《北征录》

李夏镇《秋郊》："衰草路依微，断桥人独归。闲鸥窥藻熟，远雁入天飞。云气常埋墼，秋光欲染衣。平郊见山色，诗兴满斜晖。"李夏镇《北征录》

李夏镇《适野》："残日西风急，长郊远色愁。蓼花还晚艳，梧叶最先秋。归翼高难托，回波为暂留。无由系远意，欲与柳丝谋。"李夏镇《北征录》

李夏镇《燕儒有来访者为甲军所逐》："寂寞儒绅后，来敲店舍门。君应居栗里，我独隔桃源。远树秋风早，空山暮雨昏。相看万重意，脉脉更何

言。"李夏镇《北征录》

李夏镇《看云有感》:"驳云疏密绣纹齐,清影徘徊落小溪。或见奔涛浑荡漾,乍惊遥迫乱高低。断来青漏天光出,流处红摇夕照迷。苹末一声风扫尽,长空无迹露凄凄。"李夏镇《北征录》

李夏镇《归自燕郊》:"西郊秋色稠,归路望皇州。驷驾皆长耳,人逢尽赤头。鸥边溪水落,天末暮山愁。触眼生新感,无心诧壮游。"李夏镇《北征录》

李夏镇《秋雨志喜》:"秋雨洗燕山,天心顿改颜。东来喜气逼,南望彩云间。草木风烟变,兵戈涕泪潸。时危漫回首,书剑薄游还。"李夏镇《北征录》

李夏镇《岳阳战骨,同日出葬于城西,诗以哀之》:"晓出西门望,千家簇素车。丹旗金字映,白骨火焚余。楚野魂归远,邾娄矢复虚。纸钱飞满路,同日闭幽墟。"李夏镇《北征录》

李夏镇《南牙僧》:"南牙僧什百,自说在西天。不裤红裳曳,随身画皷圆。禳灾经是业,填腹肉为年。未省邀来意,徒为可汗怜。"李夏镇《北征录》

李夏镇《次书状韵》:"西郊归马晚骓骓,一带沙河绕帝畿。野色参差迎绣毂,藕花高下媚清晖。天边远树初疑荠,山外晴云乍似旗。万里客愁何处托,数行新雁向南飞。"李夏镇《北征录》

李夏镇《次韵》:"一雁云间落,先教客耳惊。他乡交节序,孤枕抚平生。夜夜烦占梦,朝朝更计程。檐栖近社燕,相对语归情。"李夏镇《北征录》

李夏镇《次》:"莽苍遥山拥小城,愁容似解远人情。旅窗萧瑟秋声入,归梦迢迢隔玉京。"李夏镇《北征录》

李夏镇《次工部韵》:"东海秋天外,魂敂身未归。萧条时屡换,寂寞意多违。桂魄应怜我,桐风近授衣。残灯亦愁思,终夜耿余辉。"李夏镇《北征录》

李夏镇《再次》:"才惊井梧坠,更送塞鸿归。王事何当了,乡心久已违。迎霜怜赤叶,近社羡乌衣。嘿坐思千里,空窗落月辉。"李夏镇《北征录》

李夏镇《新店》:"晓店人初起,秋郊草欲黄。征夫万里意,归雁一行翔。"李夏镇《北征录》

李夏镇《晓涉通江》:"晓雾连江暗,羸骖带雨寒。沙应怜发白,枫亦恋心丹。归路逾千里,穷愁剧万端。篙师须着意,风晚恐生澜。"李夏镇《北征

录》

李夏镇《燕郊铺东望》:"笑别玉河馆,千林秋叶殷。燕鸿唤我起,辽鹤待人还。晓雾通江绿,寒花夏店斑。天东数峰出,错认是乡山。"李夏镇《北征录》

李夏镇《燕郊铺》:"晚过燕郊店,千家夹路居。白牌分列肆,红旌拂征车。柳色围村碧,槐阴覆井疎。繁华映人目,沽酒暂踌躇。"李夏镇《北征录》

李夏镇《沙上》:"归兴逢秋急,长程不道难。雁声来紫塞,江色傍征鞍。重雾成微雨,遥风送薄寒。应知故园菊,含笑待吾看。"李夏镇《北征录》

李夏镇《断山》:"三河城北断山青,千里平郊眼忽醒。知汝独专清淑气,几年愁带朔风腥。"李夏镇《北征录》

李夏镇《夏店郝生名自烈》:"夏店将朝食,关祠遇郝生。乡间推识字,纸笔与论情。欲语眉先蹙,相看廪为倾。人心见天意,拭泪待河清。"李夏镇《北征录》

李夏镇《三河道中记实》:"种秫缘畦百里皆,门前列植柳兼槐。赤头男子元无带,花髻佳人不用钗。膻肉酪浆供俗好,诗书礼乐与时乖。谁知天下冠裳厄,未待华林有乱蛙。"李夏镇《北征录》

李夏镇《重到三河》:"秋声动关塞,屈指算归程。已贺乌头变,偏惊马足轻。天晴数云雁,树密掩河城。店舍重来宿,依依客主情。"李夏镇《北征录》

李夏镇《三河县有作》:"寄宿三河路左村,白灰为壁板为门。庭空野阔宜邀月,路转堤回欲碍辕。秋色伴人无远近,梦魂先我返乡园。贪程或恐行时晚,自启东窗候晓暾。"李夏镇《北征录》

李夏镇《滹沱河》:"汉帝昔曾过,神祇为护呵。坚冰济危急,大业整山河。范史波涛笔,苏仙豆粥歌。时同事无继,吾意恐蹉跎。"李夏镇《北征录》

李夏镇《公乐店进退格》:"百家公乐店,十里距滹沱。古寺还当道,居僧为进茶。秋风度疏柳,朝日弄圆荷。饥马思蒭豆,前村亦不遐。"李夏镇《北征录》

李夏镇《赠关王庙守僧》:"归骖寻熟路,小店号邦均。强带新秋色,相逢旧主人。一言烦问讯,几月饱艰辛。多荷关王赐,床头卦繇神。"李夏镇《北征录》

李夏镇《途中》:"秋郊衰柳背西风,千里关河四望同。乡梦片时回枕上,客行连月在途中。云长片影遥分雁,露冷轻红欲染枫。忽有鸣鸥摇裔过,却疑辽鹤下天东。"李夏镇《北征录》

李夏镇《蓟门》:"天东极目野茫茫,杨柳依微古范阳。孤塔拂云千里白,危楼面水八窗凉。香笼紫陌帘应卷,风动青帘酒可尝。驱马暮投萧寺宿,梦回虚阁磬声长。"李夏镇《北征录》

李夏镇《晓发卧佛寺》:"古寺钟声动,行人起整衣。烟沉溪黯淡,草绕路熹微。浅濑饥鸿怨,丛林宿鸟飞。沙崩石桥断,驻马待朝晖。"李夏镇《北征录》

李夏镇《仙桥》:"蓟门侵晓发,冉冉渡仙桥。昔去炎方始,今来叶半凋。沙禽识征盖,风柳拜星轺。物色挑归兴,东行不觉遥。"李夏镇《北征录》

李夏镇《过鳖山宋家村》:"鳖山过后又螺山,宋氏田园占两间。当日豪奢金谷并,只今门巷昼常关。"李夏镇《北征录》

李夏镇《蜂山》:"寺废僧三四,台高槐十寻。清阴招过客,半日涤烦襟。偶与郑谷口,相逢吴翰林。班荆征古事,蛮貊亦人心。"李夏镇《北征录》

李夏镇《枯树店》:"村名自今古,枯树已无存。酒熟青帘卷,尘霾白日昏。中间槐是市,前后石为门。屋上秋山碧,烟霞半吐吞。"李夏镇《北征录》

李夏镇《彩亭桥》:"夭矫彩亭桥,奔川入海遥。双碑分左右,独柳荫枝条。县近人烟集,土肥生理饶。秫田千万顷,秋意日萧萧。"李夏镇《北征录》

李夏镇《玉田县》:"野草青无际,烟生是玉田。县城当路峻,宾馆入林偏。傍路开书肆,当垆索酒钱。家家门巷似,红旌粉墙边。"李夏镇《北征录》

李夏镇《无题》:"黄纸妆轻伞,青驴驾小车。钗横欹玉燕,髻稳贴金花。罢舞蝉衫曳,将歌雀扇斜。从今巫峡梦,不信楚王夸。"李夏镇《北征录》

李夏镇《追记燕城苦况》:"炎赫燕都甚,秋风到亦先。流金是前月,落木已凉天。南雁牵归兴,羸骖带晚烟。回思滞留处,一日似三年。"李夏镇《北征录》

李夏镇《晓过两家店》:"一上轺车万里心,两家荒店晓烟深。辞燕五日还来此,恋越中宵已断吟。塞土由来宜黍秫,胡村大抵占丛林。经过岁岁联冠盖,谁识山河古异今。"李夏镇《北征录》

李夏镇《重过高丽堡》:"何代东方人住此,村名千古带高丽。水田留得

当时迹，遗俗犹知种稻为。"李夏镇《北征录》

李夏镇《题赠店舍主人》："沙流河畔客重过，店老逢迎好意多。携得云孙要我写，挥毫一笑字如鸦。"李夏镇《北征录》

李夏镇《题赠沙流河主人》："沙河重扣店翁门，一室萧然寂不喧。宗蔑不扬何足歉，细看言貌蕴清温。"李夏镇《北征录》

李夏镇《别沙流河》："土床羁枕稳，村路已斜阳。新句随缘就，沙河好不忘。"李夏镇《北征录》

李夏镇《丰润道中望战雾山》："五日东来始见山，乱峰千迭碧屏颜。维南际海无丘陇，直北横天有岭关。风雨几年迷雁塞，云烟终古护螺鬟。定知精爽通衡霍，淑气如今倘再还。"李夏镇《北征录》

李夏镇《海山》："海畔遥山小似拳，歊嘘云气入青天。无端忽被诗情役，马上高吟一耸肩。"李夏镇《北征录》

李夏镇《丰润记所见》："无数车箱迭大弨，王庭驰去自燕郊。似闻尽锐供南战，失计全忘自覆巢。"李夏镇《北征录》

李夏镇《石塔》："村村有塔塔连空，亡国余风列郡同。释教弥天文教废，泮宫萧瑟夕阳中。"李夏镇《北征录》

李夏镇《暮入丰城》："丰润城头水，桥沈揭厉难。烟生带疏柳，风至动微澜。隐映青苹净，联拳白鹭寒。吟诗滞行李，暮色落征鞍。"李夏镇《北征录》

李夏镇《早发丰润》："未晓离丰县，归骖步步东。西风如送客，衰草远连空。去去心逾急，看看路不穷。眼前新气象，海日晕微红。"李夏镇《北征录》

李夏镇《翻车浦暂憩》："歇马翻车浦，晨霞闪半天。草根虫语稳，雁足客心牵。照眼明山叶，栖衣恋涧烟。归期从暂滞，回首觉依然。"李夏镇《北征录》

李夏镇《丰润道上遇凄风有感》："早秋才既望，凛冽似霜晨。篚弃含风葛，途逢挟纩人。东西时候异，皮币往来频。驿路何当尽，长为马上身。"李夏镇《北征录》

李夏镇《榛子店》："晓日明榛店，秋风洒石门。沙边人语远，林下涧声喧。僮仆思休脚，禅宫许驻辕。前途犹万里，相勖强盘飧。"李夏镇《北征录》

李夏镇《过蒋家屯有感》："一番凉雨洗秋天，数点青山雁影前。背岸残花强笑日，近溪衰柳尚含烟。多愁宋玉伤心地，易老潘生作赋年。到眼风光添别恨，萧萧归马夕阳边。"李夏镇《北征录》

李夏镇《闻雁》："秋来何物最关情，万里无云一雁轻。异地相逢俱是客，不须深夜送寒声。"李夏镇《北征录》

李夏镇《过王家店》："王家开店昔夸豪，近水旗亭次第高。乱后不知谁是主，数行疏柳晚蝉号。"李夏镇《北征录》

李夏镇《见路旁烽火有感》："烽火年年谁为举，滦河咽咽带愁鸣。关山万里人归去，当日朝天此路行。"李夏镇《北征录》

李夏镇《冒雨新店》："秋雨引新兴，风光供晚吟。欹岩荔叶赤，小径豆花深。村暗炊烟伏，毛沾燕语喑。蓑衣漏亦好，赢得冷诗襟。"李夏镇《北征录》

李夏镇《七家岭避雨》："余炎洗自好，衰草沐应新。漠漠七家岭，茫茫千里人。兴添诗就易，泥滑马颠频。待到沙河驿，村醪唤入唇。"李夏镇《北征录》

李夏镇《道旁石竹花》："秋花半已堕，石竹余寒朵。衰草杂青黄，嫣红却醒我。"李夏镇《北征录》

李夏镇《晚晴》："流云看渐薄，隙日忽重明。天意思收雨，行人自喜晴。引雏看燕舞，唤妇听鸠鸣。好向沙河宿，无劳数驿程。"李夏镇《北征录》

李夏镇《复雨》："因风散复聚，云与雨相随。不独客程滞，其如秋获时。今宵洒未已，明日霁难期。鸥鹭波涛上，飞鸣乐在兹。"李夏镇《北征录》

李夏镇《发沙河驿》："城头古驿枕寒流，风雨萧萧万里秋。客梦初回灯烬落，鸡声渐短晓光浮。三千塞路当荒野，多少旗亭拥断丘。异域山川不可眼，冷烟衰草只生愁。"李夏镇《北征录》

李夏镇《望钓鱼台，故程方急，天且雨，不得进道而行，恨寄于诗》："沙河南指钓鱼台，螺髻前头别境开。可忍今朝山外过，尚容他夜梦中回。扫清林壑凉风急，妆点烟霞细雨来。此是江神相待意，不堪愁望独徘徊。"李夏镇《北征录》

李夏镇《野鸡屯和赠周处士之麟》："暂停征盖坐荒台，关塞秋光满眼来。山雨酿寒迷别浦，涧烟飞影落深杯。途中忽讶投明月，枥下方知伏骏

161

才。和报高情仍自幸，愁怀今日为君开。"李夏镇《北征录》

李夏镇《寄题钓鱼台》："风雨连宵暗钓矶，愁人野外独归时。洞门咫尺无由扣，山水如今不要诗。"李夏镇《北征录》

李夏镇《过范家庄述怀》："羸马冲泥到范庄，荒郊风紧作秋凉。小村三昨辞螺鳖，孤店前途访凤凰。地近沧溟常苦雨，天连关塞早迎霜。断真今日愁吟句，他日重看亦断真。"李夏镇《北征录》

李夏镇《题赠永平主人》："乾坤借寿福，花木媚园池。歌酒须娱老，光阴不我迟。"李夏镇《北征录》

李夏镇《永平府 永平即古北平》："孤城当道路，一水绕西东。地迥开千里，楼高耸半空。人心朝暮变，形胜古今同。安得汉飞将，盛秋临犬戎。"李夏镇《北征录》

李夏镇《渔阳遇刘生 士秀》："儒名胡服悄颦眉，低首深含万古悲。沦没宁同唐世乱，呕吟犹有汉民思。百年无运徒虚语，三日清河不可期。一盏村醪嘿相对，此间情景有谁知。"李夏镇《北征录》

李夏镇《发永平府》："晓雾千山暗，秋深古北平。边风雁背冷，初日马头明。路远几千里，角鸟三四声。同行且努力，未久出关城。"李夏镇《北征录》

李夏镇《晓过永平十八里堡》："征韬冲雾石门晨，旷野萧条不见垠。荻岸飘花晴似雪，秫田留藁远疑人。一群鹅鸭前溪闹，满路风烟特地新。万里乾坤观览富，归来始觉壮游真。"李夏镇《北征录》

李夏镇《双望堡道上偶吟》："缥缈终南梦里青，别来关塞六凋蓂。漫从华表寻丁鹤，厌就成都问客星。歇马时窥杨柳院，宽愁或傍蓼花汀。眼看一雁拖秋色，留得哀音静夜听。"李夏镇《北征录》

李夏镇《经双望堡》："马头双望堡，柳下几家烟。草湿栖余雾，城孤带断川。荒祠槐四五，归客路三千。涉远贪程甚，饥骖强着鞭。"李夏镇《北征录》

李夏镇《双望堡别村》："溪边宿雾晓连空，蠲湿方高蓟酒功。归马不知人意急，悲鸣蜷局别村中。"李夏镇《北征录》

李夏镇《兔耳山》："归路重逢兔耳峰，半空祥雾锁重重。眼青不觉王程急，暂拟停车掷一筇。"李夏镇《北征录》

162

<<< 康熙时期中朝诗歌交流系年（1662—1681）

李夏镇《背阴铺》："天开向东路，山拥背阴村。草树迎秋色，云烟媚晓暾。歇鞍怜水石，欹枕梦乡园。醒后添归思，衣裳有泪痕。"李夏镇《北征录》

李夏镇《炉峰口望抚宁县》："炉峰苍翠倚天魔，带得秋光客又过。雨后岩扉岚气润，霜前物色草花多。平郊极目孤城出，绝顶临空万象罗。肯许扪萝缘断壁，天东俯见鸭江波。"李夏镇《北征录》

李夏镇《北平秋怀青龙江在永平城下》："万里归来晚，征途费苦吟。愁真须酹酒，枯砚润蹄涔。路阻青龙浦，心悬白岳岑。关山秋渐老，双泪恐难禁。"李夏镇《北征录》

李夏镇《白石铺》："荒坡无白石，小店亦虚名。疏柳两株老，长郊千里平。日斜归鸟急，天远断鸿鸣。怅望榆关道，残霞映水明。"李夏镇《北征录》

李夏镇《榆关晓发》："从古榆关争战场，连云兵气至今黄。朔风卷雨千山霁，初日腾天万物阳。片梦苍茫迷绝域，孤槎迢递下扶桑。秋光不借穷愁客，衰草寒烟只断真。"李夏镇《北征录》

李夏镇《网子店晓望》："晓露凉疏柳，孤烟起别村。从来网子店，咫尺塞垣门。海日初当盖，秋山欲趁辕。东归已将半，客兴满乾坤。"李夏镇《北征录》

李夏镇《过深河驿》："惆怅深河水，何曾泻客愁。矼梁不复设，风物解相留。鱼乐疑濠上，波鸣似陇头。孤吟滞征盖，鸥鹭近人浮。"李夏镇《北征录》

李夏镇《望海店》："店门初望海，巘屃晓云顽。地近多驱雨，天开不碍山。村居邻蜃市，驿路控秦关。风物如相识，殷勤护我还。"李夏镇《北征录》

李夏镇《凤凰店》："愁穿豺虎窟，喜过凤凰村。梦想迷丹穴，风烟带海门。傍林还问路，踞石暂开樽。望海高楼近，驱车绕塞垣。"李夏镇《北征录》

李夏镇《王家岭》："路指王家岭，横坡数尺高。人烟依树木，风俗乐腥臊。雨意占云气，秋声听海涛。倾囊试沽取，房酒酿葡萄。"李夏镇《北征录》

李夏镇《大里营》："雁带中天雨，人归大里营。一村分上下，长路惯逢迎。鸥梦酣秋色，年光恼客情。谁言壮游好，牙齿觉酸生。"李夏镇《北征录》

李夏镇《范家店进退格》："路绕清溪曲，来寻老范家。桥应怜再渡，鱼亦记曾过。桑叶凋秋露，枫林烂晓霞。汀洲从滞客，朗咏转山阿。"李夏镇《北征录》

163

康熙时期中朝诗歌交流系年（1662—1681）　>>>

李夏镇《晚抵范家庄》："东海归心切，秋郊一路长。行人看日怯，饥马望村忙。晚雾千崖白，霜毛两鬓苍。溪花太愁思，寂寞守孤芳。"李夏镇《北征录》

李夏镇《范家店记行色》："驱车五十里，饥色欲侵眉。天晓归骖急，云长过雁迟。鸥开曝日翅，柳拂带霜枝。分付西风道，将秋送好诗。"李夏镇《北征录》

李夏镇《望海楼被阻不得登楼》："城上摇摇百尺楼，风棂月户自千秋。茫洋鳌背迷蓬岛，出入波心辨海鳅。俯视扶桑如可折，遥攀析木暂相留。还须领略输新句，归对邦人詑壮游。"李夏镇《北征录》

李夏镇《红花店》："店带红花号，人归赤叶天。去关无十里，当路阅千年。海气霾边树，胡风卷塞田。往来今再过，身世也堪怜。"李夏镇《北征录》

李夏镇《出山海关》："数茎华发鬓边明，归路秦皇万里城。虎穴空怀探子志，驷车真愧弃繻生。海门风急惊波立，山带秋深积雨晴。憀栗此心谁共语，羌儿吹送暮笳声。"李夏镇《北征录》

李夏镇《马上偶吟》："岁晚青丘客，驰车东出关。别家今几月，自惜损朱颜。"李夏镇《北征录》

李夏镇《八里堡望长城》："连山万里是城基，多事秦皇旧筑斯。控海逶迤亘岩壁，固天所以限华夷。舆图忽易阴阳位，守备宁容智力私。看取五胡云扰日，古来无有百年期。"李夏镇《北征录》

李夏镇《过老军新店》："路右开新店，关门数十程。当垆少女笑，何事老军名。草创旗亭小，萧条土宇倾。还饶前浦雁，犹得助诗情。"李夏镇《北征录》

李夏镇《中前所》："中前城在眼，先后客寻村。马踏荒坡路，鸥飞浅水源。炊烟笼晚秋，秋色动征轩。忽觉牵乡思，寒蛩咽草根。"李夏镇《北征录》

李夏镇《宿中前所》："宿雾浓还淡，初阳翳复明。草心惊白露，苔色上崩城。古树蝉声老，矮檐燕语清。重寻旧店主，一笑为相迎。"李夏镇《北征录》

李夏镇《高岭驿》："秦关一出思无涯，诗兴飘然日渐加。百里平郊高岭驿，两行疎柳野人家。秋风浩浩吹前道，归马萧萧带晚鸦。画角缘溪声暂逗，白烟深处酒旗斜。"李夏镇《北征录》

李夏镇《前屯村》:"郊外清溪绕短垣,草间孤店是前屯。鹅儿戏喋鸡头叶,马走多穿犊鼻裈。云雁有心呼远客,秋花无数映荒园。东行十日还兹地,傍路殷勤为驻辕。"李夏镇《北征录》

李夏镇《沟儿河》:"沟儿河上过,隔岸一村烟。人倦欲求息,马饥愁着鞭。秋风关树暮,草径野花妍。僮仆休相讶,羁愁已白颠。"李夏镇《北征录》

李夏镇《沙河站》:"辽西一路四沙河,站驿虽殊语易讹。濡轨却怜秋后返,冲炎犹记夏初过。岸枫倒影红涵锦,汀草浮光绿熨罗。万里乘槎重利涉,不妨斜日听渔歌。"李夏镇《北征录》

李夏镇《宿沙河站》:"返照明山顶,秋风政飒然。片云何处雨,孤雁一川烟。驿路迷关塞,村居傍海堧。驰车乘暝入,清露坠凉天。"李夏镇《北征录》

李夏镇《早过中后所》:"马上秋将晚,枝头蝉已瘖。流霞半天赤,老木一溪阴。烟锁鸳鸯梦,风催鸿雁心。行穿荒草路,残堞古城深。"李夏镇《北征录》

李夏镇《胡儿》:"腰横赤绦剑,手有白藤鞭。车小轮无饰,牛驯鼻不穿。箱间籍草卧,露下枕靴眠。倚醉吹笳过,风传一阵膻。"李夏镇《北征录》

李夏镇《东关驿书所见》:"款款茶当酒,修修秝作柴。役男担远水,坐女衲新鞋。鹅鸭充厨膳,驴骡应驿差。琵琶杂横笛,亦足畅羁怀。"李夏镇《北征录》

李夏镇《遇猎者》:"猎骑翩翩箭在腰,接天秋草正萧萧。凭凌三窟方愁兔,矰缴千寻已落雕。骇虎奔腾无眼底,霜蹄灭没转山椒。鹍音异日如怀我,南越行看北阙枭。"李夏镇《北征录》

李夏镇《雨后》:"雨霁烟光薄,草深花影幽。秋天看似洗,石濑乍添流。清景空新趣,征人自倦游。故园三角下,丛菊正含愁。"李夏镇《北征录》

李夏镇《曲尺河》:"曲尺河名古,三千客路赊。烟浮数村晚,风卷片云斜。败荻晴摇水,圆沙冷带花。废炖余旧迹,无语傍征车。"李夏镇《北征录》

李夏镇《中右所》:"当头见残堞,知汝蔽西戎。无复能防守,犹堪避雨风。气腥东海接,市闹北都通。坐待桑田变,重收护塞功。"李夏镇《北征录》

李夏镇《曹庄驿》:"曹家雄此地,驿号借曹庄。制仿中朝旧,途怜千里长。悲笳咽暮色,凉雨泣秋光。买醉宽孤愤,狂歌未是狂。"李夏镇《北征录》

李夏镇《望宁远卫》:"东归千里兴先飞,背后秋风送落晖。几处亭台留赏咏,去时光景总依俙。关山岁晚羸骖倦,云水霜寒病鹤饥。直过间阳度沙岭,辽城遗迹访令威。"李夏镇《北征录》

李夏镇《过□壁有感》:"东路云山远,西风送薄寒。战场秋草满,坏堞夕阳残。已矣天谁问,悲哉岁欲阑。攒眉一长啸,遥邦碧巑岏。"李夏镇《北征录》

李夏镇《哀烟台》:"平原列千嶂,辛苦守三城。力尽援还绝,天翻势已倾。耿恭谁继躅,都尉自偷生。烟燧终无赖,徒伤壮士情。"李夏镇《北征录》

李夏镇《出关抵双石铺》:"风冷庭梧玉露团,一年秋意动关山。晓来微雨云如梦,城下回堤水似环。函谷闻鸡孟尝出,海天持节子卿还。倦骖何处寻烟入,双石孤村草树间。"李夏镇《北征录》

李夏镇《过故帝子山庄》:"梁园日暮乱飞鸦,极目萧条三两家。庭树不知人去尽,春来还发旧时花。"李夏镇《北征录》

李夏镇《双石铺道中》:"迢迢未省是何山,但觉云烟拥翠鬟。风送林间一点雪,白鸥飞过不胜闲。"李夏镇《北征录》

李夏镇《双石铺前望连山驿》:"连山山不见,双石石无存。远近迷秋色,东南近海门。沙暄鸥梦熟,岁晚客心烦。归马寻前路,晴烟暗小村。"李夏镇《北征录》

李夏镇《晓行》:"烟树朦胧晓路迷,水禽飞起自惊栖。雨寒遥塞时闻雁,草动荒坡或遇麛。归意只知争日月,异方谁复解东西。前村漠漠看犹远,疲马应愁没膝泥。"李夏镇《北征录》

李夏镇《连山驿》:"却过连山望塔山,疏林掩映水云间。且寻飞幕吾将憩,兴到诗来为解颜。"李夏镇《北征录》

李夏镇《观牧马》:"胡马秋犹放,荒郊万匹来。高低山色里,红白锦纹开。龀处青芜尽,肥时赤县栽。牧儿鞭数尺,吹笛夕阳回。"李夏镇《北征录》

李夏镇《高桥堡》:"鬟扫香云裙石榴,高桥从此唤高丘。柳眉微皱缘何事,似恨姑苏野鹿游。"李夏镇《北征录》

李夏镇《宿杏山》:"百里驱车到杏山,一林秋叶带霜殷。牛羊就食弥荒野,鹅鸭将雏戏浅湾。横海断云何处向,拂天归雁杳难攀。乡园几日征鞍税,坐我仁王木觅间。"李夏镇《北征录》

李夏镇《石竹花》:"石竹幽花傍路开,似羞娇艳隐蒿莱。孤芳偶失东君约,香信翻为白帝催。结子旧闻桐录载,移根谁向上林栽。红颜命薄人还有,驻马沉吟首更回。"李夏镇《北征录》

李夏镇《松山》:"雨后霜风斗觉寒,半林枫叶欲渝丹。蒿沉曲渚滩声厉,荻卧长洲秋影残。天外行装怜尺剑,梦中归兴在三韩。晴烟一点松山小,歇马还思傍水餐。"李夏镇《北征录》

李夏镇《小凌河凌河产石曼瑚》:"虹桥百尺小凌河,千里归人趁晓过。征马局蹄饥意逼,霜鸿叫侣怨声多。网收鲂鲤晴回艇,手拾曼瑚坐弄波。双眼忽醒吟赏处,秋花耿耿照烟莎。"李夏镇《北征录》

李夏镇《大凌河上书怀》:"河烟不断荻花凉,沙步丛林夜有霜。背负秋风伤落叶,手遮朝日望扶桑。愁边云邦千重隔,马上羁愁万斛强。晚止早行行又止,长途终抵汉山阳。"李夏镇《北征录》

李夏镇《重题十三山》:"云外芙蓉六与七,居人说是十三山。奇称庐岳差同列,清并巫峰若可班。从古翠鬟供赏咏,至今青壁断跻攀。谁能借得龙眠笔,第在天台雁荡间。"李夏镇《北征录》

李夏镇《十三山记梦》:"层峦不计数,错讶是巫峰。偶得楚王梦,恍如神女逢。汉皋初解佩,洛浦更无踪。睡起看山色,十三苍翠重。"李夏镇《北征录》

李夏镇《归兴》:"大野回风卷雨寒,西山暮色映林端。天东归马牵秋兴,十里云烟转昕看。"李夏镇《北征录》

李夏镇《自解》:"万事居常赖化工,此身何以答神功。玉河来往三千里,一日曾无雨与风。"李夏镇《北征录》

李夏镇《东归》:"去去迎初日,迢迢望故乡。长程不肯尽,一步一回肠。"李夏镇《北征录》

李夏镇《闾阳道中》:"鹤野才经夏,燕都却遇秋。苏卿传雁札,季子敝貂裘。道路空长在,云烟总是愁。西风解我意,先渡鸭江流。"李夏镇《北征录》

李夏镇《朝憩闾阳城外》:"城郭人烟集,闾阳在眼中。云开远水白,日照万林红。来往客心异,高低官路同。风光差可慰,归意莫匆匆。"李夏镇《北征录》

李夏镇《间阳取径路入芦田》:"路入长洲一望赊,冥冥飞雨闹兼葭。他乡近海几千里,古木临溪三两家。野旷无人乱狐兔,潭清澈底数鱼虾。晚来风起天如洗,波影晴摇断岸霞。"李夏镇《北征录》

李夏镇《野径》:"浅矶和梦过,惊起一双凫。野色还高下,烟光乍有无。小村人语迥,长路客心孤。萧瑟吾行色,须凭画手摸。"李夏镇《北征录》

李夏镇《过四望台广宁前郊捷径》:"山花间红白,黍稷半青黄。波面鸥眠适,风头燕语凉。雁天多冷雨,客路易斜阳。百里人烟绝,高台四望荒。"李夏镇《北征录》

李夏镇《晚行》:"平郊东望一村孤,远树依微似画图。万里客归秋草路,夕阳明灭渚禽呼。"李夏镇《北征录》

李夏镇《暮归》:"苇花千里带霜寒,风急归鸿度塞难。细雨如尘云似梦,隔溪荒店夕阳残。"李夏镇《北征录》

李夏镇《南灵草》:"摘取南灵叶,催将火上焙。新烟香鼻观,淡味当茶杯。此物从穷海,于今徧九垓。筹司尤有赖,或可助盐梅。"李夏镇《北征录》

李夏镇《芦花》:"晚来穿大泽,衣袖惹芦花。瑟瑟留风响,萧萧斗鬓华。秋光不自惜,诗兴觉偏加。归雁衔应尽,云间一字斜。"李夏镇《北征录》

李夏镇《径出盘山》:"盘山今咫尺,昨夜梦应劳。取疾还由径,千年愧子皋。"李夏镇《北征录》

李夏镇《晓发盘山》:"天围荒野朔风鸣,残月随人霁色清。道路半年身自老,乡关万里梦频惊。依依海上红云聚,稍稍山头晓旭明。促马东行行转急,驿程看已抵高平。"李夏镇《北征录》

李夏镇《高平驿》:"何处高平驿有村,荒林衰草一池浑。缘堤野径随亭障,括地霜风动石门。沙渚苔深鸥有迹,塞天云阔雁无痕。欲知远客悲秋意,看取庭槐落叶翻。"李夏镇《北征录》

李夏镇《路次高平驿》:"人迷芦荻丛,岁晚高平驿。归雁一声哀,凉天万里碧。"李夏镇《北征录》

李夏镇《晓抵高平》:"天东极目路遥遥,星晓驰车到晚朝。酒力未胜风力劲,盘山宿醉已全消。"李夏镇《北征录》

李夏镇《平安堡》:"斗大平安堡,荒城客路隅。当时劳筑凿,今日乞羌

胡。岁晚蒹葭冷，云横雉堞孤。醮楼黄叶满，薄暮见栖乌。"李夏镇《北征录》

李夏镇《沙岭驿》："驿路迷沙岭，人烟傍柳阴。孤城秋草没，大泽暮云深。风急飘红影，途穷见客心。悲歌空自放，离恨政难禁。"李夏镇《北征录》

李夏镇《有感旧迹》："三里烟墩一舍城，东西绵亘二千程。经营战守几年计，胜败兵家残梦惊。处处黄沙冤鬼哭，茫茫阴碛暮云平。向时遗迹凭谁问，肠断辽河日夜鸣。"李夏镇《北征录》

李夏镇《西宁堡》："晚登沙岭望西宁，烟树依依一点青。秋意不知何处觅，数行征雁下沙汀。"李夏镇《北征录》

李夏镇《三河见芦菊并茂有感》："芦花偃寒色，菊蕊荐幽姿。衰白嗟谁惜，幽贞空自知。无心借苏月，有意伴陶篱。岁晚三河侧，相邻守一陂。"李夏镇《北征录》

李夏镇《三河堡》："雨意朝来减，秋光马上随。云消天宇净，露重草花欹。禽鸟如相恋，山川解要诗。还须索一醉，醉后皱吟眉。"李夏镇《北征录》

李夏镇《晓涉三河》："秋江萧瑟起凉波，荻岸风鸣朔气多。岩底迎阳戏鲂鲤，沙汀伸颈曝鼋鼍。孤舟一叶人争渡，千里东还客暂过。回首西南氛祲恶，几时荆棘剪铜驼。"李夏镇《北征录》

李夏镇《阻风三河津上》："西风撼河岸，半日滞行人。已识辽西路，何劳更问津。"李夏镇《北征录》【考证：以上诸诗作于七月初七日至八月间。】

八月

李夏镇《牛家庄见白头豕有感》："八月边城冷雨收，仙槎迢递指青丘。幽州一语今犹验，重见辽东豕白头。"李夏镇《北征录》【考证：诗云"八月边城冷雨收"，此诗当作于八月间。】

李夏镇《耿家庄道中》："远山如簇拥东南，松桧依依映翠岚。人向此中寻去路，雁从云际唤归骖。长空雨过秋光湿，大泽波寒野色涵。天为诗翁添一料，绕村红叶醉初酣。"李夏镇《北征录》

李夏镇《晓行》："宿云和雾障朝晖，披草寻蹊野色迷。促马寻常缘秋亩，无桥时复阻霜溪。岸铺新锦枫酣尽，沙映团金菊绽齐。极目长郊风雨后，荻花千里踏成泥。"李夏镇《北征录》

康熙时期中朝诗歌交流系年（1662—1681） >>>

　　李夏镇《过张家屯》："张郎东墅带秋凉，野草疏花隐短墙。小栅临溪放鹅鸭，荒林近夕下牛羊。云边独雁心逾苦，霜后千山色转庄。万里西风飘客意，正思乡国泪盈眶。"李夏镇《北征录》

　　李夏镇《途中有感》："莫教鸤鸠近人鸣，弹剑中宵气不平。山上有山怜远客，梦中悲梦哂浮生。百年强半风尘里，万事无成鬓发明。钟鼎功名付年少，且随鸥鹭续幽盟。"李夏镇《北征录》

　　李夏镇《笔管铺重过》："曾过笔管店，尚有旧题诗。今日还来此，清秋有所思。衣冠真可愕，风景只堪悲。闻说天心变，能无拭目时。"李夏镇《北征录》

　　李夏镇《归路六言》："鹤野秋风万里，凤城初日三竿。行人一枕眠稳，老雁长云路难。"李夏镇《北征录》

　　李夏镇《题笔管铺西江月词》："郭外青山自在，桥头垂柳依然。去时风物迓归鞭，况是晴天云卷。雁过宁辞路远，鸥闲不受愁缠。暂时寄兴亦前缘，明日还须相饯。"李夏镇《北征录》

　　李夏镇《谒金门词看云》："云片片，南去北来谁遣。闲泛晴空舒且卷，恍疑新锦剪。日日朝看暮见，异态奇形千变。鱼海鸭江飞欲遍，下方无意恋。"李夏镇《北征录》

　　李夏镇《卜算子词辽塞秋怀》："暝色映寒溪，木落秋声起。无限风光总是愁，此地知何地。排闷强呼杯，未饮心先醉。坐见燕鸿度塞云，红褪芙蓉死。"李夏镇《北征录》

　　李夏镇《柳梢青词秋怨》："故峡秋残，荒台夜静，雨散云收。玉兔无情，姮娥多妒，愁倚箜篌。鸡人为报更筹，一枕上千行泪流。天外鸿悲，床头蛩怨，风打西楼。"李夏镇《北征录》

　　李夏镇《忆秦娥词》："秋风暮，孤鸿冷湿空江雨。空江雨，高楼夜静，锦衾无主。翠鬟徐整移莲步，含情独倚连枝树。连枝树，萧萧寒叶，一番霜露。"李夏镇《北征录》

　　李夏镇《浪淘沙词》："檐雨冷萧萧，归意摇摇，孤衾不寐度今宵。强进一杯愁不敌，蜡烛空销，万里客魂飘。霜鬓全凋，倚窗搔首悄无聊。回雁一声秋已晚，愁入云霄。"李夏镇《北征录》

170

李夏镇《南沙河遇早霜》:"辽塞秋寒早,严霜七月飞。云鸿带月冷,野菊抱香腓。燕去思先社,人今未授衣。萧条行色晚,独望海天归。"李夏镇《北征录》

李夏镇《秋怀》:"旷野秋萧瑟,残灯夜寂寥。一天星月共,千里驿程遥。自笑孤篷转,谁怜两鬓凋。应知故园菊,霜蕊傍山椒。"李夏镇《北征录》

李夏镇《独登首山,即唐太宗驻跸处,仍上观音寺,俯瞰辽海,斜瞻城郭,村墟绕其左右,林木依依,真天下绝胜地也。副使书状不肯同游,诗以寄之》:"西极秋风送使星,轺车万里驾双骈。首山囊罄须呼癸,辽野人归不姓丁。飞盖早穿芦岸过,征鞭独向寺门停。相期共宿荒城外,高墅亭台一醉醒。"李夏镇《北征录》

李夏镇《首山观音寺记兴》:"寺门高处石为台,一片辽城地底回。俯瞩东溟无畔岸,平临西塞倚崔嵬。烟霞自古通三岛,胸次从今隘八垓。仙鹤千年应识我,可能相伴此重来。"李夏镇《北征录》

李夏镇《观音寺前》:"天东万里路苍茫,秋后行装转觉忙。梦作黄鸥游水国,身如丁鹤返辽阳。思归几夜瞻鸿雁,不日边城抵凤凰。遥想舣舡相待处,统军亭下鸭江长。"李夏镇《北征录》

李夏镇《拟赠辽阳秀才》:"辽阳避地非今日,纱帽曾闻管氏贤。万里飘零君到此,古人心迹两依然。"李夏镇《北征录》

李夏镇《重过阿弥庄小寺》:"小庄曾过十旬前,今日重来似有缘。驷马自寻幽径入,一灯犹记法堂悬。秋深古树蝉声乱,风撼边云雁影连。茶罢空斋日将晚,却循官路向东天。"李夏镇《北征录》

李夏镇《冷井》:"古井依山足,霜林护石甃。传名标冷冽,得地占清幽。一酌当初夏,重寻已晚秋。还家意政急,为尔暂迟留。"李夏镇《北征录》

李夏镇《石门岭》:"角声吹彻石门烟,岭树秋晴雁影前。路挂层岩临绝壑,云凝行盖上青天。却瞻海峤羁愁减,回望燕山落日悬。舟渡龙湾隔五夜,翩翩不觉耸诗肩。"李夏镇《北征录》

李夏镇《三流河》:"再渡三流涧,孤鞭数月间。潦余桥更没,秋后叶全殷。已过千山险,宁羞两鬓斑。唯应旧风物,妆点待吾还。"李夏镇《北征录》

李夏镇《记兴》:"未到吾能说,西关秋意阑。月应供赏咏,风为扫诗

坛。物色联翩取，楼台次弟看。长程醉里过，一洗客愁干。"李夏镇《北征录》

李夏镇《望狼子山》："轻云点暮天，晚树鸣秋野。他乡归路长，草色迷征马。"李夏镇《北征录》

李夏镇《题狼子山》："塞天残日照狼山，异域风霜客未还。屈指归程尚迢递，晚来秋意动河关。"李夏镇《北征录》

李夏镇《辽俗》："燕辽风已变，夷夏俗相交。潼酪朝充食，鸡猫夜共巢。张弓乐驰逐，抚剑肆咆哮。向夕鸣筇笛，猪羊恣意炮。"李夏镇《北征录》

李夏镇《迂路虎狼谷有感》："取径虎狼谷，避危青石山。回溪费揭厉，叠岭免跻攀。但使催征马，犹能宿故关。坦途随处有，世路险仍艰。"李夏镇《北征录》

李夏镇《甜水站》："甜水闻名久，依村歇马频。乱峰云淡淡，寒渚鹭振振。孤枕一场梦，倦游千里身。征鸿唤我起，独渡夕阳津。"李夏镇《北征录》

李夏镇《登虎岭望连山关》："虎岭当空立，连山入望低。霜枫红刺日，烟柳碧涵溪。瀑落垂虹影，云飞着马蹄。万林深处黑，归路失东西。"李夏镇《北征录》

李夏镇《虎岭石栈》："牵路缘沙岸，才饶数尺平。老藤盘木杪，危石碍车行。未到魂先怯，追思骨亦惊。寄言羁绊子，慎勿再西征。"李夏镇《北征录》

李夏镇《连山晓发》："初阳无力雾连山，万里催车此日还。醉里不知关路远，醒来犹记岸枫殷。新诗到底应须赋，胜境心忙不可攀。别有秋光着眼处，一行征雁落烟湾。"李夏镇《北征录》

李夏镇《分水岭》："八月边霜客梦孤，路从分水岭头迂。青山不解供吟兴，赤叶偏伤映白须。川抹冷烟秋色霁，雁拖寒影朔风呼。龙湾咫尺吾将返，林外归骖晚更驱。"李夏镇《北征录》

李夏镇《分水岭写怀》："旷野还深峡，云峦似故乡。事欢忘路险，天近觉心忙。归马悲秋晚，晴烟带水长。狂歌出关去，诗意满奚囊。"李夏镇《北征录》

李夏镇《午憩通远堡》："寻径穿秋草，缘溪得小村。饥肠当晚食，一饱亦君恩。"李夏镇《北征录》

李夏镇《斗岭在通远堡东三十里》："通远朝餐晚，征车尽日驱。石梁今再

渡，斗岭旧曾逾。意似归鸿急，形如病鹤臞。还家对稚子，应怪已霜须。"李夏镇《北征录》

李夏镇《松站》："小村依水石，秋雨洗庭芜。初月如相待，新诗不可无。气低凭酒王，身倦倩人扶。欹枕窗棂下，寒烟起客厨。"李夏镇《北征录》

李夏镇《望统军亭》："翩翩归马下长郊，辽蓟山川不觉遥。到得九连城外望，飞亭百尺影摇摇。""迢迢燕塞路修回，万死归来两鬓皑。却对龙湾使君酒，眉头羁思一时开。"李夏镇《北征录》

李夏镇《将到凤城》："通远朝餐晚，征车尽日驰。石梁今再渡，斗岭旧曾逾。意似归鸿急，形如病鹤臞。还家对稚子，应怪已霜须。""霜林无处不秋声，云物供诗别有情。驿路二千看欲尽，星轺已近凤凰城。"李夏镇《北征录》

李夏镇《将渡龙湾有感》："路近龙湾百念消，安眠暂过凤城宵。日边回首尚千里，载得余愁驱使轺。"李夏镇《北征录》

李夏镇《早发镇东堡即松站》："镇东东接磨云岭，石路崟崎未易行。鸭水分疆余百里，凤山当面护孤城。一年已送轺车上，半夜惊闻塞雁声。无那客愁侵两鬓，晓看霜雪镜中明。"李夏镇《北征录》

李夏镇《归兴》："不遣离愁上客眉，归程将近鸭江湄。眠鸥浴鹭俱关兴，返鸟晴云总是诗。白露偏伤孤雁意，丹枫解趁九秋期。征车稳过风光里，处处溪山为护持。"李夏镇《北征录》

李夏镇《辽路》："秋色非关宋玉愁，夕阳偏在仲宣楼。他乡景物随时异，故国归心逐水流。每遇幽泉托兴趣，或探新句费雕镂。行行已近龙湾界，强拟夸张说壮游。"李夏镇《北征录》

李夏镇《出栅》："木栅疏疏几尺高，驰车东出兴陶陶。燕山数月成何事，玄鬓无端已二毛。"李夏镇《北征录》

李夏镇《东出栅门先寄湾尹》："辽云千里正含愁，今日回看喜气浮。早遣秋风促山简，挈樽相待鸭江头。"李夏镇《北征录》

李夏镇《路上》："关门晓出马如飞，天外心期朔雁归。长路不穷行不息，一年秋色染征衣。"李夏镇《北征录》

李夏镇《马上偶吟》："野宿多依树，朝餐几傍溪。归心迷故国，羸马怯深泥。冷雨沾鸿影，秋风动燕栖。前程更千里，物色转凄凄。"李夏镇《北征

录》

　　李夏镇《大同驿马来迎栅门外有作》:"秋风送我东,驿骑迎人远。归兴满江山,长程天早晚。"李夏镇《北征录》

　　李夏镇《望九连城》:"衰草吟风百里程,鹘山东接九连城。云烟不改来时色,鸿雁偏知久客情。四序推迁人自老,十年奔走尔何营。林泉尽有容身地,弹剑长歌万感生。"李夏镇《北征录》

　　李夏镇《途中》:"辽左青丘接,青山似故乡。吟诗更回首,风物亦难忘。"李夏镇《北征录》

　　李夏镇《到鸭江》:"踏尽辽阳路,归来鸭水边。酒杯还意气,诗句领风烟。草远牛羊夕,秋深鸿雁天。扁舟幸无恙,一棹破龙眠。"李夏镇《北征录》

　　李夏镇《望白马城》:"马城先入望,鸭水渺无边。归骑知人意,嘶鸣不待鞭。"李夏镇《北征录》

　　李夏镇《将涉鸭江》:"清秋欲半夕风凉,断雁声长客意忙。夜济龙塘催短棹,统军亭上醉飞觞。"李夏镇《北征录》

　　李夏镇《鸭江》:"鸭江秋水接天流,归路苍茫独舣舟。惆怅枫宸尚远隔,五云何处是琼楼。"李夏镇《北征录》

　　李夏镇《白马山城》:"龙湾东南白马山,层崖万丈横江关。塞天寂历塞日冷,孤城一片雄其间。"李夏镇《北征录》

　　李夏镇《宿良策馆》:"秋夜漫漫秋气清,半天星月亦多情。相邀一醉真良策,他日能忘古馆名。"李夏镇《北征录》

　　李夏镇《肃川道中》:"愁云塞不开,秋色遍蒿莱。汀鹭何心起,边鸿寒影来。平郊长路远,落日短鞭催。偶得溪边石,吟诗酹一杯。"李夏镇《北征录》【考证:《肃宗实录》卷七言使团于八月二十日复命,故以上诸诗当作于八月二十日前。】

　　二十日(戊子)。

　　陈慰兼进香使李夏镇、郑朴等回自清【按:参见是年闰三月十八日条】。夏镇等以五月抵燕,其国俗六月节内不祭,不许进香,至七月始行祭,又留馆一旬,始许离发。盖以南方败报相继,方议攻御,不遑余事云。书状官安如石进闻见事件,略言"吴三桂与耿精忠、郑锦联结侵轶,前后七城见陷。漳、泉被围,清将宜满水战大败。副都统拉色巴你等又大败于岳州被擒。广西巡抚马雄镇战败自缢。广东总兵祖泽清叛，与三桂合，侵陷诸城。福建大将海澄公黄芳世素雄勇多战功，以病死。自是清兵有败无胜。三桂称帝，国号大周，改元绍武，立其孙世霖为皇太孙【按：参见是年七月】。清主荒淫无度，委政于其臣索额图。兵兴以后，赋役繁重，民不堪命，国内骚然云"。
《朝鲜肃宗实录》卷七

二十七日（乙未）。

吴三桂死，永兴围解。颁行康熙永年历。《清史稿卷六·本纪六·圣祖一》

十月

三十日（丁酉）。

引见辨诬使福平君㮒、副使闵黯、书状官金海一。《朝鲜肃宗实录》卷七

十一月

初二日（己亥）。

朝，昏雾四塞。辞别伯氏及季通，渡临津江，中火于长湍临湍馆，主倅李行益来见。宿开城太平馆，海西绣衣赵祉锡适来见。金海一《燕行日记》

金海一《临津别伯氏还京》："怅望关山路几千，临津立马意茫然。棣棠聊榻知何日，须趁东风听杜鹃。"金海一《燕行录》

金海一《过松都有感》："旧都烟月尚依俙，善行桥边泪自挥。过客停骖何所问，古碑无语立斜晖。"金海一《燕行录》【考证：临津至松都四十里约一日程，且《燕行日记》言十一月初二日"宿开成太平馆"，太平馆位于松都，故此诗亦作于初二日。金履万《先考通政大夫、行承政院左承旨府君家状》：金海一（1640—1691），字宗伯，号檀溪，礼安人，仁祖庚辰生。庚子，中司马。丙午，升典籍，历直讲及秋官地部骑省郎兼春秋馆记注官。壬子冬，拜持平。其后，拜掌令者六，拜献纳者八，拜执义者一，间拜司书、文学、司艺、司成、通礼、太常、光禄正。戊午冬，以辨诬书状官赴燕，己未春，竣事还，超秩拜同副承旨，俄升左副。己巳十月，以进香副使赴燕，庚午二月，还复命。辛未卒，年五十二。通籍几三十年，冰檗自励，终始一操。再赴燕京，三典巨府，而凡诸货利无丝毫近身，即书籍亦不广聚。几案屏障，无一侈丽之物，萧然若布素家。为诗文遒逸而畅达，不作僻涩语。】

初八日（乙巳）。

风雪甚酷。宿平壤大同馆，监司金子长，庶尹安集来见。付家书于拨便。金海一《燕行日记》

金海一《宿平壤馆》："冰雪满关河，征人那得息。孤灯照不眠，坐到东方白。"金海一《燕行录》

金海一《望箕子庙》："白马殷王子，乔山万世封。只今余古庙，松栢尚英风。"金海一《燕行录》【考证：据《大东地志》，箕子庙位于平壤，故此诗亦作于初八日。】

十一日（戊申）。

宿肃川。肃宁馆主倅李斗龟，咸从县令车宪，永柔县令沈良弼来见。金海一《燕行日记》

金海一《次永柔使君沈良弼韵》："独抱羁愁坐客堂。广庭寒夜月如霜。翠幄红屏都不管。蓟门风雪杳难望。"金海一《燕行录》

十三日（庚戌）。

阴。见朝报，金司谏璁以接慰官客死于东莱，惨惨。金海一《燕行日记》

金海一《留安州，明日将渡清川江》："大同才渡又清川，长路悠悠客恨牵。寒雪扑衣云幂地，百祥楼上且停鞭。"金海一《燕行录》【考证：《燕行日记》言十二日"宿安州安兴馆"，十四日"宿嘉山嘉平馆"，此诗题曰"留安州"，当作于十三日。】

十八日（乙卯）。

午后风雪。夕到龙川，府使李弘祖来见，宿良策馆。金海一《燕行日记》

金海一《龙川遇雪》："天寒白雪满征裘，万里关山客子愁。八月仙槎何处问，我行今日愧张侯。"金海一《燕行录》

金海一《龙湾客馆二绝》："客心长自算归程，已见关山月缺盈。春色明年留待我，莫教先至洛阳城。""数尽寒更梦不成，碧窗残烛伴人明。思家恋阙情何极，双鬓无端雪满茎。"金海一《燕行录》

金海一《闻笛》："月明何处笛，风送客窗前。落梅兼折柳，似劝趁春旋。"金海一《燕行录》

金海一《闻角》："城头画角转悲凉，一渡长江便异方。荒戍烟沈闻鼓柝，阴山月黑恸豺狼。男儿岂可辞原隰，王事犹堪饱雪霜。回首帝都天末远，只凭孤梦五云乡。是夜梦入侍。"金海一《燕行录》

金海一《余于今行颇持二戒，上使每以风情太薄为戏，戏题一绝》："戒色忧添病，停筯畏损神。曾闻三不惑，非是薄情人。"金海一《燕行录》【考证：以上诸诗当作于十一月十八日至二十四日间。】

二十四日（辛酉）。

留。都事权恒来见，见家书。金海一《燕行日记》

金海一《将渡龙湾》："辽东烟树与天参，欲渡龙湾逗远骖。明日九连寒雪夜，不知何处望终南。"金海一《燕行录》【考证：据《燕行日记》可知使团于二十五日"渡鸭绿江，过三江、九连城"，此诗曰"明日九连寒雪夜"，当作于渡江前日即二十四日。】

二十五日（壬戌）。

出江上，与府尹、都事同披验。渡鸭绿江，过三江、九连城、方毕浦，露宿镇江。金海一《燕行日记》

金海一《露宿九连城》："露宿九连城，朔风鳞面吹。白草潺萧萧，使人增凄噫。男儿四方志，此行安足辞。回瞻北辰远，何处是京师。白云在天末，谁知游子悲。"金海一《燕行录》

金海一《梦归家》："驱马投荒店，闻鸡促去程。依俙今夜梦，慰我故园情。"金海一《燕行录》【考证：据《燕行日记》可知下诗作于十二月初三日踰青石岭到狼子山途中，此诗云"驱马投荒店，闻鸡促去程"，当作于十一月二十五日至十二月初三日间。】

十二月

初三日（己巳）。

踰青石岭、小雪岭，到狼子山宿闾家。金海一《燕行日记》

金海一《逾青石岭到狼子山对月》："嵯峨青石马难行，出峡才投狼子城。关月不知征客苦，清光夜夜近檐明。"金海一《燕行录》

初四日（庚午）。

渡三流河，逾王城岭、石门岭，朝饭冷井野处。过阿弥庄，见迎春寺在太子河边，历入周览，僧人进茶馔。夕到辽东察院，礼部郎中一人，书吏一人，户部书吏一人，库直一人来与上使依例接见馈酒，赠给礼单后入送沈阳岁币，大好纸一百五十卷，小好纸一千五百卷，黏米三十八斗，以唐斗改量

作十斗，照数而罢。金海一《燕行日记》

金海一《阿弥庄路上口占》："望望天逾远，行行路有余。中宵抚剑志，激昂复何如。"金海一《燕行录》

金海一《登迎春寺望辽阳城》："依岩绀宇面江开，历历行人眼底回。怅望辽阳城里柱，当年白鹤倘归来。"金海一《燕行录》【考证：迎春寺位于辽阳地界，故此诗作于初四日或稍后。】

初八日（甲戌）。

渡三叉河，朝饭沙岭驿，宿高坪驿。金海一《燕行日记》

金海一《渡三叉河》："马首沙尘暗未开，荒原处处只烟台。三叉河上遥回望，故国天涯雁不回。"金海一《燕行录》

十四日（庚辰）。

先行，历中前所，入贞女祠，见望夫石，历八里堡，夕到山海关。万里城连山海关，南入海中，海距关十余里，粉堞宛然横亘。关内人居稠密，门观虽皆破落，而犹有当时壮丽之象。门额"天下第一关"者，李斯所书也。自辽以西至此，人物渐繁多，畜牛马鸡豚鹅鸭，冬月牛羊放牧于野。昏有老妪来见，自言交河人，给纸一束，叩头而去。金海一《燕行日记》

金海一《山海关》："山河未洗烟尘色，城郭犹存战伐痕。只有当年东海水，朝宗依旧拱关门。"金海一《燕行录》

十五日（辛巳）。

留。城将设宴，副使病不参，与上使偕至明伦堂门外，与城将行望阙礼，仍与同入堂中东西对坐，员译在后列，各进羊猪肉一器、酒三杯后，又与城将出门外，西向三叩头而罢。角山寺在关北门外十里许，石栈危磴，仅通人马。至寺，僧人进茶馔。登寺后绝顶，幽蓟登莱在指点中，而云霭翳之，望眼不及。西南大海如在坐榻之前，茫茫无际，真壮观也。金海一《燕行日记》

金海一《游角山寺》："长城城上有孤庵，绝顶平临大海南。过客不须留姓字，山河亦带甲申惭。"金海一《燕行录》

金海一《又五言律》："恒河奇绝处，斜日客登临。危石才通道，孤松不作林。连天沧海白，接地塞云阴。却望长城窟，悠悠万古心。"金海一《燕行

录》

金海一《角山寺望山海关》:"带海襟山镇势雄,咽喉端可一泥封。金汤万迭终安恃,千古兴亡幻梦空。"金海一《燕行录》

二十四日(庚寅)。

朝饭八里庄,午到东岳庙,改服冠带,夕到玉河馆。方物点入时,生木一只有火烧处,即为出送提督厅,与领来章京等对辨。金海一《燕行日记》

金海一《燕京》:"缅忆当年赫业隆,东南形胜此为雄。关连辽海藩维壮,地接徐扬漕挽通。文物衣冠前后异,山河风景古今同。龙泉匣里鸣中夜,俯仰乾坤思不穷。"金海一《燕行录》【考证:此诗述北京形胜,当作于二十四日抵达北京时。】

二十五日(辛卯)。

金海一《玉河馆立春》:"异地淹留白发生,新春一倍故园情。愁中忍听梅花引,病里谁传竹叶觥。虚馆晓霜和月色,重城曙角送风声。郊将客路舢棱恋,画出丹青献王京。"金海一《燕行录》【考证:诗题曰"玉河馆立春",当作于是年立春日即十二月二十五日。】

金海一《叹白发》:"万里燕山雪,偏从客鬓多。春风消不得,明镜奈愁何。"金海一《燕行录》【考证:金海一下诗题曰"己未元朝",此诗当作于十二月二十五日至正月初一日间。】

康熙十八年(1679年/己未)

正月

初一日(丁酉)。

朝鲜国王李焞遣陪臣李椵等表贺冬至、元旦、万寿节及进岁贡礼物。宴赉如例【按:参见康熙十七年十月三十日条】。《清圣祖实录》卷七九

鸡鸣后往朝参会。由东长安门入,历天安门、端午门,候于门外。昧爽,皇帝乘辇出宫,焚香于东长安门外庙堂即还。日出,御皇极殿,使臣以下由太和门入立殿庭,本朝千官东西序立,三跪九叩头后,大通官引使臣以

下序立，行礼如前。又引三使至阶，上使入座殿内，副使、书状官坐阶上溜外，啜茶一器后罢出。蒙古使十余人立于末端，前后行礼，服着甚陋，状貌可丑，是西藩别种云。金海一《燕行日记》

金海一《己未元朝》："客里惊新岁，樽前故国遥。身留玉河馆，梦入禁川桥。析木金轮转，梅花铁笛调。春风吹白发，羁思共飘飖。"金海一《燕行录》【考证：诗题曰"己未元朝"，当作于正月初一日。】

金海一《镊白》："男子桑蓬志，平生只自知。春风玉河馆，长啸镊霜髭。"金海一《燕行录》

金海一《寒夜对月》："春风阵阵送轻寒，客榻萧然卧不安。为问入帘新月影，清光今夜与谁看。"金海一《燕行录》

金海一《柑子》："绿蒂黄苞个个园，洞庭秋色玉盘鲜。客中最有文园渴，不待金茎已爽然。"金海一《燕行录》

金海一《梦中归家玩后花园梨花》："遥想乡园已得春，梦中花事一番新。羁魂惊起无寻处，落月窥窗恼杀人。"金海一《燕行录》

金海一《次副使韵二首》："关山玉笛落梅花，赢得仙郎鬓雪华。五夜千愁消不得，多情霜月照征车。""春到燕山不见花，客来何处访韶华。应知驿路天然白，留得当年卫玠车。"金海一《燕行录》【考证：下诗题曰"上元"，以上诸诗当作于正月初一日至十五日间。】

十五日（辛亥）。

闻皇帝亲祭天坛。金海一《燕行日记》

金海一《上元》："万户灯光斗月华，香风飘拂彩棚斜。傍人莫道佳辰乐，远客思家鬓已皤。"金海一《燕行录》

金海一《上使送蘭英馆美酒》："蘭英美酒郁金香，万里谁知此日尝。怜我长年司马病，故教霞液畅愁真。"金海一《燕行录》

金海一《暮吟》："落日下远山，天风吹不息。寒鸦啄老树，归鸟噪檐角。飘飘远别人，对之愁万斛。魂消塞雁鸣，泪迸关月白。云山隔故园，春色遥极目。安能生羽翰，飞飞洛阳陌。"金海一《燕行录》

金海一《独吟》："卷地长风大陆阴，蓟门东望暮云深。天连青海低荒徼，雁印红霞落远岑。春色忽惊溪柳眼，乡愁偏惹驿梅心。檐前孤月如相

慰，夜夜清光伴独吟。"金海一《燕行录》

金海一《思归》："昔我来时雨雪霏，坐看春色已芳菲。燕云漠漠征鸿远，蓟树苍苍落照微。万里羁愁推不去，五更孤梦觉还非。东城花柳应无恙，几恨游人尚未归。"金海一《燕行录》

金海一《春日对雪三首》："只道春归塞，远看雪满燕。化工多意绪，故作六花妍。暮云对大陆，密雪暗重城。不见山阴兴，空怀属国情。雪花大如席，愁情乱似麻。空庭春昼永，默坐听寒鸦。"金海一《燕行录》

金海一《雪后》："万户寒光起暮钟，蓟门晴雪闪遥峰。羁魂未逐春风去，鸭水烟花隔几重。"金海一《燕行录》

金海一《夜坐书怀》："万虑关心寝未能，萧萧华发暗侵凌。六街钟动千门月，五夜风摇半壁灯。病里杯觞元劲敌，愁边诗句信良朋。谁家玉笛梅花落，恨入瑶台十二层。"金海一《燕行录》

金海一《大风》："雪晴燕塞大风狞，万里威声动八纮。怒处却讶山岳撼，鼓时还恐地维倾。飞沙涨野蚩尤乱，簸浪翻空海若惊。安得羽翰乘此去，一鏖长剑殪长鲸。"金海一《燕行录》

金海一《春望》："触目云烟处处新，东风回首鸭江滨。王孙绿草迷千里，客子霜毛恼一春。画角声凄残烛夜，归鸿影断卷帘晨。皇华干事知何日，孤梦时时绕紫宸。"金海一《燕行录》

金海一《春夜闻笛》："更深一馆静，坐久客愁多。露冷天光澹，庭虚桂影斜。叮咛漏传响，明灭烛翻花。今夜关山笛，谁人不忆家。"金海一《燕行录》

金海一《春宵》："谁道春宵短，还教客恨长。虚窗人语静，深院月华凉。塞外篷双鬓，云边雁数行。沉思空转辗，万事欲相忘。"金海一《燕行录》

金海一《春色》："春色撩人思，云山空复长。游丝缘野树，飘絮拂溪塘。雀噪闲檐角，牛眠古道旁。天涯望不见，红日隐西岗。"金海一《燕行录》

金海一《燕京眺望》："野阔天长夕霭收，山河万里壮游眸。楼台映日如相抱，城阙连云似欲浮。白马金鞍夸意气，玉笙瑶瑟任风流。别有愁人真断处，绿杨芳草暮江头。"金海一《燕行录》

金海一《夜坐》："玉漏声稀夜未央，银河清浅露华凉。春风异域归思

181

客，几向旁人说故乡。"金海一《燕行录》

金海一《圈象》："恨作商辛盘上箸，羞为汉莽阵前驱。午门今日低头立，怜尔无愁也有愁。"金海一《燕行录》

金海一《午睡》："春气侵人午睡浓，一声风彻远山钟。起来阶上愁无奈，惟见长堤柳影重。"金海一《燕行录》

金海一《问愁》："问尔愁来底处从，来无行色去无踪。天涯孤客伤春日，无日无时也不逢。"金海一《燕行录》

金海一《愁答》："我本无心与子从，自君为客却随踪。如今共作他乡伴，莫恨风前月下逢。"金海一《燕行录》

金海一《燕市》："古堞啼鸦春日西，汀洲草绿暮云低。悲歌击筑人何处，易水寒声陇树迷。"金海一《燕行录》【考证：以上诸诗当作于正月十五日至二月初二日间。】

二月

初二日（丁卯）。

金海一《对雪》："二月二日天雨雪，柳花随风杂琼屑。千门万户春色少，长安道上行人绝。远山冥冥半藏雾，平郊漠漠才分树。舞檐时复点衣巾，飘空乍见妆林莽。谁家年少夸意气，猎骑翩翩逐狐兔。何处青娥忆远人，起望空庭愁薄暮。天涯孤客滞殊方，此日不觉心凄伤。迢迢塞北雁归尽，去去江南川路长。孤灯照人影明灭，破窗生寒衾似铁。何时还弄骆峰月，醉卧东风花似雪。"金海一《燕行录》【考证：诗题曰"对雪"，诗云"二月二日天雨雪"，当作于二月初二日。】

金海一《又赋五言律》："轻姿妒飞絮，素质舞旋风。山色明如画，江光清若空。鸟飞琪树上，人在玉楼中。想象梁园赋，千秋兴未穷。"金海一《燕行录》【考证：诗云"轻姿妒飞絮，素质舞旋风""鸟飞琪树上，人在玉楼中"，亦述雪景，当作于二月初二日。】

金海一《即事》："庄蝶伴春愁，昏昏孤馆夕。忽惊铁笛声，桂影临虚壁。"金海一《燕行录》

金海一《客愁》："春半燕山雨雪多，客魂凄断暮江波。江头杨柳年年绿，愁杀今宵月里筇。"金海一《燕行录》

182

金海一《雪后》："风起花谢树，阳升溜乡檐。词人爱晴景，尽日卷疏帘。"金海一《燕行录》

金海一《思友》："江南春水生，江北春草绿。所怀隔江浦，日夕情未极。春风吹梦断，使我烦心曲。良宵空转辗，明月当窗白。"金海一《燕行录》

金海一《夜风》："春风一何颠，林木终夜响。惊鸟未定栖，孤月自清朗。萧疏户庭空，豁爽天宇旷。羁人当此时，默坐结长想。故乡消息断，山长又川广。别来已经年，念之剧怅惘。只叹光阴驶，敢言事鞅掌。忽看斗柄斜，晓光明晃晃。钟声起重城，车马纷来往。起来俯寒阶，浩歌聊自放。"金海一《燕行录》

金海一《追想夷齐庙清风阁有感》："西山遗庙白云生，薇蕨年年长几茎。万古清风江上阁，碧潭寒月照心明。"金海一《燕行录》

金海一《漫吟》："翳翳云间日，阴阴幽树林。东风扇阳和，群物皆春心。奈何远游子，戚戚长悲吟。天涯一敝裘，去去无知音。忧来倚窗扉，怅望青山岑。"金海一《燕行录》【考证：下诗题曰"中春"，以上诸诗当作于二月初二日至十五日间。】

初四日（己巳）。

礼部题："朝鲜国贡使失火烧毁布匹，应行文令该国王察议，其布匹下次补进。"得旨："使臣免察议，布匹亦免补进。"《清圣祖实录》卷七九

十五日（庚辰）。

以商贾等未及买卖仍留。金海一《燕行日记》

金海一《中春》："初冬为客已中春，万里烟花剩笑人。落日层城迷远望，塞云关树总伤神。"金海一《燕行录》【考证：诗题曰"中春"，诗云"初冬为客已中春"，约作于二月十五日前后。】

十六日（辛巳）。

发行，到东岳庙卸马而轿，宿通州。夕佟翰林称言者来见，乃前之自称张翰林名瑛者也，颇解文字，而前后变姓，似是假托贵族以自矜者也。金海一《燕行日记》

金海一《将还发玉河馆》："客居已换岁，回车始戒辖。是时二月半，夹道垂柳拂。行出玉河桥，去若惊凫决。归马迎风嘶，扬鞭骄白日。白沙远汀明，绿芜平郊没。欣然惬心目，襟抱觉爽豁。渐远燕塞云，喜近洛阳月。洛

阳春正好，园花几枝发。东风引归兴，日夕魂飞越。长吟驿路畔，浩荡江波阔。"金海一《燕行录》【考证：诗题曰"将还发玉河馆"，诗曰"是时二月半""行出玉河桥"，据《燕行日记》可知使团于二月十六日自北京发往通州，故系于此。】

金海一《早发通州》："早发通州府，平湖宿雾深。绿杨低大道，红日上遥岑。桑柘千家色，风尘一剑心。桥边停客马，春物入长吟。"金海一《燕行录》

金海一《通州佟翰林来示五言律，仍次其韵》："绮楼临胜地，春日丽园林。客路重青眼，词场便许心。绿樽青簟上，芳草大江浔。别后思君处，谁传白雪吟。"金海一《燕行录》

十七日（壬午）。

历烟郊浦，朝饭夏店，宿三河县。金海一《燕行日记》

金海一《三河路上》："垂杨百尺弄新丝，物意欣欣二月时。万里归骖春兴足，风光随处助吟诗。"金海一《燕行录》

十八日（癸未）。

渡滹沱河，上、副使径行一流河，余率陪行，数三人独往蓟州观卧佛寺。寺有高楼，楼上有卧佛，下有立佛二十余丈，上出楼上，佛头有十二小佛，白塔在楼前，高可数十丈，登楼骋目，快阔无比，百里烟树，千家物色皆在眼前。回到一流河宿闾家。金海一《燕行日记》

金海一《渡滹沱河》："真人昔日困风尘，炎运垂危一水滨。自是坚冰天所藉，奇勋宁数诡言臣。"金海一《燕行录》

金海一《忆荆卿》："怅望愁云易水滨，平芜百里故都春。寒波依旧风萧瑟，不见当时慷慨人。"金海一《燕行录》

金海一《蓟州道上》："烟树苍苍望欲迷，蓟门春色夕阳西。燕王旧国今何处，寂寞金台千里蹄。"金海一《燕行录》

金海一《游卧佛寺》："一龛慧灯明，千年长卧佛。客来听夕钟，古塔云自出。"金海一《燕行录》

金海一《望渔阳桥》："锦裸腥尘染四垠，唐家天子蜀中巡。万年遗臭余荒堞，芳草春风几度新。"金海一《燕行录》【考证：渔阳桥位于蓟州，此诗亦作于十八日。】

十九日（甲申）。

历鳖山站、蜂山店、枯树店、彩亭桥，宿玉田县。金海一《燕行日记》

金海一《彩亭桥》："彩亭桥畔酒旗风，远客驱车涧水东。微雨乍添原野色，绿杨斜拂画图中。"金海一《燕行录》

金海一《晓发玉田》："春晓月仍在，征人行未已。孤店鸡犹唱，重城人未起。宿雁汀州外，垂杨烟霭里。渐看初日上，轻霞灿如绮。"金海一《燕行录》

二十二日（丁亥）。

黎明，历庄家屯、王家店、新店堡、王家岭，就路钓鱼台。台即明将韩应庚退老垂纶之处，前有白沙澄潭，怪石翠栢。潭边有石峰特立，高可六十余丈，渔艇往来举网。渡河至台上，移时泛舟，溯流而上，中火于江边，买鱼切脍，真一好事也。日晚发行，路见蔡士英之坟，石物壮丽，牌楼龟龙羊马辉映一丘。行不数里，有李广射虎处，立碑以记焉。金海一《燕行日记》

金海一《榛子店路上》："羌儿陌上耦而耕，晴日迟迟野鸟鸣。百尺游丝风不散，千重绿树画难成。殊方物色春将半，客路光阴月几盈。今夕更投何处宿，数呼车子问坊名。"金海一《燕行录》

金海一《钓鱼台二绝》："桂棹清江阔，明沙白鸟飞。垂纶人已远，春色护苔矶。""春日钓台下，波恬渔艇多。銮刀仍切脍，风味问如何。"金海一《燕行录》

二十四日（己丑）。

历红花店，迤至望海楼，楼在长城上，城枕海水，登楼远望，渺无涯际，风卷潮涛，有若雪山横亘，快心壮观，此为最焉。日昃，回到山海关，夕，城将设宴如入去时。金海一《燕行日记》

金海一《登长城望海楼》："粉堞嵯峨压海头，层栏却讶蜃成楼。潮声撼础坤维蹙，浪沫簸风雪岳浮。万里云天诗性豁，一春烟树旅愁稠。夕阳归去关门路，唤取中书记壮游。"金海一《燕行录》

二十六日（辛卯）。

宿宁远卫闾家。金海一《燕行日记》

金海一《沙河站晓行》："客路何时尽，沙河晓又行。断桥依岸卧，缺月照车明。草树高低没，川原远近平。衣裳风露湿，和睡听鸡声。"金海一《燕行录》【考证：《燕行日记》言二十五日"付家书于先来之行，宿沙河店"，此诗当题曰"沙河站晓行"，诗曰"客路何时尽，沙河晓又行"，当作于二月二十六日自沙河站离发时。】

二十八日（癸巳）。

宿十三山。金海一《燕行日记》

金海一《塔山所遇风雪》："二月边风起，萧萧白草寒。阴阴锁穷漠，春色郁由看。沙尘晦原野，车轴行不安。霰雪忽以骖，白日霾林端。关山万余里，泥路多险艰。还家犹一月，且复加饭餐。"金海一《燕行录》

金海一《小凌河》："客路停骖问酒家，断桥风急小凌河。原头积雪埋春色，波上浮鸥弄日华。山接红罗穷漠北，地连青海极天涯。行行已过清明节，历遍燕关不见花。"金海一《燕行录》

金海一《十三山》："九疑添四一加巫，叠嶂如云镇海隅。征盖翩翩山下路，山灵应记去时吾。"金海一《燕行录》【考证：《燕行日记》言二十七日"宿杏山堡"，塔山所、小凌河皆在杏山堡至十三山途中，故以上诸诗当作于二月二十八日。】

二十九日（甲午）。

取路菖蒲田，历四望台，宿盘山驿。金海一《燕行日记》

金海一《盘山驿晓行》："风露凄凄满客衣，废城驱马晓星微。苍茫古道人烟断，萧瑟荒原树木稀。关上阵云看黯黮，碛边磷火望依俙。东方一缕红霞映，知是金鸦出海飞。"金海一《燕行录》

三月

初三日（戊戌）。

入辽东旧城，观永安寺，寺乃耿精忠愿堂云。金海一《燕行日记》

金海一《三月三日》："客路东风三月三，踏青何处典春衫。年光虚负芳华节，独立天涯思不堪。"金海一《燕行录》

初五日（庚子）。

宿连山关。夕张玹来言，闻以皇后册封敕行，初七日当为起马云。金海一《燕行日记》

金海一《连山关遇雨》："孤馆萧萧雨，春风远客心。胡笳复入耳，独坐

到更深。"金海一《燕行录》

初七日（壬寅）。

冬至使先来别单曰："礼部奏文：'查朝鲜国王癸亥年庄穆王事迹始末。史臣惟据实纂修，虽有诬罔之言，事属私记讹传者原不记载。况朝鲜买去《十六朝纪》，因系野史，不足为凭。于康熙十六年臣部具题，令其缴部销毁，已经咨行朝鲜国王甚明。该国王又行渎奏，殊属不合。应将所请，毋庸再议。'"○㮒等探彼国情形别单曰："抚宁县榜文云，吴三桂八月十七日身死。又言衡州府城内城门四日不开，二十一日伪将军马宝、胡国柱、王将军从永兴来，开城门。又闻差人往岳州，唤吴应期、三娘娘于岳州，唤吴世琮于广西云。而金巨军曰：'长沙府既已得之，四五月间，当以吴贼之平，将颁赦。'此言难信。又得房姓人册子，上年四月三桂即位，定都长沙，又言马宝奉吴世霖密旨，葬三桂于云南，同都督陈寿组练军马。其后陈寿杀破清兵，而至称陈寿以神出鬼没。又言清兵为马宝所败，急请援兵。又言应期，三桂之侄，世霖，三桂之孙，三娘娘，三桂之姬妾，而鞠育世霖。汉人或云三桂实不死，清人做出诳言。或云三桂虽死，世霖胜于其祖，马宝、陈寿等亦颇获胜。梧州陷没，广西全省归吴辅臣，屡为吴之茂所窘，郑锦跳梁海上，而耿精忠败走。况上以盘游无度，渔色无厌。下以贪饕成风，贿赂公行，国之危亡，迫在朝夕云。"《朝鲜肃宗实录》卷八

初九日（甲辰）。

到栅门，以员译商贾等车价论定事不得出去，日没后始毕搜验，连夜作行。金海一《燕行日记》

金海一《镇江路上》："好雨先清客路尘，归骖喜近鸭江津。东君有意侈行色，嫩柳娇花一并新。"金海一《燕行录》

十四日（己酉）。

历见文若，到郭山云兴站，郡守郑好信来见，洪青山济亨自谪所来见。夕到定州，牧使尹昌元、前县监卢说之来见。金海一《燕行日记》

金海一《定州迎春堂对雨》："暮入迎春院，萧萧春雨疏。隔帘烟霭澹，花柳画中如。"金海一《燕行录》

二十一日（丙辰）。

康熙时期中朝诗歌交流系年（1662—1681）　>>>

贺至使福平君桯、副使闵黯等还自清国。上引见，桯进曰："辨诬则虽得请，史记终不得来，可欠。然闻史记姑不修正云矣。"黯曰："外议以为，既不得史记，则其申雪与否，难知云。臣亦为是之虑，谓彼曰：'既无文书，何由知之？'答曰：'尔宜制送。'臣等即以'虽有文龙诬罔，《明史》元不载录'等语制给，则欲依臣所制改之矣。中间为汉尚书所沮，至于优赂白金之后，始为略改。而所制文字与臣等所制，大意不背矣。"上曰："得其改之之诺，诚幸矣。"上因问彼中形势，桯曰："曰哈数万来住沈阳，自北京善遇，一日所需，多至牛数百头。皇帝游戏无度，不听政事，至于掠人妻妾，其亡征败兆，不一而足矣。"《朝鲜肃宗实录》卷八

冒雨作行，到坡州，牧使韩奭来见。到高阳，郡守金万直来见。夕到弘济院，伯仲两兄与朴子由来待，复命后仍为入侍，罢暮归。金海一《燕行日记》

金海一《过汉阳城西殇儿坟》："万里归来草没坟，停车一恸尔无闻。春山寂寂魂谁托，冷雨萧萧和泪痕。"金海一《燕行录》【考证：《燕行日记》言三月二十一日"夕到弘济院"，可知使团于是日回到汉阳，故此诗作于二十一日。】

金海一《记行长篇》："西郊一曲动离歌，燕山万里驱征车。夜深才到碧蹄驿，阿兄在座欢如何。坡山分手别意苦，欲渡临津泪滂沱。松都烟月感客怀，城市依然荫古槐。金川新馆驻行骖，暮入平山寒雨霾。行经瑞兴又凤山，着处游子无欢颜。黄冈太守慰我来，故意殷勤谈笑间。西关名胜海东闻，缥缈楼观连层云。和州一夕朔风吼，旅枕无眠愁绪纷。坚冰利涉大同水，练光浮碧临江汜。城中风物盛繁华，庙护杉松祀箕子。日晚歇鞍顺安县，眼中家山隔几里。乡音报道雪堂夜，半壁残灯孤影里。诗情一倍百祥楼，楼在清川江上头。平明上马拂衣去，路指嘉山空馆幽。新安何惜一日留，清夜杯盘消客愁。宣川莲阁月如练，帝城回首情难遣。云横铁山雪载涂，马度龙城风扑面。征衫遥拂鸭江烟，入望阴山增惘然。主人送客设华筵，满堂银烛罗管弦。王程有限留不得，统军亭上云愁色。凌寒夜宿九连城，白草黄沙遥极目。小龙山下风正急，达曙那堪雪霜袭。城名安市揖英风，气概当年懦可立。金汤不独天设险，忠愤能令神鬼戢。夕入栅门向凤城，数十为群罗甲兵。侏儒言语不相通，诡怪衣冠令人惊。镇东通远控列戍，连山甜水皆连营。三流八渡冰塞川，会宁青石车相骈。长亭短亭行复

188

行，十里五里无人烟。临河古寺是迎春，暂向禅窗聊息肩。辽阳城外暮投
鞭，华表仙踪今几年。无情白塔自古今，阅尽兴亡犹宛然。南涉笔管匆匆
过，有庄当路名牛家。三叉河外沙岭驿，马首寒日迷尘沙。高平盘山路委
迟，尽日驰驱无歇时。巫间北镇广宁边，山外番胡蚁聚膻。红罗昔是绿林
薮，四面岩壑森戈延。回瞻海口十三山，嵯峨远势如云烟。鸡鸣催渡大凌
河，晓色曈昽星斗斜。谁家四碑勒丰功，剥落龟龙衰草中。镇开宁远大道
通，古将牌楼来悲风。从来塞外异土俗，冬月牛羊仍放牧。历尽曹庄曲尺
堡，是日百里沙河宿。荒原晓色望无际，惟见烟台余数甓。前屯卫接高岭
邮，贞女名留望夫石。长城屹屹山海关，幽蓟封疆指点间。厶夌当日竟是
谁，粉堞漫为行人看。孤筑晚吟角山寺，大海茫茫一杯水。沿道铺店似棊
布，大里深河与网子。抚宁治属永平府，芦峰双堡入远睹。滦河绕行孤竹
庙，清风飒爽江之浒。临流一酹奠遗像，卓彼西山安可仰。歌残易水想燕
人，冰合滹沱思汉臣。金台杳茫问无处，一抹斜阳空逡巡。邑聊丰玉市廛
盛，青帘影下歌吹竞。彩亭桥树鳖山路，往往逢人不记姓。白涧公乐三河
县，烟树苍苍邈隐见。邮亭多少不可殚，挂一还教笔屡溅。通州一带天下
胜，壮观偏惹游人兴。金陵杨子漕挽通，彩甍飞阁争相矜。东岳庙中佛像
古，历历诸天配后土。为叩禅扉整朝衣，步出前阶日已午。入云城阙何壮
哉，夹路锦绣皆楼台。六街三市匝尘埃，画毂骏马风旋回。晋代山河异昔
时，汉官威仪非向来。信马来到玉河馆，不觉光阴岁将换。男儿自有四方
志，原隰皇华安足叹。苍天此醉竟无言，烈士悲歌气欲短。青萍匣里夜夜
鸣，白发头上丝丝乱。乘槎问津是何人，怅望千秋空劳神。何当一扫犬羊
尘，廓荡乾坤文物新。"金海一《燕行录》【考证：此诗为追忆燕行经历之作，约作于三月二十一日使团回到汉城后。】

七月

二十日（壬子）。

遣朗原君侃、工曹参判吴斗寅如清，贺胡皇太子痘疹差愈，兼谢犯讳罚银宽免。《朝鲜肃宗实录》卷八【按：正使朗原君侃、副使吴斗寅、书状官李华镇。】

洪柱国《赠吴元征斗寅赴燕》："坡翁卷里记朝天，季札观周阅几年。犯

康熙时期中朝诗歌交流系年（1662—1681）

斗仙槎曾涉渤碣，承家使节又辽燕。伤心万事浑非旧，刮目千篇可继先。驿路新凉征迈稳，辎车好趁腊前旋元征先考天坡公曾在皇明泛海朝天。"洪柱国《泛翁集》卷四

申翼相《送吴元征斗寅赴燕》："分符我作三年戍，奉使君乘八月槎。万里长程燕塞外，一尊离恨鸭江涯。秦鸡唤客疑前夜，辽鹤迎人引旧车。首阳双节遗祠在，携得清风满神夸。"申翼相《醒斋遗稿》卷二【考证：据《肃宗实录》卷八可知吴斗寅等于七月二十日辞朝，以上二诗作于七月二十日或其后。】

二十八日（庚申）。

京师地震，诏发内帑十万赈恤，被震庐舍官修之。《清史稿卷六·本纪六·圣祖一》

八月

十七日（己卯）。

辛丑，府君充书状官之燕，其时纪行诸篇佚不传，今只有此录。选二十三首。○《燕行日录》曰："七月二十日壬子，与上使朗原君侃、书状官李华镇一行员役诣阙拜辞。八月初十日壬申到义州。己卯与书状官上统军亭，登临夷夏之交，难禁去国之怀。庚辰渡江。"吴斗寅《阳谷集》卷一【按：吴载维《阳谷集后识》云："凡集中题下小识及分系日录于燕行诗者，皆出参判公（指吴斗寅子泰周）所定。"故以下"《日录》"均为吴泰周整理其父吴斗寅诗集时加注，为提供线索，悉录之。】

吴斗寅《义州次书状韵留别诸君己未》："少年为客驻行辀，此日重过已白头。历历山川如旧识，依依物色总新愁。天连鹤野顽云结，秋晚龙湾积雨收。莫惜明朝江上别，好将樽酒待归舟。"吴斗寅《阳谷集》卷一【考证：诗有"莫惜明朝江上别"语，可知为吴斗寅于义州渡江前日所作。《燕行日录》云"庚辰（十八日）渡江，故此诗作于十七日。《纪年便考》卷二十八：吴斗寅（1624—1689），仁祖甲子生，字符征，号旸谷。戊子进士。己丑，魁别试，官止刑判。沈静简重，不事矫饰。肃宗己巳，仁显王后逊位，与李世华、朴泰辅等八十余人上疏极谏，三人皆杖流。斗寅谪义州，至坡州道卒，年六十六。甲戌复官，赠领相，谥忠贞，旌闾。】

二十五日（丁亥）。

《日录》曰："丁亥，渡太子河，到辽东。"吴斗寅《阳谷集》卷一

吴斗寅《辽东》："客路三千里，今朝始半过。辽阳空有号，城郭已无多。草没将军庙，波寒太子河。平生吊古意，驻马一悲歌。"吴斗寅《阳谷集》卷一

二十七日（己丑）。

《日录》曰："己丑，历沙河堡，渡野里。未午到沈阳，城郭壮丽，人户甚盛，而汉人居半云。"吴斗寅《阳谷集》卷一

吴斗寅《沈阳》："曾说沈阳梦亦惊，此行那复过毡城。台隍尚想腾腾气，河水空悲咽咽声。雪窖孤魂何处托，沙场寒月几回明。旅窗半夜胡笳发，欲写新诗涕自横。"吴斗寅《阳谷集》卷一

三十日（壬辰）。

《日录》曰："壬辰，由沈阳西门出，过十里河，渡大石桥，夕宿巨流河。"吴斗寅《阳谷集》卷一

吴斗寅《大石桥道中》："沈阳城外驻征轺，八月边风吹黑貂。北指阴山尘漠漠，南临辽野草萧萧。白旗堡近黄旗堡，大石桥通小石桥。休道广宁三日到，前程犹有一千遥。"吴斗寅《阳谷集》卷一

九月

初三日（乙未）。

《日录》曰："乙未，宿新广宁。广宁旧城在巫间山下，是乃明朝总督李成梁所住处也。城郭壮丽，东至辽东，北至蒙古地方。西至山海关，烟台星罗，作一雄镇，今成古垒，惜哉惜哉！近年新设此店，谓之新广宁，北距旧城十余里。"吴斗寅《阳谷集》卷一

吴斗寅《烟台》："古戍成陈迹，荒台草自衰。将军百年计，征客此日悲。野旷边风起，天寒塞雁迟。沉吟增感慨，驻马更题诗。"吴斗寅《阳谷集》卷一

吴斗寅《示书状》："再踏燕山路，羞称汉使车。山川非故国，日月变中华。关外霜初落，篱边菊已葩。对君消永夜，却忘远离家。"吴斗寅《阳谷集》卷一【考证：此诗无具体时地线索，约作于九月初三日至初五日间。】

初五日（丁酉）。

《日录》曰："丁酉，渡大凌河，又渡小凌河。北望锦州卫，此明将被陷

处也。过松山堡，历小红螺山，夕宿杏山堡。松山、杏山俱固守经年，酷被陷没，崩城破壁，满目荒凉，览之令人感慨。"吴斗寅《阳谷集》卷一

吴斗寅《杏山》："贼势滔天日，将军效死时。江淮援不至，巡远志何移。祸惨长平卒，殇深楚屈辞。松山与杏堡，双节万古垂。"吴斗寅《阳谷集》卷一

吴斗寅《次书状韵》："衰草荒荒白，残山点点青。行装凭一剑，身世寄长亭。野旷风何急，天寒日易冥。前村如有酒，取醉不须醒。"吴斗寅《阳谷集》卷一【考证：此诗无具体时地线索，约作于九月初五日至初六日间。】

初六日（戊戌）。

《日录》曰："戊戌，宿宁远卫，此城即关外雄镇，袁崇焕经略关外，开府此处。袁帅死后，祖承训继之。承训死，其子大寿继之。后进守锦州，终见败没。而今见城内大路，双立牌楼，全用文石，穷极奇巧，揭曰'四世元戎少傅'。又列书祖仁、祖镇赠爵及承训、大寿官爵。又刻两句于楼柱曰'桓赳兴歌，国倚干城之将。丝纶锡宠，朝加鼎铭之褒。'盖欲夸示后世也。旁有大寿旧家，甲第连云，壮丽无比，僭拟王居，荣宠至矣，富贵极矣，而终未免投虏，身辱名坠，可胜痛哉。"吴斗寅《阳谷集》卷一

吴斗寅《宁远》："伊昔袁经理，开营镇海隅。樽前收叛帅，帐下养胡雏。烽橹看遗迹，风云忆壮图。长城嗟自毁，谁复护皇都。"吴斗寅《阳谷集》卷一

吴斗寅《祖大寿牌楼》："秋日荒城里，石楼独岧然。元戎传四世，殊渥照千年。屈膝身名辱，偷生性命全。归应见乃父，能不愧重泉。"吴斗寅《阳谷集》卷一

十一日（癸卯）。

《日录》曰："癸卯，宿永平府。永平即汉之右北平，而魏之卢龙镇也。城外有故光禄监事李浣万柳庄，翰林学士白瑜别墅，素称胜地，前辈《朝天录》中，多有吟咏，而到今便成古墟，无迹可寻。今之察院，即古试士场屋也，堂宇宏丽，立重修碑，即白瑜所撰，而万历丁巳所立也。"吴斗寅《阳谷集》卷一

吴斗寅《永平》："西行千里到幽并，此去金台更几程。破壁崩城经战伐，朱门金榜说升平。残碑尚记前朝事，古里犹传太史名。不是乘闲收物

色，王风本自黍离成。"吴斗寅《阳谷集》卷一

十二日（甲辰）。

《日录》曰："甲辰，渡滦河，东行十五里，到夷齐庙，明朝所立，而近又重修，若使有知，宁不浼浼哉。展拜庙庭，登清风台，台下河水萦回，景致清绝，自不觉清风袭人，尘虑减去矣。"吴斗寅《阳谷集》卷一

吴斗寅《夷齐庙》："孤竹城边古庙新，滦河映带碧潾潾。清风不死西山上，高义犹传北海滨。百世懦夫争起立，千秋遗像想精神。谁知此日重过客，曾是年前展拜人。"吴斗寅《阳谷集》卷一

十五日（丁未）。

《日录》曰："丁未，历彩亭桥、枯树店、蜂山店、螺山店，朝饭鳌山店，渡渔阳桥下流，夕到邦均店。"吴斗寅《阳谷集》卷一

吴斗寅《彩亭桥》："彩亭桥畔驻行斿，雨后秋光正暮天。烟树微茫螺店外，云山缥缈雁声边。伤时久欲忘斯世，为客何堪续旧篇。书剑频年成底事，往来赢得白盈颠。"吴斗寅《阳谷集》卷一

十七日（己酉）。

《日录》曰："己酉，到玉河馆。"吴斗寅《阳谷集》卷一

吴斗寅《赍咨官行得家信》："久作玉河客，殊方音信疏。今逢千里使，喜得一封书。儿少还无恙，忧愁渐觉除。何当竣事后，与尔赋归欤。"吴斗寅《阳谷集》卷一【考证：诗云"久作玉河客"，当为九月十七日抵达北京玉河馆后作。《日录》云"（十月）十九日庚辰发北京"，故此诗作于九月十七日至十月十九日间。】

吴斗寅《闻陕西兵报有感》："闻道陕西战未休，一戎奇绩几时收。中原父老方悬望，艺祖山河尚带羞。剑阁从来征战地，秦城自古帝王州。秋风五丈原犹在，八阵谁能运旧筹。"吴斗寅《阳谷集》卷一【考证：此诗亦作于九月十七日至十月十九日滞留北京期间。】

十月

十九日（庚辰）。

《日录》曰："十九日庚辰，发北京。"吴斗寅《阳谷集》卷一

二十八日（己丑）。

《日录》曰："己丑，宿山海关。"吴斗寅《阳谷集》卷一

吴斗寅《到山海关出送先来译官》："乌蛮馆里三旬滞，青海城边四牡回。榆塞去时霜叶下，燕山此日雪花催。秦关岂待鸡鸣出，汉节初从虎穴来。秉烛题诗凭译使，好音先报腊前梅。"吴斗寅《阳谷集》卷一

吴斗寅《寄晚儿》："吾家千里驹，相别度三秋。鸿雁音书阻，关河道路修。婉容频入梦，衰抱只增忧。为报归期近，来迎济院头。"吴斗寅《阳谷集》卷一

吴斗寅《早出山海关》："洛城一别三千里，西去东还已半年。绝域风沙迷远树，客窗寒月照孤眠。侵晨蓐食寻前路，薄暮催鞭趁夕烟。莫问此行征役苦，古人先赋北山篇。""客路三千里，三分得一分。好随南至日，愁见北归云。古戍成残店，寒烟带夕曛。遥思鸭绿口，几日渡江渍。""觉华岛边碧海通，青丘遥指一帆风。伤心昔日朝宗路，依旧寒波万折东。"吴斗寅《阳谷集》卷一

《日录》曰："十三山屹然独峙野中，石峰森列，望之若蓬壶浮出溟渤中，真是客中奇观。"吴斗寅《阳谷集》卷一

吴斗寅《十三山》："历过松杏堡，重到十三山。自是神仙窟，胡为绝塞间。兹行多感涕，今日破愁颜。更引仇池兴，沉吟万翠鬟。"吴斗寅《阳谷集》卷一

吴斗寅《还过朱流河》："再渡朱河水，河水何潾潾。归程经绝塞，今日似阳春。不见燕山雪，还清鹤野尘。天公知有意，应慰远征人。"吴斗寅《阳谷集》卷一

吴斗寅《重过枕流堂》："去日青枫掩石台，来时白雪满山堆。青枫白雪往来路，不觉年光此中催。"吴斗寅《阳谷集》卷一【考证：《肃宗实录》卷八言十一月二十九日"谢恩使朗原君侃、副使吴斗寅、书状官李华镇自燕回"，以上诸诗当作于十月二十八日至十一月二十九日间。】

三十日（辛卯）。

朝鲜国王李焞因表文违式，免议谢恩，遣陪臣李侃等进贡方物。却之【按：参见是年七月二十日条】。《清圣祖实录》卷八五

姜锡圭《送李有初端锡副使之燕》："大地穷阴雪涨岐，暮途征役惜分离。观风季子非前日，杖节苏卿属是时。碣石尘沙迷頠洞，蓟门烟树远参差。三

194

忠庙里英雄泪，为付君行一掬垂。"姜锡圭《聱衙斋集》卷三【考证：据《使行录》，冬至正使李观征、副使李端锡、书状官李淳于十月三十日辞朝，故此诗作于十月三十日或其后。】

十一月

二十九日（庚申）。

谢恩使朗原君㑍、副使吴斗寅、书状官李华镇自燕回【按：参见是年七月二十日条】。上引见劳勉，仍问地震之变，㑍对曰："通州、苏州等处无一完舍。通州物货所聚，人物极盛，而今则城堞城门无一完处，左右长廊皆颓塌，崩城破壁，见之惨目。北京则比通州稍完，而城门女墙及城内外人家多崩颓，殿门一处及皇极殿层楼，及奉先殿亦颓。玉河馆墙垣及诸衙门亦多颓毁，改造之役，极其浩大。自此以后，人心汹汹，不能定矣。人口压死者三万余，盖白日交易之际，猝然颓压，故死者如是云矣。臣等回还时，通官辈谓首译曰：'此乃前所未有之变，皇帝大惊动。朝鲜似有慰问之举云'矣。"上令问大臣处之。上问南报，斗寅对曰："吴三桂死生姑未可知，而辰川才复，旋为马保所夺。岳州、长沙虽曰攻取，三桂之将烧其室庐，掠其人民而去，所得者不过空城耳。西鞑亦叛，而姑未接战云矣。"《朝鲜肃宗实录》卷八

康熙十九年（1680 年/庚申）

正月

初一日（辛卯）。

朝鲜国王李焞遣陪臣李观征等表贺冬至、元旦、万寿节，及进岁贡礼物。宴赉如例【按：参见康熙十八年十月三十日条】。《清圣祖实录》卷八八

二月

二十二日（壬午）。

胡使入京，远接使闵黯先还。上引见，黯曰："臣闻译辈言，今此上敕昨年致祭白头山而还，则执政以皇帝命招问白头南边接朝鲜何邑之境，地势夷险复何如，会地震大作，上下遑遑，不得毕说而罢云。且闻南方消息，四川既复，吴兵不足忧。而索额图以皇后祖父久执政贪纵，天灾时变又如此，人心汹汹云矣。"上迎敕书于仁政殿庭，仍接见敕使于仁政殿。先是，朝议以闾巷痘疹遍满，自上拘忌，决不可迎敕于郊外，令傧臣开谕周旋，而敕使不许。别遣户曹判书睦来善于中路，更为弥缝，只行礼于殿庭。其敕书曰："奉天承运皇帝诏曰：'朕躬承天眷，统御寰区，夙夜祇承，罔敢怠忽。期于阴阳顺序，中外敉宁，共乐升平之化。乃于康熙十八年十二月初三日，太和殿灾。朕甚惶惧，莫究所由，固朕不德之致欤？抑用人失当而然欤？兹已力图修省，挽回天意。爰稽典制，特布诏条，消咎征于已往，迓福祉于将来。于戏！朝乾夕惕，答上天仁爱之心。锡极绥猷，慰下土瞻依之望。布告天下，咸使闻知。'"《朝鲜肃宗实录》卷九

三月

初十日（己亥）。

冬至使李观徵、李端锡等自燕回【按：参见康熙十八年十月三十日条】。上引见，问彼中形势。观徵曰："吴三桂必不得灭北京，清人亦不得灭三桂，所可忧者蒙古也。"上曰："元顺帝末年，群盗僭窃，而卒之付与真人。彼若为蒙古所据，孰有奋义而起者，则彼之势亦殆矣。"观徵又言吴三桂称帝之事，上曰："三桂初意则欲立朱氏后裔，以树功烈，而今乃自称皇帝，此陈胜、吴广之流耳。"《朝鲜肃宗实录》卷九

六月

初十日（丁卯）。

谢恩兼陈奏使沈益显、申晸、睦林儒等如清国，以讨逆事实赍奏而行。《朝鲜肃宗实录》卷九

金万基《送青平沈都尉使燕名益显》："风流大令耸朝绅，使节新春出紫宸。月照秦楼悬远梦，云开燕岫引征轮。防胡无赖重关阻，览古应知感涕

频。沧海东临堪怅望，秖今谁似鲁连人。"金万基《瑞石集》卷三【考证：据《肃宗实录》卷九可知沈益显等于六月初十日辞朝，此诗当作于初十日或其后。《国朝人物志》卷三：金万基（1633—1687），字永叔，号瑞石，光州人。甲寅，以肃宗国舅拜领，教学府事兼大提学，封光城府院君。庚申，宗室楠久尝不轨之志。领相许积设宴，大集衣冠。万基以为不往则彼必疑之，遂坦然往赴。酒初举，召命至，万基急趋阙上曰："目今危疑多端，以光城府院君为训炼。"大将即入军门，柟与许坚承款伏诛，尹镌、许玺、柳赫然次第就戮。丁卯卒，赠领相，谥文忠。】

申晸《途中感吟》："征马萧萧向北鸣，驿亭孤角递相迎。才经铁峡千重险，又作金台万里行。长路不堪玄鬓换，闲情虚负白鸥盟。残年渐苦劳生事，拟向江湖托钓耕。"申晸《汾厓遗稿》卷五【按《国朝人物志》卷三：申晸（1628—1687），字寅伯，号汾厓，平山人。仁祖戊子生员进士，显宗甲辰文科，选入史局。金自点阴结后宫赵氏，赵女为自点孙妇，势益张，而公妹为赵子妇，是以公父子深自retired约。及自点与赵俱以逆诛，从兄冕以与自点亲密杖死，而公家独免，以此知其识虑深远。拜吏曹判书。时有西顾忧，擢为平安监司。公前按岭南，声绩大著，及是益自奋修。或有妖言挟虏售奸者，并斩以徇，人皆股栗，以比张咏之镇蜀。有妖僧诣阙，自称昭显世子。上命公卿集议，首相许积怀邪持两端，群奸环坐，目摄耳语。公直入曰："君辈何似传法罗汉也！"即因篱不嶷事正色折之，索纸书奏议，掷笔而起。官至吏曹判书，赠领议政，谥文肃。】

申晸《思乡》："天阴欲雨鸟嘤嘤，处处田家打麦声。遥想故园村兴足，露中葵藿正堪烹。"申晸《汾厓遗稿》卷五

申晸《冒雨作行》："冥冥风雨满前逵，尽日冲泥马去迟。奔走十年成底事，鬓边赢得万茎丝。"申晸《汾厓遗稿》卷五

申晸《葱秀山》："翠屏高拥势嵯峨，下有澄潭漾碧罗。鬼斧何年劳斲削，星轺当日费吟哦。萧条海内风流尽，寂寞山河感慨多。愁对一尊无与酌，驿亭残照独悲歌。"申晸《汾厓遗稿》卷五

申晸《剑水站》："客中归梦隔神京，去去天涯鬓发明。自是征人真易割，驿亭何事剑为名。"申晸《汾厓遗稿》卷五

申晸《次上使沈公益显韵》："真长豪举气无前，盛誉曾闻自妙年。燕地山河恢壮瞩，秦楼花月罢闲眠。奇怀云梦能吞九，只字黄金可直千。堪笑江郎才已退，欲将牛耳属君边。"申晸《汾厓遗稿》卷五

申晸《途中记怀》："六月炎尘涨，悠悠驿路赊。人生欢意少，亲爱别离多。日下书难达，天涯鬓易华。行行任蓬梗，身计转蹉跎。"申晸《汾厓遗稿》卷五

申晸《次冲庵待月韵呈上使》："待月清江上，阴云动客愁。吹箫今夜梦，应忆凤凰楼。"申晸《汾厓遗稿》卷五

申晸《箕城感吟》："王事驱驰七载间，无端双鬓已成斑。承流专对俱非分，拥节乘槎不暂闲。官妓惯迎前度客，邮人皆识旧时颜。风尘未了劳生事，惭愧残年负碧山。"申晸《汾厓遗稿》卷五

申晸《途中闻蝉》："日日驱驰向塞垣，鬓边霜发转纷纷。偏惊客里秋期近，驿路蝉声处处闻。"申晸《汾厓遗稿》卷五

申晸《舟中赠李节度世华》："燕台此去路三千，关外分携倍黯然。莫遣佳人歌别曲，恐教双泪落樽前。"申晸《汾厓遗稿》卷五

申晸《次上使韵》："征轺日日戴星行，千里辞家万事轻。惟有寸丹悬北极，梦魂频入洛阳城。"申晸《汾厓遗稿》卷五

申晸《次西伯韵》："天涯去住故人情，珍重诗篇慰远行。莫道丈夫轻作别，不禁霜发鬓边生。"申晸《汾厓遗稿》卷五

申晸《追忆安兴之游书寄李节度》："安陵形胜壮西关，处处楼台压翠湾。宾馆清宵歌管咽，辕门白日旌旄闲。将军置酒能留客，公子登筵且解颜。临别殷勤留后约，星轺须待九秋还。"申晸《汾厓遗稿》卷五

申晸《戏赠书状睦林儒》："石竹轻衫翡翠裳，晓妆新抹换鹅黄。当筵却唱阳关曲，断尽行台御史真。"申晸《汾厓遗稿》卷五

申晸《次文谷相公韵》："行尽关河欲白头，蓟门西望更添愁。征轺万里炎尘涨，嘿算归期在九秋。"申晸《汾厓遗稿》卷五

申晸《鸭绿舟中》："西去燕台路苦修，一尊相送意悠悠。生憎鸭绿江边柳，不系行舟系别愁。"申晸《汾厓遗稿》卷五

申晸《晚渡镇江》："晚渡三江水，遥岑日已倾。行行犹未息，遥指九连城。"申晸《汾厓遗稿》卷五

申晸《九连城西途中》："山如螺髻水如环，井落依然在此间。行过百年征战地，不堪怀旧泪成斑。"申晸《汾厓遗稿》卷五

申晸《途中感吟》:"忽觉兹行远,胡山在眼中。朔云连蓟北,朝日上天东。去国身全倦,思家信不通。秋期知已近,归计堕虚空。"申晸《汾厓遗稿》卷五

申晸《行行》:"尽日驱征马,行行芦苇中。陇云迷远近,何处望吾东。"申晸《汾厓遗稿》卷五

申晸《安市城》:"箕封千古振英名,三里能当百万兵。却使文皇回玉辂,九原空忆魏玄成。"申晸《汾厓遗稿》卷五

申晸《凤凰城呈上使》:"自有吹箫客,山仍号凤凰。灵区结胜伴,忘却道途忙。"申晸《汾厓遗稿》卷五

申晸《凤城记怀》:"星轺六月饮冰行,西去燕山问几程。鸭水楼台归梦断,凤城风雨客心惊。胡笳互动边声合,牧马悲鸣塞日倾。莫上高峰望乡国,恐教双鬓雪添茎。"申晸《汾厓遗稿》卷五

申晸《早行》:"陇上晨晖动,关头宿雾收。行行万里客,驱马不能休。"申晸《汾厓遗稿》卷五

申晸《写怀》:"去国三千里,逢秋见客心。梦寻乡路阔,愁带鬓丝侵。古木蝉声集,荒城日色沈。孤怀无处写,空费越人吟。"申晸《汾厓遗稿》卷五

申晸《记事寄汉阳诸友》:"万里辽河道路修,一年时序又惊秋。殊方物色君休问,到处逢人尽赤头。"申晸《汾厓遗稿》卷五【考证:以上诸诗当作于六月初十日至七月初。】

七月

申晸《闻莺》:"七月关河道,天涯去国身。忽闻黄鸟啭,疑是故山春。"申晸《汾厓遗稿》卷五【考证:诗曰"七月关河道",约作于七月初。】

申晸《次上使韵》:"秋风一夜到辽阳,异地偏惊岁序忙。关路不堪归梦短,陇云还与别愁长。丹心自许苏卿节,白眼谁怜阮籍狂。赖有知音同结伴,免教为客泪沾裳。"申晸《汾厓遗稿》卷五

申晸《晓行》:"毳幕经残夜,征轺促晓装。梦迷关外月,愁入鬓边霜。塞角吹还断,胡笳咽复扬。平生强制泪,于此欲沾裳。"申晸《汾厓遗稿》卷五

申晸《晓行》:"晓起驱征马,行行向北平。风沙埋古戍,云日照孤旌。洛下怀君泪,天涯去国情。逢秋转摇落,添得鬓丝明。"申晸《汾厓遗稿》卷五

申晸《八渡河》："八渡河边道路难，征人到此尽摧颜。凭将一掬思乡泪，寄洒东流向鸭湾。"申晸《汾厓遗稿》卷五

申晸《新秋》："新秋物色动悲哦，关外征鸿看渐多。西日欲沈风满树，片云含雨渡辽河。"申晸《汾厓遗稿》卷五

申晸《感怀》："西望燕台欲断魂，尧封千里虏尘昏。山前唯有朝宗水，日夜奔流到海门。"申晸《汾厓遗稿》卷五

申晸《通远堡》："行人指点旧城基，蔓草荒烟处处疑。莫向居民问往事，只今传说有余悲。"申晸《汾厓遗稿》卷五

申晸《感吟》："漠漠胡山远，冥冥塞日昏。时凭车上梦，身到郭南村。"申晸《汾厓遗稿》卷五

申晸《客情》："燕台千里路漫漫，岁月无端两鬓残。旧蛩忽从秋后剧，新愁难向客中宽。家山杳杳空成梦，边塞萧萧易作寒。东望海云迷处所，不知何处是长安。"申晸《汾厓遗稿》卷五

申晸《登分手岭》："白首儒冠误壮图，远游今日只堪吁。尧封旧壤东连海，秦塞雄关北备胡。宇宙百年人事变，山河万里此身孤。登高感慨兴亡事，满地黄茅日欲晡。"申晸《汾厓遗稿》卷五

申晸《次上使韵》："汉家亭障尽丘墟，辽左遗氓未奠居。始使边封违控制，终教胡骑捣空虚。金缯此日劳星驾，言语殊方借象胥。举目山河堪涕泪，穹庐伏热转愁予。""蓬蒿漠漠蔽郊墟，唯见花门处处居。异俗不堪双眼白，同寅幸有两心虚。联床毳幕留鸡晓，对案溪桥劈蟹胥。珍重故情多缱绻，木瓜投报却惭予。"申晸《汾厓遗稿》卷五

申晸《晓吟》："关晓闻鸡早，溪桥策马迟。前途犹万里，何日是归期。"申晸《汾厓遗稿》卷五

申晸《高岭》："峻岭缘云栈，奔流响石碛。雾浓迷野色，林密碍朝晖。虎豹工遮路，蚊虻巧入帏。艰难愁远道，双泪未曾晞。"申晸《汾厓遗稿》卷五

申晸《青石岭》："当时御曲至今传，骤雨狞风此路边。一介小臣怀往事，不堪流泪涌成泉。"申晸《汾厓遗稿》卷五

申晸《写愁》："绝塞吾行远，羁愁到底深。蓐收初按节，畏日尚流金。秣马随泉脉，停车傍树阴。归期苦未定，空费短长吟。"申晸《汾厓遗稿》卷五

申晸《辽阳途中》："行尽辽河路渺漫，秋风已入紫荆关。黄茅尽日人烟

断，唯见胡儿牧马还。""风沙猎猎动征车，燕地山河百战余。莫向辽阳访古迹，只今城郭亦丘墟。""秋入关河客意凉，更无魂梦到家乡。胡笳数拍吹残月，断尽行人一夜真。"申晸《汾厓遗稿》卷五

申晸《赠书状》："长安六月动行辀，万里炎云接蓟丘。莫道严程当伏热，霜台风力爽如秋。"申晸《汾厓遗稿》卷五

申晸《次上使韵》："一渡龙湾水，偏教客意忙。饮冰忘夕寝，冲暑促晨装。壮士轻千里，男儿志四方。况今衔命日，宁惮道途长。"申晸《汾厓遗稿》卷五

申晸《晓发》："夜宿辽阳郭，沙河路又赊。听鸡趁残晓，驱马度长坡。寥落星晖没，冥蒙雨脚斜。殊方愁跋涉，头白动悲哦。"申晸《汾厓遗稿》卷五

申晸《远情》："行尽关山始渡辽。蓟门西望更迢迢。天边见月吟偏苦。碛里逢秋鬓易凋。浮世百年欢意少。异乡千里一身遥。衿阳旧业知无恙。试卜归期看大刀。"申晸《汾厓遗稿》卷五

申晸《路中逢雨》："急雨连宵未肯休，辽河千里客心愁。城南斗屋临溪畔，坐想今朝涨瀑流。"申晸《汾厓遗稿》卷五

申晸《六言》："鸟外依依远树，云边窅窅长河。尽日驱车不息，今宵定宿谁家。"申晸《汾厓遗稿》卷五

申晸《喜晴》："一雨崇朝滞客行，鬓边霜发欲添茎。天公似识严程促，快扫浮云放晚晴。"申晸《汾厓遗稿》卷五

申晸《咏分水岭》："分水山前水，东西各自流。流时共鸣咽，似识别离愁。"申晸《汾厓遗稿》卷五

申晸《半程》："驱传骎骎向北行，关头新月几回盈。平生每说辽阳远，却到辽阳是半程。"申晸《汾厓遗稿》卷五

申晸《自叹》："乘障边城隔岁还，满头霜雪已成斑。辞家又作辽河客，浮世何曾一日闲。"申晸《汾厓遗稿》卷五【考证：以上诸诗当作于七月初一日至初七日间。】

初七日（甲午）。

申晸《客中逢降节感怀》："五十人间现在身，重逢初度倍伤神。生平悔有桑蓬愿，长作年年远道人。"申晸《汾厓遗稿》卷五【考证：据金寿增《申公行

状》，申晸之母赵氏"以皇明崇祯戊辰七月初七日，生公于汉城府之驼骆洞第"，可知申晸生辰为七月初七日，故系于此。】

申晸《晓向沈中》："浑河西望陇云平，七月辽阳雨未晴。马上忽看楼橹出，邮人说是沈阳城。"申晸《汾厓遗稿》卷五

申晸《感事》："辽阳城外尽黄云，落日时逢牧马群。燕地百年氛祲满，至今犹忆戚将军。"申晸《汾厓遗稿》卷五

申晸《次上使韵》："一夜秋风入鬓丝，浑河西去倍含悲。回头不见东归路，携酒龙湾定几时。""沈阳城外雨初过，愁听胡儿一曲歌。莫上高楼望乡国，镇江东畔暮云多。"申晸《汾厓遗稿》卷五

申晸《辽沈途中》："镇日驱征马，行行不暂休。路绵秦紫塞，天接禹青州。晓雨辽阳郭，阴云碣石秋。平生远游志，输与锦囊收。"申晸《汾厓遗稿》卷五

申晸《上使于七夕赋一绝，极有伤离怅别之意，走笔戏答》："莫说人间怅别情，且将尊酒醉无醒。行看八月回槎日，伫使双星羡使星。"申晸《汾厓遗稿》卷五【考证：以上诸诗作于七月初七日或稍后。】

申晸《次上使韵》："燕蓟山河接大同，古今亭障此为雄。龙沙雨暗天低北，碣石云开日上东。王事敢言劳跋涉，男儿元自志桑蓬。逢秋鬓发偏成雪，一任行藏付化工。"申晸《汾厓遗稿》卷五

申晸《沈中感旧以旧时东宫所馆为使臣所寓之处》："王孙芳草未言归，曾作咸阳一布衣。自是天心元有定，大东休运属龙飞。孝庙""丹心惟许彼苍知，不计雠庭万死危。赖有上林飞白雁，归来犹及武皇时。清阴"申晸《汾厓遗稿》卷五

申晸《蛮馆》："蛮馆秋声早，孤城日色黄。家山杳无极，聊与睡为乡。"申晸《汾厓遗稿》卷五

申晸《次上使韵》："陇头流水向西流，远客悲秋泪未收。万里风尘双鬓换，百年蓬梗一身浮。连营鼓角喧天起，大漠云阴接地愁。欲访屠中试剑术，燕台侠骨更谁留。"申晸《汾厓遗稿》卷五

申晸《谢上使设酌邀饮》："秋风已度紫荆关，云日凄凄酿薄寒。万里衔纶同作客，一堂联席暂偷闲。容衰揽镜怜吾病，身健逢杯羡子欢。人世百年知己在，不须歧路叹艰难。"申晸《汾厓遗稿》卷五

申晸《遣怀》："万里山河远，殊方感岁华。秋阴生碣石，落日下龙沙。

节序双星会，行装八月槎。平生壮游志，雄剑吐霜花。"申晸《汾厓遗稿》卷五

申晸《去国》："去国轻千里，驱车指汉关。鸭东多际海，辽右迥无山。塞日逢秋薄，胡云接地顽。长怀傅介子，雄剑在腰间。"申晸《汾厓遗稿》卷五

申晸《边城站》："孤城秋色堕边榆，满地黄茅日欲晡。路尽关河行旅少，人烟近接北匈奴。"申晸《汾厓遗稿》卷五

申晸《渠流河示人》："万里燕台路何赊，逢秋心绪转蹉跎。烦君莫问征途事，十日驱驰九渡河。"申晸《汾厓遗稿》卷五

申晸《周流河》："西出龙庭路欲迷，黄茅落日乱鸦啼。平生厌作长征客，河号周流亦自凄。"申晸《汾厓遗稿》卷五

申晸《见月》："一片关头月，来从碧海东。相随到千里，孤影此身同。"申晸《汾厓遗稿》卷五

申晸《经战场》："千年折戟半沈沙，白日冥冥噪乱鸦。为问古来征战士，几人能得更还家。""胡虏当年夺汉关，蓟门烟火接燕山。将军夜率千兵出，半渡辽河战未还。"申晸《汾厓遗稿》卷五

申晸《梦衿庄》："乘槎万里未言归，异国逢秋泪满衣。魂梦不知身已远，夜随明月到山扉。"申晸《汾厓遗稿》卷五

申晸《记见》："落日浮云骑，纵横夹路驰。翻身堕飞翼，知是射雕儿。"申晸《汾厓遗稿》卷五

申晸《感怀》："驱传骎骎逐去鸿，百年双鬓已成蓬。箕封道路风尘后，燕地山河感慨中。蛮馆夜深闻蟋蟀，驿亭秋早堕梧桐。伤心此日朝宗水，万折奔流漫向东。"申晸《汾厓遗稿》卷五

申晸《卸鞍少睡，梦占一联曰："塞云朝拥马，关雨晓沾旌"，追成三句》："万里乘槎客，秋风度汉营。塞云朝拥马，关雨晓沾旌。久断思归梦，空伤去国情。忽惊时序晚，高柳起寒声。"申晸《汾厓遗稿》卷五

申晸《辽阳盛时歌》："云间晓日照城阇，车马喧喧扬曲尘。自是繁华从古盛，四时弦管去来人。""幽燕侠少气凌霞，玉勒珠鞍白鼻䯄。笑放胡鹰关日暮，归来城鼓已三挝。""旗亭隐约市桥西，挟路垂杨处处迷。二八胡姬颜似玉，金陵贾客醉如泥。""辽阳儿女惜残春，镜里新妆懒未均。帘卷曲栏花似雾，路傍多少断真人。""乘秋胡马度龙庭，壮士横戈出塞行。春色忽归门外柳，城南少妇不胜情。"申晸《汾厓遗稿》卷五

申晸《次上使韵》："客意偏萧瑟，逢秋转凛哉。风尘愁道路，何处问蓬莱。易水荆卿剑，黄金郭隗台。伤心怀往事，双泪自相催。"申晸《汾厓遗稿》卷五

申晸《绝塞》："绝塞逢秋早，天时转斗杓。陇云常漠漠，关月更迢迢。羌女能调马，胡儿尽射雕。殊方惊物色，孤啸视霜刀。""只剑辞家远，清秋鬓发明。北临沧海阔，西望黑山横。万里秦关塞，千秋汉将营。秖今衰草里，摇落不胜情。"申晸《汾厓遗稿》卷五

申晸《黑山途中》："平沙漠漠渺无垠，落日长河散马群。莫上台隍劳骋望，卢龙城外尽黄云。"申晸《汾厓遗稿》卷五

申晸《羊真河》："风沙猎猎陇云黄，关塞萧条去路长。头白世间频历险，地名何事又羊真。"申晸《汾厓遗稿》卷五

申晸《闻儿啼》："两地封疆西限东，山河自隔马牛风。殊音处处难凭语，却听儿啼讶许同。"申晸《汾厓遗稿》卷五

申晸《次上使韵》："汉家亭障列烟台，曾照边烽万里来。一自蓟门胡虏入，毁垣衰草不胜哀。"申晸《汾厓遗稿》卷五

申晸《旅谣》："晓发广宁城，北指医巫间。山川浩沆漭，云气接空虚。严程有定期，矻矻驱征车。吾行既云远，百虑嗟难锄。萧萧霜满颠，滴滴泪盈裾。回头见朝日，怅望增唏嘘。"申晸《汾厓遗稿》卷五

申晸《次上使韵》："节序骎骎水共流，百年双鬓入边愁。南湖旧业空成梦，北极殊恩奈未酬。汉塞千秋悲皎月，燕台残日吊荒丘。由来楚客伤心事，却对西风泪不收。"申晸《汾厓遗稿》卷五

申晸《十三山》："岳势横跳大野中，青天削出碧芙蓉。行人指点争相语，移却巫山剩一峰。"申晸《汾厓遗稿》卷五

申晸《胡笳》："荒城鼓角动栖乌，关塞苍苍月影孤。一夜征人真欲断，胡笳吹彻小单于。"申晸《汾厓遗稿》卷五

申晸《晓发》："画角吹残曙，征人意不闲。趣装愁远道，和梦度重关。□落星垂野，曹腾月隐山。劳歌念乡国，双泪自潜潜。"申晸《汾厓遗稿》卷五

申晸《大凌河口占》："大凌河畔日初生，东望征人泪满缨。秋早塞垣无去雁，家书难寄万重情。"申晸《汾厓遗稿》卷五

申晸《感怀》："忆曾分竹宰边州，暇日黄堂逸兴优。棋酒动随萧寺月，笙歌频上泛湖舟。思家尚说分离苦，去国还伤道路修。异地即今怀往事，可堪回首起深愁。"申晸《汾厓遗稿》卷五

申晸《途中呈上使》："征轺万里入秦关，极目风沙道路难。碣石云阴连大漠，蓟门烟火接燕山。双悬客泪秋偏堕，四合边声晓作寒。莫向尊前歌出塞，镜中双鬓已成斑。"申晸《汾厓遗稿》卷五【考证：以上诸诗当作于七月初七日至八月初。】

八月

申晸《次上使韵》："虚名敢道以诗鸣，身计思量百不成。虐雪三冬逾大岭，炎尘万里入长城。孤忠自许丹心在，壮志偏怜白发生。垂老十年愁泛梗，不堪羁思逐悬旌。""阴虫切切近床鸣，独夜悲吟句未成。千里客情秦北塞，一秋归梦汉南城。衣沾别泪千行尽，愁染霜毛两鬓生。明发又寻河外路，断鸿零落逐行旌。""雁度金河阵阵鸣，忽惊时序已西成。行经剑客悲歌地，路绕秦皇绝脉城。八月乘槎同汉使，千秋投笔愧斑生。风沙万里边声动，落日寒云拥去旌。"申晸《汾厓遗稿》卷五【考证：诗云"八月乘槎同汉使"，此诗约作于八月初。】

申晸《解闷》："弧矢当年志，萍蓬岂足嗟。夜从店舍宿，到处即为家。"申晸《汾厓遗稿》卷五

申晸《杏山》："援绝孤城一发危，忠臣无计答恩私。至今衰草寒烟里，阴雨时时一作萧萧鬼哭悲。"申晸《汾厓遗稿》卷五

申晸《忆乡园旧伴》："故园东望路绵绵，千里音书静不传。遥忆草堂檐日晚，一林啼鸟唤闲眠。"申晸《汾厓遗稿》卷五

申晸《呈上使》："灵桥一夜鹊飞回，琪树西风入鬓催。愁捻玉箫吹向月，几回归梦凤凰台。"申晸《汾厓遗稿》卷五

申晸《过祖大寿故第》："征辽第宅半颓倾，门巷荒凉草树平。等是人生终有死，李陵何事误家声。"申晸《汾厓遗稿》卷五

申晸《次上使韵》："月满关山夜，秋声蟋蟀连。驿程迷海岸，乡国杏云边。节序霜前雁，归心郭外田。自然频下泪，休怪感怀偏。"申晸《汾厓遗稿》卷五

康熙时期中朝诗歌交流系年（1662—1681）　>>>

申晸《曹庄驿》："国破山河在，居民只数村。石田耕黍稷，庭户散鸡豚。卉服戎风惯，簪花旧俗存。百年兴废感，双泪自成痕。"申晸《汾厓遗稿》卷五

申晸《东关途中》："晚向东关驿，驱车不暂闲。山河迷鲽域，道路接燕关。日澹孤烟外，秋生乱树间。蹉跎归计误，空羡鸟飞还。"申晸《汾厓遗稿》卷五

申晸《写怀》："关路迢迢鬓发残，北来乡泪未曾干。箕封驿使逢秋断，燕地边声特地寒。诗句谩从愁里得，旅怀难向酒中宽。村南社会知应遍，雨后团脐已上滩。"申晸《汾厓遗稿》卷五

申晸《驱车汉子歌》："戴星叱犊行，日日何曾歇。风露满衣裳，夜眠车下月。"申晸《汾厓遗稿》卷五

申晸《对月》："却对新秋月，如逢故国人。相随千里外，孤影两相亲。"申晸《汾厓遗稿》卷五

申晸《晓发沙河城》："梦断关鸡晓，愁连陇雁秋。驱车出城郭，落月已西流。"申晸《汾厓遗稿》卷五

申晸《望夫石》："自有精诚感，宁论旷女情。顽然一片石，千古带芳名。"申晸《汾厓遗稿》卷五

申晸《山海关》："祖龙痴计足堪嗤，黄屋谁曾万世遗。妄拟长城能攘狄，不知奇祸在望夷。"申晸《汾厓遗稿》卷五

申晸《入关》："青丘使者驻征辕，紫气东来满塞垣。若使如今关令在，千秋重续五千言。"申晸《汾厓遗稿》卷五

申晸《次上使韵》："欲将欢伯与君同，无那愁城未策功。试上危楼望乡国，广宁东畔路无穷。""云间朝日霁新秋，天际长城枕海头。万里山河迷故国，百年天地入边愁。遥空旅雁初横塞，长笛何人更倚楼。赖有文章能得助，羡君今继子长游。"申晸《汾厓遗稿》卷五

申晸《白葵花》："文昌宫里耀芳英，客子看来眼忽明。自是丹心能向日，白头知有恋君情。"申晸《汾厓遗稿》卷五

申晸《寺夜》："怅望浮游地，长如不系舟。雨声萧寺夜，灯火乱蛩秋。只影栖禅榻，羁愁入故丘。自然心绪恶，双袖泪痕稠。"申晸《汾厓遗稿》卷五

申晸《次前韵》："历代兴亡事，浑疑夜壑舟。山河云万古，城郭鹤千

206

秋。别梦连沧海，修程接蓟丘。西风正摇落，霜雪鬓边稠。"申晸《汾厓遗稿》卷五

申晸《出山海西关》："平明驱马出关门，十里旗亭市语喧。怊怅百年征战地，旧时繁庶至今存。"申晸《汾厓遗稿》卷五

申晸《右北平》："汉家飞将振英声，射虎当年镇北平。堪笑一时程卫尉，谩将官位埒雄名。"申晸《汾厓遗稿》卷五

申晸《永平途中》："卢龙古塞入云赊，关树微茫日欲斜。马上忽惊时序晚，田头开遍木绵花。"申晸《汾厓遗稿》卷五

申晸《次上使韵》："久客殊方感岁华，秋来无日不思家。登高试觅东归雁，鬓上霜毛一倍加。"申晸《汾厓遗稿》卷五

申晸《晚咏》："路绕燕台晚，天连鸭水赊。野桥齐度马，关树已栖鸦。日薄迷秋影，山寒澹夕霞。劳歌倍惆怅，添却鬓鬖髿。"申晸《汾厓遗稿》卷五

申晸《野寺》："野寺丹青古，虚堂鬼物雄。一秋头鬓白，半夜佛灯红。岁月看流水，行装任转蓬。从来多少感，咄咄漫书空。"申晸《汾厓遗稿》卷五

申晸《渔阳桥咏明皇》："沉香亭上笑欢时，不信人间有别离。羯鼓未终鼙鼓动，祸胎元自锦褓儿。"申晸《汾厓遗稿》卷五

申晸《客夜梦得砧声，客泪一联，觉后足成四韵》："蓟门烟树接幽燕，万里星轺道路绵。剑客悲歌空怅望，金台遗迹已茫然。砧声却与秋风起，客泪偏随夜雨悬。宇宙百年人事变，白头空赋远游篇。"申晸《汾厓遗稿》卷五

申晸《关中老炎甚酷，忆乡邻旧游》："倦客经时久，骎骎病转增。疾驱愁旱魃，疲卧困秋蝇。谩忆金茎露，难寻玉井冰。遥怜北窗下，闲睡正瞢腾。"申晸《汾厓遗稿》卷五

申晸《梦中三见公举兄弟》："关河秋晚雁书迟，天末怀人鬓发危。赖有梦魂能识路，一旬三见慰相思。"申晸《汾厓遗稿》卷五

申晸《地震》："胡无百年运，中土困生灵。天怒今方赫，坤维亦失宁。有村愁压倒，无处觅居停。自叹风尘里，飘飘迹似萍。"申晸《汾厓遗稿》卷五

申晸《晓行》："蓐食催征驾，羁愁感物华。陇云随去马，关月动栖鸦。旷野逢人少，长桥见驿赊。归期犹未定，回首意蹉跎。"申晸《汾厓遗稿》卷五

申晸《旅怀》："故国三秋雁素迟，向来归梦亦全稀。清霜一夜催双鬓，

漫忆沧浪旧钓矶。"申晸《汾厓遗稿》卷五

申晸《次上使韵》:"燕台落日暂经过,屠市犹闻壮士歌。试向匣中看古剑,百年心事不平多。"申晸《汾厓遗稿》卷五

申晸《通州盛时歌》:"通州自古盛繁华,扑地间阎十万家。日出市门堆锦绣,满城光艳绚朝霞。""通衢遥接蓟门长,表里山河护帝乡。日夜江南常转粟,百年红腐海陵仓。""楼观参差扬锦幖,绿杨低拂赤栏桥。东南贾客纷相集,白日车尘涨碧霄。""青山如黛水如天,粉堞周遭带晚烟。日暮帆樯齐泊岸,胡姬争迓浙江船。""旗亭百队夹途傍,处处游人典鹔鹴。日暮歌钟喧四里,夜深灯火烂星光。"申晸《汾厓遗稿》卷五

申晸《燕都》:"七月边风欲堕榆,八陵佳气已全无。关头郡邑东连海,塞外山河北枕胡。从古地形龙虎势,至今文物帝王都。伤心汉业终难复,遗恨当时失庙谟。"申晸《汾厓遗稿》卷五

申晸《感旧》:"闻昔朝天日,寰区正一家。山河开锦绣,楼观咽笙歌。共沐升平化,浑忘道路赊。今来黍离感,垂泪对铜驼。"申晸《汾厓遗稿》卷五

申晸《天寿山即明朝陵寝所处也》:"天寿山前日色寒,八陵松柏已摧残。江南亦作丘墟地,谁遣行人绘画看。"申晸《汾厓遗稿》卷五

申晸《玉河馆听钟》:"忽听街钟动,还如故国音。此时孤客泪,千里未归心。"申晸《汾厓遗稿》卷五

申晸《夜雨》:"夜雨鸣檐势未休,一灯寥落伴人愁。凉生枕簟难成梦,四壁蛩音飒已秋。"申晸《汾厓遗稿》卷五

申晸《秋怀》:"只剑辞家意已阑,使车千里滞燕关。凉秋客梦三江远,半夜蛩音四壁寒。衣带渐从愁里缓,鬓毛偏向镜中斑。西风点检东归雁,一一分飞寄信难。"申晸《汾厓遗稿》卷五

申晸《闺怨》:"砧杵双鸣处处同,燕山儿女怨秋风。音书欲寄南关戍,八月边云已断鸿。"申晸《汾厓遗稿》卷五

申晸《旅食》:"旅食燕山久,秋风已作寒。初非陈北学,反似楚南冠。白日门仍锁,青丘梦亦难。孤灯一夜雨,雄剑独抽看。"申晸《汾厓遗稿》卷五

申晸《写怀》:"老去偏知世路难,懒将衰朽点朝班。刘桢抱病元耽寂,虞寄辞荣欲闭关。异国三秋来作客,颠毛一夜便成斑。多情皓月怜吾独,千

里相随缺又弯。"申最《汾厓遗稿》卷五

申最《燕都感怀》:"八月燕台露气清,万家烟树接云平。觚棱落照迷秋色,太液寒波咽暮声。旧日山河空在眼,百年天地自无情。伤心海外孤臣泪,说到神宗已满缨。"申最《汾厓遗稿》卷五

申最《咏兰》:"欲把丹青笔,移描谷底兰。其如一片土,羞作画图看。"申最《汾厓遗稿》卷五

申最《闻笛》:"八月燕山露变霜,谁将一笛动悲凉。分明此夜闻杨柳,不是征人亦断真。"申最《汾厓遗稿》卷五

申最《感怀》:"欲将兴废问苍旻,万里孤臣泪满巾。灞上园陵非汉土,台城宫阙入胡尘。伤心旧日朝天路,怅望千秋蹈海人。试倚高楼看太白,匣中龙剑动霜鳞。"申最《汾厓遗稿》卷五

申最《客怀》:"淡云疏雨过重城,秋意凄凄动客情。笼鸟未搏千里翮,碧空归思漫峥嵘。"申最《汾厓遗稿》卷五

申最《病渴》:"久抱相如渴,殊方远客情。云霄隔万里,回首忆金茎。"申最《汾厓遗稿》卷五

申最《独夜》:"独夜殊难曙,寒阶响乱螀。客怀弥恻怆,归梦未从容。塞月惊三觳,乡山隔万重。关河秋雁尽,无处寄书封。"申最《汾厓遗稿》卷五

申最《午门感吟》:"观周当日盛威仪,秩秩衣冠拜玉墀。人事百年沧海变,午门灯火不胜悲。"申最《汾厓遗稿》卷五【考证:以上诸诗当作于八月初一日至十五日间。】

十五日(辛未)。

上御太和门视朝,文武升转各官谢恩,次朝鲜国使臣等行礼。《清圣祖实录》卷九一

申最《对月感吟》:"风露凄凄夜漏鸣,一年佳月尽情明。应知弟妹团圆处,共对清光说我行。"申最《汾厓遗稿》卷五【考证:诗云"一年佳月尽情明""应知弟妹团圆处",当作于八月十五上元日。】

十九日(乙亥)。

朝鲜国王李焞遣陪臣沈益显等为太和殿灾请安及颁诏谢恩,进贡礼物。宴赉如例【按:参见是年六月初十日条】。《清圣祖实录》卷九一

申最《即事感吟》:"白玉擎天柱,黄金承露盘。风尘迷旧国,秋色不胜

寒。"申晸《汾厓遗稿》卷五

申晸《蛮馆夜吟》:"蛮馆重扃节序更,天涯灯火不胜情。千家帘幕秋声起,九陌笙歌夜月明。人事可堪沧海变,客愁赢得鬓丝成。西风吹断南归雁,欲寄家书泪满缨。"申晸《汾厓遗稿》卷五

申晸《呈上使》:"客里逢初度,秋天雁叫群。杯盘从草草,羁绪转纷纷。梦隔秦楼月,愁添蓟北云。无心醉房酒,寂寞到残曛。"申晸《汾厓遗稿》卷五

申晸《梦作》:"孔圣已衰麟遽至,文王将作凤先来。造物小儿多戏剧,古今天地一堪哈。"申晸《汾厓遗稿》卷五

申晸《偶题》:"客情秋思共萧然,深馆无人日抵年。强把简书工引睡,梦中愁绪亦相牵。"申晸《汾厓遗稿》卷五

申晸《平朝出玉河馆,少憩东岳庙》:"平朝驱马出城阛,快若翔凫意更新。古庙看碑堪共语,僧房联榻却相亲。风尘别有宽闲界,羁絷还为自在身。忠信可行曾有训,不须香火祷诸神。"申晸《汾厓遗稿》卷五

申晸《早发通州》:"喔喔村鸡乱,冬冬戍鼓传。疏星低屋角,落月下山巅。城树笼寒雾,旗亭起晓烟。驱车临水岸,灯火浙江船。"申晸《汾厓遗稿》卷五

申晸《三河途中》:"郊原秋色正依依,六月行人近授衣。霜堕榆关归雁尽,不堪黄叶马前飞。"申晸《汾厓遗稿》卷五

申晸《失马》:"忽得追风足,还为塞上翁。从来得与失,一笑付苍穹。"申晸《汾厓遗稿》卷五

申晸《客谣》:"秋意忽凄凄,客子心转凄。驱车趁明星,歧路迷东西。漠漠云烟起,离离草树齐。关河浩无际,窅窅穷远睇。晨风拂中逵,萧萧征马嘶。岂无丈夫心,不免儿女啼。""结庐汾之厓,幽事颇相亲。春蹊种桃李,夏庭栽篁筠。境僻足烟霞,门静绝嚣尘。颓然处其间,不袜仍不巾。时逢陶令酒,不厌黔娄贫。如何拥冠盖,作此远途人。"申晸《汾厓遗稿》卷五

申晸《早发卧佛寺》:"银汉迢迢晓漏传,佛前明灭小灯悬。征车又逐鸡声发,羡尔山僧自在眠。"申晸《汾厓遗稿》卷五

申晸《感怀》:"百年身计漫悠悠,宦迹还如不系舟。北走关山冲积雪,西来燕市度三秋。乾坤错莫情何极,人代萧条泪未收。欲向金台寻古迹,暮

云衰草锁荒丘。"申晸《汾厓遗稿》卷五

申晸《归兴》:"渐近乡关路,浑忘异国愁。好随南去雁,归饮菊花秋。"申晸《汾厓遗稿》卷五

申晸《丰润道中》:"数声残角响西风,征马萧萧逐去鸿。日出寒烟笼野色,人家浑入有无中。"申晸《汾厓遗稿》卷五

申晸《题夷齐庙》:"孤竹清风百世师,至今遗庙享专祠。鹰扬事业知何有,终使田恒换旧基。"申晸《汾厓遗稿》卷五

申晸《书状睦君则于丰润榛子店壁上见一诗,向余说道,其诗曰:"椎髻空怜昔日妆,征裙换尽越罗裳。爷娘生死知何处,痛杀春风上沈阳。"其下又书曰:"奴江州虞尚卿秀才妻也。夫被戮,奴被虏,今为王章京所买。戊午正月廿一日,洒涕挥壁书此惟望天下有心人,见此怜而见拯,奴亦不自惭其鄙谤也,吁嗟伤哉伤哉。奴年二十有一,父季某秀才,母陈氏,兄名国,府学秀才。季文兰书。"余闻而悲之曰:"此是闺秀中能诗者所为也。海内丧乱,生民罹毒,闺中兰蕙之质,亦未免沦没异域,千古怨恨,不独蔡文姬一人而已。"为赋一绝以咏其事》:"壁上新诗掩泪题,天涯归梦楚云西。春风无限伤心事,欲奏琵琶响转凄。"申晸《汾厓遗稿》卷五

申晸《榆关道中》:"八月边霜晓作寒,纷纷黄叶堕榆关。西来踏尽三千里,赢得青铜两鬓斑。"申晸《汾厓遗稿》卷五

申晸《亡友许仲玉素有鹰癖,且曾眄成都妓天下白者,有眷恋之意。余按关西也,来别于路左,醉谓余曰:"楼上人云间物,君须惠我。"余笑而许之。及到营,公务倥偬,未能即副,戏题一绝以寄,忘之久矣。今到凤凰店,忽然记忆,付书于燕行录中,以寓怆感之意》:"巴陵临别语丁宁,玉质兼求剑击翎。楼上不无天下白,云间难得海东青。"申晸《汾厓遗稿》卷五

申晸《望海亭》:"望海亭边一解颜,百年怀抱此中宽。长风若借东归便,方丈三韩咫尺间。"申晸《汾厓遗稿》卷五

申晸《登澄海楼》:"元气茫茫混大包,杳然人世一秋毫。地分夷夏千年界,海拍东南万里涛。落日危栏横缥缈,清秋佳句动风骚。蓬山自有神仙侣,莫向尘寰叹二毛。"申晸《汾厓遗稿》卷五

申晸《寄家书》:"驿使今朝发,何时到汉城。匆匆书数纸,难悉万重

情。"申最《汾厓遗稿》卷五

申最《关外暮行》："异国流光迅，羁愁入鬓丝。天寒关路永，日落马行迟。古戍烟沙合，荒城鼓角悲。秋风吹不断，心事转凄其。"申最《汾厓遗稿》卷五

申最《关外即事》："向来心事转蹉跎，时物翻惊菊有华。碛里云阴星点少，关头霜落雁声多。乡山已隔三秋梦，使节初回八月槎。弧矢四方男子志，不须空惜鬓边皤。"申最《汾厓遗稿》卷五

申最《夜投沙河站》："关头新月已西斜，秋思迢迢雁影赊。驱马却寻河外路，隔林烟火有人家。""深秋客泪堕清笳，风露凄凄入夜多。四壁虿音灯火冷，枕边无梦度辽河。"申最《汾厓遗稿》卷五

申最《晓行》："月落关山黑，天寒陇水清。东归千里客，河外雁俱征。"申最《汾厓遗稿》卷五

申最《秋思》："燕地风霜急，萧萧秋气多。断鸿迷澹日，征马渡长河。已觉容颜变，空伤节序过。白头搔更短，牢落动悲哦。"申最《汾厓遗稿》卷五

申最《点阅书籍》："奉使三秋困房尘，却从归路慰心神。行车满载书千卷，堪笑当时越橐贫。"申最《汾厓遗稿》卷五

申最《道中作》："一夜清霜急，关榆叶尽流。前途知渐近，犹及菊花秋。"申最《汾厓遗稿》卷五

申最《卢龙塞晚吟》："卢龙八月露为霜，关树凄凄动晚凉。鸦带夕霞喧古垒，雁迷寒日下沙梁。山河窅窅云阴隔，关塞迢迢道路长。怊怅故园丛菊晚，几时归去作重阳。"申最《汾厓遗稿》卷五

申最《客情》："客中时序鬓毛明，塞月无端缺又盈。征旌尚淹豺虎窟，归鸿先度凤凰城。黔阳旧业三秋梦，燕地新霜一夜情。莫道丈夫能制泪，海云东望欲沾缨。"申最《汾厓遗稿》卷五

申最《自嘲》："千里驱驰备苦辛，征衫染尽羯奴尘。行藏末路真堪笑，谁识沧浪旧钓人。"申最《汾厓遗稿》卷五

申最《自叹》："风沙猎猎扑征衣，倦马萧萧带夕晖。王事十年身已老，白头空忆故山薇。"申最《汾厓遗稿》卷五

申最《晓行》："八月秋声动，边霜损客颜。听鸡起茅店，驱马度榆关。曙色才分海，云阴不辨山。南飞有归雁，双翮杳难攀。"申最《汾厓遗稿》卷五

申晸《废垒》:"废垒千年戍,凉秋八月天。至今留杀气,从古断人烟。空碛飞寒叶,丛林噪夕鸢。驱车经此地,落日意茫然。"申晸《汾厓遗稿》卷五

申晸《怀归》:"异国衣将授,西风客意忙。塞云欺短日,关树堕寒霜。汉北家千里,黔阳雁几行。三秋消息断,无梦到江乡。"申晸《汾厓遗稿》卷五

申晸《广宁寺》:"贝叶经文手自翻,六时方丈静无喧。人间别有闲天地,万壑松声独闭门。"申晸《汾厓遗稿》卷五

申晸《晓吟》:"古戍星初落,荒城月独悬。明河看渐没,寥落欲曙天。"申晸《汾厓遗稿》卷五

申晸《算程》:"镇日侵晨发,行程不暂违。三江知渐近,犹待一旬归。"申晸《汾厓遗稿》卷五

申晸《停车骋望》:"黄榆零落古城边,碣石平临驻马前。海豁东南浮日月,山连夷夏积风烟。燕然万里铭功石,蓬岛千年采药船。往事消沉俱寂寞,欲招辽鹤共蹁跹。"申晸《汾厓遗稿》卷五

申晸《即事》:"芦苇萧萧晓作寒,一旬驱马未曾闲。云开大陆连天阔,西去辽阳不见山。"申晸《汾厓遗稿》卷五

申晸《书怀》:"暮年衔命度龙庭,积月驱驰戴晓星。万事风尘余短发,一身天地等浮萍。殊方日冷衣犹薄,故国秋深菊自馨。回首汉南云水地,几人携酒放湖舲。"申晸《汾厓遗稿》卷五

申晸《怀乡》:"关榆霜落叶初飞,古渡云寒雁鹜稀。惆怅故园秋事晚,黄花应发待吾归。"申晸《汾厓遗稿》卷五

申晸《晓行》:"听鸡中夜趣行厨,晓拂征车陇上驱。云际渐看星点没,关头犹挂月轮孤。连天海色云霞动,满地秋声雁鹜呼。长路屡惊时序变,不堪霜露堕黄榆。"申晸《汾厓遗稿》卷五

申晸《过辽阳有感》:"累累之冢碧山隅,为报令威莫叹吁。纵使学仙能久视,本来天地亦须臾。""百年天地入胡尘,海内苍生共不辰。若使管宁犹未死,竟从何处可安身。"申晸《汾厓遗稿》卷五

申晸《即事》:"落日辽阳郭,秋风太子河。归来霜露晚,征雁已无多。""古木寒烟里,村墟半已空。千年华表柱,独立夕阳中。"申晸《汾厓遗稿》卷五

申晸《晓发辽阳》:"夜宿辽阳郭,驱车晓涉滩。秋天阴不雨,朔气动成寒。风断孤鸿怨,霜凋众叶丹。家书今未到,谁复念衣单。"申晸《汾厓遗稿》

213

卷五

申晸《次上使韵》："万里辞家远，频惊岁序移。却从梅雨节，仍到菊花时。异俗看来厌，羁愁阅去知。正当乡路近，犹怯马行迟。"申晸《汾厓遗稿》卷五

申晸《青石岭上使得砚才》："云根斲得涧之中，几劫神悭待我公。造物自然成妙制，不须雕琢要良工。"申晸《汾厓遗稿》卷五

申晸《即事》："峡中寒雨昼翻盆，古木深深白日昏。倦马欲颓泥路滑，不知今夜宿何村。"申晸《汾厓遗稿》卷五

申晸《金水岭途中》："关山一夜起西风，妆点霜枫尽意红。流水断桥归路晚，恍然身在画图中。"申晸《汾厓遗稿》卷五

申晸《沾雨戏吟》："自笑沧浪把钓人，暮年歧路备艰辛。西风有意吹寒雨，为向衣边洗虏尘。"申晸《汾厓遗稿》卷五

申晸《少憩八渡河》："八渡河边霁景新，暂凭沙岸驻征轮。波中白鸟休惊散，我是江湖旧主人。"申晸《汾厓遗稿》卷五

申晸《到凤凰城未见家信》："客中时序变炎凉，稍喜归程近故乡。欲向来人问消息，其如潮信限浔阳。"申晸《汾厓遗稿》卷五

申晸《晓吟》："飞霜浙沥满征衣，落月苍茫下翠微。孤角一声天欲曙，客情愁思共依依。"申晸《汾厓遗稿》卷五

申晸《高阳途中》："万里幽燕踏虏尘，归来赢得鬓成银。抬头渐觉长安近，到处青山似故人。"申晸《汾厓遗稿》卷五【考证：《肃宗实录》卷一〇言使团于闰八月二十日复命，故以上诸诗作于八月十九日至闰八月二十日间。】

闰八月

二十日（丙午）。

谢恩兼陈奏使沈益显、副使申晸等自燕还【按：参见六月初十日条】。《朝鲜肃宗实录》卷一〇。

徐宗泰《汾厓申判书晸丈赴燕还，语间以唐笔墨见贻，使以诗作谢，遂归而忘拙书似时在翰苑》："遒如茧尾黑如鸦，始识华人制造嘉。偶落兰台南史案，初从辽塞汉臣槎。尖锋宛带中山色，妙法应传李氏家。深荷词宗珍重意，绝胜骚客梦生花。"徐宗泰《晚静堂集》卷一【考证：诗题曰"汾厓申判书晸丈

赴燕还",故此诗作于闰八月二十日后。《纪年便考》卷二十八：徐宗泰（1652—1719），字鲁望，号晚静堂，又湍谷，又松厓。孝宗壬辰生，肃宗乙卯，生进俱中，荐除光陵叄奉，不仕。庚申，登别试，历南床、翰林，选湖堂，除铨郎，不就。历副学，典文衡，除户判，终不就。乙酉，入相至领。在堂下，因事出补铁原仁。显后废处私第，疏争不能得，屏居郊外。甲戌，即拜礼参。丁酉，上独召左相李颐命，抗跪陈戒。凡八拜相，饬身清慎，持论公平，崇奖名节，存心俭约。甲午卒，年六十三，谥文孝。】

十月

二十六日（辛亥）。

二更，中宫升遐于庆德宫。《朝鲜肃宗实录》卷一〇

十一月

初三日（戊午）。

谢恩兼陈奏正使金寿兴、副使李秞、书状官申懹赴燕，兼告大行王后讣【按：参见是年十月二十六日条】。《朝鲜肃宗实录》卷一〇

金寿兴《渡鸭绿江》："五十年来守瓮天，男儿壮志郁难宣。挥鞭直渡鸭江去，万里山河当眼前。"金寿兴《退忧堂集》卷一

金寿兴《沈阳感旧》："经过此地伤心事，掩泣停骖北馆隅。不肖小孙空感慨，燕山还拜大单于。"金寿兴《退忧堂集》卷一

金寿兴《孝庙留沈时构小亭于太子河上，李溦指示其基》："思归馆废凭谁问，幽愤咸阳一布衣。江岸小亭犹指点，贱臣危涕倚斜晖。"金寿兴《退忧堂集》卷一

金寿兴《周流河逢我国人金庆云》："异域惊逢故国人，黄骊西社是乡邻。蒸鹅暖酒殷勤意，相对无言只怆神。"金寿兴《退忧堂集》卷一

金寿兴《望昌黎山》："芙蓉三朵整螺鬟，指点昌黎县后山。此是前贤炳灵地，不堪瞻望暮云间。"金寿兴《退忧堂集》卷一

金寿兴《蓟门烟树》："长郊无际使人迷，烟树连天日欲低。极目依然画中景，百年妆点蓟门西。"金寿兴《退忧堂集》卷一【考证：《肃宗实录》卷一〇言金寿兴等于十一月初三日辞朝，下诗题曰"次副使李令秞和高适除夕韵"，故以上诸诗当

215

作于十一月初三日至十二月二十九日间。】

十二月

二十九日（甲寅）。

金寿兴《次副使李令袖和高适除夕韵》："旅窗残烛照孤眠，万里归心亦杳然。半夜黄鸡催白发，可堪为客更添年。""幽居真味付闲眠，物外身心正浩然。堪笑世缘犹未了，玉河今日又经年。"金寿兴《退忧堂集》卷一【考证：诗云"旅窗残烛照孤眠""半夜黄鸡催白发""玉河今日又经年"，可知作于是年除夕即十二月二十九日。】

康熙二十年（1681年/辛酉）

正月

初一日（乙卯）。

朝鲜国王李焞遣陪臣金寿兴等表贺冬至、元旦、万寿节及进岁贡礼物。宴赉如例【按：参见康熙十九年十一月初三日条】。《清圣祖实录》卷九四

金寿兴《忆嘉陵别业》："嘉陵江水碧于苔，上有超然百尺台。此是峡中清绝地，险涂何事尚迟徊。"金寿兴《退忧堂集》卷一

金寿兴《旅馆书怀》："檐晖弄影纸窗明，风打疏棂睡不成。故国音书仍隔岁，梦中空自算归程。"金寿兴《退忧堂集》卷一

金寿兴《沿路见春耕书怀》："原田每每冻全融，处处春耕习俗同。忽忆去年穷峡里，杖藜乘兴课农功。"金寿兴《退忧堂集》卷一

金寿兴《次副使韵》："赤县卢山四十年，英雄谁复着鞭先。书生孤愤惭无用，汉祚中天欲问天。"金寿兴《退忧堂集》卷一【考证：《肃宗实录》卷一一言三月十八日"冬至兼谢恩使金寿兴等还自清国"，以上诸诗当作于正月初一日至三月十八日间。】

二十九日（癸未）。

朝鲜国王李焞妃金氏故，遣官致祭【按：参见康熙十九年十月二十六日】。

《清圣祖实录》卷九四

三月

十八日（辛未）。

冬至兼谢恩使金寿兴等还自清国【按：参见康熙十九年十一月初三日条】。上引见，问彼中事情，寿兴言："丰润人李有伦曾任湖广知县，详知南方事，为人颇纯实。臣以文字书问吴三桂存没，答言：'三桂即位于衡山之阳，国号大周，改元弘化，而元无立朱氏之事。今则三桂已死，其子死于北京，故其孙代立。'仍盛称吴兵规模已定，气势尚强。臣又问郑之龙后裔存否，答言：'之龙孙锦今在岛中，兵势甚盛，求得朱氏后之在河南者立之。正统所归，似在于此也。'又闻护行将所言，以为贵州、广东西、湖广之间，战争不息，沈阳安将军今方巡海边，以观设镇处。臣问海边防守从某至某，答言：'自盖州卫列置烟台，至岳州而止。'所谓岳州，即凤城北一百三十里地也。臣曰：'海边防守何也？'曰：'防海岛贼也。'臣又问：'然则凤城北即我国接界之地，有何可忧而设镇？'即答言：'亦虑不虞之患'云矣。"上曰："曾闻安将军以智谋见称于彼国，今此广设烟台，盖亦有不信我国之心故也。"《朝鲜肃宗实录》卷一一

四月

初二日（乙酉）。

清使翰林侍读学士牛钮、宗室二等侍卫觉罗阿尔图以吊祭入京【按：参见是年正月二十九日条】。《朝鲜肃宗实录》卷一一

初五日（戊子）。

以昌城君佖为谢恩正使，尹阶为副使，李三锡为书状官。○清使求见能文人，弘文馆以林泳、吴道一、李征龟抄启。《朝鲜肃宗实录》卷一一

八月

初七日（丁亥）。

差都总府都事李谓、译官李庆和等管押漂海清人高子英等二十六人，入

康熙时期中朝诗歌交流系年（1662—1681）　>>>

送清国。《朝鲜肃宗实录》卷一二

九月

初三日（壬子）。

谢恩正使昌城君伾、副使尹阶等如清国【按：书状官李三硕】。先是，我边民有越入彼境者，清遣使查勘。又因文书有差误，该部奏当请罚银，清主特行除免，故遣使谢之。《朝鲜肃宗实录》卷一二

南龙翼《送尹侍郎泰升阶燕京副使之行》："曾见诸贤赠别篇，公家家世惯朝天。门庭又诵诗三百，旌节将经路四千。吴札讵闻周礼乐，冀州犹记禹山川。题词欲作临分语，语到今行亦让前。"南龙翼《壶谷集》卷三

南龙翼《送书状李锡余三锡》："君向燕京求我语，我于君去岂无情。难将一样沿途景，每赆连年送客行。只愿张骞槎好返，仍祈陆贾橐全倾。文华已觉为余事，不必令人到底惊。"南龙翼《壶谷集》卷三【考证：据《肃宗实录》卷一二可知尹阶等于九月初三日辞朝，以上诸诗作于九月初三日或其后。】

十月

三十日（己酉）。

奏请兼冬至使东原君潗、副使南二星如清国【按：书状官申琓】。《朝鲜肃宗实录》卷一二

林泳《送南大司宪二星赴燕》："朔雪边云暗蓟都，寒天客路转医巫。一生慷慨今行李，万里观游亦丈夫。易水城长虚缭绕，湾河月迥对高孤。烦公密勿纡长策，莫漫悲歌向酒徒。"林泳《沧溪集》卷二【按《纪年便考》卷二十八：林泳（1649—1696），罗州人，仁祖己丑生，字德涵，号沧溪，李端相门人。显宗丙午生状，与新榜诸生疏请李珥成浑从祀。辛亥，登庭试。肃宗朝，选湖堂，历铨郎、舍人、副学。己巳后绝意世事，筑室沧溪而静处。甲戌，超拜工参，入衡圈，历松留，官止大司宪。能文章，学问多自得。朝论同异常以调停为主，金昌协曰："所见者大，所践者实。"丙子卒，年四十八。】

朴泰辅《奉送外从祖宜拙南都宪二星使燕》："幽州使者踵相随，公又西行使我悲。事异自东思服日，人非未老独贤时。长途加爱须防酒，旧国消愁只赖诗。归旌当春还好早，禁林花事莫差池。"朴泰辅《定斋集》卷一【按南鹤鸣

218

《行状》：朴泰辅（1654—1689），字士元，号定斋散人，罗州人。孝宗甲午生。肃宗乙卯生员。丁巳，擢谒圣试状元，华闻大播，一世耸慕，乃益自谦挹，加勉志业，由典籍转礼曹佐郎。庚申，除修撰，肆笔为文，矢口成章。辞理俱到，粲然可观。平说是非，不系于偏党。直陈得失，无动乎毁誉。人皆敬而畏之，所与游皆文学端鲠之士。己巳，仁显王后将逊于私第，事机危急。泰辅为儒生构谏疏，语多触犯忌讳者，命窜珍岛。出狱后病卒，年三十六。有诗文集六卷，《易义删注》《投壶仪》各一卷。】

申晸《送申书状琓赴燕》："燕山冠盖苦纷纷，学士衔纶又此辰。以我去年愁跋涉，想君长路饱艰辛。晨驱大漠冰摧轴，夜宿穹庐雪满茵。珍重故人加饭意，好旋行李趁青春。"申晸《汾厓遗稿》卷六

金万重《赠申书状琓燕行》："雪中飞鸟绝，之子欲安之。辽野去无极，燕歌声正悲。愁云汉陵树，落日信公祠。此地难为客，应多吊古诗。"金万重《西浦集》卷三

宋光渊《送申应教公献琓赴燕》："东壁文星动使星，海天旌节指燕京。还家梦为思亲切，出塞身因许国轻。碣石层冰连大漠，蓟门飞雪暗长城。江南万里仙槎断，消息春来待子行。"宋光渊《泛虚亭集》卷二【考证：据《肃宗实录》卷一二可知南二星等于十月三十日辞朝，以上诸诗作于十月三十日或其后。《纪年便考》卷二十八：宋光渊（1638—1695），砺山人，仁祖戊寅生，字道深，号泛虚亭。孝宗甲午进士。显宗丙午，登别试，历三司，官止吏参。肃宗乙亥卒，年五十八。】

十一月

十八日（丁卯）。

押领漂海人译官等自清国还到义州【按：参见是年八月初七日条】。《朝鲜肃宗实录》卷一二

申琓《途中有吟书状赴燕时》："遥遥粉堞绕长洲，十里冰江映画楼。驻马不堪回首望，安州今日即并州。"申琓《絅庵集》卷一【考证：诗云"安州今日即并州"，约作于使团途径安州时。高阳至安州六百六十里，约十余日程，据《肃宗实录》可知申琓一行于十月三十日辞朝，故此诗当作于十一月间，姑系于此。《纪年便考》卷二八：申琓（1646—1707），仁祖丙戌生，字公献，号絅庵，又竹西。显宗壬子，以大护军登别试，历铨郎、副学、吏判，袭封平川君。肃宗庚辰，入相至领。始与赵持谦、韩泰东议合后，攻南九万甚峻，士流倚重焉。丁亥卒，年六十二，谥文庄。】

申琓《龙湾书怀》："积雪龙湾馆，孤城鸭水涯。朔风吹古碛，关月照悲

康熙时期中朝诗歌交流系年（1662—1681）　>>>

筘。地势临江尽，山容近塞多。羁怀无处遣，况复听离歌。"申琓《䌷庵集》卷一

申琓《走次尹仲纲世纪寄示韵》："闲居无计共清幽，征旌悠悠阅几州。天外乡园长在眼，鬓边霜雪欲浑头。殊方行役从今始，故国杯觞自此休。明日鸭江西畔路，朔云关月倍离愁。与仲纲曾有同栖之约，来诗有此语，故云。"申琓《䌷庵集》卷一

申琓《渡鸭绿江》："骊驹唱罢引征车，万里修程入眼赊。一水还应分地界，五云何处望京华。非因行役从今始，自觉羁怀到此加。欲向前村暂投宿，九连城外少人家。"申琓《䌷庵集》卷一

申琓《松站途中》："征骖役役路何长，四面胡山草树荒。朔气酿寒成小雪，塞云笼日漏斜阳。殊方行役群豺虎，故国山川隔凤凰。去去已知京洛远，天涯何处望家乡。"申琓《䌷庵集》卷一

申琓《八渡河口占》："征轩终日转山坡，坐拥轻裘引睡魔。愁绪惟凭诗上遣，光阴都向客中过。乡园已隔千重岭，行迈今经八渡河。莫怪临觞多感慨，从来燕赵有悲歌。"申琓《䌷庵集》卷一

申琓《通远堡》："峡里人烟少，缘溪有几家。山村皆号堡，塞水总名河。客路愁逢雪，乡心怯听筘。羁游成底事，添得鬓边华。"申琓《䌷庵集》卷一

申琓《戏嘲坐车》："燕路悠悠莱尔行，双辕终日转冰程。常思稳坐摇难定，纵欲疲眠搅易惊。每遇坦途多快活，时逢仄径怯翻倾。全身如在秋千上，两耳长闻霹雳声。"申琓《䌷庵集》卷一

申琓《辽东途中》："指点千山落照中，天涯极目意无穷。长程杳杳遥连塞，大野荒荒迥接空。云外乱岑横漠北，城边孤塔认辽东。燕墟丽界谁因问，欲访幼安处士踪。"申琓《䌷庵集》卷一

申琓《太子河》："渺渺辽东野，悠悠太子河。平生感慨意，抚剑一悲歌。"申琓《䌷庵集》卷一

申琓《羊肠河》："征车役役为谁忙，险阻艰难几备尝。长路厌看当马首，河名何事又羊肠。顽云接地边风急，衰草连天塞日黄。自是驱驰元我事，敢言辛苦饱冰霜。"申琓《䌷庵集》卷一

申琓《祖大寿故宅口占》："高大门闾矜宠荣，青春跃马事横行。祖孙四

220

世犹传业，兄弟三难总握兵。当日若能轻一死，后人宁不仰芳名。请看都尉偷生处，谁道山西旧擅声。""闾巷依然草树平，斜阳吊古驻行旌。子孙零替今谁在，池阁荒凉半已倾。世事早知常代谢，当年应不费经营。但留石刻门前在，赌取骚人笔舌评。"申琓《绚庵集》卷一

申琓《山海关夜坐》："终宵抚剑感怀多，谁遣腥膻久染华。四海尽成胡日月，一区难觅汉山河。村间扑地连钟鼎，楼阁干霄拥绮罗。欲向遗民论慷慨，市中何处有悲歌。"申琓《绚庵集》卷一

申琓《蓟门烟树三五七言次月沙韵》："天连树，树接天。渺渺烟中树，依依树梢烟。恍展徐熙水墨障，微茫风雨暗山川。"申琓《绚庵集》卷一

申琓《邦均店壁上见季文兰诗有感》："万事伤心孰怨嗟，悠悠天意欲如何。惨看民物罹锋镝，忍使腥膻污绮罗。女子能诗还有此，男儿全节尚无多。都将哀恨凭篇什，义士今谁古押衙。""万般哀怨一篇诗，壁上题来说向谁。司马青衫知几湿，佳人红袖去无归。啼残妆泪空余血，写出芳心漫寓悲。十八胡笳千古恨，伤心不独蔡文姬。"申琓《绚庵集》卷一【考证：申琓下诗题曰"立春"，故以上诸诗作于十一月至十二月二十七日间。】

十二月

十三日（壬辰）。

赐朝鲜、琉球国进贡使臣等银币有差。《清圣祖实录》卷九九

二十七日（丙午）。

申琓《燕馆遇立春口号》："春色潜随羯鼓催，阳和已共此宵回。佳人宝袜成行出，侠少金弹逐队来。犹喜客盘传细菜，为消羁抱把深杯。天涯久阻乡园信，欲向东风问驿梅。"申琓《绚庵集》卷一【考证：诗题曰"燕馆遇立春口号"，诗云"阳和已共此宵回"，故此诗作于是年立春日即十二月二十七日。】

申琓《纪梦连夜梦与德涵或伴直或同宿，故感而口占》："海内知心友，吾惟一德涵。别离今已久，魂梦自相参。词掖连衾直，书斋促膝谈。神交无远迩，不复限西南。"申琓《绚庵集》卷一

申琓《独坐无聊漫成绝句》："寂寂羁愁坐悄然，越吟空馆日如年。从来六国黄金印，不换东周负郭田。"申琓《绚庵集》卷一

申琓《闻归期有定喜成一绝》："肯辞行役劳，喜向辽阳道。不有来时苦，安知归日好。"申琓《䌷庵集》卷一

申琓《重过通州》："繁华从古说通州，除却燕京此最优。隐隐朱楼临大道，遥遥粉堞绕长洲。河桥日暖联游骑，江岸春晴簇彩舟。久客经年归意促，临行无计暂淹留。"申琓《䌷庵集》卷一

申琓《白塔》："突兀天中问几层，高撑宇宙若无凭。亭亭独立斜阳里，似与征人说废兴。"申琓《䌷庵集》卷一

申琓《渡江口占》："落日汀洲艳绮罗，画船箫鼓荡晴波。休言鸭水非吾土，今到龙湾似旧家。行役莫须谈往事，归来犹幸及春华。樽前试听佳人唱，不比当时送客歌。""三冬行役到三春，万里东还一病身。试向统军亭上倚，回看来路更愁人。"申琓《䌷庵集》卷一【考证：《肃宗实录》卷一三言翌年三月二十日"冬至兼谢恩使东原君潗、南二星、申琓等还"，故以上诸诗作于十二月二十七日至翌年三月二十日间。】

附录一　洪大容《湛轩燕记·路程》

自京至义州一千五十里。高阳碧蹄馆四十里。坡州坡平馆四十里。长湍临湍馆三十里。松都太平馆四十五里。金川金陵馆七十里。平山东阳馆三十里。葱秀宝山馆三十里。瑞兴龙泉馆五十里。剑水凤阳馆四十里。凤山洞仙馆三十里。黄州齐安馆四十里。中和生阳馆五十里。平壤大同馆五十里。顺安安定馆五十里。肃川肃宁馆六十里。安州安兴馆六十里。嘉山嘉平馆五十里。纳清亭二十五里。定州新安馆四十五里。郭山云兴馆三十里。宣川林畔馆四十里。铁山车辇馆四十里。龙川良策馆三十里。所串义顺馆四十里。义州龙湾馆三十五里。

自义州至北京二千六十一里。

九连城二十五里宿。鸭绿江五里。小西江一里。中江一里。方陂浦一里。三江二里。九连一十五里。

金石山三十五里中火。望隅五里。者斤福伊八里。碑石隅二里。马转坂五里。金石山一十五里。

葱秀山三十二里宿。温井八里。细浦二里。柳田一十里。汤站一十里。葱秀山二里。

栅门二十八里宿。鱼龙堆一里。沙平二里。孔岩一十里。上龙山五里。栅门一十里。

凤凰城三十五里。有朝鲜馆名柔远馆。安市城一十里。榛坪二里。旧栅门八里。凤凰山五里。凤凰城一十里。

干者浦二十里中火。一名余温者介。三叉河一十里。干浦一十里。

223

松站三十里宿。一名薛刘站。伯颜洞一十里。麻姑岭一十里。松站一十里。

八渡河三十里中火。源出分水岭。小长岭五里。瓮北河五里。大长岭五里。八渡河一十五里。

通远堡三十里宿。獐岭一里。通远堡二十九里。

草河口三十里中火。一名畓洞。石隅一十五里。草河口一十五里。

连山关三十里宿。分水岭二十里。连山关一十里。

甜水站四十里中火。会宁岭一十五里。甜水站二十五里。

狼子山四十里宿。靑石岭二十里。小石岭二里。狼子山一十八里。

冷井三十八里中火。三流河一十五里。王祥岭一十里。孝子王祥居。石门岭三里。冷井一十里。

新辽东三十里宿。有旧辽东白塔华表柱。阿弥庄一十五里。新辽东一十五里。

烂泥铺三十里中火。一名三道把。接官厅一十七里。防虚所八里。烂泥铺五里。

十里铺三十里宿。自九连城至此为东八站。烂泥浦五里。烟台河一十里。山腰浦五里。

白塔堡四十五里中火。板桥铺五里。长盛店一十里。沙河堡五里。暴咬哇五里。火烧桥八里。旗匠铺二里。白塔堡一十里。

沈阳二十四里宿。盛京奉天府有行宫。一所台五里。红匠铺五里。混河五里。沈阳九里。

永安桥三十里中火。愿堂寺五里。康熙愿堂。状元桥一里。永安桥一十四里。

边城三十里宿。双家子五里。大方身一十里。磨刀桥五里。边城一十里。

周流河四十二里宿。神农店一十二里。孤家子一十三里。巨流河八里。周流河九里。

大黄旗堡三十五里中火。西店子三里。五道河二里。四方台五里。郭家屯五里。新民店五里。小黄旗堡五里。大黄旗堡八里。

大白旗堡二十八里宿。产猎狗。芦河沟八里。石狮子五里。古城子一十里。大白旗堡五里。

一板门三十里中火。小白旗堡一十里。一板门二十里。

二道井三十里宿。

新店三十里中火。实隐寺八里。新店二十二里。

小黑山二十里宿。土子亭一里。烟台一十五里。小黑山四里。

中安浦三十里中火。羊肠河一十二里。中安浦一十八里。

新广宁四十里宿。有旧广宁、北镇庙、桃花洞。于家庄五里。旧家里一十三里。新店二里。新广宁七里。

闾阳驿三十七里中火。兴隆店五里。双河堡七里。壮镇堡五里。常兴店二里。三台子三里。闾阳驿一十五里。

十三山四十里宿。二台子一十里。三台子五里。四台子五里。五台子五里。六台子五里。十三山一十里。

大凌河二十六里中火。二台子七里。三台子五里。大凌河一十四里。

小凌河三十四里宿。西北二十里锦州卫。大凌河堡四里。四同碑一十二里。双沿站一十里。小凌河八里。

高桥堡五十四里宿。小凌桥二里。松山堡一十六里。官马山一十六里。杏山堡二里。十里河店二里。高桥堡八里。

连山驿三十二里中火。塔山店一十二里。朱柳河五里。罩篱山店五里。二台子三里。连山驿七里。

宁远卫三十一里宿。有温泉、呕血台、祖家牌楼及坟园。五里河五里。双石店五里。双石城三里。永宁寺一十里。宁远卫八里。

沙河所三十三里中火。青墩台六里。观日出。曹庄驿七里。七里坡五里。五里桥七里。沙河所八里。

东关驿三十里宿。干沟台三里。烟台河五里。半拉店五里。望海店二里。曲尺河五里。三里桥七里。东关驿三里。

中后所一十八里中火。二台子五里。六渡河桥一十一里。中后所二里。

两水河三十九里宿。一台子五里。二台子三里。三台子四里。沙河店八里。叶家坟七里。口鱼河屯二里。口鱼河桥一里。两水河九里。

中前所四十六里中火。前屯卫六里。王家台一十里。王济沟五里。高宁驿五里。松岭沟五里。小松岭四里。中前所一十一里。

山海关三十五里宿。有望海亭、角山寺、贞女庙、威远台，或称将台。大石桥七里。两水湖三里。老鸡屯二里。王家庄三里。八里堡一十里。山海关一十里。

凤凰店四十五里中火。沉河三里。红河店七里。范家店二十里。大理营一十里。王家岭三里。凤凰店二里。

榆关三十五里宿。望海店十里。沉河堡一十里。网河店一十里。榆关一十里。

背阴堡四十五里中火。茔家庄三里。上白石铺二里。下白石浦三里。吴宫茔三里。抚宁县九里。望昌黎县文笔峰。羊河二里。五里铺三里。芦峰口一十里。茶栅庵五里。背阴堡五里。

永平府四十三里宿。有滦台寺、射虎石、夷齐庙。双望铺五里。要站五里。部落岭一十二里。十八里铺三里。发驴槽一十三里。漏泽园三里。永平府二里。

野鸡屯四十里中火。青龙河桥一里。南坨店二里。滦河二里。范家庄一十里。望夫台五里。安河店八里。野鸡屯一十二里。

沙河堡二十里宿。沙河驿八里。沙河堡一十二里。

榛子店五十里中火。三官庙五里。马铺营五里。七家岭五里。新店铺五里。于河草五里。新坪庄五里。扛牛桥一十二里。青龙桥七里。榛子店一里。

丰润县五十里宿。铁城坎二十里。小铃河一里。板桥七里。丰润县二十二里。

玉田县八十里宿。赵家庄二里。蒋家庄一里。涣沙桥一里。卢家庄四里。高丽堡七里。草里庄一里。软鸡堡一十里。茶棚庵二里。流沙河一十二里。两水桥一十里。两家店五里。十五里屯一十里。东八堡七里。龙池庵一里。玉田县七里。

别山店四十五里中火。西八里堡八里。五里屯五里。彩亭桥三里。大枯树店九里。观蓟门烟树。小枯树店二里。有宋家城。蜂山店八里。螺山店二里。别山店八里。

蓟州二十七里宿。有大佛寺，西北三十里盘山。现桥六里。小桥坊二里。渔阳桥一十四里。蓟州五里。

邦均店三十里中火。五里桥五里。邦均店二十五里。

三河县四十里宿。白涧店一十二里。有香林、尼庵、白干松。公乐店八里。段家岭一里。石碑九里。潭沱河五里。三河县五里。

夏店三十里中火。枣林庄六里。白浮图六里。新店六里。皇亲庄六里。夏店六里。

通州四十里宿。柳夏屯六里。马已乏六里。烟郊铺八里。三家庄五里。邓家庄三里。胡家庄四里。习家庄三里。白河四里。通州一里。

朝阳门三十九里。八里桥八里。杨家闸二里。管家庄三里。三间房三里。定府庄三里。大王庄二里。太平庄三里。红门三里。十里堡二里。八里庄二里。弥勒院七里。有东岳庙。朝阳门一里。

都合三千一百一十一里。

附录二　康熙时期朝鲜燕行使臣年表
（1662—1681）[①]

使行时间		使行名目	使行任务	正使/咨官	副使	书状官	随行文人
康熙元年（1662/壬寅）	四月二十七日	赍咨行	报犯人处断	副司直李芬			
	七月二十六日	进贺兼陈奏行	贺讨平南方、奏犯越人拟律	领议政郑太和	左赞成许积	直讲李东溟	
	十月三十日	三节年贡行		右参赞吕尔载	礼曹参判洪处大	直讲李端锡	
康熙二年（1663/癸卯）	三月二十日	进贺兼谢恩行	贺太皇太后皇太后皇太妃尊号、谢颁诏赐物、谢宥犯、谢岁币不堪及貂皮犯禁	右议政郑维城	户曹参判李曼	宗簿正朴承建	
	五月十二日	陈慰兼进香行	慰皇太后崩世	郎善君李俣	礼曹参判李后山	直讲沈梓	

[①] 本表根据《同文汇考补编》卷七《使行录》整理（参见《燕行录丛刊》），在《使行录》及已有研究成果基础上对清康熙时期朝鲜燕行使臣派遣情况作进一步整理与考察，以便与正文相互印证。

附录二 康熙时期朝鲜燕行使臣年表（1662—1681）

续表

使行时间		使行名目	使行任务	正使/咨官	副使	书状官	随行文人
康熙元年（1662/壬寅）	十一月初四日	三节年贡行		左参赞赵珩	礼曹参判权坽	直讲丁昌焘	
	十一月？日	赍咨行	告犯禁	司译正安日新			
康熙三年（1664/甲辰）	二月十三日	谢恩兼陈奏行	谢硫磺犯禁敕、奏犯人查拟	右议政洪命夏	左参赞任义伯	司义李程	
	三月二十一日	赍咨行	报申伤边禁	司译正慎而行			
	六月？日	赍咨行		司译正安宗敏			
	十月二十七日	三节年贡行		右参赞郑知和	礼曹参判李尚逸	直讲禹昌绩	
康熙四年（1665/乙巳）	十月二十二日	三节年贡行		右参赞金佐明	礼曹参判洪处厚	持平李庆果	
康熙五年（1666/丙午）	二月十五日①	进贺兼谢恩行	贺太皇太后皇太后尊号、贺册立皇后、谢颁诏赐物	青平尉沈益显	右参赞金始振	司成成后禹	
	三月？日	赍咨行		汉学教授卞尔辅			

---

① 《显宗实录》卷一一言二月十四日"谢恩使沈益显，副使金始振，书状官成后禹出去"，《使行录》《承政院日记》皆言辞朝时间为二月十五日，暂依《日记》《使行录》。

续表

使行时间	使行名目	使行任务	正使/咨官	副使	书状官	随行文人
康熙五年(1666/丙午)	九月二十日	谢恩兼陈奏行	谢犯买硫磺容隐逃人、谢犯人定罪敕、奏拟各犯	右议政许积	右参赞南龙翼	掌乐正孟瑞
	九月？日	赍咨行	押解犯人	刑曹正郎崔元泰		
	十一月初二日	三节年贡行	书状到山海关以病落后	右参赞郑知和	礼曹参判闵点	兼持平赵远期
	十一月？日	赍奏行	奏犯人正法日期	汉学教授卞尔辅		
康熙六年(1667/丁未)	三月二十一日	谢恩行	谢减罚银奏科罪岁币失察官谢免罪	桧原君李伦	右参赞金徽	司艺庆最
	三月？日	赍咨行		司勇卞尔辅		
	十月初三日①	赍咨行	押解漂人	司译正张灿		
	十一月初二日②	进贺谢恩兼三节年贡行	贺亲政、谢颁诏赐物、谢陪臣宽免	右议政郑致和	左参赞李翊汉	掌乐正李世翊
	十一月？日	赍咨行		司勇李承谦		

---

① 《显宗实录》卷一四言显宗八年（1667）十月初三日"缚送漂汉人九十五名于北京"，《使行录》言赍咨行辞朝时间为"十一月？日"，疑有误，暂记十月初三日。

② 《显宗实录》《承政院日记》皆言郑致和等辞朝时间为十一月初二日，《使行录》言十一月初六日，疑有误，当依《实录》。

<<< 附录二 康熙时期朝鲜燕行使臣年表（1662—1681）

续表

使行时间		使行名目	使行任务	正使/咨官	副使	书状官	随行文人
康熙七年（1668/戊申）	五月十八日	进贺兼谢恩行	贺顺治配祀天地、贺尊号太皇太后皇太后、谢颁诏赐物	福昌君李桢	右参赞闵熙	司仆正郑榤	
	十月二十七日	三节年贡行		左参赞李庆亿	礼曹参判郑钥	持平朴世堂	
康熙八年（1669/己酉）	十月十八日	三节年贡行		礼曹判书闵鼎重	判决事权尚矩	兼持平慎景尹	成后龙
康熙九年（1670/庚戌）	三月十六日	赍咨行	查究犯买史册	司仆金正李汉雄、司译正边暹			
	六月初七日①	进贺兼谢恩行	贺重修太和殿、谢颁诏赐物、谢宥犯	东平尉郑载仑	右参赞李元桢	掌乐正赵世焕	李海澈
	十一月初五日②	进贺谢恩兼三节年贡行	贺皇妃尊谥、谢颁诏赐物、谢宥犯	福善君李柟	礼曹判书郑榏	兼掌令郑华齐	

① 《显宗实录》《承政院日记》皆言郑载仑等辞朝时间为六月初七日，《使行录》言"六月十七日"，疑为笔误。
② 《承政院日记》言显宗十一年十一月初五日，"谢恩兼进贺使福善君柟，副使郑榏，书状官郑华齐出去。"《使行录》言辞朝时间为十月二十八日，疑有误，当从《日记》。

231

续表

使行时间		使行名目	使行任务	正使/咨官	副使	书状官	随行文人
康熙十年(1671/辛亥)	十月二十二日	问安行	起居沈幸	朗善君李俣			
	十一月初二日	谢恩兼三节年贡行	谢口宣上谕	左议政郑致和	左尹李晚荣	掌令郑积	
康熙十一年(1672/壬子)	五月十五日①	进贺兼谢恩行	贺展谒园陵、谢免岁币回奏	福平君李梪	左参赞洪处大	执义李栩	
	十月二十七日	谢恩兼三节年贡行	谢发回方物	昌城君李佖	左参赞李正英	兼掌令姜硕昌	
康熙十二年(1673/癸丑)	十一月初六日	谢恩兼三节年贡行	谢停果品、谢停方物、发回方物	判中枢金寿恒	左参赞权堮	掌令李宇鼎	
康熙十三年(1674/甲寅)	四月十六日	告讣行	告仁宣大妃升遐	礼曹参判俞㮨		直讲权瑎	
	七月二十日	陈慰兼进香行	慰皇后崩逝	礼曹参判闵点	礼曹参议睦来善	直讲姜硕耉	
	七月二十日②	陈慰行	慰公府告灾师旅启行	灵慎君李滢			

① 《显宗改修实录》卷二五言显宗十三年五月十五日,"谢恩使兴平尉元梦鳞、副使洪处大、书状官李栩如清国。梦鳞到义州,闻父丧奔还,以福平君梪加资追送。"《使行录》言辞朝时间为"六月十八日",疑有误。
② 《朝鲜显宗实录》卷二二言显宗十五年七月二十日,"陈慰兼进香正使闵点、副使睦来善,书状官姜硕耉,陈慰正使灵溟君滢如北京。闵点等陈慰皇后丧也,滢陈慰公府告灾师旅启行也。"可知灵溟君滢与闵点等同日辞朝。《使行录》言灵溟君滢辞朝时间为"七月？日",当为七月二十日。

<<< 附录二　康熙时期朝鲜燕行使臣年表（1662—1681）

续表

使行时间		使行名目	使行任务	正使/咨官	副使	书状官	随行文人
康熙十三年（1674/甲寅）	十月初四日	谢恩兼告讣行	谢太妃赐祭告显宗大王升遐、请谥、请承袭	青平尉沈益显	礼曹判书闵蓍重	掌令宋昌	
	十一月初七日	进贺兼三节年贡行	贺册谥皇后	福昌君李桢	左参赞李之翼	掌令闵黯	
康熙十四年（1675/乙卯）	五月初二日	赍咨行	请贸唐钱	都总都事崔元泰、行司正安日新			
	六月初二日	谢恩行	谢方物发回、谢赐谥、谢册封	昌城君李桢	左参赞李之翼	掌令闵黯	
	十一月初一日	进贺兼三节年贡行	贺剿灭蒙古	左议政权大运	右参赞庆最	掌令柳谭厚	
康熙十五年（1676/丙辰）	八月初六日①	进贺谢恩兼陈奏行	贺册立皇太子、贺尊号皇太后、谢颁诏赐物、奏史诬	福善君李柟	左参赞郑皙	司艺李瑞雨②	
	十月初九日后③	三节年贡行		左参赞吴挺纬	礼曹参议金禹锡	直讲俞夏谦	

---

① 康熙十五年八月初六日"辨诬使福善君柟、副使郑皙等奉命赴清国"。《使行录》言"七月二十六日"，疑有误，当从《实录》。
② 《使行录》记作"李瑞甬"，有误，当为"李瑞雨"。
③ 《承政院日记》言肃宗二年十月初九日，"左参赞吴挺纬上疏，大概出疆之期已迫，乞得恩由，往扫父母坟事，入启。答曰：'省疏具悉，卿其依愿往来。'"可知初九日吴挺纬等尚未启程，与《使行录》有出入。此处依《日记》，辞朝时间当在初九日后。

233

续表

使行时间		使行名目	使行任务	正使/咨官	副使	书状官	随行文人
康熙十六年(1677/丁巳)	四月十九日	进贺谢恩兼陈奏行	贺讨平王耿二将、谢停查犯买史册、谢停查地图犯禁、奏地图犯禁、奏史册犯禁	福昌君李桢	右参赞权大载	执义朴纯	
	十一月初四日	谢恩三节年贡行	谢宽免罚银、谢免议	瀛昌君李沉	右参赞沈幸	司艺孙万雄	
康熙十七年(1678/戊午)	闰三月十八日	陈慰兼进香行	慰皇后崩逝	礼曹参判李夏镇	礼曹参议郑樸	掌令安如石	
	十月三十日	谢恩进贺陈奏兼三节年贡行	谢停郊迎、贺册谥皇后、奏史诬	福平君李楻	左参赞闵黯	直议金海一	
康熙十八年(1679/己未)	七月二十日	进贺兼谢恩行	贺皇太子平复、谢宽免罚银	朗原君李侃	工曹参判吴斗寅	直义李华镇	
	十月三十日	三节年贡行		礼曹判书李观征	户曹参判李端锡	正言李浮	
康熙十九年(1680/庚申)	正月二十二日	赍咨行	报写笺官吏查罚	司仆正李世磺、行司正金时征			
	六月初十日	陈慰兼陈奏行	慰太后殿灾、谢颁诏、奏讨逆	青平尉沈益显	礼曹判书申晸	直义睦林儒	
	十一月初三日	谢恩陈奏告讣兼三节年贡行	谢慰问讨逆敕、谢查犯越敕、奏犯人拟律、告仁敬王妃升遐	判中枢金寿兴	左参赞李䄷	掌令申怀	

续表

使行时间	使行名目	使行任务	正使/咨官	副使	书状官	随行文人
康熙二十年（1681/辛酉）	八月初七日①	赍咨行	押解漂人	副司直李庆和		
	九月初三日	谢恩行	谢王妃赐祭、谢宽免	昌城君李怬	礼曹判书尹阶	掌令李三硕	
	九月？日	赍咨行	报漂人	副司勇刘尚基			
	十月三十日	问安行	请册封王妃	东原君李潗	左参赞南二星	应教申琓	

① 《肃宗实录》卷一二言肃宗八年（1681）八月初七日，"差都总府都事李諿、译官李庆和等管押漂海清人高子英等二十六人入送清国。"故李庆和等辞朝时间约为八月初七日。《使行录》言"十月？日"，有误。

附录三　康熙时期《燕行录》一览表（1662—1681）

本表收录康熙元年（1662）至康熙二十年（1681）《燕行录》作品 25 种。部分文献见于作者诗文集中，原无标题，为便于识别，本表根据文献内容附加标题，以 * 表示。

作者	使行时间	使行身份	燕行录	体裁	文献来源	备注
郑太和 （1602—1673）	1662.7	进贺兼陈奏正使	饮冰录 （壬寅饮冰录）	日记	《燕行录全集》第19册；《燕行录丛刊》；《阳坡遗稿》卷十四（《文集》102）	前附"概要""一行"
郑太和 （1602—1673）	1662.7	进贺兼陈奏正使	燕行诗*	诗歌	《阳坡遗稿》卷一（《文集》102）	
李俣 （1637—1693）	1663.5	陈慰兼进香正使	朗善君癸卯燕行录	日记	《燕行录全集》第24册；《燕行录丛刊》	
洪命夏 （1607—1667）	1664.2	谢恩兼陈奏正使	燕行录 （甲辰燕行录）	日记	《燕行录全集》第20册；《燕行录丛刊》	
洪命夏 （1607—1667）	1664.2	谢恩兼陈奏正使	燕行录 （甲辰燕行录）	诗歌	《燕行录全集》第20册；《燕行录丛刊》	

236

附录三　康熙时期《燕行录》一览表（1662—1681）

续表

作者	使行时间	使行身份	燕行录	体裁	文献来源	备注
南龙翼 （1628—1692）	1666.9	谢恩兼陈奏副使	燕行录	诗歌	《燕行录全集》第23册；《燕行录丛刊》；《壶谷集》卷十二（《文集》131）	前有序文
孟胄瑞① （1622—？）	1666.9	谢恩兼陈奏书状官	燕行录（曾祖考燕行录）	日记	《燕行录全集》第21、23册；《燕行录丛刊》	
赵远期 （1630—1680）	1666.11	三节年贡书状官	燕行诗*	诗歌	《九峰集》卷三（《文集》39）	
朴世堂 （1629—1703）	1668.10	三节年贡书状官	西溪燕录	日记	《燕行录全集》第23册；《燕行录丛刊》	
朴世堂 （1629—1703）	1668.10	三节年贡书状官	使燕录	诗歌	《燕行录全集》第23册；《燕行录丛刊》；《西溪集》卷一（《文集》134）	
闵鼎重 （1628—1692）	1669.11	三节年贡正使	老峰燕行诗	诗歌	《燕行录全集》第22册；《燕行录丛刊》；《老峰集》卷一（《文集》129）	
闵鼎重 （1628—1692）	1669.11	三节年贡正使	燕行日记（老峰燕行记）	日记、杂录、诗歌	《燕行录全集》第22册；《燕行录丛刊》；《老峰集》卷十（《文集》129）	

---

① 《燕行录全集》标注第21册许积《燕行录》与第23册南龙翼《曾祖考验行录》实为书状官孟胄瑞所作内容一致，《全集》有误，详见左江《〈燕行录全集〉考订》，张伯伟主编《域外汉籍研究集刊》第4辑，2008年版，第43页；漆永祥《〈燕行录全集〉考误》，《北大中文学刊》2009年版，第249页。

续表

作者	使行时间	使行身份	燕行录	体裁	文献来源	备注
成后龙(1621—1671)	1669.11	随员	燕行日记	日记	《燕行录全集》第21册	后附"燕行路程"
李海澈(1645—?)	1670.6	随员	庆尚道漆谷石田村李进士海澈燕行录	日记	《燕行录丛刊》	
金寿恒(1629—1689)	1673.11	谢恩兼三节年贡正使	燕行诗*	诗歌	《文谷集》卷三(《文集》133)	
郑晢(1619—1677)	1676.8	进贺谢恩兼陈奏副使	燕行录(岳南燕行诗)	诗歌	《燕行录丛刊》	
李瑞雨(1633—?)	1676.8	进贺谢恩兼陈奏书状官	燕行诗*	诗歌	《松坡集》卷三(《文集》41)	
孙万雄(1643—1712)	1677.11	谢恩兼三节年贡书状官	燕行日录	日记	《燕行录全集》第28册;《燕行录丛刊》	
李夏镇(1628—1682)	1678.闰3	陈奏兼进香正使	北征录(上·下)	诗歌	《燕行录丛刊》《六寓堂遗稿》卷一、二(《文集》39)	
金海一(1640—1691)	1678.10	谢恩进贺陈奏兼三节年贡书状官	燕行日记(戊午燕行日记)	日记	《燕行录全集》第28册;《燕行录丛刊》	
金海一(1640—1691)	1678.10	谢恩进贺陈奏兼三节年贡书状官	燕行录(戊午燕行录)	诗歌	《燕行录全集》第28册;《燕行录丛刊》	

<<< 附录三 康熙时期《燕行录》一览表（1662—1681）

续表

作者	使行时间	使行身份	燕行录	体裁	文献来源	备注
吴斗寅 （1624—1689）	1679.8	进贺兼谢恩副使	燕行诗*	日记、诗歌	《阳谷集》卷一（《文集》36）	
申㬎 （1628—1687）	1680.6	陈慰兼陈奏副使	燕行录	诗歌	《燕行录全集》第22册；《燕行录丛刊》；《汾厓遗稿》卷五（《文集》129）	
金寿兴 （1626—1690）	1680.11	谢恩陈奏告讣兼三节年贡正使	燕行诗*	诗歌	《退忧堂集》卷一（《文集》12）	
申琓 （1646—1707）	1681.10	奏请兼三节年贡书状官	燕行诗*	诗歌	《絅庵集》卷一（《文集》47）	

239

附录四 征引书目

一、丛书类

[1] [韩] 国史编纂委员会. 朝鲜王朝实录 [M]. 首尔：国史编纂委员会，1955-1958.

[2] [韩] 国史编纂委员会. 承政院日记 [M]. 首尔：国史编纂委员会，1961.

[3] [韩] 民族文化推进会. 国译燕行录选集 [M]. 首尔：民族文化推进会，1976.

[4] [韩] 民族文化推进会. 影印标点韩国文集丛刊 [M]. 首尔：景仁文化社，1990-2010.

[5] [韩] 林基中. 燕行录全集 [M]. 首尔：东国大学出版部，2001.

[6] [韩] 林基中. 燕行录丛刊 [M]. 韩国学术期刊数据库，2011.

[7] [韩] 首尔大学校奎章阁韩国学研究院. 通文馆志 [M]. 首尔：首尔大学校奎章阁韩国学研究院，2006.

[8] [朝] 郑昌顺等. 同文汇考 [M]. 台北：珪庭出版社，1978.

[9] [朝] 金正浩. 大东地志 [M]. 首尔：汉阳大学校附设国学研究院，1974.

[10] [朝] 安钟和. 国朝人物志 [M]. 首尔：明文堂，1983.

[11] [朝] 朴义成. 纪年便考 [G] // 周斌，陈朝辉. 朝鲜汉文史籍丛刊，成都：巴蜀书社，2014.

[12] [清] 范文程等. 太宗文皇帝实录 [M]. 北京: 中华书局, 1985.

[13] [清] 图海等. 世祖章皇帝实录 [M]. 北京: 中华书局, 1985.

[14] 赵尔巽. 清史稿 [M]. 北京: 中华书局, 1977.

[15] 陈盘等. 中韩关系史料辑要 [M]. 台北: 珪庭出版社, 1978.

[16] 吴晗. 朝鲜李朝实录中的中国史料 [M]. 北京: 中华书局, 1980.

[17] 赵季等. 明洪武至正德中朝诗歌交流系年 [M]. 北京: 人民文学出版社, 2014.

[18] 王其榘. 清实录: 邻国朝鲜篇资料 [M]. 北京: 中国社会科学院中国边疆史地研究中心, 1987.

[19] 张存武, 叶泉宏. 清入关前与朝鲜往来国书汇编 1619—1643 [M], 台北: 国史馆, 2000.

[20] 赵兴元, 郑昌顺.《同文汇考》中朝史料 [M]. 长春: 吉林文史出版社, 2003.

[21] 朴兴镇. 中国廿六史及明清实录东亚三国关系史料全辑 [M]. 延吉: 延边大学出版社, 2007.

[22] 杜洪刚, 邱瑞中. 韩国文集中的清代史料 [M]. 桂林: 广西师范大学出版社, 2008.

二、《影印标点韩国文集丛刊》

[23] [朝] 姜栢年. 雪峰遗稿. 影印标点韩国文集丛刊. 第 103 辑 [M]. 1690 年代刊本.

[24] [朝] 金寿恒. 文谷集. 影印标点韩国文集丛刊 (第 133 辑) [M]. 1699 年刊本.

[25] [朝] 李敏叙. 西河集. 影印标点韩国文集丛刊 (第 144 辑) [M]. 1701 年刊本.

[26] [朝] 金万基. 瑞石集. 影印标点韩国文集丛刊 (第 144 辑) [M]. 1701 年刊本.

[27] [朝] 洪柱国. 泛翁集. 影印标点韩国文集丛刊 (第 36 辑) [M].

1709年刊本.

[28][朝]金寿兴.退忧堂集.影印标点韩国文集丛刊(第127辑)[M].1710年刊本.

[29][朝]朴长远.久堂集.影印标点韩国文集丛刊(第121辑)[M].1730年刊本.

[30][朝]郑太和.阳坡遗稿.影印标点韩国文集丛刊(第102辑)[M].哲宗年间写本.

[31][朝]洪大容.影印标点韩国文集丛刊(第248辑)[M].1974年刊本.

[32][朝]洪柱元.无何堂遗稿.影印标点韩国文集丛刊(第30辑)[M].刊行年代不详.

[33][朝]申最.汾厓遗稿.影印标点韩国文集丛刊(第129辑)[M].1734年刊本.

[34][朝]李端夏.畏斋集.影印标点韩国文集丛刊(第125辑)[M].1744年刊本.

[35][朝]吴斗寅.阳谷集.影印标点韩国文集丛刊(第36辑)[M].1762年刊本.

[36][朝]申琓.絅庵集.影印标点韩国文集丛刊(第47辑)[M].1766年刊本.

[37][朝]赵远期.九峰集.影印标点韩国文集丛刊(第39辑)[M].1866年刊本.

[38][朝]南龙翼.壶谷集.影印标点韩国文集丛刊(第131辑)[M].1895年刊本.

[39][朝]姜锡圭.聱齾斋集.影印标点韩国文集丛刊(第38辑)[M].1916年刊本.

[40][朝]李夏镇.六寓堂遗稿.影印标点韩国文集丛刊(第39辑)[M].刊行年代不详.

[41][朝]沈攸.梧滩集.影印标点韩国文集丛刊(第34辑)[M].刊行年代不详.

[42]［朝］申翼相.醒斋遗稿.影印标点韩国文集丛刊（第146辑）[M].刊行年代不详.

[43]［朝］赵根.损庵集.影印标点韩国文集丛刊（第40辑）[M].刊行年代不详.

[44]［朝］李瑞雨.松坡集.影印标点韩国文集丛刊（第41辑）[M].刊行年代不详.

[45]［朝］具鉴.明谷集.影印标点韩国文集丛刊（第33辑）[M].刊行年代不详.

[46]［朝］林泳.沧溪集.影印标点韩国文集丛刊（第159辑）[M].1708年刊本.